北上

NORTHWARD

徐則臣

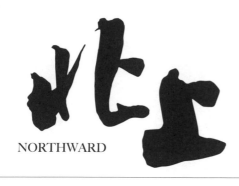

只籌一纜十夫多，細算千艘渡此河。
我亦曾糜太倉粟，夜聞邪許淚滂沱。

——龔自珍《己亥雜詩》（其八十三）

自注：「五月十二日抵淮浦作。」

過去的時光仍持續在今日的時光內部滴答作響。

——愛德華多．加萊亞諾

目次

二〇一四年，摘自考古報告

水和時間自能開闢出新的河流。在看不見的歷史裡，很多東西沉入了運河支流。水退去，時間和土掩上來，它們被長埋在地下。二〇一四年六月，大運河申遺成功前夕，埋下去的終被發掘出來。這是京杭大運河濟寧段故道近年最大的考古發現之一。出土的文物計有：

清嘉慶年間沉船骨架一副、船板若干；

宋瓷若干：雙鯉荷葉枕一件、葵花碗一件、喇叭口白釉壺一件、黑釉白覆輪盞兩件、紅綠彩梅瓶一件、哥窯雙耳三足爐一件、景德鎮青白釉瓜形瓶兩件、龍泉窯花口瓶兩件、龍泉窯鬲式爐兩件、吉州窯黑釉剪紙貼花盞三件、鈞窯天藍釉紅斑鼓釘洗一件、鈞窯天青釉折沿盤三件、耀州窯青釉壽星一件、耀州窯蓮瓣紋燭臺兩件、耀州窯柿醬釉玉壺春瓶兩件及碎裂瓷片若干；

明清仿汝窯粉青釉三足洗一件、深腹圈足洗一件、汝釉雙耳扁瓶一件；

明清其他瓷器若干；

明宣德銅象兩件；

明清刀劍各兩件；

清銅鎮尺一件；

鎦金銅鹿燈一件、銅荷花燈一件；
其他船上器具和日用生活雜物若干。
…………
另有考古現場附近民間發掘文物若干。這其中，尤需特別提出的，是一封寫於一九〇〇年七月的意大利語信件。此信係當地居民個人發掘成果，品相完好，現存「小博物館」客棧。信件譯為中文如下：

親愛的爸爸媽媽和哥哥，我在戰地醫院給你們寫信。打仗了。八個國家的聯軍跟中國人打，一會兒是義和團，一會兒是他們的政府軍。我們從天津往北京打，半路上又折回頭往天津打，有顆子彈擊碎了我的左腿脛骨。醫生說，好利索了我也只能是個瘸子。瘸子就瘸子吧，總比死了好。不過也不好說，戰爭實在太殘酷，現在我聞到火藥味就噁心，看見刀刃上沾著血就想吐。想順順當當活下來不容易。按規定，腿傷養好了我得繼續上前線。中國人很不好打，要是該回意大利你們又沒見到我，那說明我已經被打死了。也可能死於其他原因。多事之秋，戰爭、瘟疫、饑荒、河匪路霸，遇到哪一個都可能活不成，躥個稀也沒準再站不起來。

哥哥一直說我喜歡「消失」，這一次要玩，那真就玩大了。所以，如果我沒回去，這封信就可以當絕命書、訣別信看了。要是那樣，親愛的爸爸媽媽，你們就當沒生過我這個兒子；親愛的哥哥，你也就當沒我這個弟弟。務請你們節哀順變。在戰場上我經常想到死。跟殺人相比，我寧願自己死。死了也好，靈魂就自由了，我可以沿著運河上上下下地跑，一趟又一趟。當年我的大偶像，馬可·波羅先生，就沿著運河從大都到了中國南方。活著當不了馬可·波羅，那就死了做。

老說死你們肯定不高興，說點好玩的。我有了一個中國名字，馬福德。一個英國水兵朋友取的。大衛·布朗的中文很棒，四年前我們在威尼斯認識的。照音譯，我應該叫馬費德，大衛把「費」改成了「福」。他說福字更中國。中國人非常喜歡這個字，遇到好事要祝福，撞上壞事更要祝福，祝福下次碰上好事；過春節時還把這個字單獨寫下來，貼到門窗和家具上。我把舌頭拉直了讀了幾遍，也覺得這個名字好。你們是不是也覺得不錯？

好了，信寫再長都要結束，我就長話短說，就此打住。永久的愛長存心裡。親愛的爸爸媽媽，親愛的哥哥，我愛你們。我有無邊無際的愛。我愛維羅納家中的每一棵草、每一朵花，我愛這個世界上的每一個人。

第一部

一九〇一年，北上（一）

很難說他們的故事應該從哪裡開始，謝平遙意識到這就是他要找的人時，他們已經見過兩次。第三次，小波羅坐在城門前的吊籃裡，上不著天下不著地，用意大利語對他喊：「哥們兒，行個方便，五文錢的事。」城門上兩個衛兵用膝蓋頂著轆轤把手，挺肚抹腰，一臉壞笑。洋人有錢，尤其是那些能在大道上通行的洋人，更有錢，不敲一筆可惜了。他們談好了價，五文錢。小波羅坐進吊籃升到半空，年長的衛兵對他伸出了另外一隻手，五根指頭搖搖晃晃。對，五文。小波羅指指地下，剛剛比畫好的價錢怎麼又變了？他聽不懂衛兵的話，衛兵也聽不懂他的嘰里咕嚕的鳥語，但這不妨礙他們交流。年長的衛兵八字鬚，左手摸一下左邊鬍子，五指張開，「這是起步價，」右手摸一下右邊鬍子，五指張開搖晃，「這是咱們大無錫城好風景的觀光價。」小波羅把所有衣兜都翻出來給頭頂上的兩個衛兵看，最後五文了。

年輕的衛兵說：

「那你就先坐一會兒，看看咱們大清國的天是怎麼黑下來的。」

小波羅開始也無所謂，吊在半空裡挺好，平常想登高望遠還找不到機會。這會兒視野真是開闊，他有種雄踞人間煙火之上的感覺。繁華的無錫生活在他眼前次第展開：房屋、河流、道路、野地和遠處的山；炊煙從家家戶戶細碎的瓦片縫裡飄搖而出，孩子的哭叫、大人的呵斥與分不清確切方向的幾聲狗吠；有人走在路上，有船行在水裡；再遠處，道路與河流縱橫交錯，規畫出一片蒼茫的大地。大地在擴展，世界在生長，他就這感覺；他甚至覺得這個世界正在以無錫城為中心向四周蔓延。以無錫城的這個城門為中心，以城門前的這個吊籃為中心，以盤腿坐在吊籃裡的他這個意大利人為中心，世界正轟轟烈烈地向外擴展和蔓延。很多年前，他和弟弟費德爾在維羅納的一間高大的石頭房子裡，每人伸出一根手指，摁住地球儀上意大利版圖中的某個點：世界從維羅納蔓延至整個地球。

他來中國的幾個月裡，頭一回有了一點清晰的方位感。從杭州坐上船，曲曲折折地走，浪大浪小都讓人有連綿混沌之感；離開意大利之前，對著一張英國人測繪出的中國地圖，研究了半個月才勉強建立起來的空間感，完全錯亂了。現在，他覺出了一點意思。

護城河對岸聚著幾個孩子對他指指點點，他們猶豫著是否要穿過吊橋來到城門下，看看洋人的辮子是真的還是假的。有幾個大人從高高瘦瘦的舊房子裡走出來，叫孩子回家吃晚飯。牆皮在他們身後捲曲剝落，青苔暗暗往高處生長。小波羅用意大利語向他們借五文錢，他們聽不懂；小波羅又用英語借，他們還聽不懂；小波羅想起李贊奇教他的幾個漢字讀音，他對他們大喊：

「錢！」

為了表示借五文，他對他們說：「錢！錢！錢！錢！錢！」

幾個大人聽到了，但他們拎著自家孩子的耳朵，一路小跑消失在青磚黛瓦的老房子裡，好像小波羅是要打劫。

有人家的門窗裡透出燈光，傍晚從天上緩慢降臨。兩個衛兵已經不指望另外五個銅板了，但離換班時間尚早，吊著個洋鬼子也挺好玩。年紀大的在指點年輕的抽菸斗，告訴他一天裡的哪個時辰菸油最香，多抽一口等於多做一會兒神仙。小波羅開始著急，昏暗從遙遠處大兵壓境，世界在急劇萎縮、變小，很快就將收縮到他的腳下，他突然生出了一種強烈的被遺棄感。別人有來處也有歸處，他卻孤懸異鄉，吊在半空裡憋著一膀胱的尿。遠處走過來一個穿長衫的瘦長男人。管不了了，他的意大利語脫口而出：

「哥們兒，行個方便，五文錢的事。」

借傍晚最後的光，他看見那人的耳朵動了動。

應該就是這傢伙了。錫藍客棧在城裡，沒那麼多洋人必須這個時候過城門。

小波羅又用英語把這句話重複了一遍。謝平遙對他舉起了手。謝平遙說：「OK。」

小波羅開始上升。到最高處，他想停下來再看一眼，心情好了沒準世界重新開闊起來，但兩個衛兵把他從吊籃裡拽了出來。他們還得把謝平遙也吊上來。自己人也付十文，年長的衛兵有點過意不去，但價碼抬上去了，當著洋鬼子面不好降，只好歉疚地找補，沒話找話，最近風聲緊，所以城門關得早。年輕的接茬兒，我趴城頭上一年零三個月了，哪天不緊？老的給他一個白眼。天徹底黑下來。城頭上四個角點起火把。衛兵讓他們快走，眼看巡城的頭兒就來了。他們動手拆那個簡易的絞盤架。這是城門守衛的外快，誰當值歸誰。一年到頭豎在風雨裡，不容易。當官的也明白，睜一眼閉一眼，別在巡城時找不痛快就行。

借用完衛兵們的馬桶，兩人一起下城樓。小波羅一個臺階一聲謝，非要請謝平遙吃飯。謝平遙也不客氣，跟著他走。快到客棧，小波羅一拍腦袋，只顧走路，忘了問謝平遙來此地尋人還是公幹，別誤了大事。謝平遙答：

「尋人。」

「誰？」

「你。」

「我就知道。」小波羅一把抱住謝平遙，「看第一眼我就知道你肯定姓謝。我跟李等你幾天了。」

錫藍客棧二樓最東邊的客房裡，他們倆見到躺在病床上的李贊奇。

在每天一封的電報裡，他一再跟謝平遙說，飽受腿傷之苦，實在不堪長途勞頓，務請老弟出山，切切。看上去的確受了腿傷拖累，李贊奇跟十年前他們分別時比，顴骨高了，髮際線大踏步後撤，前額的頭髮根本用不著剃，辮子也細成了老鼠尾巴。客棧的布草以印花藍布為主，床單、被罩、枕套、枕巾和桌布皆由本地著名的陸義茂染坊出品，藍布上飾以白色的蓮藕、菱角和春筍。李贊奇淹沒在一堆江南藍白相間的風物裡，更顯憔悴深重，人小了一號，只有腦門和眼睛變大了。謝平遙掀開薄被子一角，李贊奇的右腿打著夾板，外面緊纏了幾層布，的確是傷了。最近一封電報裡，李贊奇跟他說，走不動了，錫藍客棧見吧。

李贊奇的腿在蘇州就傷了。小波羅要看拙政園，船到附近碼頭，登岸時小波羅沒踩穩，從臺階上摔下來，一屁股坐到身後李贊奇腿上。李贊奇正側身上臺階，聽見細碎的一聲哢嚓，右腿疼了一下。當時沒當回事，陪著小波羅遊了園，兼當解說和翻譯，該幹什麼幹什麼。回到客棧發現，右邊小腿成了全身最胖的地方，腳面都腫起來。怪不得一路都懷疑自己穿錯了鞋，右腳這一隻突然小了。就這樣他也沒在意，找大夫用了點藥，繼續陪同小波羅在姑蘇的水道裡穿行。再去看大夫，老先生說，你想截肢嗎？李贊奇才上了心，知道北上之路走不下去了。他想到了謝平遙。

他們曾是江南製造總局下屬翻譯館的同事，李贊奇專業是意大利語，謝平遙是英語，上班時各幹各的，悶頭翻書或者隨同長官和洋人口譯，下了班才混在一起。當時都是小夥子，光桿一個，沒事就在虹口或者黃浦江邊找一家小館子喝茶鬥酒。為大清朝和天下事，高興了喝，不高興了也喝。喝到位了，根本不管酒保再三提醒的莫談國事，敞開了數點朝政和國際事務；喝大了，辯論至激憤處，免不了熱血上頭也動手，反正謝平遙給過李贊奇幾記老拳。常去的酒館為安全起見，乾脆給他們設了專屬雅間，跟其他房間隔著一間庫房，以免隔牆有耳。

謝平遙是打酒夥的團體裡的小兄弟，那個時代的憤怒青年，不談政治渾身難受。每天向李贊奇問意大利的事，問搞法語的老夏法蘭西新聞，問專治俄語的老龐老毛子最近又有什麼動靜。他的興趣不在翻譯，整天枯坐在翻譯館裡看那些曲裡拐彎的舊文章，受不了，儘管他的專業極好。他更想幹點實實在在的事。李贊奇還記得這個小兄弟喝多了就說，大丈夫當身體力行，尋訪救國圖存之道，安能躲進書齋，每日靠異國的舊文章和花邊新聞驅遣光陰。說多了大家也就姑且一聽。不想某日，酒館裡突然安靜下來，才發現謝平遙不見了。他去了漕運總督府，那裡缺個翻譯。

漕，水轉穀也。宋元以降，漕船千萬，沿運河北上，源源不斷地把江南魚米輸送到北方京城。那裡的帝王將相和百萬戍邊兵士每天張著嘴要飯吃。吃飯是大事，運糧也就是大事，管運糧的當然也是大事；那時候的大事都甩不開外國人，他們對漕運也要插一手，會說洋話的人不夠用了。漕運總督府跟李鴻章大人打了招呼，李大人對江南製造總局咳嗽一聲，著翻譯館立辦。翻譯館不是肥缺，去漕運總督府也不是美差，還要從大上海去到蘇北小城，相當於流放。吃英語飯的一撥譯員被召集到一塊兒，一個個都低下頭。長官問，真沒有？謝平遙站起來。

「為什麼想去？」

「幹點實事。」

座下同人哄笑。當此之世，還有比「幹點實事」更可笑的嗎？如果說大清朝的確還有一個地方可以讓你幹點實事，那也肯定不是漕運總督府。水過濟寧，地勢一路走高，河床上去了水上不去，河道乾得可以跑馬，整個漕運眼見著就黃，總督府顯然也活不了幾天。這時候去那裡，等於水往高處走，自己給自己找不自在。在上頭允許謝平遙「慎重考慮」的兩天裡，一直器重他的上司去看他，一杯涼茶都端熱了，反覆給他論述國家和個人的前途之可能，末了問，還去嗎？謝平遙說，去。上司長嘆一聲，也罷，世道如此，在哪兒都是浪費，換個地方浪費沒準就有戲了呢。

謝平遙收拾行裝，星夜趕往淮安。路遠水長，搭車，步行，大船，小船，還蹭過放排人的竹筏子。到了淮安的那天早上，痛痛快快吃了兩大碗當地著名的長魚麵，然後一身熱呼勁兒去衙門報到。剛開始幾年，他慶幸自己來對了地方：有事幹，有大事幹。洋人知道漕運對於大清國的意義，租界他們圈了，沿海港口他們占了，內陸水道他們也想要。一條長河肯定是拿不下，但在這河道裡塞點自己的東西總是可以的：我的人你得讓我走，我的貨你得讓我運，我要沿河來來回回跑，沒事別隨便攔著；稅少收點，尤其通關時候；載我大英、大意、大奧匈、大荷蘭、大法國、大俄國等帝國貨物的船，務必要保證最快過閘；地球自西向東轉，咱們西方人的時間可耽誤不起。謝平遙要幹的就是這些，跟著長官和他們談。翻譯的時候他比長官都急，長官表達不到位的意思，他用英語給補足了；洋人閃閃爍爍的話，他給徹底地翻出來，讓大人們聽著刺耳難受。他的翻譯讓談判和交流變得更加有效，三下五除二直奔結果；時間明顯縮短了，但也讓衙門裡的大人和洋鬼子經常莫名地光火。

關於這一點，謝平遙和李贊奇在日常通信中討論過，究竟何為翻譯的倫理。該直譯還是意譯？在翻譯中是否可以補足與完善？謝平遙堅持終極意義上的有效表達最重要。李贊奇不同意越俎代庖，什麼叫有效表達？是你的有效表達還是被譯者的有效表達？謝平遙寫了一封長信跟他理論：你都不知道洋人是多麼傲慢和貪婪，他們西方人的時間耽誤不起，咱們的時間就耗得起？他們的船在咱們水裡走，憑什麼他們說了算？大船小船、帆船機帆船小火輪都是船，憑什麼掛了個洋國旗就可以插隊加塞？上帝來到人間，也講不出這個道理。你也不知道咱們衙門裡的這幫窩囊廢有多卑微和怯懦，洋鬼子嗓門兒大一點，他們腰桿就彎下去幾度；幸虧沒遇上個唱美聲的，要不腦袋真要夾進褲襠裡了。洋鬼子拍一下桌子，他們能直接尿出來。我要一板一眼照著大人們的意思譯，咱們的運河上早就飄滿了萬國旗。

李贊奇提醒他，長此以往，這活兒幹不久。果然，第四年剛過了兩個月零三天，頂頭上司接上面指示，要對謝平遙委以重任：造船廠更需要他。漕運總督管著文武官員近三百號，還有倉儲、造船和衛漕兵丁兩萬餘人；漕運總督部院下轄的造船廠好多家，最大的位於清江浦，距衙門二十里路，謝平遙被派到的就是這裡。船廠大，造船上就有點想法，請了幾個外國專家對漕船做些現代化的改進，需要翻譯人員跟著，保證好他們的生活和工作。到了清江浦，謝平遙才明白，哪裡是重用，分明是發配，他被打發到了一個更無意義的位置上。

漕運到了這一天，稍微懂行的都知道沒戲了，只是宣判死刑早一點晚一點而已。造船廠也沒了勁頭兒，幾副漕船的骨架戳在巨大的廠房裡，幾個月無人問津。因為靠近河邊，禽鳥紛紛落戶船艙，有一回謝平遙去廠房，對一艘爛尾的漕船狠出了一拳，兩隻野雞擦著他的耳朵撲棱棱飛出來。船廠從上到下百無聊賴，唯一進步的技藝是麻將，外國專家都能把這項中國傳統娛樂玩得很溜，完全不需要翻譯。謝平遙成了一個打麻將都靠不上邊的翻譯。渾渾噩噩待了一陣子，京城傳來消息，有個叫康有為的，發動了十八省千餘號舉人，聯名上書。這是個大動作，不知道真假。但從此他就開始關注這個康有為，和李贊奇等朋友通信，話題也多半離不開這個人。

三年後，他從來淮巡察的京城官員那裡得知，京城變法了，領頭兒的果然是那個姓康的，還有他的弟子梁啟超。這消息讓他著實興奮了一些時候，儘管他一直不喜歡報紙上印出來的康南海照片，鬍子的造型讓他有說不出的彆扭。他給李贊奇寫信：真想去京城看看，見證一個偉大時代的到來。李贊奇回信波瀾不驚：老弟，矜持點，偉大的時代不是煮熟的雞蛋，剝了殼就能白白胖胖地蹦出來。又被李贊奇的烏鴉嘴說中了。再次得到變法的消息，譚嗣同、康廣仁、林旭、楊深秀、楊銳、劉光第已經被推到菜市口砍了，康有為和梁啟超的通緝令也沿運河貼了一路。不知道他們躲到了哪裡。謝平遙為康梁的安危很是擔心了一陣子，整個人七上八下地懸著，好像自己也成了在逃犯，生活總也落不了地。好在造船廠旁邊有家麵館，隔三岔五早上去吃碗麵，熱呼呼地下了肚，這一天才能稍稍踏實一點。但飯量明顯小了，老闆娘親自下廚做的正宗長魚麵，也只吃得下一碗。

造船廠有官員就有等級，有等級就是個衙門，衙門裡所有的規矩大家都心照不宣地遵守。比如，就算屁事沒有，大家也都裝模作樣地上下班。就是打麻將、推牌九，也要去衙門裡打，在衙門裡推，這是恪盡職守；把牌桌搬回家打，那是瀆職。除此之外，就是為虛空中的利益和官階鉤心鬥角。所有人都知道漕運日薄西山，造船廠也行將就木，一個個也都在為自己的將來另謀生路和前程，但見到肉丁大的好處還是攥死了不撒手。造船廠裡除了上頭下來的各種旨意和命令，基本上與世隔絕，依著某種慣性的形式主義在運轉。謝平遙時常有悲涼的淪陷感，彷彿內心裡長滿了齊腰高的荒草，他覺得自己正一寸寸淪陷在喪失了切膚之痛的抽象生活裡。

等災民三五成群沿運河南下，謝平遙才知道天下又出大事了。華北旱災。等他在運河邊看到更多災民順水而下，更有一貧如洗的災民船都坐不起，挈婦將雛沿著河邊蹣跚而過，義和拳的紅衣黃衫已經飄滿北中國，滅洋扶清，見洋人就殺，然後嘯聚北京，劍指皇城。接著八國聯軍入京，燒殺搶掠，皇太后和今上狼狽出逃；然後義和拳被鎮壓。從京城到清江浦，千里不止，消息總要滯後一些時日，但一切都順延，倒也無妨，每一條舊聞按順序來到，也都是新聞，謝平遙無須豎起耳朵，就在碼頭邊坐著，漁陽鼙鼓動地來，天下是真亂了。亂紛紛你方唱罷我登場，謝平遙還沒來得及理出個頭緒，李贊奇電報到了。

李贊奇的意思是，待不住別硬待，該動就動起來。在謝平遙看來，李贊奇舉手投足滿滿的大哥範兒，你把屋頂掀了，他照樣穩坐如泰山；但就是這個穩重到總要慢半拍的人，前兩年也從翻譯館出來了，在上海《中西畫報》做主筆，專寫歐美的新鮮事，讓中國人看看一個真實的海外世界。這給了謝平遙鼓勵，幾封電報後，他跟妻子商量過，決定離開造船廠，來接替傷了腿的李贊奇。還是在一個吃了兩碗長魚麵的上午，他給上頭遞交了辭呈。兩碗麵吃下去，脹得想吐，他憋著。這是個儀式，新生活開始了。

「感覺此人如何？」

「人不壞，有點沒正形。」

「是個樂天派。」李贊奇說，「毛病是囉唆，偶爾有點小任性。」

「領教過了。在他坐進吊籃之前，就在街市上遇過兩次。」

上午謝平遙到的無錫。下了船在街巷裡亂走，打聽錫藍客棧在哪兒，竟沒人知道。他也不急，天尚早，無錫頭一回來，邊看邊找，睡覺前落腳到客棧就行。運河穿過無錫和淮陰，但兩處的風物大不相同。無錫的水更多，支支汊汊，陽光都帶著潮氣，街巷的石板路長滿青苔。無錫人說話好像只有舌尖在幹活兒，彈動翻卷，那些清細嬌糯的聲音像受驚的鳥，迅速擦過他耳邊，抓不住。交流上有障礙，他就多看少說，能不開口就不開口。中午走餓了，找家麵館坐下，斜對面是個洋人。開始真沒在意，那洋人穿著中國的長袍馬褂，頭上還蓄了根假辮子，不出聲就跟隨便一個中國男人沒兩樣。但那洋人出聲了，要辣椒，他不會說辣椒，也知道說外語店小二聽不懂，就把筷子往醋瓶子裡挑一挑，放到碗裡攪拌一番，再把沾滿湯水的筷子放嘴裡吮，做出抓耳撓腮、腦門冒汗的樣子，嘴裡嗚啦嗚啦地叫。為表示並不懼辣，他把假辮子在脖子上繞了兩圈，英勇地撇撇嘴。店小二看明白了，周圍的人都看明白了，洋人好不得意，學旁邊的中年男人，右腳一拎，踩到了長條板凳上，側身半個屁股支撐住身體。這一套中國式動作相當地道。

辣椒上來，洋人挑了一大筷頭放麵裡，呼嚕呼嚕地吃，頭髮裡直往外冒熱氣。謝平遙也要了辣椒，以他的重口味，這個辣度也相當過硬。

下午再遇到小波羅，是在泰伯橋邊的茶館。謝平遙從南長街走到清名橋，有點累，在橋頭石階上坐下，遠望一片冒煙的街巷，問當地人，說在燒窯。多年前讀過兩句詩，記不清誰寫的，「城南一望滿窯煙，磚瓦燒來幾百年」，好像說的就是這裡。謝平遙捶捶腳背，起身往窯煙處走。隨著河道繞，就來到泰伯橋上。橋邊有臨街茶館，像吊腳樓一樣伸出一個寬闊的平臺，吃麵的洋人斜倚著美人靠，正端著蓋碗茶杯在喝茶，喝一口閉上眼，搖頭晃腦地品味。這種裝模作樣的動作謝平遙不喜歡。這些年見了不少洋鬼子，真傻的有，大智若愚的有，懵懵懂懂的有，這些都不討厭，看不上的就是那些裝模作樣的：要麼刻意做出親民的姿態，謙卑地與中國人同歡笑，骨子裡頭卻傲慢和偏見得令人髮指；要麼特地模仿中國人的趣味和陋習，把自己當成一面鏡子，讓你在他的模仿中照見自己，曲折地鄙視和取笑你；還有就是小波羅這號人，一個觀眾沒有，也一臉入戲的銷魂表情。因為看不上眼，反倒多看了一會兒。河道裡船隻往來如梭，賣布的，運絲的，販菜的，拉磚的，趕路的，送客的；還有一支送親歸來的船隊，每一枝櫓上都繫著紅綢布，喝紅了臉的男人跟水邊洗衣的婦人唱酸曲，被潑了一脖子水。小波羅看著運河裡的熱鬧咧開嘴大笑，笑完了繼續喝茶。茶水喝光後，他把茶葉一片片撈出來，攤在美人靠上數。

在後來沿運河北上的時光裡，謝平遙發現小波羅一直保持著數茶葉的習慣：要麼是喝的時候數，看茶葉緩慢舒展開來，最後沉下去；要麼喝過後撈出來數。他喜歡喝中國茶的感覺，茶葉在碗裡飄飄悠悠，那感覺差不多就是地老天荒吧。但這個細節在當時，被謝平遙歸為了外國人的矯情。李贊奇問他對小波羅的感覺，他的回答已經相當節制了：人不壞，有點沒正形。

李贊奇表示同意。這傢伙的確跟別的洋人不一樣，中國人都未必能跟他吃到一個鍋裡。一個意大利人，吃點麵就行了，他不，非要吃中國米飯和燒餅，還得頓頓辣椒。筷子都夾不穩，但堅持不用刀叉，說中國人才文明，吃飯用的是竹木，不像他們歐美人，上飯桌就手持一堆凶器。

「忍忍吧，」李贊奇說，「總比天天逼著你跟他一塊兒吃西餐好吧。」

「你們在說啥？」小波羅用意大利語問李贊奇，「是中國的悄悄話嗎？」

「我們在說你的衣服很好看。」李贊奇說，「迪馬克先生，從今天起，你得說英語了。」

「不好意思，謝先生，這就改。」小波羅改成了英語，「謝謝你們誇我衣服好看，我的辮子不好看嗎？」

「好看好看，」謝平遙說，「比我們的好看多了。」

「那當然。假的再做得不如真的好看，那作假還有什麼意義呢？」小波羅把假辮子揪下來，捧在手裡給他們倆看。油黑挺拔，比謝平遙和李贊奇兩個人的辮子捆在一起還粗壯。

謝平遙撇撇嘴，用漢語對李贊奇說：「這麼饒舌，真怕受不了。」

「若是不痛快，」李贊奇壓低聲音，也用漢語說，「價就往高裡要。他們喜歡一錘子買賣。」

「你們又背著我說什麼呢？」

「贊奇兄問我，迪馬克先生是不是很帥。」

「謝謝。」小波羅在床前鞠了個躬，「要是眼窩淺一點，鼻梁再低一些，頭髮不那麼鬈，我會更帥。」

第二天他們離開無錫城，往常州方向走。他們，小波羅、謝平遙和邵常來。李贊奇留在錫藍客棧，還得再養幾天。拄著拐能動了，自己坐船回上海，回杭州也行，他老家在蕭山。邵常來是小波羅在杭州雇的隨從，二十八歲，個兒不高，但長了一副好肩膀，做過多年挑夫，是在杭州謀生的挑夫中的一員。四川男人天生能做一手好菜，所以又兼了廚子。照李贊奇的說法，以小波羅偏僻的愛好，很可能邵常來首先是當廚子來雇的，順帶做挑夫。作為廚子水準如何，謝平遙不清楚，來不及吃他做的飯菜。昨晚到客棧，陪著李贊奇在病床前聊到半夜，就著三五個小菜，喝了兩壺酒；兄弟多年不見，必須喝到位才行。菜倒是邵常來出門買的，豬頭肉、蘆蒿炒香乾、熏魚、醬骨頭、涼拌麻辣麵筋、油炸花生米。加上小波羅和邵常來，四個人兩斤燒酒。邵常來要收拾行李，地位上也算下人，意思一下就算了；小波羅跟著起鬨，要「深刻體驗」一下中國白酒，剛二兩就趴在八仙桌上睡著了。今早就出發，小波羅要吃最後一頓小籠包。謝平遙把李贊奇也攙到客棧旁邊的早點鋪，鮮肉和蝦仁餡各來一份，佐以紫菜蛋花湯，湯湯水水下肚，渾身通泰。

做挑夫，謝平遙覺得邵常來絕對夠格。小波羅一個人的穿戴行頭就裝滿了兩隻箱子，還有他帶的各種測量水文的儀器、羅盤、柯達相機、一把防身的勃朗寧手槍和一把毛瑟槍、一路上要看的書和資料、寫作需要的墨水和紙筆、一根哥薩克馬鞭、茶葉，以及喝功夫茶的全套茶壺和杯子。此外還有邵常來自己的一點行裝和小零碎，一堆大小不同的箱子和包裹，多得像搬家。邵常來條分縷析地分置在扁擔兩頭，下蹲的時候，左右肩膀上兩塊磨出老繭的肌肉奔突兩下，輕輕一聲咳，所有家當應聲而起。從側後方看過去，一堆移動的行李中只剩下邵常來的一顆頭。謝平遙的柳條箱自己拎著，他擔心邵常來挑不起那個擔子，一根草他都不忍再加。看來他過慮了。

邵常來挑著行李，步子邁得小，速度卻挺快。謝平遙拎著箱子，肩膀上還有一個包袱，裝著隨身用的雜物。小波羅空身人，只拎著一根拐杖，拐杖通體紫紅，像紅木質料，其實外殼是鋼鐵做的，掌心握住的地方鑲了一塊乳白色的東西，小波羅說是象牙，謝平遙辨不出真假，但漂亮是沒得說，漂亮得更像一個擺設。三個人出了客棧，沿潮濕的青磚石板路去往城外碼頭。李贊奇拄著拐站在錫藍客棧門口，空出一隻手對他們揮。

上船時謝平遙發現多了兩桶水，邵常來託人從惠山買來的，提前送上了船。都說第二泉的水好。蘇東坡路過無錫，也專程去嘗嘗，「獨攜天上小團月，來試人間第二泉」。買來燒開了給迪馬克先生泡茶。這兩桶水讓謝平遙心生一點小溫暖，長路漫漫，有同伴如此，此行應該不會讓人太過煎熬。

船在蘇州就租下的，先行一個月，租期滿了看雙方意願，再定是否續租。船老大是蘇州人，姓夏，帶著兩個徒弟當幫手，師徒三人輪流值班，撐篙、掌舵、划槳、搖櫓、守帆，行程緊急可以日夜兼程。

因為李贊奇的腿傷和等候謝平遙，北上的行程耽擱了幾天，上了船，小波羅讓謝平遙轉告船家，帆漲滿，槳掄圓，把時間追回來。小波羅此行專為考察運河來中國，決意從南到北順水走一遍，時間緊，任務重。在漕運總督府公幹的幾年裡，謝平遙接待過好幾撥研究運河的外國專家，不過都是局部陪同，近的帶他們去看清江閘、黃河與運河的交錯處、洪澤湖的防洪大堤，遠的到揚州，見識一下邵伯閘。此外就是給他們的衣食起居、吃喝拉撒提供翻譯。這些外國專家一個個打扮得倒挺體面，西裝革履，有的還穿燕尾服，從河邊回到驛館，腐朽起來跟衙門裡的大人不相上下。有個英國來的大肚子老頭兒，脫下高筒靴裡的臭襪子讓謝平遙洗，謝平遙說，您稍等，轉身走了。還有一個荷蘭來的先生，可能阿姆斯特丹的紅燈區去慣了，在驛館裡悄悄問謝平遙，能不能介紹個便宜點的中國女人，最好長得漂亮，腳又很小。謝平遙用漢語送他一句國罵。他問啥意思，謝平遙說，問候您母親呢。紅頭髮先生說，這種時候還問候母親，讓人怪不好意思的。由此，謝平遙對這些公派考察的外國專家，跟對衙門裡名為視察實為遊山玩水搞形式主義的大人們一樣，提不起興趣。

但是李贊奇說，這個小波羅不一樣，自己掏腰包，不標榜什麼專家，純粹是好這口。此人生長在離威尼斯不遠的小城維羅納，就是茱麗葉的老家，羅密歐與茱麗葉的那個茱麗葉。喜歡水，沒少跟父親去威尼斯。老迪馬克先生早先是個做鞋的，做鞋做發了，成了個工廠主，業大了求發展，在威尼斯買了幾條兩頭翹的遊船貢朵拉，雇人在運河裡一年到頭搖。老迪馬克的工作主要是坐船和乘車，維羅納、威尼斯兩頭跑收錢。小波羅從小跟父親去威尼斯，對瀉湖、運河頗有些心得，威尼斯周圍大大小小的島嶼全跑遍了。著名的馬可．波羅在威尼斯待過多年，小波羅少年時代就尊他為偶像。小波羅原名 Paolo Di Marco，保羅．迪馬克，為了向偶像致敬，又不至於背叛祖宗，默許別人微調一下，叫他 Polo Marco，波羅．馬可，所以李贊奇叫他小波羅。偶像在元代來到中國，待了十七年，深得忽必烈的賞識；第二次出訪是下江南，從大都沿運河南下，抵達杭州，再由杭州向南，翻山越嶺，穿涉峽谷，到了福州和泉州。小波羅要逆流而上，把運河走一趟，好好看一看偶像戰鬥過的地方。

三月的江南春天已盛。從無錫到常州，兩岸柳綠桃紅，杏花已經開敗，連綿錦簇的梨花正值初開。河堤上青草蔓生，還要一直綠到鎮江去。小波羅坐在船頭甲板上，一張方桌，一把竹椅，迎風喝茶。一壺碧螺春喝完，第二泡才第一杯，脖子上已經冒了一層細汗。「通了，通了。」他用英語跟謝平遙說。謝平遙糾正他，是「透了」。中國人談茶，叫喝透了。

謝平遙坐在旁邊另一把竹椅上，手裡一卷《人類公理》，在常州一家書坊淘來的。小楷恭錄的手抄本，老闆賣了個大價錢。此前他在朋友那裡聽說過此書，據說是南海先生所作。沒署名，他不敢貿然確認，單看文風與思辨，倒是和他在報章上零星讀過的康有為文章有幾分像。小波羅在常州倒是沒花多少時間，到青果巷轉了一圈，水果、小吃，能進嘴的都嘗了一遍。聽說城外有一家天主堂，獨自一人去了，不讓謝平遙陪。他想一個人走走。謝平遙擔心出岔子，給他寫了幾張紙條，一旦遇到麻煩，問個路什麼的，可以把紙條遞給人看。謝平遙就陪邵常來找地方兌現金，三個人的日常花銷用。他們帶了銀錠、墨西哥鷹洋和一張銀票，票號裡收了墨西哥鷹洋。這東西少，稀罕。兌過錢，邵常來去採買吃食，謝平遙抽空逛了書坊，還買了兩盒著名的龍泉印泥。

他回到船上，小波羅也回來了。天主堂如何，見到了誰，小波羅沒說，但看他表情，謝平遙知道可能白跑一趟，更無須問了。

船離了常州，人聲漸稀。運河裡往來船隻也不少，但像泊在碼頭上那種鄰居的感覺就沒了，迎面和前後船趕超時打個招呼，只是過路人匆匆的熱情了。再走出十幾里，連揮一下手的願望也消失了。春光再好，一路單調地繁華下去也會熟視無睹。也有並駕齊驅一陣的小船，那是為了看清外國人到底長什麼樣。這種時候小波羅很配合，各種搞怪，一會兒斜眉吊眼，一會兒怒目金剛，還做出羅馬勇士的動作來。謝平遙懶得看他笑話，翻兩頁書，掃幾眼景，慢慢人就出了神，從書本和風景中游離出去。

他對河道和野地不陌生。這幾年他就在大河邊，造船廠在一片野地裡。就算在漕運衙門，騎馬半個時辰也可以跑到荒無人煙處，但他多年來從未得到過如此開闊的放鬆。若人的內心裡也有一雙眼，那他的這雙眼一直霧障重重。總覺得眼前事一件堆著一件，心裡的疙瘩一個摞著一個，事究竟有哪些，疙瘩到底是什麼，不重要，也弄不清楚，他只是感到憋屈。現在知道了，他其實在持久地渴望一種開闊的新生活，但無法從慣性裡連根拔起。儘管他並不清楚何種生活才算開闊。他跟那個決絕地離開翻譯館的二十出頭的小夥子比，猶疑了，怯懦了，也渙散了，懈怠了。所以，他要感謝老大哥李贊奇。李贊奇十二道金牌催命電報，逼他做了決定。

河水濺上船，濕了他的鞋。調整風帆的老夏爬在桅杆上，提醒他收回右腳。謝平遙對他作個揖，伸直腿，一腳蹬進了運河裡。老夏在高處大笑。他也笑，把竹椅子移到甲板邊，另一隻腳也伸進水裡。在運河邊生活幾年，從沒在這個時候把腳伸進過水裡。怕冷?也不是，就是沒幹過。如果他是個跑船的呢?他突然醒悟，老夏並非笑他天真任性，而是笑他濕個腳沒屁大的事也如此隆重。小波羅此刻喝著茶，專心看地圖，指著一個點對謝平遙招手：

「揚州!揚州!馬可·波羅的揚州!」

「早呢。」謝平遙腳收回甲板，脫掉鞋襪把水擰乾。風吹過濕的腳，像有涼絲絲的手在來回撫摸，「過了鎮江才是揚州。」

過了鎮江，才是馬可．波羅待過的揚州。

「波羅說他在揚州做過總管。總管在你們國家是多大的官？」

「除了他自己，沒人知道他做過揚州總管。一部史書都沒提過。」

小波羅聳聳肩，「那是你們識字的人太少。」

謝平遙聳了聳肩。他慢慢就發現，儘管小波羅無比熱愛中國文化和風物，但歐洲人傲慢和優越感的小尾巴總是夾不緊，一不留心就露出來。他還是更願意相信他們自己的出處。當然他也會盡力克制，方式之一就是拿出自己的牛皮封面的本子，嘩啦啦寫上一陣。上好的小牛皮包裝，打開牛皮小帶扣，紙微黃，意大利產。用一支派克鋼筆，小波羅隨時會對運河做紀錄。有新發現、新想法，也會跟邵常來比畫，幫他到行李箱裡取本子和筆。他理想的寫作方式是用中國的紙筆，但他不會拿毛筆，更搞不懂宣紙上墨汁暈染的規律，而是用毛筆寫曲裡拐彎的意大利字母，自己都會被繞暈。船上又動盪，根本下不了筆。由此他又誇讚中國人，就是氣派有範兒，寫個字都得筆墨紙硯全套伺候，真排場。做運河的田野調查紀錄，他要求謝平遙不離左右，很多中英文詞彙之間的轉換和表達經常脫節，關鍵時候得謝平遙幫一把。他有意外之喜，這個翻譯竟跟運河有如此瓜葛，上到漕運總督府裡有關運河的大政方略，下到河邊日常生活的細節和經驗，謝平遙簡直就是部運河百科全書。

他把謝平遙慷慨地稱作「貴人」。他從邵常來那裡現學現賣來的這個中國式說法。邵常來在杭州日子過得相當緊巴，那段時間活兒出奇的少，每天在武林門碼頭抱著扁擔空杵著，經常從早到晚腿站抽筋了，還等不來一個客人。那天邵常來因為餓得頭暈膽子才大起來，第一個衝到船頭，扁擔上的鉤子鉤住了行李，才發現客人是個洋鬼子。他對洋人沒好感。老家那邊有不少傳教士，一等鄉親們幹完活兒，就把他們召集起來，關在教堂裡念奇怪的經文。聽說像唐僧念緊箍咒，也可能是放洋蠱，反正鬼鬼祟祟的。還給他們發顏色怪異的各種藥丸。有人說那些高鼻深眼的傢伙跟咱們不是一個人類，對他們來說，中國人最適合做藥引子。他有點信。自從洋教士來到他們那裡，經常有小孩和婦女的眼睛、心肝被挖掉。但邵常來那天顧不上了，吃上一頓晚飯更要緊。他挑起行李就跑，價錢都沒談。這給了小波羅第一個好印象。他來中國有陣子了，單上海就待了大半個月。耗他時間最多的，除了辦外務護照和各種在中國通行的手續，在各個效率低下的衙門機關顛三倒四地反覆跑，就是買東西。除非中國人要多少錢你給多少，否則討價還價沒完沒了；不還價又不行，一個銀洋能解決的事，他們張口就要你八個十個。這挑夫爽快。看上邵常來的第二個原因，是他把小波羅和李贊奇送到客棧後，帶他們去了一家四川菜館。那家館子偏僻，一般杭州人都找不到，但菜不錯，小波羅吃得嘛嘛啦啦一身大汗，直叫好。邵常來看出來，該洋鬼子對辣椒的鑒賞力也就是個初級水準。蹭了一頓飽飯，飯後醉上頭，邵常來膽子更大了，讓李贊奇翻譯給小波羅，有好食材，他的手藝絕不比這館子差。小波羅說好啊，要知道紅勤酒好不好，必須親口嘗一嘗，你到後廚去，錢我來付。邵常來也不客氣，唰唰唰，牛刀小試，一盤麻婆豆腐上了桌。麻、辣、嫩、燙，小波羅差點把舌頭都咽到肚子裡，比剛剛要的那份好吃兩倍半。吃到半截，小波羅問：

「願意跟我們走不？」

「意大利？太偏了，不去。」

「北京。」李贊奇說。

「皇帝待的地方？我得想想。」

小波羅掏出一錠銀子，啪一聲拍在飯桌上。

邵常來瞳孔立馬放大，「去！我去還不行？」

按照口頭的約定，這一路到北京是個大買賣，掙到的銀子回老家買塊地，娶個老婆生個娃，都不是問題。就這麼定了。邵常來覺得自己走了狗屎運，撲通跪到飯桌前，「小人給洋大人磕頭了。您是我的貴人！」又給李贊奇磕，「李大人您也是小人的貴人。」

李贊奇趕緊把他扶起來，「這裡沒有什麼大人小人。誰的膝蓋都金貴，別沒事就朝地上放。」

「他說啥？」小波羅對下跪也不適應。

「說你是他的貴人。」

小波羅從此就知道「貴人」是個啥東西了。現在他把地圖攤開，想跟他的「貴人」聊一聊地圖裡面的事。小波羅用的是德國人繪製的中國十八省軍事地圖，謝平遙在漕運總督衙門裡見過，也是普通民眾所能見到的最好的地圖。有些地名的拼寫讓中國人都莫名其妙，尤其是翻譯成漢語，不知道說的是哪裡；距離的測算也欠精確，以他對淮安的了解，照這個比例尺，運河早流到幾百里外去了。儘管如此，衙門裡的那群大人罵完了，還得繼續用，你弄不出更好的。小波羅的手指在地圖上的河道裡穿行，像一艘船，但比最慢的手搖船還要慢上十分。猶猶疑疑，彷彿在每一個看不見的小碼頭都可能停下來；尤其行至運河分汊處，他的手指頭就成了搞不清風向的帆船，在分流處團團打轉；他不知道該往哪個方向走。他手指頭走的方向不是從南到北，而是從北到南。

北京。通縣。楊村。天津。靜海。青縣。滄縣。東光。景縣。故城。武城。臨清。聊城。安山。南旺。藺家壩。易橋。窯海。宿遷。淮陰。寶應。高郵。邵伯。三江營。鎮江。

剛過鎮江他的食指停下了。再走就是回頭路。

「以一個中國人的生活習慣和思維方式，」小波羅說，「如果你是南方人，讓你在運河沿岸選一個地方生活，你會選哪裡？」

謝平遙點在了小波羅食指沒到的蘇杭之間。停頓了幾秒，又慢慢往回走，最後落在英文的北京字樣上，「我個人選這裡。」

「如果你是北方人呢？比如北京的、天津的。」

謝平遙的手指從北京的頭上抬起來，又落下來，在京津之間。

「我說的是一個普通中國人。」小波羅說。

「我就是一個普通中國人。」

「一個外國人呢？比如，英國，美國。現在，今天。」

謝平遙還點在京津之間。

「安全嗎？義和拳剛鬧過，你們自己的皇帝和太后還躲在西安呢。」

「他們躲的是你們，不是義和拳。」謝平遙說，「扶清滅洋、替天行道，可不是從京城先開始的。拿你們洋人開刀，也不是從北京開始的。」

「你說得我脖子上一涼。」小波羅摸著後頸，做出驚恐的表情。此時夕陽西下，半邊運河水像一塊綿延起皺的猩紅綢緞。前面的船隻經過，劃開水面，聽得見鋒利細小的裂帛之聲，隨後水面平復，綢緞又無盡地鋪展出去。小波羅用布萊恩特與梅公司生產的大火柴，點上一根馬尼拉方頭雪茄。這種火柴一盒只有十八根，貴得要死。「李先生提醒我，我可能挑了個錯誤時間來中國。」

這也是謝平遙擔心的。可能不僅是個錯誤的時間，還是個危險的時間。一路向北，正朝著義和拳的腹地去。好在這幾天還安全。

「在無錫的十幾天裡，我每天一個人到處跑，就是想看看大清國對我保羅．迪馬克先生是不是還友好。」小波羅說起來很是得意，每一口雪茄吸得都很深，「非常友好。沒人找麻煩，頂多就看個熱鬧，像看動物園裡的猴子。那有什麼？長出這張奇怪的臉就是被看的。有一年我在荷蘭見到美國旅行家W．E．蓋爾（William Edgar Geil），我們前後腳去阿姆斯特丹看運河。他跟我說，更值得看的是中國的運河。我們倆還約定，要一起來中國。來的時候找他，沒見人影，不知道他跑到哪兒去了。蓋爾先生你不知道？那才是大旅行家。我要跟你說的是，蓋爾先生親口對我說，咱們長出這張奇怪的臉就是用來被看的。他去非洲，那群黑人裡三層外三層地來圍觀他這個小白臉，你猜他老先生怎麼做的？偉大的蓋爾先生盤腿坐在部落的一個樹樁子上，讓非洲朋友看了個夠。他還對他們說，想摸一下我的臉嗎？來吧。然後伸長脖子。」小波羅又深吸一口雪茄，模仿蓋爾先生把脖子伸出來。嘭一聲，船震了一下，小波羅喉頭一緊，那口煙全咽進了肚子裡，嗆得他眼淚都咳出來了。船又是一震。小波羅本能地抓住他的紫砂茶壺和茶杯。他們聽見老夏尖細的嗓門兒喊：

「怎麼回事！」

二徒弟回：「師父，有人挑事！」

他們倆扭頭往後看。穿過兩側船艙之間的狹窄通道，他們看見二徒弟攥著船篙立在船尾，後面有一艘船貼上來，比他們的小一號。大徒弟從駕駛艙伸出頭，被師父一揮手摁了回去。邵常來在狹小的廚房裡準備晚飯，捏著一把菠菜也走出來。老夏撣撣袖子，走到船尾，對那艘船抱抱拳：

「道上的朋友請賜教。」

一個嘻嘻哈哈的男聲傳過來：「風大了沒控制好帆。對不住對不住啊。」

這聲音耳熟。老夏拍拍二徒弟肩膀，小夥子撤到一邊，閃出說話的人。一個生著絡腮鬍子的寬肩男人。離夏天尚遙遠，那人穿著短袖粗布汗衫，攥一下拳頭，胳膊上的肌肉疙瘩就蹦跳不止。謝平遙午飯後見過此人。當時小波羅四仰八叉地躺在甲板的竹椅上打瞌睡。他也有點春睏，歪倒在艙鋪上翻看龔定庵先生的詩集《己亥雜詩》，有一搭沒一搭地眼皮直打架。小波羅喊密斯特謝。他到甲板上，小波羅正跟旁邊船上的一個人說話。那艘貨船比他們的船小，可能是回程，只裝了小半艙白皮的松木，吃水不太深，貨船的帆又大，速度並不比他們慢。那人當時就穿著這件短袖汗衫。他讓謝平遙翻譯給小波羅：

「家是哪兒的？來咱大清國是搶錢呢還是拐媳婦？」

此人發音部位靠後，一聽就是北方人。

謝平遙翻譯：「哪個國家的？來中國是掙錢呢還是找媳婦？」

小波羅樂了，還能找媳婦啊，「好啊，拜託大哥，有好看的幫我找一個唄。中國姑娘甩意大利女人半條運河呢。」

那人就說：「假洋鬼子，你跟真洋鬼子說，那得看他身上長多少毛。毛多呢，給他介紹個母猩猩；毛少，就抓隻母猴湊合一下吧。」

那人臉上的表情相當友好，說話的時候一直對著小波羅和謝平遙微笑。但他船上的另外三個漢子笑得前仰後合，拍著大腿跺著腳開心。謝平遙知道遇上刺兒頭了。他對洋人固然存著戒心，但對這類沒來由自大的國人也根本瞧不上。他也微笑，對小波羅翻譯：「他有兩個妹妹，一個頭髮長，一個頭髮短，你喜歡哪一個？」

小波羅說：「當然是頭髮長的啦。」

謝平遙翻譯：「迪馬克先生說，如果有可能，他對你的大妹妹更有興趣。」

那人差點從船上跳過來。幸虧後面的兩個人拽住，他只能原地跳腳一頓痛罵。另一個人去調整了一下帆，他們的船跑到前面去了。

小波羅很委屈，他對謝平遙攤開兩隻手，「我是不是該選短頭髮的妹妹呢？」謝平遙也對他攤攤手。小波羅重新躺倒在竹椅上，睜大兩隻眼，吧唧著嘴，「本來挺美的午覺。這下一想到長頭髮的美麗姑娘，哪裡還睡得著。」

沒在意他們的船什麼時候到了後面。

小波羅要起身去看，被謝平遙攔住。那人就是衝小波羅來的。他穿過走道到船尾，老夏還在和後面的船交涉。見謝平遙過來，老夏對他做出止步的手勢。船上的事首先由船老大負責。老夏說，右邊的河汊裡有隻白鷺，看見了吧朋友？行船看見白鷺，是吉兆，祝兄弟發財。都往河汊看，果然一隻細瘦的高腳白鷺立在水邊，曲項問天，周圍是薄薄的一片綠，襯得白鷺更像個舒展的獨舞造型，賞心悅目。

「有這事？」短袖汗衫說，「嗨，假洋鬼子，問問你們家真洋鬼子，他家那邊是不是也這規矩？」

他身後一個脖子上繞一圈辮子的漢子過來，拍他的肩膀，壓低聲音說：「過了白鷺再說。」

另兩個也說：「大哥說得對。出門在外，寧信其有。」

突然間眾叛親離，短袖汗衫臉上有點掛不住，但他還是忍了。跑船，相當程度上是靠天吃飯，誰也說不好在下一個漩渦之前會遇上什麼，所以，心落下來最重要，懸著早晚出事。貨船側到左後方，很快就和他們齊頭並進。短袖汗衫還站在甲板上，對著小波羅豎起小拇指。小波羅對他舉舉茶壺，「短頭髮的妹妹也可以啊。」他完全不知道剛才出了什麼事。

「喝洋墨水的，」短袖汗衫喊，「你給老子譯譯，這鬼子他放了什麼屁。」

謝平遙知道他在給自己找臺階，那就讓他下吧。這一次挑釁，他也有份兒，要是他不姐姐妹妹地譯，可能就沒這一齣。於是他說：「迪馬克先生邀請你喝茶。」

「咱們好好的茶，給他喝糟蹋了！」短袖汗衫的聲音被風吹走了大半。風把他們的船也往前送了一大截。

他們遠遠地領先了。

老夏讓二徒弟降了帆，減速。太陽落盡。黃昏從大地上升起之前，先從水裡泛上來，半條運河開始變成混濁的暗黑。二徒弟不懂為什麼要慢下來，照理此刻該加班加點往前跑，才能趕在萬家燈火熄滅之前，停靠進下一個市鎮碼頭。

「讓他們走。」師父確認過補給沒問題，蹲到船尾抽了一袋旱菸，吐出煙霧時慢悠悠地說，「不要在天黑之前與人為敵。」

「咱沒惹他們呀。」

「你在，就是惹了。」

二徒弟聽得稀里糊塗，「師父，您說看見白鷺會有好事，咱們水上真有這規矩？」

「信，它就有；不信，就沒有。」

二徒弟抓耳撓腮了。

老夏抽完菸，對著船幫磕掉菸灰，站起來，對著大徒弟喊：「一看見人家就停下，就地夜宿。」

「師父，您是說停在人家那裡？」

「豬腦子！看見人家就停！」

露宿荒野，小波羅沒任何意見，來到中國他還頭一次看見這麼多星星。因為不趕著去碼頭，他們泊下船就開始做晚飯。小波羅、謝平遙和邵常來單開夥，先做，也就先吃。老夏師徒三人另起灶。全吃好了，小波羅提議到河堤上走走。這一頓邵常來做了個小炒肉，辣椒足肉更香，下飯，小波羅吃多了。老夏是個謹慎人，他決定半道上過夜就為了兩個字：安全。短袖汗衫不像個善茬兒，惹不起躲得起，錯過今夜，這輩子你想見他也未必見得著。小心駛得萬年船。他跟謝平遙解釋，這裡停下也好，附近有個教堂，沒事可以去看看，沒準迪馬克先生能見到老鄉。最近兩年這條線跑得少，過去和大徒弟經過這裡，經常看見教堂門前一群人在嗯嗯啊啊地說唱。他把所有外國人都當成小波羅的老鄉。老夏的謹慎還在於，他讓邵常來留在船上，派大徒弟陪著小波羅和謝平遙上岸。我的人給你們保駕，可隨意驅遣，也算留個人質。你們也有人留守船上，他會知道我們沒有對行李等物動過手腳；此外大可放心，我們也不會把你們給扔掉。在以後數日的岸上活動中，這也成了固定的模式，不過是陪同的人由大徒弟換成二徒弟。二徒弟小，坐不住，也給他放放風。

那一晚，他們踩著顫顫悠悠的跳板上岸，頭頂滿天繁星。聽說有座教堂，小波羅勁頭兒更大。他拄著拐杖，腰帶上別了哥薩克馬鞭，說是防野狗。

四野漆黑，借著天上和運河裡的星光，方能辨出河堤上一條彎曲的小路。多少年裡無數雙腳，在大地上終於踩出這一條長不出草的幾腳寬的路。枯死的草，新發的草，在夜裡都是黑的，只有道路明亮。大徒弟走在前頭，小波羅次之，謝平遙斷後。他們朝著遠處囫圇的房屋的黑影子走。房屋分散的村莊裡，零星有幾處昏黃的光，更顯得房屋和生活的低矮。大徒弟說，如果沒記錯，教堂就在村莊後面。他重複了師父的叮囑，看看教堂就行了，能不進村就別進村。多一事不如少一事。

望山跑死馬，夜晚看著燈光走也能累死人。總覺得近在眼前，走了一身汗還沒到。後來聽見幾聲夢幻般的狗吠，小波羅把鞭子握在手裡，但連一條黃鼠狼都沒有從他們眼前跑過。村莊和夜晚的河流一樣安靜。靠近村莊的那一段河堤矮了下去，走的人多，越踩越低。碼頭也簡陋，就是在河邊裁出一塊方方正正的空間，像他們這樣的大船，也就夠停靠一艘。貼著岸並排插了幾十根木樁。碼頭上的臺階也是木頭做的。如果三個人的眼神足夠好，能看出那些是楊木，因為在水裡浸久了，正腐爛變黑。小波羅下到碼頭上跺了一下腳，差點把木臺階踩塌了。他們從河堤繞到村莊後面，在黑暗裡看到一間更黑暗的細腳伶仃的房子。大徒弟往高處指，小波羅和謝平遙才發現屋頂上還豎著一個更加細弱的十字架，大概因為某一天風大，十字架被吹歪到教堂屋脊的右側。

教堂黑燈瞎火，門緊閉。荒草長進了門檻裡面。小波羅興沖沖要去敲門，謝平遙建議讓大徒弟來。大徒弟行走江湖早有了經驗，敲三下，停一停，添了點力再敲三下，又停一停。第三個三下敲完，有人從不安的睡夢中醒來，沒好氣地喊：

「哪個倒頭鬼？這屋子已經被老子占了！」

大徒弟又敲了三下。趿拉著鞋走動的聲音從裡面傳出來。

「誰啊？」用的是方言，門牙處走風，「還讓不讓人活了！」

門打開的吱吱扭扭聲也不爽利，門窩受潮了。果然，裡面的人罵罵咧咧地打開門，濃重潮濕的霉味像根棍子砸過來，噎得他們仨一口氣差點沒上來。老人眼神不好，披著衣服，湊到三人臉上來看他們。就這樣也沒看清，至少沒看出小波羅是個外國人，要不他也不會說，別仗著你們人多勢眾，爺兒仨都上我也不怕。他把長鬍子的小波羅當成了另外兩人的爹。

「您是神父？」謝平遙代小波羅問。

「我不是神父，」老頭兒說，嘿嘿一笑，張開嘴，一個烏黑的大洞，「我是師傅，修鞋的。十幾年前的事了。」

「現在呢？」

「你們也無家可歸？那我跟你們一樣。」

「您知道神父去哪兒了？」

「不知道，半年前我到這裡就沒見著。當時我推開門就進來了。早不知道躲哪兒去啦。」

「為什麼躲？」小波羅問。

「原來你爹是個外國人，嘿嘿！」老頭兒點著謝平遙的鼻子，黑暗中也能看見他曖昧的表情，「聽說北邊的人成群結隊要來，殺！」他做了一個砍頭的動作，「你爹那會兒要在，也得跑路。」

謝平遙翻譯時把「你爹」給省了，這個虧不能吃，「北邊的人來了嗎？」

「沒看見。」老頭兒雄偉地抖了抖身子，把要滑下去的衣服重新披好，打了個哈欠，「那時候我還住在二十里外的尼姑庵裡。」

「我是說，您在尼姑庵裡看見北邊來人了沒有？」

「庵裡早沒了香火，最後一個尼姑也還俗啦。南邊的人都不來了。」

謝平遙翻譯得有點艱難，這人說話完全不在道上。謝平遙的意思是，就這樣吧，該走了，讓他繼續睡覺。小波羅還是不死心，問：「教堂裡的神父是哪裡人？」

「外國人。」老頭兒一本正經地說。

「我是說，是英國人、德國人、美國人還是意大利人，或者其他國家人？」

「外國人啊。」老頭兒哈欠打了一半停下，非常嚴肅地糾正他們。在他看來，這世界上只有兩個國家，一個是中國，另一個是外國。

小波羅知道不會再問出名堂了，攤開手同意離開。他還是感謝了一下。

返回的路上有說不出名字的蟲子在叫。小波羅對著蟲子叫的方向連甩了三鞭子。他的鞭子甩得很好，聲音流暢，能響出兩里地。當然鞭子也好。收了鞭子，三個人繼續沉默地走了一段，小波羅突然問謝平遙：「一個中國人逃難，會投奔一個外國人嗎？」

謝平遙覺得這問題有點怪，問大徒弟：「你會嗎？」

「我？」大徒弟指指自己，他已經習慣了游離在小波羅和謝平遙兩人對話之外。大晚上能看見的東西不多，需要問他的事更少，而回去的河堤一路筆直，「我會嗎？要是中國人都不收留我，外國人會要我？」

小波羅又問：「那在你們中國，一個外國人逃難，會投奔另一個外國人嗎？」

謝平遙隱約感到了兩個問題之間存在著某種邏輯關係，但他說不清楚。他轉而又問大徒弟：「如果你是外國人，逃難時，你會投奔別的外國人嗎？」

「我都得逃難了，別的外國人肯定也好過不到哪裡去。」大徒弟又覺得未必妥，補充說，「不過也不一定。」

「那你呢？」小波羅問謝平遙。

「先找朋友落一下腳，再找個別人找不到的地方待著。」

小波羅揪著鬍子點點頭，「嗯，也有道理。」拐杖擊打小路發出悶悶的聲音。下露水了。背後的村莊裡又傳來幾聲狗吠。謝平遙回頭看，村莊徹底黑下來，所有人都躺下了。

桅杆上掛一盞氣死風燈，提醒後面的船隻別撞上來。邵常來睡著了。二徒弟也睡著了。船主坐在船尾抽菸，菸鍋每亮一下，都照見他睜大的眼。他在看來時的方向。視野所及處暫時沒有夜航船。運河上百無禁忌。儘管如此，他還是提醒自己慎重。跟先前一樣，他排了夜間值班的順序：前半夜可能有船經過，他自己守著；後半夜沒什麼事，兩個徒弟守。主要是大徒弟，二徒弟更年輕，覺多，可以多睡一會兒。船上一共四間臥艙，船主和小徒弟合住一間，邵常來和大徒弟合住另一間，小波羅和謝平遙一人一間。小波羅和謝平遙隔壁，半夜裡有事，敲一下薄薄的木板牆壁，謝平遙就能聽見。小波羅的呼嚕聲，謝平遙也聽得清楚。

洗漱之後，謝平遙坐在窄小的床上看龔定庵的《己亥雜詩》，燈火如豆，他得湊到油燈前看。定庵先生在一首詩裡寫：「少年擊劍更吹簫，劍氣簫心一例消。誰分蒼涼歸棹後，萬千哀樂集今朝。」此詩乃定庵先生自況：少年時期舞劍吹簫樣樣來得，如今全都幹不了了。現在乘船南歸故里，情緒蒼涼，萬千哀樂，一起奔湧而來，實在是沒料到啊。悲涼黯淡又夾雜了挫敗之傷痛的中年心境躍然而出，看得謝平遙不由得心也沉下去。定庵先生自況而況人，說的不也正是在船上的他嗎？區別只在，龔自珍彼時南歸，而他北上；南歸是故里，北上卻是無所知之地。這麼一想，謝平遙竟也有了一點絕望觸底之後反彈的振奮。

隔壁小波羅拖動一下桌子，船搖晃的幅度大了一點，他開始寫日記。小波羅每天晚上寫，有時候白天也寫。他的意大利文寫起來彎彎繞繞，尤其用他的閃亮的派克筆寫。在二徒弟看來，這場面有著某種神奇的儀式感，他經常倚著臥艙的牆，遠遠地看小波羅在牛皮封面的本子上寫。一旦被發現，他就靦腆一笑，閃身逃了。

現在小波羅開始了例行的記事。

他有很多事要記，他也有很多話要說。

午飯後腦子變慢，看一行字要花三四倍時間，更糟的是看著看著忘了看到哪一列了，謝平遙腦袋裡就有了船行水上晃晃悠悠的感覺。太陽也好，河面上浮光躍金，穿過窗櫺進到臥艙的陽光也閃閃爍爍，他在想要不要閉上眼。等他睜開眼，才知道已經閉了很久；書掉在床下，穿過窗戶的陽光也移到了另外一邊。邵常來來敲他的門，指著窗外，小波羅在找他。

船已經停下。岸上一片金黃的花海，鋪天蓋地的油菜花，放肆得如同油彩潑了一地。小波羅褲腿捲到膝蓋以上，正撅著屁股趴在相機前拍照，嘴裡嗷嗷地喊。他等不及船靠岸，先捲起褲腿涉水進到了油菜地裡。邵常來也不知道找謝平遙幹什麼，除了「密斯特謝」他聽得明白，小波羅的話是鳥語和天書。謝平遙站到船尾，還是得脫掉鞋襪。船停的不是個合適地方，離岸有點遠，踏板的長度不夠。二徒弟解釋，這一段岸邊水淺，船只能靠到這個位置了。河水漫過膝蓋，謝平遙後背一緊，立馬從午後的殘睏裡清醒過來。

沿途也見過星星點點的油菜花，但如此洪水一般的巨大規模，頭一次見。可能之前也曾有路過，但因為絕大部分河堤都高出地面很多，擋住了野地，坐在船上想看也看不到。小波羅大呼小叫地說，震撼，震撼。這讓他想起在故鄉維羅納，想起他和父親從維羅納到威尼斯來回的路上，看到過的那些油菜花。那時候覺得那一片片油菜花地真是遼闊啊，跟眼前的這片花海比，就是維羅納見到了北京城。北京城他尚未到達，但從道聽塗說和各種紙上描述中，他相信這座偉大的城市與維羅納的關係，就是眼前這片油菜地跟故鄉油菜地的關係。他曾在故鄉的油菜地裡打過滾。他吸著鼻子說，真香，跟鄉愁的味道一模一樣。

他讓謝平遙起床，是想給他拍幾張照片，也想讓他跟同船的其他人說，跟所有願意停下來的過路船隻說，他想給他們拍一些照片，拍他和中國人一起在運河邊油菜花地裡的照片，洗出來，寄給遠在意大利的父母。

這片花地實在太誘人，謝平遙跟他們四個人一說，除了老夏，另外三個心都癢癢。老夏說，擔心錨放得不牢，得留下來守船；年紀也大了，一個老頭兒往花地裡跑，怎麼想都覺得不正經。但他又補了一句，讓年輕人很開心，他說：「二十年前，在一個船閘前等候過閘，等了四天。閒著上岸溜達，第一個女人就是在船閘附近的油菜花叢裡睡下的。嘿嘿。」

小波羅挑著眉毛問：「那你一共睡過幾個女人？」

老夏說：「沒幾個。」

「沒幾個是幾個？」

「就是沒幾個嘛。」

大徒弟和二徒弟豎起耳朵想挖出點硬貨，奈何師父就是不鬆口。最後大徒弟和二徒弟嘰咕了幾句，二徒弟怯怯地開腔了：

「師父，是邵伯閘嗎？」

這一次師父沒拉下臉，師父說：「拍你的照片，小心那玩意兒把你的魂給勾出來。」

二徒弟低頭不吭聲了。大徒弟對著北方慢慢微笑起來，一臉都是對邵伯閘的神往。二十年前，師父是他現在這個年齡。睡了第一個女人。大徒弟咽了一口唾沫。除了不懂事時牽過鄰居小姑娘的手，長這麼大他都沒正經地碰過一個女人。師父找他跑這一趟長途，條件之一是，回去就託人給他說個媳婦。南方平和，但天下熙攘，仍舊是兵荒馬亂，消息從北邊傳來無論走多少樣，越往北越不安全是肯定的，師父也不能睜眼說瞎話。所以師父也坦誠，他說師父也怕，大半輩子才掙下這條船。但這洋鬼子大方，一趟你就算立業了，再成個家，一輩子就安穩了。大徒弟衝著安穩二字，往北方走。

拍照他是頭一回，除去小波羅和謝平遙，進到相機裡的人都是頭一回。謝平遙替小波羅對著來往的船隻吆喝，絕大多數跑船的都覺得這是個笑話，光陰大好，正是趕路時候，跑油菜花地照個什麼相，腦子壞了。他們笑兩聲船就過去了。上心的也有，一種是害怕，早聽說那玩意兒攝人心魄。據說八國聯軍打進北京城，就是先用那東西對著義和拳和皇帝、皇太后一陣猛照。拳民一個個倒下了。咱們大清國的皇帝和皇太后沒倒下，也丟了半個魂，西逃的一路上都像個紙人，飄啊飄地走路；坐在龍輦和牛拉的大車上也垂著腦袋，光緒皇帝的帽子老是滑下來遮住兩隻眼，老佛爺的鳳冠也直往下掉，腰都直不起來。還有一種上心的人，是好奇，他們就想弄明白，站在眼跟前的人怎麼就走到機器裡去了，變成一個倒立的小人。他們想親自看一看。可是當小波羅說OK時，他們又怯了，從船上涉水上了岸，卻站到了周邊。

小波羅給謝平遙、邵常來和大徒弟、二徒弟拍過後，沒有外人敢嘗試。知道你不要錢，可誰知道你要不要命呢。終於有第一個嘗試的外人，是個囚犯。說不好年齡，鬚髮蓬亂，瘦得兩個顴骨要刺破臉皮鑽出來，戴著腳鐐和枷板，一條褲腿長一條褲腿短，短的那一截是為了包紮傷口臨時撕下的，黑乎乎的腳脖子上有塊兩個銀圓大小的疤。他從船上下來，不是因為他有興趣，他沒那個自由，是押解的官爺想見見真章，把他一塊兒揪下了船。下了船，官爺又不敢第一個上，就慫恿囚犯先試。

「到關外還有幾千里路，」官爺是個娘娘腔，硬憋出權威粗壯的聲音，語重心長地對囚犯說，「一路上累不死也得餓死，餓不死也得凍死，凍不死也得病死，病不死也難保不被斷路的強盜弄死。你就試試，死了也是死在家門口。死不了，你他娘的就威風了，有幾個流放犯照過相？還活著從洋機器裡爬出來了。到關外，在那一堆犯人裡，你他娘的就是老大了。你他娘的就能跟我一樣了。」

流放犯想了想，官爺說的是。照死了也算得其所哉，照不死那他娘的就賺了。他用枷板對著胸骨砰砰地砸，說：「聽你的，官爺！老子拚了！」然後把枷板送到押解的跟前，「官爺，你不能讓我戴著這個照吧？要死也手腳利索地死，要不去了陰間，哪有臉見爹娘。」

官爺看看四周地形，逃跑的可能性很小，就給他打開了枷板。要給腳鐐開鎖，蹲下了又站起來，說：「他娘的，老子差點上了你狗日的當。站在油菜地裡，你他娘的就是踩著個風火輪，別人也看不見。」

流放犯只好戴著腳鐐站在一片油菜花裡拍了一張照。儘管抱著赴死的勇氣，流放犯還是相當緊張；也因為沒學會看鏡頭，五官和顴骨比平常更硬。不過小波羅選了一個好角度，鏡頭裡，流放犯周圍有金燦燦的油菜花，背後還有運河的縱深，遠近共十一條船被取進了景裡。

什麼事都沒有，還是拍照前的那個流放犯。官爺問：「你他娘的死了沒？」

「報告官爺，我好像還活著。」

「那就好。自己把枷板套上。不疼吧？」

「一點感覺都沒有。洋大人，你確定照過了？要不要再照一次？」

流放犯的舉動讓大家備感振奮，想試試的都往前邁了半步。小波羅讓大家分散開錯落站好，來個集體照。然後讓謝平遙操作相機，他和大家合了一個影。在這張照片裡，他在前面半蹲，要不站起來會比所有人都高，其他人隨意地站在他身後。背景也是運河，這必須有，加上碰巧被眾人遮擋住大半的兩條船，一共十五條。當此時，河道十分繁忙。

收完傢伙，一對兄弟才提出來，想請小波羅給他們兄弟倆照一張。為生計，弟弟要去天津。此去津門路遠程長，此地一為別，孤蓬萬里征，不知何年何月能再相見，常說的生離死別大概也就這樣子了，有必要留個紀念。雖然他們拿不到照片，但合了影，在心裡是完成了一個莊嚴隆重的分別儀式。小波羅答應了。重新開張。

他給兄弟倆拍了不只一張，而是三張。他親自指導兄弟倆站位，建議他們用什麼樣的姿勢可以更好地表達手足之情。他還讓兄弟倆一定答應他，不管以後有多忙，生活有多艱難或幸福，兄弟倆都要約好了定期見面。人生如寄，變幻無常，見一次少一次。說到動情處，語速自然就快了，一不留心就撇出了意大利語，謝平遙只好讓他用英語再說一遍。

上船繼續行駛。離傍晚還早，這通常是小波羅坐在船頭喝茶的時間。他邀謝平遙一起，這次喝的是龍井。從照相聊起。謝平遙是個外行，小波羅說什麼他聽什麼。他說手頭兒的柯達相機跟他跑了大半個歐洲，可惜這次行李多，沒法把拍過的好照片帶過來。他自信地斷言，根據他的照片完全可以寫出一部世界當代史。這個活兒他早晚得幹。照片固然是一個個凝固的瞬間，也是一串串起承轉合的記憶，所以，它也是未來。就像你在歷史中看到了今天和明天。然後他說：

「知道嗎，小時候我和我弟弟就經常在一片油菜地裡藏貓貓，藏著藏著，他就沒影了。」

「去哪兒了？」

「你永遠都不知道他會去哪裡。我跟你說過我弟弟嗎？」

「沒有。」

「我真有一個弟弟。親弟弟。」

「哦。」

小波羅下意識地敲著桌面，「我弟弟從小就喜歡玩消失。一八八三年一月八日，維克托．伊曼紐爾二世（Vittorio Emanuele）國王雕像揭幕。之所以記得這麼清楚，因為那天也是我弟弟生日。早早地吃過蛋糕，為的是去看雕像揭幕。揭幕之後，還有盛大的閱兵遊行。我覺得全意大利的軍隊全開過去了，維羅納所有街道都塞滿了，人山人海。有步兵，有騎兵，有炮兵，還有搞後勤的，背著鍋碗瓢盆走在大道上。萬人空巷，所有維羅納人都來圍觀。我都不知道維羅納竟然有那麼多人。我懷疑不只維羅納人，半個意大利人都來了。你能想像吧，一個孩子在滿坑滿谷的人堆裡，那完全可以忽略不計，像一滴水掉進亞得里亞海裡。我和弟弟都想看閱兵。出門時父母讓我務必牽好弟弟的手，丟了可能就永遠找不到了。我向父母保證，一定圓滿完成任務。為確保萬無一失，我找了根繩子分別拴在我們倆腰上，被擠脫了手，腰上的繩子還連著呢。那天的人是真多，這輩子我再沒見過那麼多人。我死死地抓著弟弟的手，還是被人流擠散了。問題是，當我們被擠散時，繩子不僅不管用，還影響了我擠過去抓弟弟。繩子那頭早被他解開了。我想去抓他時，旁邊的人不斷地踩著繩頭，我的腰被牢牢地拴住。我弟弟又消失了。」

「後來呢？」

「接下來的閱兵我一眼都沒看進去，一直找到大街上空無一人。風吹起滿地垃圾。維羅納在拉丁語裡，意思是極高雅的城市，那天我覺得到處是垃圾。我不敢回家。天黑了，我在大聖澤諾教堂下遇到我父母和僕人。他們說，能聯繫上的親戚朋友全發動起來了，大部分都去郊區找了，如果在大街上還能再遇到一個人，那也是幫忙找我弟弟的。」

「他們沒收拾你？」

「沒有，哪有時間收拾我？喝茶。」小波羅把最後一點茶平分到兩個杯子裡，「我們去了阿萊納圓形大劇場，去了茱麗葉老家，連茱麗葉的墓地都找了。最後你猜怎麼著？這小子在阿迪傑河的一個橋洞裡睡著了。這小子！」小波羅大笑起來，一直把眼淚笑出來才停下。

謝平遙把茶喝掉。他沒覺得有什麼好笑。

「我弟弟不在了。」小波羅聲音沉下來。他把茶壺蓋打開，倒出茶葉，一片片葉子在桌子上擺出來，「我是說，我弟弟他死了。」

有點意外。不過使使勁兒也能猜得出來。「對不起。節哀順變。」

「他怎麼就死了呢？小時候我恨死他了，沒事就玩消失。現在要真是玩消失多好。照你們中國人的說法，我願意天天給菩薩燒高香。」

「中國人還有句話：生死有命，富貴在天。」謝平遙說，「要不再泡一壺？」

「飯吃了一半，門房通知說，有人找，他就出去了。再沒回來。」

「誰找你弟弟？」

「誰知道。門房也不認識。據他描述的那人長相，有人說是黑手黨。可黑手黨漫山遍野。」

「哦。」

他不知道小波羅的弟弟是誰，也不知道他到底死沒死；若死了，也不知道死於何時何地，死於何事。他只能沉默，實在不知道該說什麼，儘管此刻沉默也不合適。他不太適應小波羅的性格，平常嘻嘻哈哈沒個正經，冷不丁又掏心窩子跟你兜底。

小波羅也發現自己一不留心說進去了，趕緊調整面部肌肉，讓眼睛和腮幫子一起笑起來。他笑咪咪地摸著小鬍子，說：「我給那哥兒倆拍的三張照片裡，媽的，至少有一張是好的。」

一覺醒來，過了鎮江。確切地說，錯過了鎮江。一路上的水文和景色，鎮江的和之前的差別不大，遺憾尚可忽略，小波羅可惜的是沒能進鎮江城裡，也沒有在南北運河的交匯處停下來認真看看。他睡過了，謝平遙睡過了，邵常來也睡過了。當時清醒的只有老夏和大徒弟，半夜裡他們倆悄悄地把船從碼頭裡搖出來，趁著夜風升起帆，一路長驅北上。夜間輕易不行船，天底下黑，運河裡更黑；正因為水面更黑，倒跟周邊區別開來，加上夜航船又少，師徒倆瞪圓了眼看前方，卻也一路平安順暢。都說夜路走得更快是錯覺，但以這一次師徒兩個的經驗，夜路的確走得更快。

等小波羅和謝平遙他們被旁邊船上的叫賣聲吵醒，已是大清早。每日三餐的飯點上，都會有輕便小船在繁忙的水域上來回跑動。此刻，大嗓門兒的老闆娘在一遍遍重複早餐的種類：豆漿、燒餅、油條、豆腐腦、稀飯、包子、蒸餃、窩頭、麵條，還有鹹菜、豆腐乾和酸辣椒。小波羅推開窗戶，看見水氣氤氳的河面上錯落行走著的幾艘船，如同穿行在仙境。因為霧氣流轉升騰，老闆娘站在船頭叮叮噹當地敲著碗盆的喊叫聲也突然變得邈遠，矮矮胖胖結實的老闆娘，在小波羅眼裡像仙女一樣風姿綽約。更渺遠的岸邊生長著影影綽綽的蘆葦和野草，跟昨晚睡前的清明夜色比起來，眼前的霧中風景讓小波羅有點糊塗了，有隔世的迷離。他拍著牆問隔壁，現在到哪兒了？謝平遙也剛醒，打開推拉門出來問船家。睡足了一夜剛換過班的二徒弟說：

「正往揚州走。」

「鎮江呢？」

「被你們睡過去了。」二徒弟笑嘻嘻的，很為自己這個別致的說法得意。好像他一直醒著，眼看著鎮江被一寸寸迎過來又被送走。

謝平遙一拍巴掌，在小波羅的計畫裡，是要去鎮江城裡轉一圈，再好好看看南北運河是如何在此地交匯的。他後悔沒有及時提醒老夏，但又記得似乎說過。就算不特別交代，也不該把如此重要的地方省略過去啊。他正猶豫怎麼跟小波羅解釋，老夏過來說：

「對不住，我做的主。這一段的費用可以單獨挑出來，算我的。」

「不是錢的事。」

「我知道。」老夏說，「是命的事。」

謝平遙停下來，準備等他說完了一併譯給小波羅。老夏大喘了一口氣，「昨晚上岸置辦吃食，撞見那個短袖汗衫了。」謝平遙等他繼續說下去。老夏又說了五個字，「他是漕幫的。」謝平遙不吭聲了。

漕幫他太明白了。漕幫興起於清江浦，他就是那地方來的。他司職翻譯，但平日裡也沒少見漕幫的事蹟。自雍正二年首創，漕幫倒也做過一些有益漕運和社會民生的好事，河道上的吃拿卡要，漕運和社會上的欺瞞霸凌，官方伸手莫及，漕幫就以民間行會的方式參與治理，靈活迅疾，立竿可以見影，儼然是運河沿線的一股清流。但林子大了什麼鳥都有，權力大了也不是說管就能管得住的，慢慢就有了黑幫的性質。謝平遙到漕運總督衙門和清江浦時，因為漕運的式微和官府的管制，漕幫也不復原來的漕幫，慢慢地都從水裡上了岸，既有的諸多規矩早已經渙散，牙咬得狠一點的都可以拍胸脯子說自己是漕幫的。打家劫舍的說自己是漕幫的，欺男霸女的說自己是漕幫的，偷雞摸狗的也說自己是漕幫的。說了你就不敢惹，越發讓很多流氓無產者和資深壞人猖狂。

謝平遙在造船廠附近的麵館裡吃飯，經常有三兩個漢子進來，吃完了抹抹嘴，一句「老子是漕幫的」，就算付了帳，轉身就走。老闆的小眼只是撲閃撲閃，陪著笑，等他們走遠了再吐唾沫跳腳罵他們十八輩祖宗。謝平遙頭幾次見，還正義感爆棚，問店家為何不要飯錢。

「誰知道他們真假，」老闆說，「萬一是個真漕幫，惹得這些爺心情不好了，帶幾個流氓砸了小店，我找誰喊冤去？」

「姑息養奸只會愈演愈烈。」

「您是衙門裡的，你們管嗎？」

謝平遙張口結舌。

「你們都不管，咱這升斗小民哪敢衝上去？衝上去就是找死。」

「那我也說是漕幫的，也可以免單？」

「您是大人，我相信您一定不會這麼幹。」謝平遙臉紅一陣白一陣，真不知道老闆是誇他還是罵他。

另有一次，那會兒他還在衙門裡，分管寶應和淮安之間河道的漕幫頭目來鬧事，要求提高關卡的稅收分成。理由就一句：兄弟們活不下去了。安撫的官員奇怪，兩個月前不是剛提了一個點？鬧事的說，這兩個月我兄弟的人數增了兩個點。安撫的官員一甩袖子，那是你們的事。鬧事的說，我們只是及時向大人彙報，怎麼做大人看著辦。兄弟們要是餓得跌跌爬爬，不小心打碎點啥，您大人有大量，也請多包涵。他們是短衣，沒長袖子可甩，就甩甩手，走了。接下來輪到安撫的大人圍著一棵石榴樹轉圈子。轉了幾十圈，大人停下來，對旁邊端著紙筆伺候的下屬說：

「娘的，再提一個點。」

下屬提筆蘸墨，「大人，當真提？」

「不提，捅了婁子算你的還是算我的？」大人對著皇城的方向遙遠地一抱拳，「咱們做臣下的，當以江山社稷為重。上以廣朝廷之仁，下以慰父老之望。」

由此，漕幫在老夏那裡的弦外之音，謝平遙一清二楚。

船主遇到短袖汗衫純屬偶然。黃昏時他們到達靠近鎮江城的最大一個碼頭。跑長途的老大和水手們積累了豐富的經驗，心得之一是：若非必須，少在城市裡夜泊，一是擁擠，進出碼頭麻煩；二是費用高，泊船的錢貴，採買生活補給的花銷也高。穿過護城河，十米之外物價翻倍是常事。黃昏降臨，離城還有一段距離，老夏決定休息，泊靠在近城的一個古鎮上。停當下一個好位置，老夏囑咐大徒弟守船，他帶二徒弟和邵常來去集市。謝平遙陪小波羅上岸就近逛逛，差不多的時候回船吃晚飯即可。

小波羅和謝平遙去了鎮上一家老府邸，南宋一個進士修的。可惜該進士幾代之後斷了香火，大宅子被別人輪流住，五六十年前開始荒廢，因為總鬧鬼。當地傳聞，每月初一、十五的後半夜，天井裡就有歌哭同時響起，腔調陌生，聲音有種陳舊的沙沙聲，彷彿穿越了漫長時空，風塵僕僕地趕到這個巨大的院落裡。小波羅他們倆進到府邸，看到房屋傾圮，雕梁畫棟油漆落盡，不免心傷。唯一的生氣是滿目的荒草和十來個乞丐、流浪漢，他們不怕鬼。不怕鬼的還有在宅子裡穿梭的狐狸和黃鼠狼，見到洋人也傲慢地豎起大尾巴。

集市旁邊是貨運碼頭。該買的都買了，老夏師徒和邵常來準備回頭。也怪老夏自己多事，他想看看鎮江這邊上下的都是哪些貨。時局堪憂，客船的生意越發難做，他早就謀畫，尋合適的時候改行貨運。二徒弟和邵常來在水淋淋的石階前等，老夏背著手一家家貨船看過去。一家剛裝好大理石的船靠在碼頭上，船不大，裝貨也不多，但吃水很深。他看了半袋菸的工夫，想這大理石可能往哪裡運。運河上走大理石船，跑船的都知道。因為船重，一般船都不敢碰，撞一下得散架，所以見了就禮讓三分；承運大理石是個苦差事，掙的是血汗錢，跑船的就無所顧忌，起了糾紛可以不要命，搬起石頭就砸。老夏看完了，繼續往前走，一抬頭，看見傍晚的光線裡站著的短袖汗衫。穿的還是短袖汗衫，換了另一種灰麻色的。儘管天色暗淡，老夏還是在一瞥之間看見短袖汗衫的目光，也就是說，短袖汗衫也看見他了。老夏低下頭，裝作趕路要緊，也不再看下去，急匆匆離開了貨運碼頭。邊走邊在腦子裡重播看見短袖汗衫的場景：先是短袖汗衫，然後是他的目光，然後是他周圍的幾個人。幾個呢？五個？他閉上眼，看見了六個人。一個穿長衫，五個短打，六張陌生的臉。然後，他看見他們身後搭的一個涼棚，四根木樁，棚頂苫的是船上常用的雨布，一張桌子和幾把椅子。然後，他看見了那面繡著一個金黃的「漕」字的紅色三角旗，背後立刻出了一層汗。這樣的旗子見過不少，顏色和形狀各不相同，意思一樣：漕幫。往前數五到十年，見到這樣的旗子等於見到親人；現在遇上，只能怨你運氣不好，出門撞見了鬼。他沒聲張。回船上引火做飯，吃完了收拾停當，各人該幹什麼幹什麼。他跟大徒弟醒著，等其他人睡著了，碼頭也安靜下來，解纜起錨，篙下水務必要輕，讓船悠悠地走，如在夢中。

從城外繞過，船行順利，一路把天走亮了。

小波羅打開窗戶問：「到底怎麼回事？」

「為避開漕幫。」謝平遙站到小波羅的床前。小波羅光著膀子坐在床上，他喜歡裸睡。為了讓小波羅迅速明白問題可能的嚴重性，謝平遙補一句，「這個漕幫，你知道的，有時候像意大利的黑手黨。」

小波羅身上瞬間起了一層雞皮疙瘩，撲通躺回到床上，說：「媽的，好吧。」

遠遠看見揚州城，船老大就提醒小波羅和謝平遙，準備好下船。想看多久看多久，揚州是個慢城，可以把鎮江的時間補回來。最後他對謝平遙嘿嘿一笑，「還有漂亮女人。」這句話謝平遙也給小波羅翻譯了。小波羅打了個響指，也嘿嘿一笑，必須的，馬可．波羅為揚州廣而告之，整個歐洲都知道這地方出美女。小波羅甚至說得出揚州為什麼是個「美女窩」，很簡單：南來北往的男人多，南來北往的女人就多，南來北往的美女自然也多。運河線上的國際大都市嘛，漕運的中心，江南漕船都要彙集於此，名副其實的「銷金窟」，就像威尼斯。

老夏對女人的事不避諱。吃了大半輩子水上飯，跑長途的孤寂枯燥，他早體味到了骨頭裡。在他的理解裡，男人需要女人，跟船需要水一個道理。小波羅更不會遮遮掩掩。李贊奇特別交代過，小波羅是個「正常男人」，羅密歐和茱麗葉的老鄉嘛，情感啥的需求多一些很正常。謝平遙回他，什麼是「不正常男人」？李贊奇說，不是不正常，是不能「正常」。咱們喜歡走極端，要麼動輒三兩下把自己扒光，要不就衣服穿得太多，左一件右一件，身上穿一堆，裡三層外三層，頭腦裡再穿一堆，怎麼脫都脫不徹底。別不好意思，咱倆都是。謝平遙不置可否，但他知道李贊奇也知道，他說得一點都沒錯。

進揚州城之前，謝平遙對女人存了一份心，但結果並不讓人滿意。他和小波羅去對了地方，卻見錯了人。就因為進「眾姑娘教坊司」之前，兩個人順道逛了一家倒閉的刻書局。

如果那家名為「倉頡」的刻書局不是在去眾姑娘教坊司的必經之路上，如果倉頡刻書局不倒閉，門口不掛著一個「廢舊雕版折價鬻售」的招牌，他倆也不會側個身就進去了。「鬻」字讓小波羅大開眼界。到目前為止，他來中國後，這是他在招牌、告示、標語上見到的最繁複的字，他猜這個眼花繚亂的字一定極高深。謝平遙告訴他，沒什麼高深的，主要有兩個意思：一個是稀飯；另一個是賣，買賣的賣。這地方原來是印書的，現在幹不下去了，印刷的工具在降價處理，賣。小波羅一定要進去看看，他說：

「下半身的問題很重要，上半身的問題也很重要。」

謝平遙想，這就是他媽的區別，這句話要他說，他一定會說成個比較級：「下半身的問題很重要，上半身的問題更重要。」

倉頡刻書局倒閉了真是可惜，完好的雕版就不說了，單要處理的殘破缺損雕版就讓謝平遙眼珠子往下掉。有《注東坡先生詩》，有二十四史，有白居易的《白氏長慶集》，有《山海經》，有《水經注》，有龔自珍的《己亥雜詩》，還有《竹西花事小錄》。店主特地給謝平遙推薦了後者，拿出一冊書，書就是那些雕版印出來的。此書謝平遙聽過，讀書時有個愛鑽牛角尖、好讀生冷偏僻之書的仁兄，對這本書有所涉獵，唾沫星子飛濺地給他們比畫過。此書刊行於同治年間，由芬利宅行者所著，把揚州竹西一帶的八大家青樓詳細捋了一遍，既是當年竹西妓院行業一份詳實的調查報告，也是當時最可靠的買春指南。芬利宅行者把八家妓院的四十六名人見人愛、花見花開的名妓寫得風流飽滿，一時間，不少男人聽見書名就開始流口水。謝平遙很想買下，無奈囊中羞澀，打過折那些雕版也不是個小數。店主也沒指望他買，只想讓他推薦給小波羅，錢這個問題上，洋人多半更靠譜。小波羅也喜歡，哪一塊他都喜歡，因為不認識漢字，哪一塊對他來說又都一樣，所以又不必非得買《竹西花事小錄》。他跟謝平遙說，東西太多帶不了，遼闊的大清國他才走一小半，好東西肯定不可錯過，但也只能意思意思了。何況，馬上還要去那啥呢。謝平遙就給他推薦了《己亥雜詩》中的一塊破損的雕版。那塊裡有他非常喜歡的一首詩，前些天剛剛重讀過：

少年擊劍更吹簫，劍氣簫心一例消。

他自己挑了一塊康有為的《日本書目考》的雕版，不大。發現此書的一部分雕版他有撿了大漏的驚喜。上海大同譯書局四年前（一八九七年，丁酉年冬）的那個版本，他讀過。此書名為考辨書目，實則別有懷抱，記述了南海先生很多想法，後來戊戌年的維新，與之一脈相承。沒想到倉頡刻書局也會有。

店主先用宣紙再用棉布把雕版分別包好，兩個人每人抱一塊雕版進了眾姑娘教坊司。這地方是老夏從同行那裡打聽來的，說肚子裡有墨水的人愛去。聽名字就有文化。教坊司在過去是朝廷管樂舞的機構，後來成了培養能歌善舞的藝伎的地方，再後來，比如現在，就剩個好聽的名字了，跟《竹西花事小錄》裡的那八座青樓沒任何區別。但它的名字真是好聽，「眾姑娘」充滿喜興，大有來此即可閱盡人間春色的豐沛之感，而「教坊司」等於在「妓院」兩個字上蒙了一塊遮羞布。必須承認，有這塊布跟沒這塊布還是有很大區別的。來教坊司的男人理直氣壯，總認為去的地方光明正大、高雅脫俗。

眾姑娘教坊司的裝潢確實相當高雅，毫無香豔和欲望氣息。謝平遙也以為進的是一家書院，滿牆掛的都是文人字畫，他數了一下，「揚州八怪」的字畫差不多齊了。小波羅也以為走錯了地方，他跟謝平遙說，看到大堂這架勢，他覺得「下身一涼」。老鴇上來迎客，大人、先生、爺地叫，好像來這地方的不是大人就是先生就是爺。她給他們兩人簡要地介紹了「眾姑娘」。姑娘都在雅間裡，每一個都色藝雙絕。這一邊的雅間是來文的，房間名取自《詩經》，比如「關關雎鳩」之類，聽著挺素；那一邊是來武的，房間名皆活色生香，如「柳浪聞鶯」等等。謝平遙還沒弄明白文和武的區別，小波羅等不及了，一個勁兒給謝平遙比畫。不要謝平遙翻譯，老鴇也看明白了小波羅的口味，她往武的那邊欠了欠身，「洋大人，這邊請。」小波羅也不客氣，把自己的雕版往謝平遙懷中一塞，屁股一扭就跟老鴇去了，拐杖也來不及拄，拎在手裡催老鴇快走。老鴇走幾步，回頭對迎面過來的另一個女人說：

「天香妹妹，伺候好那位爺。」

天香年紀稍小一點，長得也漂亮，她問謝平遙：「這位爺，您是這邊，還是這邊？」張口的時候能看見左邊露出一點小虎牙。

謝平遙已經出了一身汗。妓院他不是頭一次來，在翻譯館時，跟幾個光棍同事去過兩次上海的妓館。但那是團體作案，羞怯和不安大家分攤，落到他頭上的已經不多了。那兩次去的是同一家，那家的裝飾一看就是幹這營生，進了門就讓你感受到，身體的快樂至高無上，是絕對的硬道理，房間裡不僅有陳舊的春宮圖，還有拙劣的西洋裸女的油畫。每一個細節都在鼓勵和催促你，節制和安寧在那裡是非法的。就算滿眼滿耳的鼓勵，謝平遙還是彆扭，他始終克服不了一個障礙：兩個從未謀面的男女，突然以如此坦誠的方式彼此深入，而結束之後如同從來沒見過。這感覺很怪，類似恍惚，他忍不住要想，在此之前對方在幹什麼，在此之後對方又會幹什麼。

「我說爺，要不您也來武的？」

他在天香狡黠的微笑裡看見了安穩的世故和欲望。他不知道她是管事的還是做事的。他覺得自己瞬間膨脹起來。他解開脖子底下的盤扣，說：

「春天了，我想先涼快一下。」

天香笑了，牽起他的左手，以過來人的洞明和憐愛在他手心裡撓了撓，「請隨我來。」

會客廳裡有兩個老男人在說話。長衫，瓜皮帽，蹺著二郎腿在喝茶。連著四把太師椅，謝平遙在第三把上坐下，與長衫外穿絲綢馬褂的男人隔著一張紅木茶几。那人五十歲上下，鬍子細長，喝茶時關不著鬍子什麼事，他也不厭其煩地屢屢將它理到一邊。謝平遙順手把兩塊雕版放在兩人之間的茶几上，咚一聲，絲綢馬褂瞟了一眼，繼續跟他旁邊的瓜皮帽說話。

瓜皮帽說：「一言難盡哪。」

「有什麼難盡？」絲綢馬褂哼一聲，「依我看，就一條，亂世須用重典。別給點顏色就算了，索性開他個染料鋪！」

天香給謝平遙斟過茶，說：「有事可隨時找我。」臨走又拂一下謝平遙的手面。這個小動作沒逃過那二位。

瓜皮帽說：「天香姑娘還是喜歡年輕的啊。」

絲綢馬褂用下巴指指天香，說：「你個老東西，你不也是見著年輕貌美的就往上蹭嗎？」

天香捏出蘭花指，嚶嚀一聲，做羞澀狀，「兩位大爺太壞了，吃著碗裡看著鍋裡。」

「碗裡是碗裡的味兒，」瓜皮帽說，「鍋裡是鍋裡的味兒嘛。」

天香甩一甩手，飄飄舉舉已出了門。

「年輕就是好啊。」絲綢馬褂又瞟一眼茶几上的雕版，「這位爺，這方方正正的是什麼寶貝呀？」

「雕版。」謝平遙喝了一杯茶，窘態差不多平復，再一杯茶的工夫，他就可以去找天香，「前面倉頡刻書局處理的。」

倉頡刻書局讓絲綢馬褂有了興趣。「他們家呀——可以欣賞一下嗎？」話說了半截子。謝平遙把包裹推過去。絲綢馬褂打開包裹，把雕版端著放遠了看，「哦，龔定庵的。他們家愛幹這個。」他反著看字也把那首詩念了出來。放下。打開另一個包裹。遠看近看，正看側看，口中念念有詞，「這誰寫的？腔調有點眼熟啊。」看了半天，最後說，「沒讀過。什麼書？」

「《日本書目考》。康南海先生著。」

會客廳裡突然安靜下來。等絲綢馬褂啪的一聲把雕版蹾到茶几上，謝平遙才意識到那個瓜皮帽有一會兒沒出聲了。

「就是這個康有為，壞了我大清朝的規矩！」絲綢馬褂蹾下雕版，拍案而起。

「還有那個梁啟超！」瓜皮帽也站起來了。

在妓院裡談論起時事，謝平遙有點反應不過來。

「我想請問閣下，為什麼買這兩位的雕版呢？」絲綢馬褂問謝平遙，「龔自珍、康有為，倒是同路人啊。」

謝平遙的經驗之一是，絕不跟腦子生鏽的人談政治，「碰巧見到，就買了。」

「為什麼不碰巧買曾文正公和徐桐大人的？李中堂李大人的也行啊。」

「沒見著。」

「不這麼簡單吧？」

認準了你怎麼解釋都沒用。謝平遙想，不跟他們囉唆，直接來個釜底抽薪的，「康南海也罷，徐桐也罷，李中堂也罷，跟咱們有關係嗎？咱們三個就是嫖客。」

「這話我不愛聽。咱們不一樣。」絲綢馬褂說，「鄙人嫖的不是維新的妓女。鄙人嫖的妓女是小腳，還要三從四德，她們還沒把自己給變法了！」

聽見動靜，天香進了會客廳。她對國事不感興趣，康有為、李鴻章是誰她也不關心，她只想和氣生財。「三位爺，三位大人，千萬別在咱這地方辯論大事，影響情緒。情緒不好，各位爺都知道，壞了好事還是次要的，傷了貴體那就事大了。」她先安撫瓜皮帽和絲綢馬褂，「二位爺，你們再喝兩盞，茶錢一概免，算小女子天香的。」接著拉謝平遙的衣袖，「這位爺，我看您汗也晾得差不多了，良辰苦短，韶光易逝，您再不抓點緊，那位洋大人好事結束了，他那爪哇語咱們可聽不懂啊。」

絲綢馬褂說：「天香姑娘，還有什麼洋大人？」

天香知道說走嘴了，趕緊找補，「哪有什麼洋大人，那位爺姓楊。」

絲綢馬褂哪裡肯信，「天香姑娘，事關民族大義，出言務請慎重。」

天香捂住了嘴。瓜皮帽一陣疾風，已經出了門，大廳裡傳來他的聲音：「那個洋鬼子，在哪兒？」謝平遙跟著也出去，小波羅是他帶過來的。謝平遙出門了，絲綢馬褂也跟著出去，順手抓上雕版，一手拎一塊。謝平遙看見老鴇在大堂裡跺腳，喊著快來人快來人。她剛才被瓜皮帽抓住了領口，質問洋鬼子在哪兒。為了能喘上口氣，她供出了小波羅的雅間——「鴛鴦交頸」。瓜皮帽在走道盡頭拐了彎。絲綢馬褂輕車熟路地追上去，嘴裡說：「等等，給你傢伙！」謝平遙又跟在絲綢馬褂後面追。

眾姑娘教坊司開業以來大概從沒遇到此種荒唐事，嫖客打著民族大義和家國情懷的旗號幹起來了。該事件的結果是這樣的：絲綢馬褂給了瓜皮帽一塊康有為著作的雕版，瓜皮帽就一腳踹開「鴛鴦交頸」的房門；可憐的小波羅正在忙乎，一抬頭，腦門上被瓜皮帽來了一雕版；瓜皮帽再想來第二下，小波羅已經從床上跳下來，他抓住瓜皮帽的胳膊一用力，瓜皮帽被甩到了床底下；絲綢馬褂也舉著雕版要衝過來，半路上被小波羅光腳踹了回去。小波羅放倒了兩個人，抹了一把額頭上的血，在被子上蹭乾淨手，意猶未盡地拿起衣服開始穿；穿衣服時問謝平遙：

「這兩個貨被瘋狗咬了？就憑他倆，也想謀殺老子？」

他穿好衣服，眾姑娘的護衛也到了。老鴇沒為難絲綢馬褂和瓜皮帽，他倆顯然是常客，似乎還有點地位。讓道歉肯定不可能，醫藥費也抵死不給，老鴇只好以眾姑娘的名義出。她讓謝平遙翻譯給小波羅，對不住了，就是點意思，止住額頭的血是足夠了。此外，小波羅這次免單。

「抱歉抱歉，」老鴇說，「歡迎下次再來。」

「心情壞了。」小波羅說，「走了。」拎著拐杖氣鼓鼓地跟謝平遙離開了眾姑娘教坊司。出那條街後問謝平遙，「你呢？」謝平遙兩手一攤，聳聳肩。臨走時天香姑娘又在他手心裡撓了撓。撓在手裡，癢在心中，但咬牙止癢，他咬了咬牙，跟小波羅出了眾姑娘教坊司。沒忘記那兩塊雕版。

回到船上，謝平遙到自己臥艙找龍泉印泥。印泥含朱砂、珍珠粉等成分，有消炎止血之功效。最早的著名印泥品牌之一，福建漳州麗華齋的八寶印泥，當初就是作為治療外傷的「八寶藥膏」用的。他拿著印泥敲小波羅的艙門，小波羅在裡面窸窸窣窣半天才開門。謝平遙打開印泥，挑出一坨，往小波羅額頭上抹。消炎止血也很重要。

單子上列了一長串，在揚州要做的事很多。小波羅拿過筆，最先點的是紫藤街附近的府衙，他認定馬可·波羅在那裡管過事；接著點耶穌聖心堂，然後才是御碼頭和其他地方。出門時他又改了主意，決定先去教堂。

謝平遙陪同兩個比利時專家來過揚州，聽說過這座耶穌聖心堂，那時候還沒徹底建好。府衙裡的官爺陪他們到富春茶社吃早點，在熱氣騰騰的千層油糕和翡翠燒賣的香味裡，這座在建的天主堂成了當地人最重要的談資。因為地處缺口城門旁邊，他們習慣叫它「缺口天主堂」。當時來去匆匆，只聞其名，未見其實。這一次見到了，發現這教堂確實有點意思。中西合璧：中世紀的哥特式教堂建築，坐西朝東，有兩座十七米高的鐘樓；教堂前有中式的大門和照壁；磨磚刻的門樓，上方正中嵌著「天主堂」三個字。再往前，是兩棵不太粗的懸鈴木。被稱作「法國梧桐」的樹，在揚州還很稀罕，前幾年剛從上海移植過來。上海的懸鈴木本是從英國引進的，但因法國租界裡種得更多，葉子又像梧桐，陰差陽錯，成了「法國梧桐」。

教堂沉重的門緊閉，四周靜極，側耳才能聽見遠處有人叫賣豆腐和香乾，偶爾幾聲鳥叫，也不是從懸鈴木上傳來的。謝平遙叩門，沒反應。小波羅把拐杖夾到腋下，直接推開了。儘管彩繪玻璃透進來半中午明媚的天光，室內十根粗大的柱子伸出的燭臺上，以及中間的祭臺上都點著蠟燭，教堂裡還是顯得幽暗。祭臺上供奉的耶穌聖心像，在燭光裡幽幽地閃動。讓謝平遙心驚的是祭臺前安靜垂首的十來個人，兩個外國人，其餘都是中國人，女人衣服肥大，男人拖著辮子。門被緩慢推開，聲音低沉，他們驚恐地睜大眼睛，集體向門口轉身；與其說他們被開門聲驚動，不如說那個不斷生長擴大、變換形狀的明亮光塊刺激了他們的眼。

身材高大、一身黑色法衣的神父用英語問：「你們是誰？」

小波羅說：「我從意大利來。」

旁邊的一位身材瘦小的神父用意大利語問：「意大利哪裡？」

「我叫保羅・迪馬克，維羅納人。」小波羅也用意大利語回答。

自此之後，他們一直用意大利語交流。謝平遙不懂意大利語，只能坐在一邊禮貌性地點頭示意。一旦需要他對某個問題做出解釋，他們會轉用英語問他。和他一樣，那位身材高大的神父也不懂意大利語，他跟瘦小的同事交流用的卻是德語；高神父與小波羅交流時，高神父的德語由矮神父翻譯成意大利語轉述給小波羅。也就是說，除非某個話題跟謝平遙有關，他才能聽到英語，其他時候穿梭於他耳邊的只是聽不懂的德語和意大利語。很快他就明白，他們在委婉地迴避他。坐了一盞茶工夫，禮貌盡到了，他藉口瞻仰教堂的其他部分，起身離開高神父的會客室。

關上房門的一瞬間，他看見高神父激動地站起來，揮起緊握的拳頭，一張白胖的臉像麵團一樣突然收緊。儘管謝平遙不懂德語和意大利語，但它們和英語同屬印歐語系，部分詞句在發音和語法結構上有其相似性，有些關鍵字也能猜個八九不離十。他們的談話中出現過義和團、扶清滅洋、八國聯軍、北京、使館、大清國的皇帝和皇太后，還幾次出現過同一個人名：費德爾，費德爾・迪馬克。

十幾個中國男女此刻按順序坐在一排排長椅上，一個戴眼鏡的斯文男人給他們講解《聖經》。推門而入的時候，這些人對謝平遙十分警惕，聽到小波羅會說洋話，稍稍放鬆一些，及至他們和神父進了會客室，他們才算真正安下心來。現在謝平遙坐在最後一排椅子上，他們也不過回頭看一下，講的接著講，聽的接著聽。戴眼鏡的斯文男人在講摩西帶領以色列人穿過紅海的故事。

埃及人的騎兵翻過山岡，馬蹄和戰車揚起的塵煙升到空中，由遠而近，眼看追上來了。摩西把拐杖插入大地，一時間風雲變色，天暗下來。紅海開始動盪，沿著一條線向兩邊掀起巨大的波浪。如同拔地而起，波浪變高變大，直到成為兩堵沖天的高牆：紅海用波浪阻擋波浪，用海水隔絕海水。在兩堵憤怒的水做的高牆之間，是一條布滿沙石的乾燥的海底之路。幽暗的海水讓白天變成夜晚。摩西拔出拐杖，轉身對以色列人振臂高呼：「跟我來！」以色列人在埋鍋做飯的地方點燃火把，高舉火焰跟隨摩西。海水的喧囂此刻已然止息，世界如此安靜，「主與我同在」，只聽見眾口一詞的虔敬的頌禱之聲，他們穿過了紅海。

多年前謝平遙讀過《聖經》，這一段原文早已經記憶不起，跟戴眼鏡的斯文男人講的肯定有所出入，但他不得不承認，此人的演繹莊嚴生動，如同眼前的這座教堂本身。講完了，其他人開始小聲討論，戴眼鏡的斯文男人走到謝平遙旁邊坐下。「見笑了。」斯文男人說。

「不，肅然起敬。」

「你相信主與我們同在嗎？」

謝平遙搖搖頭，「但是你信了，他就在。」

斯文男人對他抱抱拳。有人叫他，他們有了新的疑問。謝平遙想等他回來再聊一會兒，他相信他們倆還可以聊出很多更有意義的東西。這時候，小波羅和兩位神父從會客室裡出來。他們得去下一個景點了。

府衙進不去，守衛的兩個士兵歪戴涼帽，長矛和苗刀橫在胸前。官方重地，閒人免進。府衙門敞著，朱紅的大門油漆剝落，門兩邊的獅子比士兵不知道得威武多少倍。小波羅把腦袋閃到一邊，脖子繞過長矛和苗刀的夾角往裡伸，看見了高大的門檻後面的那條青磚道，磚縫裡長出青草，路兩邊零散栽了幾棵樹，有松柏、槐樹和海棠；再往前，是大堂，隱約能看見堂上的桌椅和牆上懸著的匾額，不知道上面是哪四個字，大堂光線有點暗。這一進院子到此結束。後面還有幾進院子，那些院子和房間用來幹什麼、有什麼人，只能猜了。

小波羅縮回腦袋，說：「老馬可就待在這裡做官？」

「那也是他自己說的。」

「威尼斯人說他在揚州賺了滿滿一屋子的金銀，每頓飯有十四個如花似玉的姑娘陪著吃。」小波羅讓謝平遙翻譯給守衛的士兵。這句話有點無聊，翻譯給士兵聽更加無聊，不過謝平遙還是照做了。士兵的反應完全在謝平遙意料之中。他們板著臉，跟沒聽見一樣，唯一的反應是把戴歪的帽子扶正了。小波羅有點失望，自言自語，「反正我信了。」這句話不需要翻譯，但謝平遙順嘴給譯出來了。一個士兵先笑，另一個跟著也笑。為什麼笑，謝平遙不知道，但他們笑得很開心，好像小波羅「信了」是個笑話。小波羅對謝平遙說：「你信不信，我再說幾句，門旁的石獅子都得笑。」

他們圍著府衙轉了一圈。小波羅還想再轉一圈，但兩圈跟一圈沒任何區別。除了朱紅的高牆，他不可能看到更多。他們就去了天寧寺西園，御碼頭在那裡。

皇帝們沿運河下江南，都要在這裡下船。謝平遙跟小波羅講起《石頭記》。《石頭記》在中國相當於但丁的《神曲》，作者曹雪芹。曹雪芹的祖父曹寅做過蘇州織造、江寧織造和兩淮巡鹽御史。織造和巡鹽御史是個什麼官，謝平遙跟小波羅說不清楚，反正官挺大，要不康熙也不會讓他在西園的御碼頭接駕。在西園，曹雪芹的祖父還奉命刊刻過《全唐詩》。

中國文化博大精深，小波羅再好學，聽起來還是頗為吃力，聽著聽著就走神了。那天他們把剩餘的時間都耗在了西園，不過還是沒有留下多少值得一說的事情。小波羅在那天的日記裡，關於天寧寺西園和御碼頭，大部分筆墨都花費在一根馬尼拉方頭雪茄上。他說那天他在御碼頭的石階上坐下來，才發現腿腳和身體以及整個大腦都累了，他點了一根雪茄。那是有史以來他抽到的最香的一根。每吸一口煙，每吐一口霧，都有靈魂出竅的豐美享受，飄飄欲仙，妙不可言，這世上諸事，只有做愛時高潮的前兩秒鐘可比。他清晰地感覺到身體的每個部分都有一個靈魂，頭有頭的靈魂，脖子有脖子的靈魂，胳膊有胳膊的靈魂，胸膛有胸膛的靈魂，肚子有肚子的靈魂，一直到腳趾頭，腳趾頭有腳趾頭的靈魂。一口口煙吸進去又吐出來，所有的大靈魂小靈魂都飄飄悠悠地出來了。那個美。他寫道，雪茄的香味吸引了很多揚州的菸鬼，他們圍坐在他周圍，抬頭閉眼，如在夢裡，享受他的二手菸。還有兩條野狗，平常見著他這個異邦人就咬，那天一聲沒吭。它們在碼頭低三級的臺階上趴著，如醉如痴，費了好大勁兒也只能睜開半隻眼。

揚州雖好，路還是要走。小波羅的好處是，你讓他在一個地方待多久，他都能給自己找到樂子，玩得有滋有味；你跟他說得撤了，他拍拍手，轉身就能跟你一起上路。在船上他也過得快活，喝茶聊天，看看書記記東西，拿相機拍照，遇到分汊的水道，也會拿出羅盤裝模作樣地看看。抽完自己的菸若是覺得還不到位，會向老夏借他的旱菸袋過過癮。他覺得老菸袋裡積了多少年的菸油香得要命，還跟老夏討價還價，想把一尺多長的老菸袋買下來。老夏不賣，跑長途輕易不敢喝酒，女人也難得碰上一回，靠的就是這一口老菸。沒有抽空這點吞雲吐霧撐著，從南到北一路跑下來，那要把人膩歪死。年輕的時候他跑長途，帶過一條狗，好吃好喝地伺候，一趟下來三四個月，那狗最後還是沒扛住，跳下水游到岸上，寧願做條野狗。

船一直在走，三餐飯都是在行進中吃。下揚州的好時間尚未過盡，進入四月多日，天更暖和。兩岸草木一片勃勃的嫩綠，綠中又有點透明的黃，美得讓人心疼。與豐饒的野地相違和的是，河堤上零星走著幾個乞丐，衣衫襤褸，褲腳吊在腳脖子之上。大人們拄著木棍，佝僂著腰，整個人被貧窮和絕望壓迫得毫無生氣。除了食物，已經沒有什麼能讓他們兩眼放出光來。而隨行的孩子，整個小身體上最亮的地方就是他們的眼睛，因為瘦小，眼睛變得更大，每一艘船過去，他們晶亮的大眼睛都追著看。小波羅讓邵常來拿來一堆饅頭、燒餅，見到他們就「Hello」一聲，用力把食物扔上堤壩。

又經過一艘沉船，老夏提醒，前面就是邵伯古鎮和邵伯閘。房屋和村鎮陸續出現在河兩岸。大大小小的碼頭多起來。南方的建築恍恍惚惚地倒映在水裡，看不清的行人和動物也在水裡走動，彷彿運河裡另有一個人間。按照計畫，他們得在邵伯鎮上置辦一下給養，備足了再去等候過閘。

河道悠長，拐個彎，果然看見遙遠處一片遼闊的水面。那片大水上密密麻麻停著無數條船。

二徒弟叫了一聲：「媽呀，這得多久才能過完。」

小波羅知道遇到了傳說中的狀況，從椅子上站起來，很是興奮。邵伯閘是運河上的重鎮，要害所在，南來北往的船隻都經過這裡。只是大清國地勢南低北高，此地水位南北落差明顯，邵伯閘只能採用三門兩室的方式分級提水，讓船隻通行。三道閘門，兩個閘室，提起，放下，再提起，再放下，如此反覆。閘室又小，一次進不下多少條船，兩邊的船隻積壓得就很多。淡季當天通航還有可能，漕運和水運旺季，或者趕上天旱水位上不來，憋個十天半月都不在話下。老夏說他在邵伯等候過閘時睡了這輩子的第一個女人，沒任何問題，等這麼久，認認真真生個孩子都來得及。積壓這麼多船，一想到接下來漫長的等待，大家都著急。小波羅不急，既然等待是經行運河的必由之路，為什麼不好好感受一下這個等待呢。

他們在邵伯鎮下船。以老夏的經驗，這麼多船起碼要等四五天，所以囑咐邵常來備足食物、日用品和水。邵常來買了滿滿一挑子東西回來。小波羅和謝平遙也在鎮上逛過了一圈。船出發，往更多的船裡擠。

他們排在最後。如此壯觀的場面小波羅從沒見過。威尼斯的潟湖裡船也不少，城裡的河道中也穿梭著很多貢朵拉，但跟這裡沒法比。有的平底貨船一支船隊就二三十條船，船頭連接船尾，浩浩蕩蕩甩出去三四里地。船的種類也多，漕船、商船、官船、客船、一般的貨船、民用的大船小船；有搖櫓的、撐篙的、划槳的、張帆的，還有兩艘蒸氣動力的小火輪。船的長相也各不相同，有的龍骨高得像個笑話；有的船底平如盤碟，兩斤重的魚甩個尾巴，水花也能濺到船裡；有的船艙四周掛滿紅燈籠，這種船看得小波羅心裡直癢癢，聽說是妓船；還有雕梁畫棟的短途遊船，就算堆在船閘前等候，船主也要履行承諾，絲竹管弦嘈嘈切切還在演奏，這也成了一景，引得四周船上等待的人伸長腦袋圍觀；也有威嚴的船，不知道艙房裡待著的是達官還是巨賈，或者是顯赫人家的小姐、親眷，總之所有門窗都緊閉，窗簾也遮住，外人窺不見其中的細節，連船上伺候人的丫頭小廝也極少見到走動，整條船沉默得像一座建在水上的房屋。但這片臨時的超大碼頭吵鬧得要死，每人冷不丁開一次口說一句話，碼頭就像一口滾沸的大鍋。水上生活慣了的人嗓門兒都大，隔一條船的距離說話也得聲嘶力竭地喊。謝平遙坐在船頭的竹椅子上，覺得前邊的吵鬧聲真要把運河給燒開了，他們的船隨時可能被沸騰的河水乒乒乓乓地頂起來。

小波羅不讓他閒著，讓他和邵常來幫忙，他要拍照。一會兒在甲板上拍，一會兒跑到船尾拍，一會兒又要爬到桅杆上拍，那樣可以把整個停泊的場面拍下來。上上下下，前後左右，拍了個遍。有人看見他像個笨拙的猴子纏在桅杆上，遠遠地向他吆喝、吹口哨，他也弄不明白人家是喜歡他還是討厭他，騰出手來一律送人飛吻。

等他忙活完，拍照的激情耗得差不多，天也黃昏了。水面上升起連綿的炊煙，整個邵伯閘籠罩在晚飯的香氣裡。

晚飯後，前方有人喊，動了動了。過半個時辰，他們前面的船才開始緩慢地移動。別人動他們也得跟著動，可剛往前挪了不足三丈，又停下來。視野裡的其他船也都停下。閘前重新成了一片泊船的大碼頭。老夏跟小波羅和謝平遙說，睏了就可以睡了，下一次再往前挪，恐怕得半夜了，那還得管閘的官爺心情好，心情不好，這就是今天最後一次了。小波羅和謝平遙在甲板上有一搭沒一搭地喝茶，有一搭沒一搭地聊天，說了些什麼他們自己說完也都不記得了。四周的船上有一半點起了燈燭，一半黑著。那些黑著的船頭，多半有一兩個忽明忽滅的亮光，是船主、水手和乘客們在抽菸。小波羅也在抽菸，想邀請老夏也來一塊兒抽兩袋，老夏說，他先瞇一會兒，半夜還要起來，萬一開閘放行，一寸也不能錯過。

謝平遙轉身，他們後面也聚集了幾十艘船。跟他們一樣，沒點燈火的船上，船頭也蹲著一兩個抽菸的人。夜幕垂簾，天似穹廬，夜空藍黑，星星明亮；人聲沉入水底，濤聲躍出河面，耳邊是運河水拍打船舷的輕柔之聲，以及船隻晃動時木頭榫枘擠壓摩擦的細碎吱嘎聲。偶爾有人咳嗽，早睡的人打起第一聲呼嚕，說第一聲夢話。有人驚呼某個寶貝東西落水裡了。有人偷偷摸摸地往運河裡撒尿。這就是煙火人生。有那麼一會兒，謝平遙覺得自己正在沉入生活的底部，那是種幸福的沉實感，可以不思不動，人被某種洋溢的卑微的溫暖懷抱。就是它了，就是它了。他想起生活在清江浦的妻子和一雙兒女，無端地為他們甘於平常的生活而感動。然後，睏意襲來，他站起身，跟小波羅說了晚安，往自己艙房走。

第二天醒來，謝平遙無從判斷夜裡他們是否往前挪了若干米。周圍還是那些船，要挪也是一起挪，算平移。當然老夏告知，還是挪了，快半夜的時候。一夜又積壓了幾十艘船，後面的隊伍越來越長。一千多年來，這個時候都是運河最忙的時候。他在漕運總督部院時，有個老上司跟他說，如果運河是條死水，每年春夏之交，來往的船隻穿行水上，摩擦生熱也把河水給煮開了。小波羅又爬上桅杆，他為他們的船被淹沒在前後浩蕩的大軍中大加讚歎。「太他媽壯觀了！」他說，全維羅納人只有他一個人如此幸運，見證了中國運河的強大。不是全維羅納人，而是全意大利人，全歐洲人。但他攀在桅杆上同時抽動鼻子，聞到了某種怪味。他對謝平遙說：

「什麼味兒？」

謝平遙說：「屎尿。」

太陽在東方，霧氣繼續從水面上升起。一夜間河裡的便溺味隨水氣一起上升。

距閘室還很遠，水面就開始收縮，仿如一個漏斗。擠擠挨挨的船慢慢排成兩列往前挪。行動遲緩到如果只盯著這一件事，那你簡直沒法忍受，會覺得那不是慢，而是根本就不動。可做的事反反覆覆做過了幾遍，岸也上了三次，到第三天上午，小波羅的好奇和耐心終於用盡，他第四次上岸。謝平遙跟著他一起，從一條船跳到另外一條船上，直到攀上堤岸。大徒弟也跟師父申請到岸上活動一下。他還記著師父在這個地方睡過一個女人。但他運氣沒師父那麼好，因為上了岸，小波羅突然想看看到底是什麼樣的船閘竟能慢成這樣。

河堤上長滿矮小的旱蘆葦、青草和很多種野花。一條路被無數雙腳光亮地踩出來。他們往遠處走，越走越高，最高處是三道閘門和兩個閘室。在第一道閘門之前，他們看見了一頭伏臥的大鐵牛，通體散發著鋼鐵的幽亮黑光。一個時辰之後，謝平遙一個在船閘執勤的朋友給他們介紹了這頭微微仰臉向天、雙角尖利的鐵牛：長一點九八米，高一點一米，重兩噸。

繼續往前走，站到最高處，整個船閘的構造一目了然，三門兩室盡收眼底。當時正趕上一支運磚瓦的船隊準備過閘。該船隊有船十八艘，漫長的一支隊伍。進船閘之前，先解散船隊，第一道閘門提起後，一艘接一艘進入第一個閘室。閘門嵌在兩個大石墩子之間。幾十個人力光著膀子推動絞盤，油亮的汗珠在繃緊的脊背上滾動，陽光照過來，每個人的身體都在閃閃發光。閘門緩緩地提升起來。一支船隊就占滿了整個閘室的一邊。全進來後，每艘船靠著閘室牆壁，首尾各有一根粗大的纜繩，把船拴牢在牆壁上一個個方框裡的鐵鉤子上，固定的同時，第一道閘門放下，第二道閘門開啟。第二個閘室的高水位注入進來，第一閘室水位升高，把船一點點抬起。等第一閘室的水位和第二閘室持平，船駛出閘室，重新進入了運河，然後編隊再次進發。當它們駛出第二閘室，開啟的閘門又關上。而身後，新的一撥船隻已經進入了第一閘室。如此反覆。與此同時，南下的船隻也循同樣程式，與北上的船隻相向而行。在閘門升降之間，在閘室注水、水位持平、船隻行駛之間，只有閘門前指揮員的令旗在揮動，只有推動絞盤的漢子們齊聲的號子在響。運河上的航船得以上下通行。

小波羅咂嘴搖頭，感歎不已：自然的偉力不可抗拒，不過是因為沒有及時遇到科學合理的人類智慧。如果沒有邵伯閘，他將永遠不可能坐船沿運河北上，因為沒有船閘有效地調節控制水位，運河只會從高至低一瀉千里，成為一條無法北上的單向行駛的河流。在世界任何的別處，他都沒見過這般智慧的水利工程。他對打旗語的年輕人豎起大拇指，大叫great。因為小波羅的大喊大叫，從指揮室裡出來一個頭目模樣的人。他的本意是讓這幾個影響公務的人趕緊離開，走近了才發現，那個大個子竟是個洋鬼子，而旁邊戴眼鏡的中國人，似曾相識。他對著謝平遙右手食指上下點了十幾個回合，突然說：

「您，不是漕運總督衙門的謝大人嗎？」

「正是在下。」謝平遙抱抱拳，「敢問兄弟尊姓大名？」

「卑職鄭千山。謝大人可能不記得了，幾年前，我曾與覃大人一起陪同謝大人和兩位洋大人同遊淮揚運河。」

有這麼回事，但當時陪同的人太多，他只記得那位覃海覃大人了。他們倆聊得甚是投機，於現實的諸多問題皆有共識。可惜一別有年，庸庸碌碌地生活，再沒有聯繫過。「覃海兄他現在何處高就？」

鄭千山機警地環視過四周，說：「覃大人去年初就已入獄，至今沒有消息。」

「願聞其詳。」謝平遙指著大徒弟，「這位兄弟也是自己人。」

覃海比謝平遙大三歲，與謝平遙相見時，已在邵伯閘不挪窩幹了八年。邵伯閘身處要害，南來北往的資訊比船還多，一個偏安一隅的下層小吏極少有他那樣的胸襟和視野，於天下事他都有大見解，所以謝平遙與他聊得契合。人正直，又愛指摘時弊，免不了讓人不高興，去年果然被參了一本。說戊戌新政破產後，康黨分子流竄逃亡，邵伯船閘早就接到上峰命令，嚴格盤查，確保不讓一人漏網，但覃某人頂風作案，盤查不力就罷了，還私授盤纏，委託南下的漕船把數名康黨運抵了杭州，讓他們得以轉道福建，最後成功逃到日本。

解釋無效。包庇康黨是大罪，上頭寧信其有，因為你無法證無。好在最終也沒法證實，權且免了殺身之禍，草草過堂下了大獄。

鄭千山說：「說來痛心，讓人扼腕哪。」

謝平遙問覃海的家眷現在可安好。鄭千山搖頭，頂梁柱沒了，妻兒老小潦倒度日而已。謝平遙聽了更難過，掏出前次上岸時隨手裝進口袋的零錢，又從小波羅和大徒弟那裡借了一些，託鄭千山轉交覃家老小。世道澆漓，人微力薄，就一點心意了。鄭千山謝過，說最近上頭有說法，舉凡洋人過關，持彼國國旗者，有急務可優先通關，問謝平遙他們要不要試試。小波羅一聽，還有這好事，當然要得。

他們回到船上。很快一艘標識「邵伯漕」字樣的小船搖過來，上下例行巡視一番後，停在他們旁邊。鄭千山和兩名兵弁挎腰刀立在船上。小波羅記得隨身帶著一面意大利小國旗，可翻遍了行李也沒找到。老夏倒在雜物間裡找到了一面旗子，橫著三道，紅白藍，再加上豎著三道，也是紅白藍，像一張彩色的棋盤，看得大家眼暈。去年他在蘇州載過一個洋人，不知哪個國家的，臨別送他的紀念物，他隨手扔進了雜物間，竟派上了用場。謝平遙認不出是哪國的國旗，小波羅也沒見過，他就不記得哪國的國旗鋪到桌面上可以下國際象棋。不過有了就好，反正都不認識，沒人敢隨便質疑。二徒弟把它掛到了桅杆上，高高地飄在眾船之上。鄭千山抱一抱拳，朗聲說：

「尚大人有令，洋人朋友有急務者，優先放行，以示我天朝懷柔遠人、友愛諸邦。各位請隨我來。」

老夏與大徒弟用篙撐船出列，隨鄭千山緩慢前行。儘管吊著的花旗子挺唬人，所過之處免不了還是有人嘟囔。完全可以理解，這樣不挪窩漫無盡頭地等，誰都著急。鄭千山讓小波羅、謝平遙都進艙房，悶頭發財的事，別吭聲。小波羅把茶具端進了謝平遙的艙裡，聊邵伯閘之後的行程。船晃晃悠悠地走，正說著，二徒弟敲門，紅著臉進來，拿一張紙，想請小波羅和謝平遙分別用意大利語和英語把這一船人的名字寫出來。

二徒弟念過兩年私塾，讀過幾本書，會寫一些漢字，為了生計，父母把他從學堂裡拽出來，交給了現在的師父。他對彎彎繞繞的外國字一直很好奇。謝平遙想，怪不得看書和聊天的時候，經常看到二徒弟往這邊湊。只是湊，但不靠近。他還以為是老夏對洋人不放心，派二徒弟有事沒事盯著。二徒弟把師父、大師兄和自己的學名告訴他們倆，然後就搓著手靦腆地站在一邊，等他們一一用洋文寫出來。平常謝平遙都聽老夏和大徒弟叫他小輪子，他說那是他小名，學名叫周義彥。

「北宋大詞人周邦彥你們知道吧？」二徒弟小輪子說，「我跟他就差一個字。」

小波羅說：「要是你跟他一個字都不差，會如何？」

「我會跟他寫得一樣好。」周義彥挺著胸脯說，說完了，胸脯慢慢塌下來，聲音也塌下去，「可惜爹娘不讓我讀了。」

船猛地一震，咚一聲。接著就聽到短袖汗衫的聲音：「這該是洋大人的船吧？」

謝平遙推開門出來，果然看見短袖汗衫兩腳分立、抱著胳膊穩穩地站在甲板上。因為甲板比較高，逆光之下，短袖汗衫像威武的鐵人，更顯高大。他們的船停下了。鄭千山的小船也停下了。小輪子趕緊出門，去看在船尾撐篙的師父。

謝平遙說：「閣下有何指教？」

「沒什麼指教，就想問問，為什麼別人必須三天五天地等，洋大人坐到船上，就可以優先放行？」

鄭千山說：「這是尚大人的命令。以示我天朝上國，惠及四夷。」

「我不知道你們什麼上大人下大人，我只問規矩。」短袖汗衫整個身體只有嘴在動，現在穿的依然是汗衫，「以為給洋人做奴才的就成了洋奴才了?屁，還是土奴才！」

一名兵弁腰刀抽出了一半，鄭千山摁住了。周圍船上的人一個個伸長了脖子。他讓小船推到謝平遙的船邊，跳上船，對短袖汗衫說：「兄弟，借一步說話。」他把短袖汗衫帶到了謝平遙的艙房裡。

進了房間，鄭千山說：「說，有什麼想法。」

短袖汗衫還是抱著胳膊，「洋人的時間值錢，咱們中國人的時間就不值錢了?洋人可以優先通行，咱們中國人就得點燈熬油地等？」

「你想怎樣？」

「不想怎樣。我就想看看洋人能怎樣。」

「我要是不答應你呢？」

「大人看著辦。除非大人現在一刀捅死我，要不這近千條船上的老大們，每人喊一聲，我確信能把這船閘給震塌了。」

老夏也擠進房間，對短袖汗衫抱抱拳，「這位兄弟是打算盯上我們了？」

短袖汗衫也沒客氣，「現在不過是盯上。」

「沒餘地了？」

「沒有。」

鄭千山一揮手，「好，現在你就給我閉嘴！跟在這船後面走。有人問，就說是迪馬克先生的貨。」鄭千山沒再瞧短袖汗衫第二眼，出了艙房。

三艘船在空水道裡往前走。有人問短袖汗衫為什麼能插隊，他說，兄弟，口風要把好啊，插什麼隊？剛談了筆生意，一船的大理石都便宜賣給了洋大人，這是洋大人的貨，我們也是洋大人的人啦。

進閘室之前先繳過閘稅。這個由老夏統一繳，最後憑閘票結算。收稅的工曹還跟老夏開了個玩笑：「老夥計，拉洋人的船哪，十天裡不限來回吧。」

「屁！」老夏沒好氣地回他，「船多得跟下餃子似的，十天裡我不跑路，單過閘，能一個來回老子就知足了。」

前一撥船剛進閘室，他們輪下一撥。等待開閘。進閘室。套好纜繩。隨水位升高。等第二道閘門開。出閘室。進入運河。前後折騰了一個時辰。鄭千山的小船已經泊到了旁邊的巷道裡，人進了指揮室。小波羅的船和短袖汗衫的船進閘室時一個隊尾一個隊首，中間倒也相安無事。重新進入運河後，短袖汗衫在前面等著小波羅他們。他跟謝平遙說感謝。

老夏說：「感謝就不必了。這事就算完了吧？」

「沒完。」

謝平遙都火了，「你到底想怎麼樣？」

「不是我想怎麼樣。」短袖汗衫說，「我想完，北邊來的兄弟們不答應啊。」

小波羅問謝平遙什麼意思，謝平遙說：「他說的可能還不只漕幫，還有義和拳。」據他所知，義和拳被鎮壓後，很多拳民在當地混不下去，一路南下了，清江浦這樣的人就有不少。

老夏朝水裡吐了一口響亮的痰，用蘇州話罵了一句。他對兩個徒弟說：「帆漲足，槳划滿。走！」

師徒三人各司其職，轉眼領先半個船身、一個船身。短袖汗衫的船上貨重，水吃得深，很快被拋在後面。

一路疾行。快到高郵地界，老夏提著錘子開始在船上各處敲打，中間還突然降了帆停下。他讓謝平遙轉告小波羅，有點不對，他得檢修一下，可能會影響行程。謝平遙和小波羅對船都外行，念書時一看到幾何圖形腦仁子都疼，就讓老夏放心，該怎麼辦就怎麼辦。速度基本沒減，但船老大的錘子聲和身影出現的頻率越來越高，弄得小波羅也沒多少心情看風景。春天來勢凶猛，一覺起來皮膚的感覺就不一樣，野地也一天天厚起來，草木葳蕤。很多野花在河兩岸開放，楊柳的枝葉也稠密，中午時分的陽光也經常穿不透，落到地上的影子如同一團巨大的鐵疙瘩。他在甲板上抽了一袋菸，老夏從他面前經過兩次。

午飯後，春睏襲來，謝平遙回到臥艙，準備躺下瞇一會兒。門被二徒弟推開，他沒敲就進來了。「對不起謝先生，打擾您休息了。」小輪子勾著腦袋說，「我看您平常喜歡抄書，抄的那些能不能借我看看？」隔壁小波羅鼾聲起伏。謝平遙沒事會用小楷抄點東西：一是喜歡，字上筆尖無端地就覺得心裡更踏實；二也因為有些書是從師友處借的，邊讀邊抄，書還回去，還能留下個副本，就是自己的了，想什麼時候看就什麼時候看。小輪子想看書，他自然高興，就到桌上翻找，拿出一本嚴復譯的《天演論》，一八九七年十二月天津《國聞彙編》的版本。這本書是他自己的，很喜歡，這些日子閒在船上，斷斷續續地抄，竟也完整地錄出了一本。他決定把原版送給小輪子，難得在船上遇到個真心愛讀書的人。小輪子接過去翻了翻，恭敬地還給謝平遙，說：

「謝謝先生！這原版是寶貝，小輪子哪敢接受。如果先生答應，小人能求得先生筆錄的那一份，就歡天喜地了。」

謝平遙想，這小子倒也知道好歹；以他的經驗，讀手抄本的確比原書更有感覺。就從床底下找出折疊過的厚厚一逕宣紙，給了小輪子。小輪子千恩萬謝：回去一定裝訂好，字字句句都讀進心裡去。他出門時，謝平遙聽見老夏咳嗽了一聲，問他不幹活兒到處瞎晃什麼。小輪子回答，沒瞎晃，就是提醒謝先生，修船的時候要是有點動靜，打擾了午休，請謝先生多擔待。

高郵鎮不大，但周圍水連著水，蘆葦成林，蒹葭蒼蒼。運河主道兩邊也生長了蓬勃的蘆葦和水草，有野雞野鴨和白鷺穿梭其中。小波羅很想端起槍打下幾隻野味，擔心動靜太大，前後的船也多，忍忍又算了。老夏來找謝平遙，還是有點問題，實在不行，可能得找附近的船廠檢修一下。他說了一堆與船有關的術語，謝平遙在清江浦時，也曾在工人與外國專家之間翻來譯去，但這些術語到底指什麼，還是不甚了了。老夏說了半天，意思只有一個：進船廠檢修是個大動作，花銷不會小，能否請迪馬克大人先將這一段的費用付了，反正這帳早晚也得結，也免得他到了船廠捉襟見肘。謝平遙覺得也有道理，跟小波羅做了解釋。小波羅一串OK，利索地打開了錢袋子。還跟老夏說，如果該付的費用不夠，隨時找他。老夏自是也回了一串感謝。

他們在高郵鎮的碼頭停下來。聽說那裡有個姓朱的修船師傅，是高手，大船廠裡搞不定的疑難雜症，他都能解決。天越來越長，下船那會兒距晚飯還早。謝平遙帶著小波羅去鎮上逛逛；老夏和大徒弟去請朱師傅；邵常來和小輪子留在船上準備晚飯。

外地人常去的就那幾處：車邏壩、南門大街、鎮國寺、平津堰、楊家塢、萬家塘、御碼頭、馬棚灣鐵牛等。開始小波羅還拄著拐杖走，鎮國寺、平津堰和御碼頭看完了，有點累，謝平遙雇了兩輛人力車，剩下的幾個地方坐在車上跑了一遍。到此一遊。就這樣，回到碼頭天也黑透了。

碼頭上的燈光映在水裡和濕漉漉的青石路面上，有種祥和的歡慶氣氛。而碼頭本身卻一片喧囂，買賣的，拉客的，坐在船頭喝酒吃飯划拳吵架的，孩子哭、女人鬧，還有街巷裡的煙花女子來船上賣春，熱熱鬧鬧一派繁華的煙火氣。謝平遙和小波羅沿著碼頭找他們的船，從這邊的第一艘船找到那邊的最後一艘，沒有；再找回來，還是沒有。他們倆在隱約記得的位置附近打聽，說船上有什麼樣什麼樣的人。一個大嫂說，她從家裡來碼頭看她男人，經過離這裡不遠的地方，看見一個人坐在河邊，守著一堆行李，和他們描述的那個邵常來有點像。他們倆趕緊去找。

果然邵常來坐在河邊，縮著腦袋把自己抱緊，下巴搭在膝蓋上；因為恐懼，整個人縮得更小，時刻準備要哭。聽見謝平遙叫自己，那一團小黑影子立馬站起，哇地哭起來。

「他們走了！」邵常來哭著說，「他們把我趕下船。他們把咱們扔下不管了！」

謝平遙一聽就明白。他早該想到會出這事，越往北走風險越大。他對小波羅說：「他們擔心義和拳。」

「就因為我？」小波羅問。

「就因為你。他們一輩子就掙一條船。船有個三長兩短，一輩子就什麼都沒了。」

「他們怎麼說？」小波羅問邵常來。遭人背叛，小波羅一肚子火。

「老夏說，真是對不起，他上有老下有小，不得不謹慎行事。大徒弟說，他得跟師父回去，師父答應這趟回去就給他娶個媳婦。」

「那個小輪子呢？」這是謝平遙最想知道的。

「小輪子一會兒感謝一會兒對不起，一會兒對不起一會兒又感謝。他說他會記著兩位大人的。有機會他要謝謝兩位大人送給他的禮物。」

「就寫幾個意大利語名字，算啥禮物。」小波羅摸出菸斗，「早知道他們要走，真送他個像樣的禮物了。」

「哦，菸袋！」邵常來蹲下來到行李裡找，摸出一根長菸袋來，「老夏說，送迪馬克大人他的菸袋，就算賠罪了。」

三個人在黑暗的運河邊坐下來，吹面不寒楊柳風，找不到來源的光在水面上閃。偶爾有魚冒一下腦袋，水面上一個個圈就在浪頭裡折來疊去。小波羅用老夏的長菸袋點了一袋菸，深吸一口，慢慢吐出來。

「我突然有個感覺，」小波羅說，「一個古老的中國，就是這醇厚的老菸袋的味兒。這尼古丁，這老菸油，香是真香，害也真是有害。」

此刻謝平遙要考慮的：一是今天晚上的住處，二是如何再雇到一艘可靠的船。

菸抽完，三個人往鎮上走，先找了家館子吃晚飯。小波羅要了一大份米酒，三人分了喝。他又讓邵常來用人家的灶具，做一個小炒肉，三個人嗞嗞啦啦飽餐了一頓。然後找到店老闆推薦的「仙客來」客棧，要了三間房。

收拾停當，小波羅坐下來準備記日記，發現牛皮封面的記事本不見了。他敲響謝平遙和邵常來的房門，問他們是不是行李拿錯了。兩人把各自的行李翻個底朝天，沒有。小波羅腦門上開始冒汗，他在日記裡寫了很多不宜示人的東西。比小波羅更著急的是邵常來，從船上被趕下來，小波羅的行李一直跟他在一起。邵常來額頭的汗彙聚到一起，從鼻尖上滴落下來。

「小輪子？」謝平遙猶疑地提醒。

「對，小輪子！」邵常來兩手一拍，發出汗唧唧的水聲，「他說，謝大人的禮物很珍貴，迪馬克大人的禮物也很珍貴。莫非，就是那個記事本？」

小波羅對著虛空中看不見的一張臉點點頭。必是小輪子無疑。他藏著掖著，在最不可能丟的時候，丟了。防不勝防。他在心裡嘆口氣。人生就是一場他媽的結果前定的賭博，你怎麼預設、謀畫，一心想撞上好運氣，都可能白搭。這是命。

「要不要追回來？」

小波羅擺擺手。這是命。也好，新生活開始了。可是，要找的那個人在哪裡？

二〇一二年，鸕鷀與羅盤

多年跑船養成的壞習慣，停下來就不知道該幹什麼。手足無措。秉義赤腳蹲在船頭抽菸，吐煙時努力挺直脖子，這也是多年養成的習慣。秉義乾瘦的背後，夕陽落盡，西半天大寫意的幾筆晚霞，襯出了天空更廣大的寂寥，秉義整個人也因此有了一個油亮、逆光的黑褐色輪廓，像一隻年邁的鸕鷀。碼頭裡的波浪拍打船幫，發出細碎的惜別之聲。秉義就是這麼想的。兩天以後這個碼頭他就不再來了，他不能蹲在別人家的船頭上。岸上那個穿風衣的姑娘對他揮揮手，他還沒回過神來，她的快門已經摁下。早上也是這樣，他又著腰站在船頭發蒙，起床後他就沒找著北，就是這個穿風衣的姑娘對他揮揮手；他扭頭看她，她摁了快門。照完了，她又揮揮手表示感謝，騎上自行車往南走了。

這一次穿風衣的姑娘摁完快門，沒有揮手致謝，而是繼續擺弄她的相機。她還要拍。秉義蹲著沒動，又續上一根八喜菸。隨她拍去，懶得動。穿風衣的姑娘至少拍了二十張，站著拍，蹲著拍，彎著腰拍，架在自行車座上拍；往前走幾步拍，朝後退幾步拍，靠近水邊時腳底打滑，差點掉進運河裡。

一根菸抽完，照片拍好了。女兒在船艙裡又喊他回，他應一聲，還是沒動。他聽見女兒抱怨，爸爸這是中了哪門子邪，一天到晚魂不守舍。弟弟後天結婚，一堆事等著操辦，他這個當家的成了沒事人。然後是老婆的大嗓門兒。船上待久了，說句悄悄話都跟用喇叭喊出來似的。老婆說：

「還沒到時候，你等著吧。星池婚事辦完，他不趴船舵上哭，這事不算完。」

「我就說我爸偏心！當年我出門子，我還以為他歡喜我嫁個好人家，原來是高興閨女終於到別人家吃飯了。弟弟結了婚還是自家人，生了娃也姓邵，就把我爸弄成這樣。」

「你爸啥樣你還不知道？他是捨不得這船。」

秉義揉滅菸頭，說：「都住嘴！」

女兒對母親吐吐舌頭，手下的活兒一點沒耽誤。她就是想讓父親換個腦子。別說父親不捨，就她，嫁出去七八年，心下也難過。船是他們水上的家。娘兒倆在船艙裡收拾星池的婚床。緞子綢面老棉花被子，一床紅一床綠，被面上騰龍起鳳，交頸呈祥。大紅的繡花床單。秉義決意朝船民婚房的最高標準裡弄，別人家有什麼，這條船上就得有什麼。牆紙、吊頂、地板，全是新的，能放進來的家具和家電也都是新的。星池和準兒媳婦都覺得浪費，就住一晚上，犯得著這麼大動靜？秉義兩眼一瞪，半個晚上也得是一輩子的排場。

其實就是半個晚上。上半夜喝酒鬧洞房，等親戚朋友都累了，新人入洞房，就只剩後半夜了。第二天還得早起。船上人家的規矩，婚後第一天你要懶，那可不是個好兆頭。起床後收拾停當，該盡的禮數，該行的儀式，第一次門檻怎麼跨，第一頓飯怎麼吃，演出一樣全走過一遍，星池兩口子就搬到岸上的新房裡了。也是洞房，裝修一新，幸福天河社區三號樓三〇六房間，一百二十四平米的三居室。搬家的車都約好了。

半個晚上也是秉義蠻橫地定下的。這個家他說一不二，但他極少如此粗暴地下指示：就這麼辦，沒二話。婚禮必須在船上辦，船民就要按船民的規矩走。兒子反駁，船都賣了，誰還是船民？秉義用筷頭點著飯桌，一字一頓地說：

「老子在船上一天，就一天是船民！你就一天還是船民的兒子！」

「問題是那天咱家的船已經過戶了啊。」

「這事不歸你操心。」

他要跟買家談，推遲幾天交船，不答應這船不賣了。已經夠便宜了。兒子和朋友投資合辦一家修船廠，緊急要錢，這條船是最值錢的家當。要在平常，從從容容地賣，少說也高出個一二十萬。答應賣船揪了他一個多月的心。老婆說，不賣哪兒來錢？不賣誰跟你跑船？六十歲的人了，還當自己是小夥子呢。六十歲怎麼了，咱家的「天星號」跑得不比誰的快？他斜了老婆一眼。老婆手上下了點力氣，他趴在床上叫起來。全身所有關節都經不起按。因為風濕病，身體裡的任何兩塊骨頭多年前就開始貌合神離，有點風吹草動就痠疼。老婆在給他按摩。結婚三十四年，老婆完全無師自通成了他最可靠的保健醫生。

「一指頭的力都受不住，還怎麼了！」老婆說，手上又回到專業醫生也無法領會的力道。這個分寸只有三十多年耳鬢廝磨方成就得出來，「你說怎麼了？兒子要真不在船上，你拿放大鏡搜搜這一千里運河，有咱們這樣六十多歲的老兩口上躥下跳地跑的嗎？你拿什麼跑？」

秉義不吭聲了。身體的事，得認。身體的事就是年齡的事，也得認。「往上一點。對，兩寸。」

兒子說：「我才懶得操這個心。我操心的是結婚。」

「這個也不用你操心。都給你置辦好，你的任務就是穿上西裝皮鞋，打好領帶，把我跟你媽的兒媳婦娶進家門。」

「爸，家在岸上。幸福天河社區三號樓三〇六。」

「不，家在這條船上。你生在船上，睜開眼看見的是船，不是什麼社區幾號樓。」

「爸，你能不能與時俱進一下呢？」

「你爸我還不夠與時俱進？這輩子我換過多少條船你知道嗎？一條比一條大，一條比一條快，一條比一條先進，我還不夠與時俱進？別跟我來這套。」

跟他在船上生活的二十多年裡一樣，星池覺得自己從來就沒能跟父親達成過一次共識。他放下吃了一半的米飯，站起身往外走。

他從來沒和父親達成過共識，他也從來沒有徹底反抗過父親。這一次，他決定試一試。很快他將和父親一樣，成為一家之主。他跨過艙門時猶疑了一秒，因為除了他的腳步聲，周圍一片靜寂，運河的水聲都被不速而至的冒犯遮罩掉了。那一秒足夠他頭腦中閃現一個詳實完整的畫面：父親的筷子停在送往嘴巴的半路上，但他依然低眉垂眼，他在等待，他在給不肖之子一個機會；母親則保持了一個僵硬的端碗造型，因為兩眼突然睜大，腦門上擠滿了抬頭紋，這個與他相守了一輩子的女人還沒有反應過來。星池聽見天靈蓋上明晃晃地響一聲，頭皮瞬間發緊，他覺得抬右腿跨過門檻用了前所未有的氣力，如同將右腿從泥潭裡生生拔出來。母親終於回過神來，說：

「星池——」

筷子猛然拍打在槐木老飯桌上。星池高祖的遺產之一。那一年，高祖買下邵家的第一條船，親自置辦了船上所有用具，包括這張槐木飯桌。一個多世紀的水上流離顛沛，堅硬的槐木早已經被運河的水氣浸透；苔蘚爬了一百多年，也終於占領了桌面以下的所有部位。父親的聲音同時響起：

「回來！」

星池心跳突然換了個頻率，但就一下，兩下，他咽一口唾沫，隨後正常。他跳下船。他不知道，在他走後發生過什麼。

母親放下碗，說：「要不我去叫他回來？」

「算了。」秉義幽幽地說，給自己倒了一杯酒。跑船的人只有歇下來才會喝酒。秉義喝上一口，端著沒放下，再喝上一口，又喝上一口，一杯見底了。他放下酒杯。母親做好了酒杯蹾碎的打算，但落得輕盈。秉義對老婆笑笑，說：「這小子，長大了。」

老婆覺得鼻頭一酸，眼淚就下來了。她受寵若驚地笑，好像領了不該領的賞，她邊哭邊笑地重複丈夫的話：「兒子真是長大了。」

到傍晚，星池吧嗒著嘴回到船上。一個下午抽了兩包泰山，嘴都麻了。他給姐姐打了個電話。他跟姐姐抱怨，父親太過分了。姐姐說，由他過分能過分幾年？一輩子在運河裡跑，船就是他的家，船就是他的命。他已經答應把家和命都賣掉了給你創業，一個體體面面的告別儀式你還不能給他？星池說，姐，我花了兩包菸的時間已經想明白了。我在船上也長了二十多年，我都懂。我就是跟你說說。上了船星池就聞到紅燒鰱魚的香味，他最愛吃的菜。船艙裡燈開著，父親衝門坐在飯桌前，飯菜都擺好了，紅燒鰱魚放在最中間。

「爸，我回來了，」星池說，「你們先吃就是了。」

秉義說：「剛上桌。」扭頭朝另一個房間喊，「兒子滿月存下的那瓶酒拿來，我跟星池喝兩杯。」

老婆亮起大嗓門兒，「一天喝兩頓？」

「兩頓。」

那頓飯吃得相當好，像三個相互感恩的人終於見面，誰都不說一個謝字，但觥籌碟碗之間，怎一個謝字了得。

酒杯端起又放下，那頓飯吃過兩個月零六天了。明天幫忙的船隻到來，後天兒子婚禮，一晃兒子成家立業了。一晃六十年過去了。怎麼就一天天走過了六十年？除了空蕩蕩地感嘆時光流逝，像鸕鷀一樣蹲在船頭的秉義說不出更深刻的東西來。這回換了老婆在船艙裡喊他，商量新媳婦拜公婆時到底該送什麼禮物。秉義站起來。穿風衣的姑娘已經走了。

薄霧在水上飄蕩，光線還有些暗淡，但天已經亮了。先是拴在船尾的黑豹一陣猛吠，有船來。這條護船的黑狗，是星池養大的，耳朵和鼻子裡像裝了雷達，任何一點意外牠都會迅速做出反應。在水路上，一條好狗抵得上兩個忠誠的壯漢，反正黑豹到了船上，秉義沒丟過一件貨，連塊煤渣都沒落到過陌生人手裡。秉義常想，星池這孩子天生是吃水飯的料，訓練一條護船狗他都有一套。黑豹一歲剛過，就被星池訓出了生物鐘，每天晚上十點和凌晨三點，牠都會準點醒來，獨自繞船巡邏上一圈。牠有超強的平衡能力，一虎口寬的船邊上可以健步如飛。可是這孩子還是堅持要上岸。他說爸爸，水運多苦我都能受，上了岸我也不習慣，老覺得腳底下晃晃悠悠，反倒是水上結實安穩。可今非昔比了。貨運的指標是載重和速度，是效率。跟陸地上的貨運比，我們把吃奶的力氣都使出來，也只會越來越慢；河床在漲，河面在落，我們的船隻能越來越小。一看到岸上的汽車火車越跑越快，我就有種被世界遺棄的感覺：他們在往前跑，而我們在往後退。運河的水運跟這個風馳電掣的世界，看上去一起往前走，實際上在背道而馳。我還年輕，我不想有一天船小得慢得我實在看不下去了再上岸，那時候你兒子可能除了「暈陸」，什麼也做不了了。

這話讓秉義不舒服。這輩子他只會做一件事，而這件事在兒子看來，早晚都是在拖這個世界的後腿。他在做一件越做越錯的事。他當然不認同，問題沒那麼嚴重。火箭哧溜一下上了天，高鐵也可以越跑越快，但人還是得用兩條腿走路，再慢你也不能把兩隻腳砍了改裝風火輪。但他也不得不承認，跟他第一次看見船、跟他第一次跟父親跑船、跟他第一次獨當一面成為船老大時比，作為一個內陸河水運的船主，吃水上飯的跑船人，榮譽感和成就感的確是越發地稀薄了。生意越來越小，貨物越來越低端，利潤越來越少，過去米麵、蔬菜、鋼筋水泥混凝土、各類家電家具都運，現在承接的貨單只有木材、煤炭、磚石和沙子了。

船上的裝備越來越好，人還是那個人，吃苦耐勞敬業，但世界他媽的變了。

黑豹叫過，有人聲響起，親朋好友的船陸續到了。秉義出來跟各位船老大打招呼，感謝兄弟朋友的幫襯。老規矩，水上人家的大事，有錢的出錢，有力的出力。一條船上的年輕人大婚，親朋好友的船肯定得幫忙。這個忙只幫一兩天，要趕上誰家孕婦在船上生孩子，預產期前一兩個月就得有船相伴著走，以免孩子突然提前來到這世界上，旁邊船上的女人就得緊急充當接生婆。

五條船分別停靠在「天星號」兩側，然後船與船之間鋪上踏板，以便相互自由串門。秉義的「天星號」是婚船，左邊兩條和右邊兩條做酒席宴客用，左邊第三條做廚房，鍋碗瓢盆、蒸煮炒燉都在那裡。還有一條船，明天一早會候在新娘子化妝的美容室附近，化好妝，就載著新娘子在運河裡慢悠悠地轉上三四個小時，中午時分趕到「天星號」即可。水上遠嫁，這也是規矩。

船到位了，各家主動忙活起來。程序都明白，清理好船隻，支涼棚的支涼棚，擺桌椅的擺桌椅，搭檯子的搭檯子；戲臺給樂隊用，明天會有兩支樂隊來添喜，一支民樂隊，一支西洋樂隊。船都是幾百噸級的大傢伙，稍微收拾一下場面就足夠大。

場面必須大，邵家的婚禮一定得體面。秉義不做摳摳搜搜委瑣的事。如果不出意外，這將是邵家作為船民的最後一次婚禮，要對得起祖宗。

各就各位，管自己的一攤子事。早飯過後，秉義和星池的第一要務是去上墳，把喜訊彙報給先人。下船之前先在船頭燒香拜了龍王、菩薩和其他各路神仙。三十多年前秉義結婚，七年前女兒出嫁，上墳之前都要走這個儀式。爺兒倆提著食籃、燒紙和一串鞭炮上了岸，遇上穿風衣的姑娘又在對著連在一起的幾條船拍照。今天她穿一件夾克，裡面一件雪白的襯衣，稍微燙過一些大捲捲的長頭髮隨意地紮在一起，二十七八歲？也許大一點，也可能再小一點。秉義對女人年齡向來沒有判斷力。夾克姑娘圓臉，眉目清朗，唇線尤其飽滿跌宕，但肯定沒用口紅，一米七的高個頭兒，人也清朗，一看就是個幹練有主意的人。

她對爺兒倆笑笑，說：「嗨。謝謝您讓我拍照。」

秉義面對陌生女人有種與生俱來的難為情，又在兒子面前，更跟逃難一般緊張，「沒事，隨便拍。」

「這麼大的排場，你們這是要——」

「我明天結婚。」兒子在這方面比老子更放得開。

「恭喜恭喜！」夾克姑娘相機掛在脖子上，背一個雙肩包，牛仔褲，阿迪的運動鞋，「我就說準有喜事。」她不想耽誤他們的行程，籃子裡有燒紙和食物，她知道他們要幹什麼。但她轉念一想，隨口就問出來：

「不好意思，我可以拍一些婚禮的照片嗎？」

秉義看看兒子。他不是不敢做主，而是已經請了婚慶公司，據說全程有專人錄影。他不能再把業務隨便許給別人。

「對不起，我沒說清楚，我職業就是畫畫和攝影，這段時間沿運河上下走動，只拍感興趣的題材。不是做生意。」

「哦，」兒子說，「是創作。藝術家。」

夾克姑娘笑笑，「謝謝。就是做一點喜歡的事。」

「那沒事，隨便拍。」秉義說。

「不涉及隱私就行。」兒子加了一句。

「當然。」夾克姑娘說，「也絕對不會給你們添亂。你們可以當我不存在。」她很高興他們答應了，但她又有了新的想法，同時為自己的得寸進尺感到慚愧，「不好意思，我還想問一下，你們，這個祭祖，我也可以拍嗎？」

「燒紙上墳有什麼好照的？」秉義的口氣有點涼。這應該算隱私了吧？

但兒子突然來了興趣，「可以啊。但是——」

「絕不涉及隱私。」夾克姑娘保證，「我只遠遠地拍。」

秉義想到看過的電視劇裡燒紙上墳的鏡頭，墓碑上的文字經常會被放大特寫，於是意味深長地說：「別拍那些字。」

兒子已經發動了摩托車，秉義拎著兩個籃子坐到後座上。夾克姑娘也騎上自行車，她說：「您放心，我只拍遠景。我要的不只是人的肖像，我還要拍出人物的故事來。」剛才她一閃念間，就知道自己要什麼了。她固然要拍一場船民的婚禮，她更要拍一段船民的生活，拍出他們在靜止的影像中流動的故事。

「姐，」星池放慢車速，以便夾克姑娘能跟上，「我被你創作完以後，是不是就能成名人了？」說完他自己先大笑起來。

「我自己都沒成名人呢。」夾克姑娘笑起來。

「那我們一起當名人哈。」

墓地距碼頭不遠，半小時車程。沙石路邊的一塊荒地裡，大小不一地立著幾座墳，每座墳前都有兩棵樹，枝葉葳蕤，風從曠野裡吹過來，所有葉子都拍起巴掌。他們停下車，秉義爺兒倆進了墓地，夾克姑娘自覺留在路邊，以示她不會看墓碑上的字。當然也是掩耳盜鈴，倘若她真好奇，調一下焦，墓碑下爬動的一隻螞蟻她都看得清清楚楚。她信守諾言，只拍遠景。

半個世紀前，這裡是一片無主之地，茅草高過頭頂，地上布滿石頭。秉義的祖父帶著秉義的父親把他的曾祖父葬在了這裡。墓碑上刻著死亡時間，一九四八年四月初八日，死者邵常來。那一天早上，濟寧邵家的第一位祖先邵常來老大人醒來，照常要在床沿上坐上一袋菸工夫再下地。兩袋菸也該抽完了，老大人還沒有下床，兒子進屋去看，發現父親坐在床上已經咽了氣。父親南方人的小個子在死前挺得直直的。跑船人的規矩，死在哪裡就埋在哪裡。那時候邵家也早已經在濟寧落了戶。

在邵家最年輕一代的邵星池看來，有故事可講的祖宗裡，高祖父最傳奇。一個四川挑夫，跑到杭州武林門碼頭當腳夫，據說還跟著一個洋鬼子，沿大運河從南到北一直走到京城。問題是，高祖父在船上幹的是專職廚子。挑夫、廚子和水手。星池問秉義，我高祖他會說外國話嗎？

「會個屁。聽你爺爺說，到老了他說話全串了味兒，四川話、浙江話和山東話摻在一塊兒，可能還有別地方的方言。只有說夢話你才能搞清楚他是哪裡人，純正的四川話。」

邵家落腳濟寧純屬意外。邵常來從北京南下，又回了杭州，腳夫不做了，廚子也不算他最拿手的，「一條水路走到底，老子去過北京城」，夠了，一下子成了跑長途的搶手貨。那時候除了個別官船和商船，能京杭兩頭跑的只有漕船。江南的船一口氣紮到清江浦的都不多，能到濟寧的更少，再往北——算了，還是回去吧。邵常來的北方水上經驗花錢也買不來，跑長途的船主爭著搶著雇用他。開始還兼做廚子和雜務，越往後身價也抬上去了，邵常來開創了一個新的職業，主體工作就是陪船主聊天，出謀劃策，相當於船上的師爺。為此邵常來蓄起了山羊鬍子，端起了水菸袋。這個形象星池可以從父親當寶貝收著的老照片裡看到，照片裡的高祖父已經老了，頭頂瓜皮帽，戴一副圓框眼鏡。某一年，秉義也是聽他祖父說，他的曾祖父邵公常來跟隨一條船往北走，到山東境內，反客為主，把船變成自己的了。船主好賭，一路上的大部分時間都在同行的另一條商船上，跟那條船的船主和幾個南來的商人推牌九，褲衩都輸掉了，最後只剩下一條船。他捨不得直接把船抵押給同行的船主，怕送出去再也收不回來，就找邵常來。

那時候邵常來手裡還是很有一些錢的，聚了多年的跑船酬金，還有小波羅病逝後分到的錢（這一點秉義並不知情，在他的年代裡，與外國人的交往早已經是忌諱，祖宗跟洋鬼子有染也不行）。「反正你高祖父有不少錢，」秉義跟兒子說，「船主打了個很大的折扣，把船抵給你高祖父了。他覺得一旦鹹魚翻身，從你高祖父手裡贖回來更容易。」原來的船主抵押了船，還過賭債，搭船回江南去臥薪嘗膽了。過了徐州邵常來成了老闆。此行終點是濟寧。卸完貨，邵常來遣散水手，他決定留下來。他把船停靠進碼頭，開始招募當地水手，聯繫新的貨運業務，同時給遠在杭州的妻兒發電報，務必火速收拾，舉家北上。他不想再回杭州，他擔心前船主籌到贖金，把船再贖回去。這個價他到哪裡都買不到這樣的船。

事情都做完了，他在甲板上躺下來。頭頂上是藍瑩瑩的天，白雲朵朵，他想起多年前跟隨小波羅第一次來到濟寧，那時候狂風暴雨，電閃雷鳴。如果那個雨夜沒鑽出來三個河盜，小波羅就不會死；小波羅不死，他的人生是否會是另一番樣子呢？他從懷裡掏出那個羅盤。從站在武林門碼頭等活兒的時候開始，他就想有一條自己的船。現在有了。他想起了意大利人小波羅，保羅·迪馬克先生。羅盤閃耀著金燦燦的光，邵常來不知道是天上的大太陽照的，還是淚水晃花了他的眼。

自邵公常來始，濟寧邵家的船民生涯開篇了。

敬完雞魚肉蛋、點心和酒，燒過紙錢，放了報喜的鞭炮，父子倆給祖先們磕頭。夾克姑娘在路邊調整焦距和取景框，她要把這一組船民上墳圖拍好，突然聽見跪下來的老船民號啕大哭。她放下相機。星池也沒料到父親跪下來後會如此悲痛，他在他身後抬起頭，看見父親撅著屁股，腦門搗蒜一樣磕在石頭、泥土和野草上。他能理解一個老同志面對祖宗的悲傷。他站起來，拍打膝蓋上的塵土，點上一根中南海菸，等著父親的哭聲結束。一根菸抽完了，父親還跪在祖父的墳前不起來，屁股撅得更高了。父親哭得如此悲傷和投入，似乎耗費了半個身體的精力；他的左胳膊放在地上，腦袋支在胳膊上，整個人歪倒在那裡。

「爸，差不多就行了。起來吧。」

秉義還在哭。

「爸，你怎麼了？」

秉義還是哭。

星池走過去抓住父親右胳膊，要把他扶起來。秉義甩脫他的手，「讓我再哭一會兒。」

第二根菸抽完了，秉義還在哭。星池煩了，說：「爸，還有完沒完？」

秉義直起腰，哭聲停止，淚在臉上，「邵家祖傳的事業到我手裡斷了香火，你還不讓我多哭一會兒？」

「作為邵家跑船的終結者，那我的罪豈不更大了？」

「你爸還沒那麼不通情理。」秉義用衣袖擦了把臉，「就是想起來椎心，捨不下。咱們家跑了一百多年船，運河上生，運河上死，活下來的，一個個熬成了一把老骨頭。」秉義繞著兩座矮一點沒立碑的小墳轉了一圈，決定給平輩的兄弟和晚輩的孩子也磕一個頭。對不起祖宗，又何嘗對得起死去的兄弟和兒子，「你知道這河上，百年裡有多少邵家的冤魂。」

那兩座無碑墳，一座是秉義的哥哥思賢；一個是星池的哥哥臭臭，溺亡的時候五歲，還沒來得及取大名。那會兒還沒有星池。

邵思賢死於血吸蟲病，又叫大肚子病，享年二十二歲。那時候一切公有，他們家的船被編入縣水上運輸隊，掛二十三號牌。他們去南方，來回差不多三個月。那段時間邵思賢感冒，沒好利索又在卸貨時淋了一場雨，咳嗽和肺炎跟著起來了。船上醫藥簡單，久治不癒，正好趕上行經的河段生長茂盛的水葫蘆，運河水質極差，而他們飲用的只能是運河水，就感染了血吸蟲病。回程緊趕慢趕，剛過徐州邵思賢就不行了，死在微山湖上。秉義一直覺得哥哥的死跟那些水葫蘆有關，他掌舵的這些年，為了少看一眼水葫蘆，南方能不去他就不去。星池到網上百度過這種父親討厭的水生植物。為了給豬提供青飼料，上世紀五〇年代中國特地從巴西引進水葫蘆。比它好養活的東西真不多，往水裡一扔，它就能像革命一樣蓬勃發展，一天一個樣，所以當時還有個中式俗名叫「革命草」。

臭臭五歲三個月零七天，他們的船裝了半船玉米、半船小麥，穿行在駱馬湖裡。當時秉義已經把西樟木頭船換成鐵船，改用大功率的柴油機做牽引。岸上有人搬家，遠道的親友來賀喬遷之喜，一掛鞭接著一掛鞭放。臭臭從廚房裡出來看熱鬧，秉義在開船，老婆在廚房做飯。說好了看兩眼就回去吃西瓜，一個菜炒好了也沒回去，喊也不應，秉義老婆就慌了，拎著鍋鏟出來找，整條船上哪兒還有臭臭的影子。秉義趕緊停船，附近的陌生船也都停下，能下水的都跳進駱馬湖裡找。從中午一直打撈到半夜，一無所獲。兩口子後半夜一直抱頭痛哭，船停在原地沒動，怕走遠了不知道孩子在哪兒丟的。次日清早，旁邊船上的人喊，浮上來了。臭臭肚皮朝下漂在遠處水氣氤氳的湖面上。

因為趕時間交貨，秉義把臭臭就近埋在駱馬湖邊。下一趟專程過來，空船上備一口小棺材，裝足冰塊，把臭臭帶回到濟寧，重新葬在邵家的墓地裡。

船上的孩子小時候都穿一種「龍頭帶子」，像馬甲穿在身上，沒衣袖，後頭拖根繩子，拴在某個鐵環上，以防小孩掉進水裡。臭臭答應媽媽看兩眼就回來，還要吃瓜呢，哪用龍頭帶子。就疏忽那一下，臭臭沒了。臭臭之後是星池姐姐和星池，他們倆龍頭帶子一直拴到十歲。上船了必須拴，尿尿都得在腰上繫根繩子。

秉義磕完頭，讓星池也磕一個。星池說：「臭臭也磕？」

「多大他都是你哥。」秉義摸出一根八喜點上，「跟他們都說一聲，邵家的船不跑了。」

「爸，是跑不動了。」

「你爺爺臨死前，非要我去把船檢修一遍。我說頭年剛檢過，繞太平洋跑兩圈都沒問題。你爺爺不點頭，非讓檢。你不能跟要死的人較勁兒，我就把船廠的大師傅請來。師傅跟我說，你爹哪是讓你檢船，是怕你半道上把船扔了。跟老人家保個證就行了。」

「管用？」

「我跟你爺爺說，爹，放心，河乾了，我也讓船在。」

「爺爺就放心地死了？」

「你爺爺突然坐起來，說那我喝杯酒再死。我給他倒了一杯糧食燒酒，你爺爺喝完了躺下，才滿意地合上眼。迴光返照。」

「行了，爸，我磕。」星池在小哥哥的墳前跪下，「不管什麼原因，是擊鼓傳花到我手裡，咱家的船才沒的。給誰道歉都應該。」

星池伏拜在地，秉義弓著風濕病嚴重的腰和脖子站在旁邊，像一隻準備抓魚的鸕鷀。背景遼闊，大野蒼茫，拍照的姑娘在他們似動非動時，及時摁下了快門。

六條船上更熱鬧了，能來的船民都來了，各司其職。他們必須在天黑之前把明天需要的一切食材、工具、設施和不時之需全備好。狹小的船民圈子是個熟人小社會，多年的交往給每個人都精確地定了位，所有人都知道誰該做什麼，誰能做什麼。反倒秉義成了個多餘人。一到這種時候他就犯蒙。

三十多年前他娶媳婦，排場沒這麼大，人和事也沒這麼多，新郎要幹的活兒不少。但他那兩天像個二流子一樣晃來晃去，完全不知道該幹什麼。新娘子的嫁船到了，新郎不見了。周圍幾條船翻了個遍，最後在岸上的老柳樹底下把他抓住了。他穿著一身新衣服坐在石頭上抽菸，像個古怪的看客。七年前嫁女兒，也這樣，親家都納悶，平常腦子挺好使的一人，那天像個傻子，都分不清哪裡該站哪裡不該站，只知道抱著兩盒喜菸，見人就遞。

現在他從自家的船艙裡走出來，新房早就被老婆和女兒收拾妥帖。秉義踩著踏板走到旁邊搭好戲臺的船上，再從演出船走到旁邊支著很多張飯桌的船上，繼續走，又經過一條船，然後跳上岸。夾克姑娘放下相機，跟過來。

秉義背著手沿碼頭走，走一步頭點一下。夾克姑娘拍了他的背影，背景是空茫的運河，取景框裁掉了地面，照片裡的秉義像是直接走在水上。秉義突然停下來，他只想回頭看一下忙碌的六條船，看到的卻是拍照的姑娘。他覺得應該跟拍照的姑娘打個招呼，於是他說：「隨便拍。」

夾克姑娘沒弄明白是隨便拍他，還是隨便拍準備婚禮的場面，「我可以拍一會兒您嗎？」

「我有啥好拍的？我就去看看我的船。」

「船不在那邊嗎？」

「住家船。」

「好啊，」說住家船她就懂了。眼下搞運輸的船民另有住家船的不多，因為岸上都有房，貨船停運了，他們就住到岸上的家裡，沒必要再置一條來住，「您岸上沒房子？」

「住不慣，渾身比風濕病犯了還難受。走這地兒腳底下都發軟，」秉義跺跺腳，這條河堤邊的人行道鋪著紅白相間的地磚，「家裡還有幾隻鸕鷀。」

「真棒，那我就拍您和鸕鶿。」

「我就是鸕鶿。」秉義嘿嘿一笑。

夾克姑娘笑了，看來並非只她一人覺得他長得像鸕鶿。

「從小他們就叫我鸕鶿。水性好，一個猛子扎水底，憋個七八分鐘沒問題，看見的魚絕對跑不掉。比鸕鶿還管用。不過那都是年輕時的事了，好漢不提當年勇。」

「現在呢？」

「扎下水骨頭疼。」秉義自己都笑了。

地磚路斷了，接下來是土路。河邊開始生長叢叢簇簇的蘆葦。兩叢蘆葦之間，一條住家船拴在岸邊的柳樹上。運河沿岸這樣的住家船夾克姑娘拍過不少，有一陣子她專門去裡下河、洪澤湖、駱馬湖、南陽湖和微山湖去拍住家船上的生活。很多是名副其實的住家船，岸上沒房子，長年住船上，一切生活都在水上展開。捕魚，養殖，在岸上種一點蔬菜和莊稼，跟南方的疍民幾無區別。也有個別人家純粹是因為岸上買不起也建不起房子，幾口人蝸居到船上，上班時出門，下班了回到船上。

五隻鸕鶿機警地蹲在船上，看見秉義，嘎嘎地叫起來。秉義對牠們拍拍手張開雙臂，一個大步跳上船。牠們飛起來，要落到秉義肩膀和手臂上，秉義往後躲閃，說：「不能停不能停，爺我今天穿了新衣服。」五隻鸕鶿又落到船上，腳脖子上都拴著細麻繩。秉義說：「別小看這幾隻鳥，吃香喝辣的都指著牠們。吃不完的魚。親戚朋友一圈送完了，還能賣不少。」

「魚這麼好抓？」

「不比從前了。」秉義習慣性地從口袋摸出八喜，夾克姑娘搖搖頭不抽，他自己點上，「過去運河水也不乾淨，但那是水草啊、死魚爛蝦子啊漚壞了的髒；現在才真叫髒，各種塑膠袋、垃圾，取土、打沙，工業廢水，還有機械船漏的油。你看看，從南到北，有哪段運河水還能淘米洗菜？過去跑船，要做飯燒茶了，伸手就從河裡舀。現在你舀看看，喝下去拉肚子拉死倒在其次，嘴都進不了，那個味兒，你說不出來成分有多複雜。我兒子說，馬上就成化學藥劑了，裝進瓶子裡熬熬煉煉都能做原子彈。魚少多了，抓上來的你也未必敢吃。所以我只讓鸕鷀在蘆葦蕩附近下水，長蘆葦的地方水起碼還乾淨點。」

「繼續說。我拍我的。」

「你對著一拍，我就不會說話了。我說到哪兒了？」

「長蘆葦的地方水起碼乾淨一點。國外的一些河道就規定，所有機動船都不許走。」

「不走機動船怎麼運輸？不能運輸的運河還叫運河？要它幹什麼呢？」

「留著做景觀啊。很多地方不是都在做沿河風光帶嗎？」

「你們文化人的想法。你們天天都在說什麼『喚醒』運河，我不懂什麼叫『喚醒』。跑了一輩子船，我能明白的『醒』就是睜開眼，下床，該幹什麼幹什麼；讓一條河『醒』，就是讓這條河你來我往地動起來。『醒』了不動，叫『醒』嗎？『醒』了不動，『醒』又有什麼意義？」

「您的意思是？」

「運河運河，有『運』才有河。不『運』它就是條死水。」

「那您還打算在這條河上跑多久？」

秉義如同被迎頭悶了一棍，嘴裡只剩下吸菸的聲響。他得弄出點動靜，吧嗒吧嗒。沒錯，這一直都是個問題。只有陌生人才會不講情面地問出來，因為她什麼都不知道。

「不跑了。前天回到碼頭，那是最後一趟。」

夾克姑娘放下相機。這是她沒想到的，為此她有點難為情，「對不起，我就是那麼一說。」

秉義一屁股坐到船上，坐下來才想起來徵求夾克姑娘的意見，他說要不合適拍就不要拍了，然後習慣性地把鞋子甩到一邊。只要不太冷，在船上他還是喜歡光著腳。光腳不怕水，又防滑，船民都這樣。「跑不了了。」秉義說，「心有餘力不足。」他跟夾克姑娘簡單地說了兒子的新工作。

夾克姑娘完全理解，「好幾個船老大跟我說，活兒不好幹了，成了夕陽產業。」她站在船邊，以秉義變形的光腳丫為焦點，視角上移。光腳，新衣服，鸕鷀，住家船，船上的一堆小零碎，秉義黧黑的臉、沒剃乾淨的鬍渣、乾裂的嘴唇，歪在嘴角菸灰低垂燃燒了一半的八喜香菸，纏繞著升騰的煙圈，還有他混濁茫然的眼神；不管是自然色還是處理成黑白兩色，都會是一幀好照片。她得讓他繼續說下去，表情自然地沉浸在自己的世界裡，「您開過多少船？」

「多少船？數不清。讓我想想啊。」果然是個好問題，一想就進去了，一雙老眼裡放出穿透歷史的精光來，「大漁船、小漁船，罱河泥的船、運糞的船、客船、貨船，木頭船、水泥船、鐵皮船，大集體的時候我還開過一段時間公交船。開始是篙撐、手搖、腳踩，後來是帆船，然後是帆動力加上蒸氣動力，燒木炭和汽油，現在完全是柴油機動力，還能發電。」

「水上生活裡，您最開心的是什麼時候？」夾克姑娘在聽講和發問時手都沒閒著，船上船下地走，不停地換角度、構圖和找光。

「一個是小時候，跟爹媽跑長途，我負責十隻鴨子，天天跟鴨子玩。我跟我爹手工編了兩個大鴨籠子，可以放在船上也可以掛在船幫邊，牠們可以在籠子裡游水。鴨子睡覺是在籠子裡，下蛋也在籠子裡，我做了一個活動的窩，哪隻鴨子要下蛋了，我就把窩塞進籠子裡。為什麼養鴨子？鴨子好啊，可以測水流、水溫和天時氣候。十隻鴨子每天能下七八個蛋。在那個年代，船走到哪兒都不缺魚吃，還有鴨蛋，真覺得過的是天上日子。我爹會說書，船一停下就拍著大腿開講《水滸傳》，把其他船上的大人小孩都吸引到我家船上。你說那時候我高不高興？」

秉義已然十分放鬆，一臉拉家常的表情，時不時伸手摸一摸某一隻鸕鷀的羽毛。

「還有一段是我結婚後，三五年換一次船，我是全縣個體運輸第一戶。電視、報紙、廣播都來採訪報導，政府也重視，下了力氣扶持我們兩口子。結婚時分家，我爹給我們的是二十五噸木頭掛機船，兩年後我就換成三十噸的。到一九八四年，我們賣了三十噸的，換成了四十二噸的木頭掛機船。三年後，換成了五十噸的鐵船。一九九〇年，舊船賣掉，買了七十八噸的鐵船，舊船賣了四萬二，新船花了八萬，錢不夠向朋友借了一筆。一九九四年，舊船再換新的，我要了一百噸的鐵船內艙機船，十五萬。一九九六年，賣掉一百噸的，換成二百噸的鐵船，三十五萬。二〇〇三年換成了二百七十三噸的。這些年我們一直在換船。換船有樂趣。跑船人的樂趣。男人的樂趣。」

「二百七十三噸？就現在這條？」

「就這條。」秉義一下子就黯然了，他下意識地掰著手指頭，「差四個月零十六天十年。」

「對這條船，您有什麼想說的嗎？」夾克姑娘說，「抱歉，我做過幾年記者，有點職業後遺症。」

「你們文化人別笑我酸，我還真想過這事。這條船差不多已經是別人的了。晚上我經常睡不著覺，就想，捨下一條船就這麼難嗎？真就這麼難。除了跑船我不會別的，現學也來不及了，離開這條長河，我都不知道能不能活得下去。所以我就想，人的命其實不在自己身上，都在別處。我的命，一半在船上，另一半在這條河上。」

夾克姑娘覺得秉義說得真好。她也恍惚覺得自己的一條命分在了兩處，一處抓著畫筆，一處按在相機快門上。五隻鸕鷀此刻排成一隊，站在秉義身邊，像五個認真聽課的好學生。秉義挨個去摸牠們的腦袋，摸到第三隻，夾克姑娘按了快門。

《五隻鸕鷀和一個老人》。

「船賣了以後呢？」

秉義點上菸。「在水上。」他說，「剩半條命得當心著用。我跟老婆都說好了，跑一輩子了，哪兒也不去了。就在這條船上，」他拍拍屁股下的船板，「吃睡、睡吃，抓兩條魚，喝二兩酒。生在這條河上，活在這條河上，死也得在這條河上。」秉義的電話響了。他從褲兜裡掏出手機，最簡單的那款諾基亞，他摁了接聽鍵，老婆的聲音雄壯地傳出來：

「又到哪兒遊屍了？一到關鍵時候你就掉鏈子。給我死回來！」

「什麼事？」

「事多得要用船拉！你兒明天娶媳婦你知道不？」

秉義把手機拿得離耳朵遠點，對夾克姑娘難為情地攤攤手。

「忙您的。」夾克姑娘小聲說，「我到處轉轉，隨便拍。明天婚禮我會再來。」

秉義對手機說：「號啥？給鸕鷀餵口吃的，這就回。」

兩里地外放了三個二踢腳，這邊船上就開始熱鬧了。新娘子馬上就到，管事的招呼所有人各就各位：廚師回到鍋邊；樂隊站到檯子上；伺候桌椅的一律擺放完畢；陪同新郎的小夥子把西裝領帶理清爽；迎接新娘子的小媳婦、大姑娘和老娘兒們最後查看一遍新房；找不到事做的親友和看客自覺閃開一條道，準備好巴掌、歡呼和要撒的花。秉義呢？秉義！鸕鷀邵秉義！別跑，跟星池他娘到屋裡去，對，坐在太師椅上別動，廁所也不許上，把紅包和禮物揣好了，星池和媳婦磕完頭就給。

——鼓樂班子，走起！

民樂隊一例中式唐裝，嗩吶、笛子、二胡、笙簫、鑼鼓、鐃鈸，演奏的是〈彩雲追月〉；西洋樂隊穿黑西裝、燕尾服和白襯衫，長號、短號、三音號、薩克斯風、小提琴、單簧管、雙簧管，演奏的是〈婚禮進行曲〉、孟德爾頌〈仲夏夜之夢〉的第五幕前奏曲。民樂隊在船頭，西洋樂隊站船尾，呈對壘之勢演奏。每個樂隊前面都支著若干個立麥，每個樂隊自備兩個大音響，巨大的樂聲呈八字形向外擴散。看熱鬧的先用左耳朵聽民樂、右耳朵聽西洋樂，有點亂；再用右耳朵聽民樂、左耳朵聽西洋樂，還是有點亂；後來不管民樂、西洋樂，也不管哪個耳朵進哪個耳朵出，亂糟糟地聽見什麼是什麼，聽見多少是多少；再後來，音樂也聽不進去了，只顧看兩邊隊員吹鬍子瞪眼地鬥法的表情，看得開心極了。然後，有人高喊：

「新娘子駕到！」

兩支樂隊對陣的中間地帶立馬空無一人，都去看新娘子了。在西裝革履的邵星池從自家船跨到迎親船去迎接新娘子的一瞬間，換了一件喜慶的紅上衣的畫家和攝影家按下了快門。拍照的時候，她頭腦裡閃過一個題目，《腳踩兩隻船》，覺得這玩笑有點過分，立刻就否決了，這種時候還是老實巴交的《奔向新生活》更討喜。

新娘子是岸上人，這讓邵家的親友既羨慕又擔憂。船民與船民結親，祖輩傳下來的規矩。一是船民的生活圈子太窄，能見著的都是並肩和迎面跑船的人；二則水上的生活習慣跟岸上不同，倘若接受不了，真過不到一塊兒去。船民的兒女緣定終身，門當戶對、知根知底固然讓人放心，但生活也是一眼就看到頭，孩子將來還是得跑船，所以水上生活幾乎都祖傳。跟岸上人家結了親，多半改變了生活軌跡，上了岸就很少再下水；但頭頂是天、腳下是水跟抬頭天花板、低頭水泥地的差異完全是世界觀的不同，順順當當過下去的也不是很多，你又不能不擔著一份心。而猶猶疑疑間，生活過了一年又一年。

不過邵家的星池娶了岸上姑娘，親友們還是普遍看好的，因為星池不在水上待了。他要到岸上開公司當老闆。古老的船民隊伍裡的不肖子孫，我們祝福他吧。

——鞭炮響起來！音樂再大點聲，對，有多大聲就吹出多大聲！〈步步高〉。兩支樂隊同時演奏，一，二，三，走——

拍照的紅衣姑娘不得不承認，不管她沿運河一路拍下來走過多少條船，還是沒法像看熱鬧的船民那樣，船彷彿長在腳上，他們在不同的船隻之間如履平地。她缺少水上圍觀的基本能力，她必須提心吊膽地盯住腳底下，才能防止哪一腳踩空了掉進水裡。等隨人流安全地擠到新房門口，新郎新娘已經進屋了。她踮著腳也不能越過別人的頭頂。又把相機舉起來，還是不行，看不清取景框，機子也拿不穩。她聽見坐在太師椅上的秉義說了一聲：

「請各位借個過，讓那姑娘進來。」

前面的人回頭看，見她拿著相機，以為跟正全程攝像的人是一夥的，給她讓出了一條道。她千恩萬謝地進了新房。攝像機的支架放在靠牆的中間位置，這樣紮了馬尾辮的男攝像師就可以隨意轉動鏡頭，把新房裡的一舉一動悉數納入鏡頭。紅衣姑娘是個編外的，不敢造次，就躲在靠牆的一角，站定了不再挪動。她決定就在那個位置拍出幾張別致的照片來。

儀式即將開始。秉義兩口子一身地主和地主婆的裝扮，分別坐在左右兩張太師椅上，等兒子和兒媳婦磕頭端茶。秉義的鬍子這回剃乾淨了，穿一雙新上腳的黑皮鞋。多年來隔三岔五接受媒體採訪，也算久經沙場，他的表情顯然比老婆更從容。星池媽的表情跟她放在並攏的膝蓋上骨節粗大的兩隻手類似，總是控制不住地輕微抽搐。她僵硬地坐在冒牌的紅木太師椅上，頭髮花白，運河上的風吹日曬讓她的臉跟丈夫一樣黑。她坐在那裡，不像個婆婆，倒像個恐懼婆婆刁難的媳婦，還是舊時代的媳婦，新時代的媳婦早就翻身當家做主了。如此說來，她這個婆婆如履薄冰地坐在那裡，倒也貼切，兒媳婦可不是好惹的。

請來的司儀，一個光頭小夥子，據說是當地電臺娛樂節目的主持人。聲音不錯，像低音炮，就是說話有點油。他說，水陸聯姻，祝兩位新人早生貴子，娃兒要是飛行員，三軍齊了。

船民的婚禮不知道是否有其特殊的程序，但在光頭司儀的主持下，跟岸上普通人家的婚禮沒任何區別，還是那老三篇：證婚人致詞；新人真情告白，交換結婚戒指；親朋好友插播祝福；給父母跪拜獻茶，父母送禮物和紅包；父母或長輩諄諄教誨，祝願明天會更好。可以嚴肅，可以活潑，也可以插科打諢無厘頭，說多說少，全看現場氣氛和當事人心情，豐儉由人。

按照程序走，紅衣姑娘沒聽到多少有價值的資訊，拍照的激情和想像力大打折扣。在她的理解裡，繪畫和攝影並非簡單地尋找好看的畫面，而是要在畫面中有所洞見，發現意味和故事。這就需要被拍攝者情緒、思想、表情和肢體語言的深度介入，但這些程序只是不走心的「擺拍」。到了秉義兩口子出場的環節，總算有點意思了。

星池和媳婦跟著司儀的口號，跪在大紅蒲團上給秉義和秉義老婆磕過三個頭，小倆口舉起蓋碗茶敬獻父母，以謝養育之恩。也是個形式主義，要在別家的父母，濕濕嘴給個意思就行了，秉義兩口子不，滿滿一大茶碗，一口氣全喝下去了。圍觀群眾可能沒見過這麼實在的公婆，嘩一下爆笑開來。秉義老婆突然眼淚下來了，哆嗦著嘴唇說：

「孩子端的茶，我得喝完。」

秉義開始也是要個意思，喝了兩口瞟一眼老婆，她還繼續喝，就算茶碗遮住半張臉，他還是看出了她表情裡的悲壯。壞了，這婆娘關鍵時候想起早夭的大兒子臭臭了，她一定是把這茶當雙份喝了。她喝完，他必須步調一致。大家都為星池媳婦感到高興，一碗茶就知道她攤上了個好婆婆。秉義從口袋裡掏出一塊折疊整齊的小手帕，遞給老婆，順便在她手上按了一下。她明白他的意思，要節制。她點點頭，用小手帕擦掉眼淚。這手帕本來是個擺設，放在新衣服裡做樣子的。

門外冒出一句：「這眼淚要新媳婦親自擦。」

大家就跟著起鬨。星池媳婦聞聲真就站起來了，走上前兩步給婆婆重擦了一遍。眾人鼓掌叫好。紅衣姑娘咔嚓咔嚓一串拍。秉義老婆倒不自在了，一手握著兒媳婦的手直感謝，一手往兜裡找紅包，提前就給塞兒媳婦手裡了。

「嗨嗨嗨，我說阿姨，」司儀說，「您再好的婆婆也不能搶戲啊。離下個程序還有兩公里，我這發令槍還沒響呢。」

眾人又大笑。

秉義老婆說：「一樣一樣，早晚都要給。孩子，拿著。」

兒媳婦大方地接住，謝過婆婆，退回到蒲團後又跪下來。

「這事弄得，」司儀做出無辜的表情，「老革命遇到了新問題，接下來我都不知道怎麼主持了！」他走到秉義跟前，說，「只能委屈大叔唱獨角戲了。您懷裡有什麼寶貝，能不能給咱們親朋好友開開眼？」

秉義從太師椅上站起來，解開唐裝上面的三個盤扣，真就從懷裡摸出來一個紅綢子包裹。紅衣姑娘剛還奇怪，老人家不胖啊，穿了新衣服肚子怎麼就大起來了？倒是難為了裁縫，上衣裡做了一個這麼大兜。秉義打開紅綢，裡面還有一層黃綢子。門外的看客齊刷刷踮起了腳。秉義又打開黃綢子，一個貌似黃花梨木做的圓形盒子。繼續打開木頭盒，一個黃銅做的圓盤。秉義端著圓盒傾斜著朝向大家。透過圓盤表面一層被摩擦得含混的玻璃，眾人看見黃銅圓盤上刻滿奇怪的符號、數字和刻度；圓盤中間有一片垂直於圓盤的翅膀形狀的指針，指針的顏色比黃銅淺，發出嫩黃的光；而在翅膀形指標之下，還有一個細長的銀白色菱形指標，指標的軸在圓盤的中心。秉義展示圓盤時，菱形指標一直晃動，好像在尋找自己要指的方向。

「啊？羅盤！」

跑船的人對這個東西不陌生，但如此隆重地層層裹藏，又以如此漂亮的材質與造型呈現，他們還是頭一回見。

「對，羅盤。」秉義說，「我爺爺娶我奶奶時，我爺爺他爹把這個羅盤給了我爺爺。我爹娶我媽時，我爺爺把這羅盤給了我爹。我和星池媽成親那天，我爹喝了兩大碗酒，抹著眼淚把它傳給了我。今天，星池和小宋結婚了，按照祖上的規矩，我把這個羅盤親手交給星池。」他把上衣盤扣扣好，捏住衣角打理整齊，再次捧起羅盤，挺胸抬頭，對兒子說，「星池，來，接著。」

星池站起來，有點蒙。他走到父親跟前，雙手伸出來了還在說：「爸，我們不再跑船了啊。」

「跑船不跑船，咱們邵家都是船民。接著！」

司儀及時地鼓掌，他說：「老人家說得實在！親友團的各位朋友，你們覺得叔叔說得好不好？好就來點掌聲！」

圍觀的多半是船民，還有比這句話更提神的嗎？掌聲像河水拍打船隻。

星池捧著羅盤退回到蒲團上。

司儀說：「我覺得老先生還想再說幾句。我們要不要再給點掌聲？」

掌聲又起。

「說兩句就說兩句。」秉義回到太師椅上，有段半分鐘的空白，然後拍一下椅背，說，「今天孩子結婚，作為父母，我和老伴兒很開心。都長大了。小宋的叔叔和舅舅也在場，我和老伴兒感謝你們，謝謝你們把小宋送過來！小宋是個好姑娘，我們老兩口會像親閨女一樣待她，請轉告親家公親家母，請他們放心。我把星池交給小宋，我和他媽也放心。我們希望他們小倆口的日子越過越好！」

司儀插了個空，帶領大家掀起了一個鼓掌熱潮。

「兒大不由娘。星池今天成家立業了。咱們家世代跑船，到星池這裡，上岸了。說真話，我這心裡堵了好幾個月，不是想不通，是放不下。水飯吃了一百多年，飯碗到我邵秉義手裡，砸了。我答應過我爹，要把這個碗端好的。但是一輩人有一輩人的想法，一輩人有一輩人的活法，這個世界在變，年輕人就應該按年輕人的想法去活，去幹。我不知道星池是走對了還是走錯了，但我尊重兒子的決定，就像當年我爹尊重我的想法一樣。

「咱們船民的傳統，兒子一結婚就分開過，分家的禮物是一條船。我和星池媽要成親了，我爹問我要什麼樣的船。我說要機動的，讓機器推著船跑。我爹想不通。他說咱們船民的手藝在哪兒？在撐篙，在划槳，在扯帆。一篙值千金。最牛的船老大都是使帆的高手，不管哪個方向來風，都能調節好帆的角度，讓船一直跑。帆都不用，你跑什麼船！我說要麼給我機動船，要麼不要。我爹咬牙切齒地答應了，他覺得邵家跑船的事業毀在我手裡了。我沒有。我把船跑得很好，我把船跑得更好了。所以，我一直在說服自己，我們的老皇曆不一定就對，年輕人的事讓他們自己決定。

「星池從小就是個好孩子。我們長年在水上，耽誤了他，要不他能讀出很好的書。小時候他孤單，被繩子拴在船上，沒有玩具，頭髮裡長滿蝨子。他自己跟自己玩，把褂子脫下來往天上扔，落下來再扔到天上去。風把衣服吹起來，他就拍手笑。吹到河裡的衣服，看見了我們就撈上來；沒看見，就順水漂走了。那幾年，不知道丟了多少衣服。」

老婆對秉義使個眼色。講幾句行了，還沒完沒了了。秉義講得專心，根本沒看見。老婆想伸手碰他一下，怕動靜太大，就清一下嗓子。秉義還是沒扭頭看她，繼續講。兩人表情微妙的那一瞬間，紅衣姑娘抓拍到了。

「星池是有主見的孩子。在家裡，我這把老骨頭說了算，但我很清楚，我這兒子一直都很有主見。在場的都是多年跑船的老兄弟，都是親人，這幾個月為了我們家的事都沒少操心，趁這個機會，我一併對大家說開了，也算個交代。

「成家立業都是一輩子的大事，星池決定了，我支持。有條件要上，沒條件創造條件也要上。上岸對船民也是個生死離別的大事。但捨得也要捨得，捨不得也要捨得。我是個老古董，但我不迷信，更不是老糊塗。想做的盡力去做，就一定能做好。我相信星池。我和他媽結婚第二天，她到娘家回門，回到家遲了一會兒，太陽落了。照咱們船上規矩，新娘子得帶著太陽進門，要不會敗財路。說來不怕大家笑話，那天中午我在丈母娘家多喝了兩口，睡著了。醒來後緊趕慢趕，回到家太陽還是落了。我爹氣壞了，兩年沒跟我們倆說話，船也不讓我們跟了，怕壞了財運。我們倆就這麼分家單幹了。我們倆起早貪黑，三兩年跑成了微山個體運輸的第一大戶。我爹臉色才好看一點，有天晚上叫我喝酒，喝到位了才跟我說，帶不帶太陽進門看來都行啊。」

秉義老婆實在忍不住了，直接把手伸過來，「叫你說幾句，你這上天入地的一通扯！兩孩子還跪著呢。」

「那小宋、星池，你們倆先起來。」

「爸，你說吧，」星池說，「這些年我就沒聽過你說這麼多話。」

小宋也說：「爸，您只管說。我跟星池聽著呢。」

秉義站起來，撓撓腮幫子，扭頭看老婆，「我說到哪兒了？都是你，沒事瞎打斷啥呀。三十多年你就沒讓我痛痛快快說過。」

老婆哼一聲，臉扭到另外一邊，「看把你憋的！我也沒見你哪天成了啞巴！」

屋裡屋外的人都笑起來。

「好吧，再說最後兩句。就兩句。」秉義說，「這個婚禮呢，是我堅持在船上搞的。咱們家是船民，上了岸、上了天都是船民，邵家祖祖輩輩就是船民。老祖宗都在天上看著，也在水上看著，在這一千多公里長的大運河上看著。我得給祖宗一個交代。還有那個祖宗傳下來的羅盤，傳到星池手裡了，怎麼用是他的事。過幾年他可能回到河上了，也可能一輩子不再下水。不管下不下水，那羅盤的指標該指南的時候還指南，該指北的時候照樣指北。我就說這些。謝謝各位老兄弟，謝謝各位親朋好友，謝謝到場的所有人！老鸕鷀給大家鞠躬了！」

秉義彎下腰，鞠了一個九十度的躬。

掌聲之前，按相機快門的聲音先響起來。

半下午，酒足飯飽，忙的人先撤了，沒事的就懶散地坐在酒桌旁，看兩支樂隊繼續較勁兒。進入點歌模式，想聽什麼曲子，想讓哪支樂隊演奏，交錢。看熱鬧的就起秉義和星池姐夫的鬨，讓他們掏腰包。這是他倆的義務。星池的姐夫也是個船老大，看肚子的規模應該掙了不少。這是個爽快人，往樂隊旁邊的船上一坐，架起二郎腿，對起鬨的那夥人說：

「隨便點，銀子我出。越熱鬧越好。來就是幹這個的。」

秉義把一個小夥子叫到跟前，掏出大小一遝鈔票，讓他代辦。「別讓停。喜事就得有個喜事的樣兒。」然後就下了船，背著手往南走。

紅衣姑娘跟上去，她只是想跟他道個謝，順便告個別。午飯她被請到貴賓席上，秉義介紹她是大畫家、大攝影家，說得她臉都紅了，趕緊喝下兩杯酒。她給新娘子帶了一件禮物，一條布拉諾島產的手工蕾絲邊絲巾。年前去威尼斯拍潟湖和運河，慕名去了布拉諾島。這次裝進旅行箱，打算合適的時候自己戴，趕上星池婚禮，正好送新娘子。

紅衣姑娘叫一聲叔叔，秉義站住，「叔叔，我要回去了。下次再來看您哈。」

「隨時歡迎，」秉義中午喝了不少，還有一臉酒氣，「就那條住家船。來不來我都在。」

「您真是個好人，都不問我是誰。」

「你是來拍照，又不是要債。」

「謝謝叔叔，說得好！」紅衣姑娘笑起來，「您這是去哪兒？」

「給我那幾隻鸕鷀弄口吃的。」秉義說，突然詭祕一笑，伸長脖子，人半蹲，右手五指併攏，掌心朝下，放到額頭前；左手掌心向上，放到腰後，「嘎，嘎。」他的右手和腦袋同時點動，左手跟屁股一起搖擺，學起了鸕鷀。那造型也的確神似一隻鸕鷀。

「就這樣，別動！」紅衣姑娘眼睛一亮，迅速舉起相機。

二〇一四年，大河譚

從家到運河兩千一百二十四步，從運河到工作室樓下，兩千五百三十六步，哪一次步數不對，一定是鞋子出了問題。我每天就這樣走，五個月，屢試不爽。今天步子有點多。從家到運河邊，從河邊到工作室樓下，每條路都多出了至少兩百步。我走亂了。要是腳印在大太陽底下能留下來，你就會發現我的腳印歪歪扭扭、踉踉蹌蹌。這還不算，你還會發現我的腳印有點怪，好像是倒著腳在走，我把左右腳穿反了。這是進了工作室，助理小王告訴我的。他跟我說：

「謝總，您喝多了。要不要先把事情解決了再開會？」

我就喜歡這小子的機靈勁兒，看問題一針見血。當初把他從電視臺帶出來，也是因為他的鋒利和準確。我問他，除了通州這一段運河，你還見過哪幾段運河？你猜這小子怎麼說？他說，謝老師，我生長在大西北，我們那裡連條像樣的水溝都找不到，所以我夢見最多的就是水。我沒見過別的運河，但我了解我身上的血管，大運河經行中國南北，就像動脈血管貫穿我全身。我有點喜歡他了，但還是誠懇地提醒他，助理的工作不好幹。他說，謝老師，那要看誰來幹；有人把助理幹成個打雜的，有人把助理幹成了副總。我一拍桌子，就你了，跟我走。實踐證明，我們倆都是對的。所以，在我的工作室，沒有副總，我不在，其他人都聽王助理的。

「喝多了，」我打了一個酒嗝，「有些事你拚了老命也解決不了。招呼大夥兒，先開會。」

真高了，自己灌自己。腿腳不聽使喚，步子才亂得這麼離譜，鞋子穿大穿小穿正穿反都不算個事。會得繼續開，專案也得繼續做。他們不必知道《大河譚》遇到了多大的麻煩。我去衛生間洗了把臉，小王幫我沖了一杯咖啡，一口氣灌下。酒不這樣喝，一個人喝酒我從來都是慢慢把自己放倒。窗外綠樹掩映中的運河綿延滔滔。每天總有一兩個小時我會站到窗邊，就盯著這條大水無所用心地看。我經常遙想它一百多年前的盛景，那時候帆檣林立，舟楫相接，岸上十萬人家，商鋪雲集，引車賣漿等做小買賣的，吆喝聲響徹古老的街巷。那時候的人長袍大袖、峨冠博帶，船夫和水手一身短打也俐落，還有成群的縴夫光著上身，油亮的汗珠從古銅鑄成的身體上滾落下來。有辛苦也有富足，熱氣騰騰的水邊生活次第展開，完全是一幅活動的《清明上河圖》。我喜歡火熱的生活，那讓我有一種在人間的感覺。所有人都陪在你身邊，多好。我對著運河做了十幾個擴胸運動，感覺喝酒前的那個自己又一寸寸地回來了。好，開會。

開會就是他們坐著，我站著。工作室沒那麼大。我跟八個年輕人說，抱歉，中午喝了點酒，實在是因為有好消息，又來了個財神，一筆可觀的新投資到了。八種年輕的聲音尖叫起來，耶。他們輕信，不是因為江湖經驗不足，你隨便挖個坑他們就往裡跳，而是因為他們擁有年輕的資本；這資本如此雄厚，足可以無畏地對任何事情抱持堅定的希望。他們沒有失敗。失敗了也不叫失敗。我跟他們說，現在《大河譚》是我們整個工作室最大的政治，除去常規項目，所有人的重心都該放在這個節目上。《大河譚》到了攻堅階段。何為攻堅階段？他們理解的是，該項目如日中天，大傢伙更得竿頭尺進，擼起袖子，在高速中再弄出個加速度。而在我，攻堅真就是攻堅，像圍攻固若金湯的城池，是身高一米七八的希望面對兩米二六的絕望。

財神沒有來，已有的一筆投資卻斷掉了。就在上午。電視臺的朋友在電話裡知會我：「哥們兒，對不住了，領導不開心。老同志對這個項目沒信心，因為沒信心，所以沒興趣。」

「當初他老先生可是鼓動我做的啊。」

「當初他還每天送李老師三朵玫瑰花呢，不照樣離了？」

「領導」也是我的領導，辭職之前我們都在他手下幹。李老師是領導的前妻，當年是臺裡的一枝花，臺前幕後，廳堂廚房，在哪兒都是一枝花。領導基本上是以不知自尊為何物的決心和意志追她，我和給我通風報信的這哥們兒當年一起幫他打下手。那時候我們剛畢業，還沒學會談戀愛，一個長期幫他買花，一個專職為他望風，李老師一出現就提醒他，為他贏得了寶貴的時間好去整理西裝和三七開的大分頭。李老師有潔癖。他跟我們說，跟李老師比，天下女人只能是女人。我沒弄明白到底什麼意思，不明白的我都覺得挺高深，越發屁顛兒屁顛兒地往花店跑。電視臺周圍沒一家花店的老闆娘我不熟。「緣來是你」花店的老闆娘三十多歲，體重不下一百五，有一天羞澀地對我說，小謝啊，難得世上還有你這麼痴情的小夥子，但凡年輕十歲，我就算豁出去也要把你弄到手。嚇得我兩個多月沒敢去她店裡買花。李老師被追到手了。二十年後，李老師被離婚了。領導看上了臺裡的一個新人，小吳，比李老師年輕二十歲。我辭職前，領導語重心長地跟我們說，跟小吳比，天下的女人只能是女人。

也怪我不長記性，一個動輒就把某女人弄到所有女人之上的男人，怎麼能隨便相信呢？辭了職，我出來單幹。不喜歡臺裡的作風，一年有大半年時間在做你不喜歡做的事，一天有大半天在做你不想做的事，乾脆跳出來，老子不受這個鳥罪。還是老本行，做節目，做好了賣給電視臺，或者從臺裡拿投資和專案，小國寡民地做，等於是合作。老子愛幹什麼幹什麼。起碼做好的東西拿出來，我好意思讓它姓謝。《大河譚》就是我跟臺裡合作的項目。那天我們三個又聚一塊兒，想到哪兒說到哪兒，就扯到了葉落歸根。我說我爸最近傾向比較明顯，沒事就想回老家上墳。胳膊疼了，他說是不是得給祖宗燒刀紙了；心臟早搏了，他也說是不是得給祖宗送點錢了；霧霾遲遲不散，他也認為是祖宗不高興了。問題是，老爺子跑不動了，要去就得我去。更要命的，他老人家年輕時離開故鄉，很少回去，我祖父祖母過世時，碰巧都在北京，就近全葬了這裡。父親的祖父祖母和曾祖父曾祖母埋在故鄉的哪一塊墳地裡，他完全記不清。他只模模糊糊記得，小時候跟我祖父去上墳，要坐擺渡船從河北岸到南岸。祖宗就埋在運河邊上。運河流經我老家那一段，少說幾十公里，半個多世紀過去，就算老老實實沒改道，火熱的社會主義建設天翻地覆，這世界也早變了不知道多少茬兒了，我到哪裡找。領導說：

「你老家的運河？哪個運河？」

「當然是京杭大運河。」

「這事你得幹，」領導一拍大腿，咣一聲，我真聽出了銀錢落地的聲音，「大運河正申遺，上頭要求臺裡配套上檔節目。你來做。」

「怎麼做？」

「我要知道怎麼做還用得著跟你說？」

也是。領導的工作就是下命令，怎麼幹是下屬的事。「這個，可觀？」我把右手拇指和食指狠狠地撚了撚。

不必遮遮掩掩，他們都知道，我缺錢。離了。但我跟領導不一樣，領導是離了李老師，我是被人離了。美滿的家庭都是一樣的，分崩離析的家庭各有各的離法。我的特點是：被離，孩子歸前妻，我每月支付高額的撫養費。至於為什麼費用高到法庭判決的兩倍半，前妻的說法是，要把你兒子往高端人才的路上送，這點錢你就心疼了？你也可以每月只給五塊錢，那我就按五塊錢來養。她是在短信裡跟我說的。漢字在我前妻的短信裡充分顯示了象形文字的尊嚴，一個個露出了猙獰的表情，發出陰陽怪氣的嘲諷之聲。很多年裡我都沒想明白，為什麼咱們中國人一離了婚就成了仇人，完全不共戴天。這個很多年包括離婚前的很多年，我和老婆認真探討了這個問題，離了婚還能做個知己嘛，生意不成仁義在，知根知底的。我老婆完全認同，但一離了立馬翻臉，連普通朋友都沒得做，不給你機會。因為兒子要念書，我把房子給了前妻，車也給了，家產劈出了五分之四，只好從朝陽搬到了通州西上園，這裡的房子比朝陽便宜啊。這還不夠，撫養費之外，兒子隔三岔五跟我說，這個要錢，那個要錢。總之，每個月我有幸去看他幾次，不揣一兩千塊錢，基本上是近不了他的身的。我給前妻打電話，我說，就是不用了的前夫，你也不能卯著勁兒往死裡整啊。前妻用鼻子哼了一聲，前夫不前夫關我什麼事，我只知道你是孩子他爹。

好吧，我是孩子他爹，我忍了。但忍不是一個道德、情感和態度問題，而是一個經濟問題。我必須賺錢。

領導說：「上頭的任務，還能虧待你？」

我也把大腿拍出了金銀落地的響動，「成交。」

其實我對大運河沒什麼研究。大運河通州段當然了解一些，那也是因為誤打誤撞搬到了這裡，沒事晚上會到河邊散步，從新華東路走到東關大橋，下橋，北運河邊修了寬闊的木頭棧道，適合飯後消食。當初房產仲介一再忽悠我：智者樂水，河景房啊謝先生，在樓上就能看見運河；往北，就是著名的燃燈塔，標誌性建築呢，北周時期建造，當年漕船跑了幾個月，看見這塔才會心生安穩，京杭運河終點已到，此行圓滿了。真住進來，哪兒看得到什麼運河，河邊的樹都被前面的兩棟樓擋住了。房產仲介說，不是說在樓上能看見運河嗎，你得爬到樓上啊。他說的是他媽的樓頂上。接了這個活兒，我突然覺得，看不見運河它也是河景房，我會時刻想到兩千一百二十四步之外就是讓我聽到錢響的大河，值了。工作室當初純粹為省錢，租在馬路邊上一棟樓的最頂層，也算有先見之明。我對大運河的確不熟，除了這些年從我爸、我爺爺奶奶那裡聽到的故鄉運河，我知道的不比其他任何一個中國人多。

現在不一樣，折騰來折騰去，我差不多也成了半個運河專家。

開始我只想從這個項目裡套點錢。立項前裝模作樣召集了若干個專家會議，向老先生們三百六十度無死角地請教，如何挖掘和展示大運河的歷史，以及在今天我們如何談大運河。聽過他們的建議，工作室再根據節目收視特點和我們自身的情況，制訂可行性方案。我們是小作坊，就幾條槍，必須出動集團軍才能取勝的戰役打不了，只能打游擊。所以形式一定要漂亮，四兩必須能撥得動千斤。推敲來推敲去，定下來以講述故事為主，間以視頻圖片資料展示，欄目取名《大河譚》。

大河，京杭大運河；譚者，深談也。辭職之前，我在臺裡主持過兩檔聊天節目，嗓子貌似還專業，人雖然發了點福，還沒到看不下去的程度，在年輕人的鼓勵下，就買了幾身便宜的唐裝，站到了租來的攝影棚裡。站進去不麻煩，張嘴說也不麻煩，麻煩的是前期要搜集足夠的故事和資料。計畫做十集，十個故事，把京杭大運河的歷史、當下和未來，政治、經濟、文化和日常生活等方方面面都囊括進來。我和八個年輕人分頭去打探，找線索、尋故事、查資料、做諮詢，然後我們所有人，包括有關專家，坐到一起論證、整合，腳本、採訪和現場拍攝同時進行。說是游擊戰，真做進去，那就是曠日持久的陣地戰。

進展得不錯。但我清楚我只使出了六七分力氣。對我來說它就是個專案，立了項，拿到了前期投資，水到渠成地做下去，就成了。但行程過半時，我突然對這個項目有了感情，不由人。這當然跟父親整天在我耳邊嘮叨有關，他整天說他那十九歲就離開的故鄉，運河穿城而過。他老人家老是夢見小時候的運河：水是如何的清，兩岸人家都在河水裡淘米洗菜；撐竹排的人如何勇猛，大雨時漲水，他們舞動船篙跟漩渦搏鬥；他還夢見上學路上，那個每天清早都在水門橋上練習周信芳唱腔的白衣女人，這些年她一點都沒變老。據說，人對死亡有預感，臨近生命盡頭總會做童年的夢。問題是，父親他一頓能吃三十個餃子，趕上我一天的飯量；而且心不老，一不留神就從母親眼皮底下溜出去，到社區廣場上找中年婦女跳舞。他是如此地熱愛生活，距離油盡燈枯的那一天，不比北京到故鄉近。母親認為，這怨我，因為我整天把運河掛嘴上，老頭子才動了凡心。

父親在研究所待了幾十年，練出了強悍的職業病，凡事一上心就當科研來搞，跟廣場上的中年婦女跳舞是（據母親的情報，他在中年婦女那裡的市場沒那麼好），聊大運河也是。如果有人一天到晚跟你叨咕誰不好，那人就算是天下第一大善人，聽久了你也會覺得他十惡不赦。就像前妻整天給我兒子洗腦，他老子如何如何不堪，我兒子真就信了，每次見我都把上半身撤得遠遠的，用看刑滿釋放犯的眼光看我。如果有人成天在你耳邊嘮叨一件事，那事哪怕再乏味，長此以往你也會莫名其妙地生出感情。父親張嘴閉嘴大運河，慢慢地還真就把我說成「大運河的孫子」了，他自認是「大運河的兒子」。反正大運河成了我們爺兒倆的祖宗。

不過還有一個更重要的原因，那就是我的確越來越了解大運河了。幹這個的嘛。或者說，因為了解越來越多，開始有點理解了。我不從道理上去理解，而是從故事、細節，從血肉豐沛的運河邊的日常生活去理解它。我們採訪過一位運河專家，老先生不說大道理，就講他七十九年來如何與運河糾纏在一起，文字、圖片、聲音、視頻，他自己的、親人朋友的，全媒體展示，那四十五分鐘就像他與運河共同的自傳。片尾是老先生緩慢獨行在運河邊的視頻，拍攝時陰天，快收工時突然雲開日出，西半天霞光萬丈，他漫長的細瘦影子平地生長，瞬間就橫貫了半個運河。拍攝時我在現場，為自然的偉力和隱喻大大地感歎了一番。而真正進入攝影棚錄製這一期的《大河譚》，一個多小時邏輯嚴絲合縫地講述後，最後老人的影子突然鋪到水面上，我這個以「出戲」的控制力見長的老革命，眼淚嘩地就下來了。我不能自抑地煽起情來。我從來沒有如此奢侈地用詞，好像我懷裡抱著一部正能量詞典：

「這個鏡頭讓我想起了敬業、忠貞和相依為命，讓我想起了不忘初心、方得始終，讓我想起了命運、光芒和不廢江河萬古流。」

我把送盒飯的劇務都給煽哭了。

這樣的故事我們搜集了很多。跑船的，打魚的，在運河邊開了幾十年店鋪的，修了幾十年船隻的，沿運河邊常年堅持長跑的，專門管理運河的公務員和警務人員，專做運河河鮮的紅案大師傅，運河沿岸考古發掘的，拉過纖的，擺過渡的，罱過河泥的……但凡有點瓜葛能找到的，工作室的小朋友們都聯繫了。能成為主角當然好，成不了主角就作為補充素材備著，沒準哪一期、某句話就用上了。開頭三期相關資料我看得不多，第四期開始，我就看進去了，開始重新回頭補看，還真有很多故事和細節能救火，關鍵時候就成了消防隊員。

我開始上心了。這個行當需要上心，但這個行當又害怕上心；上心意味著可能做出好片子，更意味著必須加大投入，慢工出細活兒。我決定把《大河譚》弄成個精品。前期的投資早用光了，我把手頭兒能挪用的錢全塞進去了。正滿腦門激情，等著接下來的資金，電視臺的哥們兒一瓢冷水澆下來，後續的投資要黃了。就上午，手機一響我就知道沒好事。剛掛上我前妻的電話，兒子想報一個英語夏令營，相關費用外加在英國的吃喝拉撒，又是四萬。我說需要這麼多嗎？前妻說，不相信就讓你兒子拿發票回來報帳，我會叮囑他，進收費公廁也別忘了要收據。離婚對一個人改變如此之大，前妻原來寫個年度工作總結都要我幫忙，現在成了語言大師，每個字都用得涼颼颼的。幸虧是她離我，要是我離的她，還不得成就個大作家啊。

掛了電話我斜躺進沙發裡，好像前妻掏空的不是我的錢包，而是我的骨頭。母親從衛生間裡出來，拎著我的黑夾克。昨天晚上洗澡前我剛扔進的髒衣籃。母親說：

「我跟你爸商量了，咱們那老房子還是租出去。什麼時候有人幫你照料這個家了，我跟你爸再把房客辭掉，搬回去。」

「媽，不是說好了空著嗎？租出去就糟蹋了。不缺那幾個錢。」

「省一個是一個。最近你也不寬綽。」

「誰說的。生活費用光了？這就給您取去。」

「行了，別硬撐著。瞞不了你媽。」母親把夾克裡子翻出來，拍拍胸前的口袋，「有陣子了，你這口袋裡一分錢沒落下。過去可不這樣。你這馬大哈，哪次洗衣服之前我不掏出三五百的零花錢。」

我細想了一下，一點沒錯。我也想起來，已經兩個月沒給母親生活費了。這依然不能阻止我嘴硬，「最近改用錢包了嘛。」

電視臺的哥們兒電話打來了。一聽見《步步高》的鈴聲，我就有種不祥的預感，果然，手機裡傳出的第一句話就是：

「兄弟，我知道你的心理素質過硬。」

「有喜事，就現在說；報憂，還是晚上吧，免得我一高興夜裡睡不著。」

「還是現在說吧，說晚了怕你損失更大。」

我清晰地感到趴在腦門上的頭髮站起來了。為了避開坐在藤椅裡看報紙的父親，我走到陽臺上。

「沒辦法，領導沒興趣了。」

「原因？」

「沒信心了。覺得大運河申遺成功可能性基本為零。據說臺裡的大領導也是這個意思。一是大運河濟寧以南還在運行，活得好好的，跟遺產扯不上關係；二是他們出差看了德州和滄州一線的運河，都成了臭水溝，有的地方連河床都找不到。消失的東西，『遺』在哪裡？所以，不成立。」

「還在使用的那部分是『活態線性文化遺產』啊。有點文化行嗎？當初立項時說得明明白白，每個字都是透亮的啊。臭水溝咱們可以整治，個別地方的河床只是看不見了，又不是飛了，挖幾鍬是可以找到的。」

「別跟我探討嚴肅的學術問題，頭大。我也就傳個話。就算你能要來後續資金，估計也就是個人情錢。當然，人情錢也是錢嘛。兄弟，只能祝你好運了。再見。」

掛了電話，我掄起手機轉了一個大回環，還是塞進褲兜裡。真想把它摔到領導臉上。屋漏偏逢連陰雨，說的就是我這個操蛋的上午。我進書房坐下來，把一張A4打印紙折成四瓣兒撕開。在兩張紙上分別寫上「繼續」和「終止」，團成鬮，放進毛竹做的空筆筒裡。晃兩下，停下來，我找來第三張紙片，又寫了個「繼續」，窩成一團投進筆筒。準備將筆筒倒扣在書桌上時，還不放心，在第四張紙片上也寫了「繼續」，團好了放進筆筒。我搖啊搖，晃啊晃，倒扣在桌面上時我對著電腦旁的一摞大運河資料說：

「兄弟我盡力了。」

我拿開筆筒，閉上眼在四個紙團中捏起一個。打開：「繼續」。這個紙團留在筆筒裡，其他的扔掉，我把鋼筆、鉛筆、毛筆、圓珠筆重新插進筆筒。聽你的。然後從書櫥裡找出存了十年的那瓶茅臺，拎到飯桌上。

父親在收拾飯桌，瞥我一眼，「皇曆改了？」

「望和曆。」我糾正他。

「嗯，望和曆。改了？」

我的工作室叫「望和影視工作室」。小朋友們為了擴大宣傳，別出心裁做了一個「望和曆」。元旦前做好下一年的日曆，某年某月某日，陰曆是哪天，該日適合幹什麼、不該幹什麼，歷史上的這一天發生過什麼大事。有紙質版，也有電子版，便於網上發布。我帶回一份紙質版，母親掛到門後頭，每天出門前老兩口都要盯著看一看。今天上頭寫的是：宜出行；忌酒，忌決策。我搞不清每一天的「宜」與「忌」的根據何在，也懶得問，年輕人總是有辦法。

「我有個重大決定，得慶祝一下。」

「真改了。」父親說，從老花鏡後往廚房看，「待會兒我徵求一下你媽意見，看這酒能喝不能喝。」

老太太向來喜歡把重大決定往好事上想，還是用茅臺慶祝的，肯定是大事。她走到門後，把最上面的那張「望和曆」扯下來，說：「今天已經過去了。」

我跟父親放開來喝，一瓶茅臺見底了；為了最後的半杯酒，還把瓶口卸了，取出了那兩顆玻璃珠。母親也象徵性地列席了一下，喝了一杯三錢的。那頓飯吃完了也到了下午，我反穿著一雙鞋搖搖晃晃來到工作室。

八個年輕人，八張蓬勃向上的年輕的臉。我說：「現在新的資金即將注入，對《大河譚》接下來的編輯策畫，有沒有信心？」

「有——」

他們把聲音拉得跟一千七百九十七公里的京杭大運河一樣長。他們有信心，我就有信心。人到四十，我經常覺得力量並非來自深思熟慮，而是源於激情。激情沒了，想得再明白都白搭。手托腮幫一不小心就會耗掉一輩子。

「你們有，望和工作室就有，《大河譚》就有。說說，你們又有什麼新發現、好點子？」

分管美工的小鐘說，她在網上搜到兩年前的一個攝影展，主題是「時間與河流」，照片拍得非常好。小鐘畢業於中央美院，學的就是攝影，眼光極高，她說好，必是不一般的好。她把筆記本接上投影儀，將下載的照片以幻燈的方式打開。像素和光線在白牆上打了不少折扣，大家依然覺得美不勝收。尤其是照片中強烈的故事性，已有小朋友擊節歎賞：這就是我們想要的。沒錯，就是我們想要的。我們要的就是細節和故事，這些照片已經提前給我們準備好了。哪怕只是人物的面部特寫，你也會覺得那個人的表情裡藏著很多故事，如果開口，講上三五個鐘頭沒問題。更多的照片是生活瞬間的定格，有天地、風物和人。所有景物在攝影家的鏡頭裡都不是死的，而是處於運動中的某個環節，看得見它的承前啟後。有一組船上人家的婚禮照片，每一張都堪稱絕妙。我問小鐘，是不是擺拍？小鐘說，據攝影展的作者自序，所有照片都是隨機抓拍。根據資料介紹，她也比對過，展出的照片基本都來自京杭大運河。還有幾幅拍的是龜裂的河床，像老樹或傷口，滿腹心事，觸目驚心。如果這些也來自大運河，可能就是讓領導沒信心的濟寧以北運河的某一段了。就算這些淒厲的場景，也完全是為我們量身訂做。

「作者資料有嗎？」

「查過了。孫宴臨，女，三十二歲，淮安某大學美術學院副教授。照策展方提供的座機電話，打了多次沒人接。」小鐘摁了下一張幻燈片，一個低頭的年輕女人照片。一頭烏黑油亮的短髮，頭形很好，整張臉只能隱隱看見一個圓潤的下巴尖。「這是作者。已經是露臉最多的一張照片了。」

是個好題材，但得做好打硬仗的準備。對絕大多數人，辦個大型攝影展肯定是光宗耀祖的大事，恨不能把自己照片也掛半個展廳，她只勉強露出一個下巴，我預感會比較難纏。會議結束，我讓小鐘和另一個擅長寫腳本的小夥子到我辦公室。一要繼續聯繫作者；二要繼續搜集相關材料，照這題材必用來準備。先預備兩種方案：作者能聯繫上，且願意配合錄製這期節目，當然是上上之選；倘若作者遍尋不遇，或者找到了但不配合，那就以「尋找攝影家」為線索展開這一期節目，此為第二套方案。我囑咐他倆，籌備的過程中腦子要經常分分叉。臨出門，我讓小鐘把她的ＰＰＴ發我一份，我也琢磨一下。

孫宴臨果然難纏。小鐘從她執教的美術學院得到電子信箱，發郵件過去，過了兩天回過來八個字：在荷蘭，回國後聯繫。按學院提供的課表，三天後她有課。第四天，小鐘又去郵件，詳細說明來意，言詞懇切。這次動作倒是挺迅速，當天晚上就回覆了：諸事繁雜，也沒興趣。若照片合用，盡可網上自取，無版權之虞。小鐘把郵件轉我，問接下來怎麼辦。

我也不知道怎麼辦。我坐在書桌前，一遍遍翻著電腦上孫宴臨的攝影作品和她本人照片。拍得是真好。有幅黑白照片，岸如石壁，水如月光，剛把竹排撐到岸邊的漁人，褲腳高捲，一高一低，乾瘦的上身赤裸，背起正在滴水的漁網猛一回頭，看見了她的鏡頭。鬍渣參差的漁人叼著燒了一半的菸捲，半截菸灰在他回頭的一瞬間掉下來，落到胳膊肘的位置被相機截住。菸灰拉出一條線，水滴拉出很多條線，水波更多，曲曲折折扯出半個畫面的線，而漁人的眼神裡扯出的線，覆蓋了整張照片。照片取名《挽歌》。漁人忙活了一天，腳邊的鐵皮桶裡空空蕩蕩，半條魚都沒打上來。看得我心傷，順手點了根菸。父親進來時，我剛抽第三口。

「忙啥呢？」老爺子說，「你媽命令咱爺兒倆吃飯。」

「看運河照片。」我按了個下行鍵。

父親用下巴指指電腦螢幕。是只露出下巴的孫宴臨。

「哦，我在找這個攝影家。」

「那就去找啊，還坐著幹麼？心動不如行動。」老頭子嘿嘿地笑。

是啊，為什麼不去找呢？我突然想起來，這個孫宴臨，不就是在父親心心念念的老家淮安嘛。我把照片往前翻，讓老頭子看。

父親湊上去，一張張翻，偶爾停下來，猶疑著不敢下判斷。「就是咱們老家啊！」他說，轉眼又說，「像。有點像。到底是不是呢？」最後說，「唉，人老了就是麻煩，連記憶力都不聽你的了。」父親精通指桑罵槐的技藝，他這麼一說，我就知道他在提醒我，該替他回一趟老家了。但我就是裝傻。母親在客廳下通牒，再不吃飯菜就直接倒掉了。爺兒倆往客廳走。坐到飯桌前，父親詭祕地對我說，「兒子，我覺得那姑娘長得挺漂亮，你抽空可以去咱們老家找找。」

「人家也可能不在咱們老家啊。」

「沒去找，你怎麼知道不在？」

母親敲響筷子，「飯也堵不住嘴。」

「說上墳的事呢。」父親說，扭頭看掛鐘，「從現在開始，晚上六點十六分，這頓飯不再說一句話。吃飯。」

找漂亮姑娘突然扯到了上墳，瘆得我差點被稀飯噎住。老頭子這邏輯，不知道他這輩子科研是怎麼搞過來的。不過倒是個好建議，一箭雙雕，為什麼不呢？

第二天去了工作室，忙活一整天，諸項工作一一交代清楚，次日一早，趕六點多的飛機去了淮安。

父親給了我堂叔堂伯的姓名和地址，也就是我祖父的哥哥家的兩個兒子。堂叔是清江拖拉機廠的工人，堂伯在淮海劇團唱戲，多年前就該退休了。我上網查了，淮海劇團還在，一度與上海拖拉機—汽車聯營廠、天津拖拉機製造廠齊名的清江拖拉機廠產值為零。茫茫人海，這老哥兒倆未必比孫宴臨好找。我在大學附近找了一家酒店住下。

這兩天孫宴臨沒課，沒課不會去學校，課堂才是找到她的最佳地點。我決定用這兩天把淮安這一段運河認真看看，跟孫老師聊起來也有談資；見到我的堂叔堂伯，也不會露怯。我可以告訴他們，這些年我和父親身在北京，心繫故土，時刻關注運河的風吹草動。在這座城市，除了GDP，最重要的肯定是運河。千年大河穿城而過，它是它的血脈，也是它文化的源頭。我給旅行社打電話，找懂行的導遊，一對一運河文化兩日遊。

導遊是個小夥子，姓胡，叫他小胡或者胡導都行。胡導不「胡導」，這小子有兩把刷子，據說參與了本市文廣新局大運河申遺的材料撰寫，講起運河心裡有一本大帳。從吳王夫差開鑿邗溝一直到眼下的申遺，溝溝坎坎，每個拐點都門兒清。他把司機也省了，開車帶著我，兩天裡把大運河淮安段的六十八公里一釐米一釐米地跑遍了。

大運河與淮河入海水道交匯的「水上立交」。裡運河。裁彎取直後的新辟大運河。淮安船閘。漕運總督府。漕運博物館。鎮淮樓。文通塔。河下古鎮。板閘。大閘口。老壩口。清江浦樓。御碼頭。若飛橋。南船北馬碑。水門橋。北門橋。都天廟。慈雲寺。石碼頭。花街。文廟。大王廟。豐濟倉。西長街水龍局。清晏園。廢黃河。碼頭鎮。洪澤湖大堤。仁義禮智信五壩……

因為做《大河譚》，斷斷續續了解一些淮安段運河，沿河走一圈，紙上談兵的局限就出來了：思維老是跟不上，慢半拍。我跟小胡說，年紀大了，記憶力開始拖後腿了。他跟我一樣清楚這就是個掩耳盜鈴的藉口，但他只笑，不說破。小胡本地人，運河邊長大，河邊一棵草的榮枯他也看了三十茬兒，所以張嘴就有「事」。他看得如此明白，大河彷彿一直流在他的眼皮子上。我約他，沒準節目裡需要他露個面，小夥子對我做個V字手勢。

「必須的，」他說，「就是條臭水溝，在你家門口流了上千年，也成了母親河。」

一教室的註冊生和旁聽生裡，我年齡最大。有句俗話說，羊群裡跑出頭驢；我坐在最後一排，大部分時間低著頭。孫宴臨講課用PPT，也用黑板和粉筆，她講「郎靜山集錦攝影研究」，是門選修課。當她點PPT播放郎靜山的照片和中國傳統的水墨畫，或者轉身在黑板上分析兩者山水、人物構圖的層次時，我就抬起頭，看這個小我八歲的女老師。她比照片上好看，尤其眼睛和嘴唇。雙眼皮，眼大大的；唇形很好，很多女人化了妝也未必有她素顏時的唇線飽滿清晰。這節課她講的是郎靜山集錦攝影中的「非時間性」問題。該概念源於法國作家安德列·瑪律羅的藝術史論著《非時間性：眾神的變形》，所以，她從這本書說起。真正生動的藝術不應被當作簡單的物體般來看待，它具有把瞬間「非時間化」的能力，使之成為非主觀的時間。這是藝術形而上學的概念，而非永恆的範疇；或者說，是用「反命運」的方式來抵抗時間，時間是所有藝術的敵人。

有點繞。不知道這段高論是瑪律羅老師親自說的，還是孫老師的理解，或者別的研究者的論述。當然，可能是我沒能力聽懂。我看見很多學生都露出會心的微笑，越發讓我這個老學生慚愧。瑪律羅我還是讀過幾本的，《人的命運》、《王家大道》、《反回憶錄》。郎靜山的照片我也看過一些，有些照片非常喜歡，特地囑咐過小鐘，收集素材時，把郎靜山跟水有關的照片整理好備用。比如《曉汲清江》、《風雨中的寧靜》、《沼沼秋水》、《寒江獨釣》、《樹影湖光秋氣爽》、《煙江晚泊》、《吳門歸棹》等。

「郎靜山的『集錦攝影』，將不同底片疊置，把不同的景物並行、插入，多次曝光，由此製作出的『攝影風景』給後來的攝影者提供了很多啟發。」孫宴臨說。她穿一件黑色薄皮夾克，戴一條白底藍星的縐紗圍巾，「至少對我個人產生了重大影響。小時候，神祕的郎家大院激發了我對攝影的好奇；現在，『集錦攝影』的方法又讓我對繪畫和攝影藝術有了新的思考。」

郎家大院！我差點舉起手。趕緊用手機上網搜索：郎靜山，清光緒十八年（一八九二）生於江蘇清河清江浦（今淮安市區），祖籍浙江蘭溪遊埠鎮裡郎村人。在清江浦生活十二年後，郎靜山赴上海南洋中學求學。後來我問孫宴臨，郎靜山對你的影響真有這麼大？孫宴臨斜我一眼，那還用說？你們家出門右拐走兩百步，就是傳說中的攝影大師故居，你會沒感覺？我想了想，應該也會有。

但是那天孫宴臨連斜我一眼的機會都沒給。兩堂課連上，課間休息十分鐘，給學生接開水和上廁所。我瞅著講臺前沒人，湊上去恭恭敬敬地叫聲孫老師，我是謝望和，為《大河譚》，千里迢迢從北京專程來拜見孫老師。孫宴臨眼皮都沒抬，盯著中國攝影出版社二〇〇三年七月出版的《攝影大師郎靜山》一書，那頁上印著郎靜山創作於一九六三年的攝影作品《松蔭高士》。她對著張大千扮演的高士說：

「你們工作室有個姓鐘的姑娘聯繫過我。抱歉，真的沒興趣。」

「不好意思，打擾了。如果方便，能否課後單獨請教，就耽誤您半小時。」

「下課再說。」她還是沒抬頭。

上課鈴響了。我回到座位上，聽孫宴臨講郎靜山時，腦子開小差，琢磨如何把郎靜山有機地融入這期節目裡。沒做過專門研究，但我一廂情願地認為，在清江浦度過童年的郎靜山，一定受到了運河的影響，與水有關的諸多作品即為明證。孫宴臨把郎靜山的攝影作品與中國古典文學和繪畫做了詳盡的比較研究，在虛與實的處理、抽象與具象的轉化、攝影與繪畫意境的融合、傳統與現代的破與立等問題上，借助現代傳媒，進行了操作演示，深入淺出地闡釋了郎靜山，讓我這個外行都覺得自己把大師弄明白了。

五十分鐘很快，中間回了助理小王兩條短信，在速記本上給孫宴臨畫了一幅有幾分像幾分不像的肖像，重點是她的頭髮、眼睛和嘴，下課鈴就響了。我迅速堵到前門口，防止她跑掉。這想法純屬多餘，一大堆學生擁到講臺前跟她討論。我倚著門框等。很多年沒有認真坐下來連聽兩節課了，累壞了。這個倚門而立的動作，在孫老師看來相當的輕佻，不像四十歲的中年男人該幹的事，所以那天她在解答學生疑問時，抽空狠狠瞟了我幾眼，覺得這個人高馬大的男人挺討厭。所以她一點都不想理我。所以，在我發現還有四個同學排隊等她回答問題，決定先去個衛生間，然後又飛快地從衛生間回到教室門前時，她趁機提前溜走了。她跟那四個同學說，非常對不起，有急事，下週同一時間繼續討論。

對她的這種行為我也很生氣。副教授也要為人師表嘛，學高為師，德高為範，起碼你得守信。我直接去了美術學院教務辦公室，不是投訴，是打聽她的電話號碼。教務員是個慈祥的老大姐，她說剛剛小孫交代了，凡索要聯繫方式者，一概堅拒。

「不是婉拒。」老大姐特地補充，「小孫的意思，堅決拒絕。」然後老大姐壓低聲音，附到我耳邊，「年輕人，要有耐心。」把我當成求愛的了。

好吧。我說：「謝謝大姐，找到了一定請您吃糖。」

老大姐很潮地「耶」一聲，「到時候可得給大姐雙份啊。不要巧克力，只要上海的大白兔。」

我也回她「耶」。這都什麼事。

跑了和尚跑不了廟，後天孫宴臨還有課，就不信抓不住你。出了大學，我攔了輛計程車。司機問去哪兒，我說清江拖拉機廠和淮海劇團，哪個近去哪個。司機就把我拉到了一品梅路四號。剛進淮海劇團大門，工作人員一隻胳膊擋在我面前。

「我找謝仰止。」

「謝仰止？誰啊？」應該是門衛，用的是跟我祖父祖母一樣的方言。

「退休演員。」

「退休了我哪知道。」

「唱過《樊梨花點兵》和《皮秀英四告》。」

「這兩齣戲我也會唱。」

「你們的退休職工，聯繫方式總該有吧？」

從大廳裡走出來個領導模樣的中年男人，跟我說辦公室的人出去開會了，換個時間再來。退休人員的聯繫方式在辦公室那裡。聽說我找謝仰止，說：「老謝啊，去古虹橋邊的周信芳故居找。這老傢伙改唱麒派了。都天廟街隔壁。」

打車去周信芳故居。想起我祖父祖母兩人在北京，吃過飯就往機器前一坐，雷打不動聽周信芳。周先生中氣十足略帶沙啞的嗓音，聽得老兩口搖頭晃腦、摩拳擦掌。開始是唱片機，後來是轉磁帶的答錄機，然後是影碟機，恨不能一天二十四小時單曲迴圈。《徐策跑城》、《蕭何月下追韓信》、《鴻門宴》，聽多了我都會唱了。小學五年級，跟同學打賭；夏天晚上鑽進北大，從未名湖博雅塔那頭往翻尾魚石處遊，看誰先抓到魚尾，輸了在聯歡會上表演節目。我輸了，就唱了《蕭何月下追韓信》經典的那段，從「我主爺起義在芒碭」到「撩袍端帶我把金殿上」。唱的時候心裡還打鼓，擔心順不下來，過去只是聽，從沒試過。竟然沒怎麼走板就唱下來了。為達到周先生的效果，我粗著嗓子吼，唱完了再說話，嗓音更像周先生了。

周信芳故居在河邊上。轉過一座小橋，一個古樸典雅的小院，院門上方的匾額上題寫著「周信芳故居陳列館」。一八九五年一月十四日，周信芳出生於此。六歲離開這裡，隨唱青衣的父親周慰堂去杭州，師從陳長興練功學戲。故居裡藏品不多，以圖片資料為主，陳設也簡單；院子前後植了豐肥的芭蕉和藤蘿，顯得蓬勃興旺。現在主要是京劇票友雅集和日常吊嗓子的好所在。都傍晚了，聞得到街巷裡晚飯的香味，小院裡還在咿咿呀呀地唱，京胡、二胡交替響。有唱《貴妃醉酒》的，有唱《借東風》的，有唱《四郎探母》的。有唱的就有聽的，時不時一團叫好。

我問了一個看熱鬧的大爺，說謝仰止剛走，晚飯後還會再來。他們像上班一樣每天來，只是上班時間各有講究。大爺說，我堂伯每天半下午來，聽一陣唱一陣，回家吃晚飯，飯後遛一圈，拐個彎又來了，一直到故居小院關門。我堂伯是個人才，唱了一輩子淮海戲，退了休改唱京劇了，還專攻麒派。要不說那劇團領導提起他，五味雜陳地「老謝」呢。在淮海劇團裡潛伏了幾十年。我找了個馬紮坐下，等。

一等不來，二等還不來。我又問那大爺，大爺說，這就該來了。再問；應該很快就到了。弄得我也不敢走，怕前腳走，我堂伯後腳來了。實在餓得心抖肝顫，那會兒天黑過好幾個鐘頭了，我打算第四次問那大爺，大爺早回家了。票友只剩下四個：一個唱的，一個拉二胡的，外加倆看客。我連看客都算不上，就是個找人的。謝仰止這會兒沒準已經睡著了。我出了小院，哪裡燈光亮堂就往哪裡走，見到頭一家小飯館就進去：一碗長魚麵，兩瓶啤酒，半斤豬頭肉。

吃舒坦了，跟麒派京戲聽舒坦了，是同樣的舒坦。我抱著肚子出了小飯館的門，找塊石頭坐在路邊，抽了兩根菸。

這是我祖先的城市。父親說，落戶淮安的第一代先祖叫謝平遙，在漕運總督府衙門裡當翻譯，相當於現在的公務員。後來這位平遙公去了清江造船廠，這地方現在連遺址都找不到了。平遙公在造船廠也沒待幾年，辭去公職，沿運河北上到了京城。也沒待多久，開始跟一群士人舉子追隨康梁改良的餘緒，其後擁護革命黨，接下來反對袁世凱。在北京待了十幾年，袁世凱稱帝前，點名要滅掉他。平遙公地位名望應該很一般，反正我在相關的史料中沒見過「謝平遙」這個名字。但謝平遙英語好，據說後來自學了意大利語，法語、德語也通一點，起碼吃喝拉撒日常交流應付得過去，這在一百年前絕對是難得的人才。那時候的清政府和袁世凱不怕中國人，怵的是外國人，就怕洋人說三道四。我先祖平遙公有能力把洋人的說三道四翻譯成漢語給中國人聽，所以他們很討厭他，覺得他也挺重要，懸了賞金要他的人頭。這都是我祖父說的。說起自己祖父的腦袋很值錢，我祖父十分得意。

但是平遙公最終還是回了清江浦，至於原因，我祖父語焉不詳。有時候說為了逃命，人家懸賞了嘛，在北京混不下去了；有時候又說受了刺激，心灰意懶，回老婆孩子身邊養老了。究竟什麼刺激他又說不清，但是有一件事我祖父言之鑿鑿，那就是平遙公寫過不少關於運河的文章，用宣紙和毛筆，豎著從右往左寫，他小時候親眼見過。我認為有一定的可信度，首先有目擊者，我祖父；其次，寓居北京的那些年，平遙公隔三岔五會回清江浦，大河上下來來回回總得有個一二十趟吧，一連數日困在船上，書讀累了只能盯著水看，想不成專家都難。回淮省親的次數，有平遙公的兒女數量為證；我祖父回憶，他祖母前後懷過十二個孩子，雖然活下來的沒幾個。就算高祖母土地肥沃，那也得高祖父去播種啊。

問題是，依然沒有什麼資料可以證明平遙公是研究運河的專家。我祖父到老了，某日在家看電視裡周信芳的錄影。抗日期間，周先生為救亡募捐，到北京演出，一路有意大利記者隨行採訪，我祖父突然冒出來一句：

「哎呀，我爺爺當年陪過一個意大利人來過北京！那是個運河專家！」

那又怎樣？陪意大利運河專家來北京，不等於他也是運河專家。

「也是啊。」我祖父抹著他那已經掉光了頭髮的腦袋，想得十分用力，「可是，你太爺爺寫的那些文章跑哪兒去了呢？」這話是跟我父親說的。

那時候我父親還是研究所裡的科研骨幹，尚未培養起跟年輕婦女跳舞的興趣，回到家就在草稿紙上列各種奇怪的算式。我父親說：「沒準『文革』時被抄家抄沒了。」

「當時咱們家住在偏遠的河邊，周圍一大片野地。」祖父又使勁兒想了想，「沒抄出啥啊。他們嫌遠，不願去。那時候你太爺爺八十了吧，每天坐在太陽底下，守兩塊碑，有人求字，他就拓一張給人家。像個慈祥的彌勒佛，人緣好極了。」

「拓碑幹麼？」我問。

「你高祖父字好，街坊鄰居沒事就來求一幅，裝裱後掛家裡，或者當禮物送人。老爺子來者不拒。八十歲寫不動了，就寫了龔自珍的兩首詩和一篇文章，找人刻到碑上，誰再要字，他就拓了送人。」

「免費？」

「當然。奇怪的是，碑刻好後，求字的人卻少了。經常在太陽底下坐兩三天，也送不出一幅字。」

「碑呢？」

「早不知被誰砸了。沒人求字也有原因，亂了，運動了，誰還有心情看字。」

「那我高祖父後來呢？」

「死了。中午我去叫他吃飯，他坐在太陽底下的藤椅裡，頭歪在右邊的肩膀上，氣都沒了。醫生說，嗓子眼兒裡有痰，堵上了，一口氣沒上來。旁邊就是寫了龔自珍詩文的兩通石碑。」

我和父母都不吭聲。老祖宗死了，我們覺得應該沉默一下，以寄哀思。祖父對我們的安靜表示詫異，問我們怎麼了。

「高祖父死了啊。」

「死了就死了。誰不死？」祖父說，「我跟你說，望和，我最高興的一件事，你知道是什麼嗎？」

我們都看著他。我們知道他馬上就會公布答案。自問自答是祖父老了以後最重要的交流方式。

「就──是，」祖父的聲音像坐上了秋千，「你爸爸跟你高祖父一樣，也來到了北京！」

坐在淮安的街頭上，我還能想起祖父說這話的表情，兩眼突然變得比光腦門還亮。好像他兒子來北京不是普通的求學和工作，而是跟一群人平地建起了一座北京城。

祖父已經故去有年，如果他老人家還在，知道我現在正做《大河譚》，成了半吊子的紙上運河專家，沒準這會成為他「最高興的第二件事」。在他老人家看來，能在運河的問題上跟高祖父保持一致，那也是驚天動地的大事，差不多等於運河是咱們謝家人開鑿出來的。

坐在祖先的城市裡，我不覺得陌生，當然也不覺得熟悉。很小的時候來過，被大人抱在懷裡，黑眼珠也滴溜溜地亂轉，什麼都沒記住。我又抽了兩根菸，決定明天去找清江拖拉機廠。

第二天睡到自然醒，打了一一四電話查詢，又上網搜索，確定清拖萎縮成一個小企業，遷到了城東南的開發區。在北京生活慣了，到哪個城市打車都不覺得遠，安心地看計程車計價器上的數字在跳。跳到三十八塊錢時，停下來。當年中國拖拉機製造業的三大巨頭之一，如今變成了一個袖珍的門臉。我在門口抽了一根菸才進去。在祖父和父親的描述裡，清拖何等風光，大得足以自成一個帝國，你可以三百六十五天在廠區裡不出門，社會主義的美好生活一樣也不會落下你。必須抽一根菸才能彌合這個心理落差。

留守處的工作人員也在抽菸。五十歲左右，上個星期的鬍子到現在都沒刮，煙霧從鬍渣中間穿過，給我一種生活兵荒馬亂的感覺。他對每一口菸都無比迷醉，吸入時用力，像在吸世界上最後一口氧氣；吐出時嘴巴大張，每一顆黑燈瞎火的壞牙都數得出來。他坐在一把木椅上，讓我寫出堂叔的名字。

謝仰淳。

他把嘴撇開來，歉疚地搖搖頭，沒印象。

「退休了。」

「退休了啊，我說呢。」他如釋重負，狠狠地抽一口菸，好像退休了不認識不算瀆職。

我遞給他一根蘇菸。到了江蘇要抽老家菸。

「我幫你查查，」他起身去背後的一個櫃子裡翻找。半根菸工夫，他說，「想起來了，想起來了。謝仰淳，就是被車軲轆砸死的那個。」

頭腦嗡一聲就響了，「您說的是那個謝仰淳嗎？」

「咱們清拖歷史上只有一個謝仰淳。」他坐回原位，可能覺得我堂叔死了，我需要安慰一下，問我要不要從窗戶那邊繞過去，進門到房間裡坐一坐，我說站在這裡就很好。我只想把堂叔的死因聽清楚。「原來死的是他啊。」他點上我給他的蘇菸，我隨手又遞給他一根，「好多年前就聽說了。那會兒你堂叔還沒到退休年齡吧，下班路上被車軲轆砸死了。你說世界上就有這麼巧的事，出門撞見鬼。一輛卡車正踩著油門掛在四檔上跑，一個軲轆脫落了，車子在這邊繼續跑，軲轆往那邊跑，一邊跑一邊跳，遇到個坎，跳得更高，落下來，砸到騎著自行車的你堂叔，腦袋都砸扁了，腦漿崩了一地。」

我趕緊又遞一根菸，沒必要再說了。我轉身來到大街上，謝謝都忘了。沒見過謝仰淳，但他是我堂叔。覺得胃裡有東西往上翻，必須親自抽一根菸才能平息這噁心。一個製造車軲轆的人，最後被車軲轆砸死了。

在開發區寬闊的馬路上踢踢踏踏地走，突然有種無所適從的空寂。閒得慌，閒得發慌。在北京天天忙得腳不點地，電話、微信、短信、郵件，各種提示鈴聲，一天到晚就沒斷過響，好像我是多重要的人，被全世界人緊急地需要著。到這裡，手機突然失聲了，所有人集體約好了似的放我一馬。夢寐以求的空白終於到手，我卻不知道幹什麼了。這就是傳說裡的「生命中不能承受之輕」嗎？我像個二流子在祖先的土地上晃蕩，晃得身心空空蕩蕩。突然電話響了，我得救一般趕緊摁了接聽鍵，就是個騷擾電話，我也打算跟對方認認真真地聊上一會兒。

助理小王打來的。網上署名「瑞拍客」的瑞典小夥子找到了。西蒙·格朗瓦爾，二十六歲，哥德堡人。在蘇州學了幾年漢語，畢業後找了份給歐洲報刊自由撰稿的工作，繼續待在蘇州。此人閒下來喜歡到處亂逛，邊逛邊拍，覺得好玩的就發到網上，自命「瑞拍客」。他的短視頻中，有一個大運河系列，從南到北，「一個歪果仁眼中的水邊中國」。工作室的小朋友在網上偶然發現的，覺得有點意思，前些天跟我說過，我說好，跟進，該搜集的搜集，該整理的整理，然後尋找作者。小王說，找到了。西蒙·格朗瓦爾剛娶了一個中國女孩，成了蘇州的女婿，他對我們的節目很有興趣，如果需要，隨時可以出鏡。不過最近他想帶媳婦回老家待一陣子，見見父母，看看瑞典，我們得給他個確切時間，要不就等他回來再說。小王擔心等他回來黃花菜都涼了，問我怎麼辦。我說當斷就斷，讓他們把手頭兒的材料先發給我，現在就回酒店看。做不做下午就給他個準話。

有事做的感覺真他媽好，我攔輛計程車直奔酒店。進了房間，打開電腦，小王已將相關材料發過來了。看完挑選出來的三十九個視頻，以及小朋友們草擬的方案，覺得可行。視頻裡的西蒙·格朗瓦爾給了我一個好印象，面對運河，他的眼睛裡閃動著真誠的光。這一點很重要，他是真心喜歡這條浩浩蕩蕩的長河。這傢伙貪玩，在拍攝運河人家的生活時經常搞怪，努力用不同的方言跟當地人瞎聊，搞得大家都很喜歡他，積極配合他的拍攝。有一個視頻裡，他指著一條張大嘴活蹦亂跳的鯉魚說，這條魚我不敢吃。人問為什麼，他一本正經地說，牠是活的，我怕牠咬我。缺了門牙的賣魚大爺被逗得咧開嘴笑。

看完視頻，整理出一個思路，把方案又給完善一下，發過去，已經下午三點。到酒店附近一家老字型大小麵館吃了碗麵，又去禮品店買了些禮品，打車再去周信芳故居。

下午四點半鐘的故居最熱鬧。午睡都起了，晚飯還遠，不上班的票友全來了。整個院子裡三五成群，咿咿呀呀此起彼伏。唱老生、唱青衣、唱花旦、唱老旦、唱花臉的都有。院門敞著，我從院子裡最近的一撥看過去，希望能在哪位老先生的臉上認出老謝家的表情來。轉到第二撥人時，昨晚那個大爺看見我，對我招手。他和一群人圍在一個亭子下，他還是個聽眾。我走過去。他對一個蹺著二郎腿坐在躺椅上的老人說：

「老謝，有人找。」

老謝扭過臉來。我能肯定這就是我堂伯謝仰止，他對陌生人的警惕和猶疑，可能是謝家祖傳的，反正在四目相對的那一瞬間，我在他的臉上看見了我祖父的表情。他是我祖父的親侄子。我堂伯在這一群人裡顯然鶴立雞群，他就是幹這個的，雖然退休之前唱的是淮海戲。他的專業身分和地位，他在多年的表演生涯中養成的做派和優越感，就連多年經營和保養的皮膚和身段，也讓他在一群中老年票友中占據了絕對優勢。只有他一個人半躺在椅子上，唯一一架躺椅。別人坐的是木椅子、條凳、自帶的小馬紮，或者站著。謝仰止穿一身黑，對襟盤扣外套，方口的北京黑布鞋，素淨，低調的深沉和奢華。他用力看我一眼，沒說話，用眼神問我誰。

「伯伯好，」我盡力走到他面前，彎下腰，「我是望和，我爸謝仰山，您兄弟。」

謝仰止還是不說話。但我能看出他的胸脯在起伏，他在控制自己。

「這次來淮安出差，爸媽囑咐我一定過來看看您老人家。」

「你，真是謝仰山的兒子？」我堂伯慢悠悠地終於開口了。

「千真萬確。」

「謝仰山頭上有幾個旋兒？」

把我問蒙了，沒見過這種查戶口的套路，「一個都沒有。」

「瞎說。沒有沒旋兒的人。」

「對不起，伯伯，我還真不知道我爸頭上有幾個旋兒。他早謝頂了，能長旋兒的地方一根頭髮都沒有。」

「先別叫伯伯。」他依然半躺在椅子上，二郎腿也沒放下。

亭子裡的演出停下來，都看我們爺兒倆。這一段認親肯定比戲裡的認親要精采。

「這是我的身分證。」我把身分證從錢包裡掏出來，遞過去。

「這個只能證明你是你，不能證明你是謝仰山的兒子。」

我倒是想起父親和祖父說起的謝仰止小時候的幾樁糗事，但那些年少的惡作劇要在大庭廣眾之下講，等於當眾扒我堂伯的褲子，還是算了。聽堂裡的那撥人在唱《徐策跑城》，我心生一計，也來一段《徐策跑城》吧。我選的這段，用我祖父夾雜清江浦方言的聲音唱：

老徐策我站城樓，我的耳又聾，我的眼又花，我的耳聾眼花，看不見城下兒郎哪一個跪在城邊。我問你：家住哪府哪州並哪縣？哪一個村莊有你家門？你的爹姓甚？你的母姓甚？你們弟兄排行第幾名？說得清，你道得明，放下吊橋開城門，放你進城。你若是說不清來道不明，要想開城萬不能。你報上花名。

唱到「說得清，你道得明」，我堂伯擺擺手，「不必唱了，你就算不是謝仰山的兒子，也一定是我叔叔的孫子。」

「那，伯伯，您認下我這個侄子了？」

我堂伯站起來，轉身往外走，「就因為你是謝仰山的兒子，我才更不想認了。」

一夥人全傻了。幾秒鐘前他們和我一樣開心，千里尋親，多好的事啊，而且成了。他們剛剛給我鼓過掌，還希望我接著往下唱。京腔裡夾著淮安方言唱周信芳，他們覺得別致。招呼我過來的大爺把手越伸越長，急急說：

「老謝，老謝，別走啊老謝！」

謝仰止已經出了院門。

「這個老謝！」他們說，半天才反應過來，「追啊，小夥子，你去追。」

我把禮物找到，拎著就往外跑。剛才展示給堂伯的笑，還原封不動地掛在臉上，尷尬讓我的表情都僵了，費了好大的勁兒才把臉弄平整。

故居門前有好幾條路，我站在旁邊的橋上，哪條路上都見不到謝仰止的影子。父親曾說，堂伯家原來在花街附近。憑前兩天遛一圈花街的印象，就往西北方向追。一條條彎曲的巷子，間或一道流水穿過房前屋後；不少老房子在拆遷，房梁斜架在殘垣斷壁上，走道上不時冒出來一堆廢墟，通往花街的地形由此變得極為複雜。陰天，下午五點多的空氣中就有一種灰暗瀰漫開來，我拎著禮品盒，既要顧著遠處，又要盯緊腳底下。

路過一處廢墟，拆掉了屋頂的門框兩邊，自上而下各鑲了一溜石頭，石頭上陰刻了手寫的行書對聯：月來滿地水，雲起一天山。這副聯我在別處見過，但石刻後嵌在普通民房的門邊，還頭一次遇到。此聯甚美，也很有些境界，字和刻工都不錯，我就多看了幾眼，還暗想該怎麼把它們摳下來帶走。就走了這麼一下神，被腳底下的半塊磚頭絆倒了，禮品摔出了老遠，左胳膊肘和右手掌同時撐地。水泥勾縫的石板路，這一跤摔得結結實實，半天爬不起來。等起來站直了，才覺出胳膊肘和手掌疼。手掌擦破了皮，血珠子一顆顆滲出來；胳膊肘青紫了一塊。我找到塊石頭坐下，看看手掌，再看看胳膊肘，用紙巾擦掉血，嘴裡噝噝啦啦地出氣。然後摸出一根菸點上，對著路上的碎磚頭踢了兩腳。媽的，讓老子先疼一會兒。

抽了半根菸，視野裡出現一雙穿布鞋的腳和牛仔褲的兩隻褲腳。我從下往上慢慢看，小腿，膝蓋，大腿，腰，肚子，胸部，雙肩，脖子，然後臉，孫宴臨冷冷地看著我，手裡拎著我甩出去的禮品盒。

「看夠了？」孫宴臨說。

「對不起，」我舉著右手站起來，「要知道是孫老師大駕，打死我也不敢這麼看。」

「你的東西。」她往前走兩步，「呀，流血了，得找醫生處理一下。」

「去你拍過的那個大和堂？」她有一張照片，拍的是運河邊的一家診所，名叫「大和堂」。

「早關張了。初醫生全家搬走了。」她把禮品袋放到地上。

「你怎麼在這裡？」

她往二十米外的橋上指，橋上有個畫架，她在寫生。想必她看見了我摔個大馬趴的全過程。

「跑這裡寫生？」

「我家在這裡啊。」

我往四周看了看。廢墟只是一小部分，大部分人家還在正常生活。「哪一家？」

「不在跟前。附近。」

想起來了，郎靜山故居附近。

「都天廟前街？」

「那是我爸媽家。這兩年我主要住在——工作室。」她用手向東南方向畫了個圈。

她在「工作室」上停了一下，大概是為了區別於我的那個工作室。現在好像要是沒有工作室，你都不好意思說自己是個藝術家。其實就是個寫字畫畫的地方，跟書房的區別，一是更大，二是更亂。孫宴臨主業是畫畫，那的確需要個大場子。

「如果方便，能否給個機會，參觀一下孫老師的工作室？」

「你得先處理傷口。」

「無所謂，就是個皮外傷，水龍頭底下沖一下就好了。」傷口隨他去，能搭上話才最重要。我就不信搞不定你。我對這一期的《大河譚》相當有信心。

她默許了，「約法三章：房間裡再亂，也不許說。」

「我不相信還有比我更亂的人。另外兩條呢？」

「想到了再說。」

孫宴臨幫我拎著禮品盒和她的筆墨顏料。我用左胳膊夾著她的畫架，右手舉著，像個投降派，跟在她身後朝著東南走。孫宴臨讓我離她遠一點，免得她總得跟碰到的熟人解釋我是誰。也好，我和她保持著二十米的純潔距離。我發現這個貌似純潔的距離其實最色情，我可以把她的背影看得清清楚楚，看到她被牛仔褲包裹的屁股每一點動態，看見她小腿肌肉在運動中細微的變化，甚至，請原諒，通過她外套的擺動看見上身在行走中的形狀。一個勻稱、結實、符合一定美學標準的好身體。當然，這是因為我視力好。一個忙得跌跌爬爬的離婚三年的四十歲男人，第一次發現，多年來被視為缺陷的遠視竟然是個獨門法寶。

在一個庫房一樣的大房子前停下來。孫宴臨放下提盒，打開雙層防盜門。開燈，室內空間比從外面看起來要大不少，並排停下八九輛卡車問題不大。這個空間還不包括貼著西邊隔離出來的一間臥室、一間廚房和一個衛生間。工作室裡靠牆擺滿了大大小小尺寸不一的油畫和水粉畫。四五個尺寸不同的畫架分散房間各處，畫架前放著筆和油彩。水泥地板，落滿了油彩。沒那麼亂。

「這就是傳說中的藝術殿堂吧？」我恭維說。

孫宴臨不吃這一套。她讓我把寫生的畫架放到東南角的空地上，「原來針織廠的廠房，留下來幾間，區裡改造成文創基地，有點像你們北京的七九八，我租下來一間。你把傷口周圍洗一洗，我去找消毒碘酒。」

「你這裡能消毒啊，那還讓我去找醫生。」

「你挺討厭的你知不知道？這是我私人地盤，又不是醫院，沒義務招待你。」

「對不起孫老師，我錯了。請問，可以用您的衛生間嗎？」

「討厭！」

我洗好手從衛生間出來，孫宴臨也剛找到碘酒和棉簽。我剛想伸頭往她的臥室看，她砰一聲把門關上了。

「閨房重地，非禮勿視。」我說，「我懂。就是好奇一下。」

「不必好奇。被子沒疊。」

孫宴臨讓我在椅子上坐好，她把棉簽蘸上碘酒，從中心向周邊畫圈塗。大房間裡有點涼。碘酒滲入傷口，比擦破時還疼，我覺得肚皮都抖起來。

「受不了就吭一聲。」

「那不行，咬碎了牙也得往肚子裡咽。男人嘛。」

「喲，真勇敢。」她用鼻子哼了一聲，拿起一根新棉簽蘸好，作勢要往傷口上猛按。我叫一聲迅速抽回了手。孫宴臨譏諷說：「這麼沒有安全感？」

「別亂扣帽子，沒有安全感的人是你孫老師。」我把手伸過去，隨她怎麼折騰了。她倒塗得更小心了。

「出個鏡就這麼難？藝術要為人民服務，藝術家也要為人民服務嘛。」

「再提這事，別怪我趕人啊。」

「好吧，」我說，「為了多坐一會兒，話都不能說，多不容易。」

處理完傷口，我認真欣賞了孫宴臨的畫。至少這一批畫裡，運河題材的不多。處理的主要是人物，是人物和環境的關係。有幾幅半大不小的畫，是對郎靜山集錦攝影的再創作，別開生面。乍一看完全是郎靜山照片的油畫版，仔細觀察，就會發現她只是借用了郎先生的意象和構圖。她一反郎先生作品中邈遠高古、超拔脫俗的靜態特徵，讓人物和風景之間產生了動態的張力，整個畫面有了爆發邊緣壓抑著的力量感。《曉汲清江》。郎先生的原作裡，汲水者低著頭，大半個面部都被斗笠遮住，根本看不見人物的表情；但在孫宴臨的《曉汲清江》中，挑水的人抬起了頭，就算在斗笠的陰影裡，你也看得見他糾結的表情和眼神，因為他的表情和眼神，整個畫面和畫風為之一變，完全成了一幅全新的創作。在《松蔭高士》中，孫宴臨放大了張大千，讓張大千扭頭往左邊看，半個臉上的表情與古松形成呼應，畫面中的空氣彷彿都由此震盪起來，隱隱似有雷聲。

那幾幅畫真是吸引了我，我把椅子搬過去，坐在畫前，從手機裡搜出郎靜山的原畫，邊邊角角地對比著看。孫宴臨給我拿來郎先生的攝影集，看著方便。「有興趣？」她問。

「賣嗎？」

「不賣。」

「自娛自樂？」

「還沒改造到滿意的程度。」

「什麼樣才算滿意？」

「要知道我早就畫出來了。」

對照原作又看過一遍，我站起來，「強烈希望大師能賞臉，給我個請飯的機會。」天已經黑了。

「郎大師十九年前就去世了。」

「今天我請孫大師。」

孫宴臨斜我一眼，「再瞎說真趕你走了。」

晚飯我請，附近的館子「淮揚府」。孫宴臨說這家的淮揚菜比較正宗。充分採納孫宴臨的建議，點了蟹粉獅子頭、大煮乾絲、梁溪脆鱔、平橋豆腐、蝦仁蒲菜和雞絲粉皮，主食茶饊和黃橋燒餅。吃得貼心。祖母活著的時候，飯桌上就是這個味道。有一陣子沒認真想起祖父祖母了。我跟孫宴臨說，這頓飯讓我覺得自己確實是個淮安人。胃從不說謊，它比你更清楚故鄉在哪兒，祖宗在哪兒。

「你老家這裡？」

「不像？」

「油腔滑調的，咱們大清江不產你這號的。」

「你們女人真難伺候。不會說話的你們說像個啞巴，會說的，又嫌油腔滑調。沒個正好。」

「我還真沒冤枉你，祖籍這裡也不耽誤你是個京油子。你爸是這裡的，還是你爺爺是這裡的？」

「我爸和我爺爺都是這裡的。」

「我就說你這人沒句實話。昨天還說專程拜訪，原來是尋根，順便找個人。」

「真冤枉我了。我算半個孝子吧，早答應我爹來給祖先們上個墳，但這次絕對是起意找孫老師，順帶了卻點家事。但看眼下的態勢，兩件事都要黃。」我把來淮四天來分別幹了啥，一一向孫宴臨交代。我把右手舉起來，還有那禮物，我的堂伯謝仰止啊，莫名其妙，到底哪裡得罪他老人家了呢？

「深刻地同情你，」孫宴臨說，舉起鮮榨玉米汁跟我碰杯，「鑒於頭一件事肯定要黃，我建議你明天再去給謝老師唱一段，興許還能辦成一件。小時候我聽他唱過《皮秀英四告》。」

「我看懸。某人都一桌吃飯了，飯碗沒放下就不認人；我堂伯第三句話沒聽完就掉頭走了，顯然這事更難辦。」

「咱們能說點別的不？我們家也是外來戶。」

「哪兒來的？」

「高郵。我高祖父，跑船的，順著運河到了這裡。一百多年了。那時候這一塊還叫清江浦。」

「高郵好地方啊。」

「好地方多著呢。聽說高祖父決意遷過來，是為了他哥哥。問題是他哥哥當時已經死了。他也知道哥哥過世，還是舉家遷徙，要在哥哥葬身的地方扎下根。爺爺奶奶他們又說，我高祖父老家在山東梁山，我都被弄暈了。有點亂。」

「三代以上都是一筆糊塗帳。我爺爺說，我高祖父會四門外語，袁世凱花了大價錢要他的人頭。那得是多偉岸的大人物，可我在相關的史書裡就沒見著老祖宗的名字。聽著都像在說別人家的事。」

終於有件事讓我們說到一塊兒去了，直說到「淮揚府」的客人只剩下我們最後一桌。孫宴臨答應我送她回工作室，不是因為夜路黑，而是走路的時候可以繼續聊。

她的高祖也是個傳奇。師出「彈腿教門」，一身好武藝，赤手空拳十個八個壯漢根本近不了身，據說當年護送過重要人物沿運河去了北京。那重要人物姓甚名誰，孫宴臨的祖父祖母也說不明白，但他們把過程敘述得跌宕起伏：你高祖孫過程，這一路追河盜、抗官兵、阻擊義和團，還跟數不清的歹人大戰過千百回合，無有敗績。孫宴臨從小就聽高祖的故事，覺得老爺子不該叫孫過程，應該叫孫悟空，只有齊天大聖才有這般能耐。孫過程在清江浦一度開館授徒，現在運河邊上精通拳腳的，往上追三五代，師父多半出自「孫家武館」。

弔詭的是，孫家後世子孫裡，沒見誰繼承了先祖過程公的武學傳統。反正孫宴臨沒聽過三代以前的祖上哪個身手過人，也沒見過祖父那代至今，家族中有誰身體裡流淌過彪悍的血。反倒是文藝細胞一個賽一個發達，當然，成也文藝敗也文藝。她的小祖父，她祖父的弟弟，就像孫宴臨一樣，也搞攝影；也因為搞攝影，拍了一些裸體藝術照，年紀輕輕就被打成流氓犯，送進了監獄。

「你學藝術，跟你的這個小爺爺有關？」我問孫宴臨。

孫宴臨在路燈下站住，想了想，沒關係。正是因為小爺爺有此遭遇，家裡人才不讓她學攝影，她的專業變成了油畫。

「那你為什麼學畫畫？」

「不讓我學攝影啊，只好改畫畫了。」

「為什麼想學攝影？」

「喜歡唄。」

「我是說，一個中學生，怎麼會把攝影當作自己的志業呢？這專業，那時候應該還是比較偏門的吧。就因為出門右拐，兩百米遠就是郎靜山故居？」

「五分之三來自郎先生。」

「五分之二呢？」

到了她的工作室門前，黑魆魆的一間大屋。「說來話長，有機會再說吧。」孫宴臨說，從包裡掏出鑰匙，「晚飯吃得很好，也謝謝送我回來。大晚上的，我就不請你進來了。再見。」

「明天可以去聽你的課吧？」

「沒什麼好聽的，都是瞎講。」

「孫老師謙虛。人請不到，總得學到點知識，要不白來了。」

「那好吧。晚安。」門打開，燈亮，咣一聲又關上。我站在門前掏出一根菸，剛想點上，門又打開，半米寬的光亮像傷口一樣臥倒在我腳下。孫宴臨從門後伸出頭來，說：「往西走五分鐘就是大路，那裡好打車。再見。」腦袋縮回去，門又關上了。這次沒那麼響。

回到酒店，時間還不算太晚，以我爹多年養成的夜貓子生活習慣，這會兒接個電話問題不大。我問父親，您這堂哥到底搞的哪一齣？我一個晚輩，拎著禮物，熱臉撞上了個冷屁股。父親說，你仰止伯伯想多了，這些年還沒放下。他以為當年推薦上大學，我搶了他的名額，天地良心，你爸真不是這樣的人。你爺爺也不是。「革委會」徵求學校意見，決定推薦我，名字錯寫成「謝仰止」了，等改過來，小道消息已經出了門。你仰止伯伯聽了風，認為你爺爺做了手腳，竊取了他的前程。那陣子你爺爺對這事確實非常上心，他希望我能跟你高祖父一樣，有機會到北京幹一番轟轟烈烈的大事。但你爺爺真沒做過傷天害理的事，兒子，你爸拿「謝」字跟你保證。你爺爺什麼人，望和你是清楚的，你的名字是你爺爺取的。我跟你媽生了你後，你爺爺奶奶就一直待在北京生活，為什麼？你爺爺是個好人，知道仰止哥放不下，乾脆避開，抬頭不見低頭見，省得相互不舒服。我也極少回去，原因大概也如此。解釋不清的，就不必上趕著非弄明白。我想你仰止伯伯都退休的人了，天大的事也該放下了，沒想到還存著心事。這事在他心裡該磨出繭了。我插了一句，我說爸，是結石。嗯，是結石，父親說。老了，不想動了，要不真想回去親自跟你仰止伯伯再談一談。不過談了又有什麼用呢，一晃都快七十了，要再吵起來，那真是一輩子的醜聞。

「爸，您就別發揮了，長途電話費齁貴的。哪些規定動作我必須做，您就下個指示。別的我酌情處理。將在外，君命有所不受。」

父親的指示如下：任何情況下都不能讓堂伯難堪，更不能惹他生氣。能說得清就說，說不清照單全收，都認了也不丟人，還有幾年活頭？揚長避短，奔著高興的事去。實在問不到老祖宗的墓地，就找運河邊沒人的地方，多燒幾刀紙；燒多了，總有幾縷煙能飄到祖宗那裡，煙就是錢；給仰淳叔叔也燒兩刀；燒紙的時候別忘了禱告幾聲，就說不肖子孫謝仰山一直想著他們，給列祖列宗磕頭了；如果堂伯和堂叔誰家困難，三千五千地支援點，回頭找他報銷。

我說好，都記下了，「跳廣場舞時候別太過分啊，照顧一下我媽的感受。」

「放心兒子，」父親說，「你爹也就跳跳舞了。早點睡吧。」

第二天上午，提前五分鐘進了孫宴臨的課堂。我剛坐下，她進來了。她往最後一排看了一眼，這一點我可以保證。接下來兩節課她都沒再朝我看一眼，這一點我也可以保證。課程是「名畫賞析」。結合具體作品分析中外名畫的特點和藝術價值。大部分我聽不懂，具體到了凡・高必須切掉左耳朵、畢卡索只能不停地換情人，太深奧。倒是中間插播的一段郎靜山的《湖山覽勝》，分析郎先生在集錦攝影時如何仿國畫、師古法、重意境，由此解讀中國畫中的名作，我聽明白了。講得好。

課間我沒打擾她。兩節課下，我又到前門邊等著，這次不去衛生間了。她解答完學生的問題，從教室裡出來。我說，走？她沒吭聲，跟在我後面出了第二教學樓。一直出了校門，她才問：

「去哪兒？」

「請你吃午飯啊。」

「無功不受祿。」

「別有負擔，不會讓你白吃的。」

孫宴臨說，講到《湖山覽勝》時無端地想到了比薩。我說好，那就去吃比薩。比薩之後，在星巴克又要了兩杯拿鐵，提提神。我擔心藝術家的自由生活裡每天都需要午覺。然後去大閘口那裡坐船，體驗一下淮安的這一段運河。請孫宴臨客串一回導遊。

大閘口當年是漕運的襟喉，堵上了，漕船上不去也下不來。因為閘前水勢凶猛，大部分時間裡過船須動用「絞關」，只有一等一的高手才敢順水下船：絞關固定在兩岸的高坡上，硬木做成絞盤，拉船的纜繩纏到絞盤上，大船過閘用四個絞關，小的用兩個。纜繩的另一頭套在船樁上，過閘時，絞關的閘工根據閘上的鑼聲疾緩來用力，鑼敲得緊，那得一圈圈拚命絞。如今大閘口水流平和，也極少有船再穿行，一九五九年在城南開挖了南運河，往來船隻都改城外過了；穿過市區的這段裡運河，被開發作運河風光帶，來回走的都是電動的遊船，行船也成了娛樂。

只有我們兩個客人。租了一條小遊船，現代化的船艙，可以喝茶聊天。如果不是孫宴臨移步換景地講解，我會以為就是在隨便一個公園的水上泛舟。到底是老師，她從兩岸的建築和風景切入，扼要地把運河之於淮安這座城市的影響精闢地總結了出來，就像通過一幅幅名畫串起整個藝術史。跟所有運河沿岸的城市差不多，這座城市成敗皆繫於這條河。當年雄踞天下的十里長街之繁華，漕運廢止後漸趨凋零，沒有不散的宴席。前現代的內河水路交通在高速公路、鐵路、航空崛起後，成了溜牆根曬太陽的老前輩，已然無力引領生產力的新方向；而當年水路發達的地區，又陰差陽錯被公路、鐵路和航空集體忽略，要想富，先修路，這些地方成了現代之「路」的盲區。也就是說，當年帆檣林立、舟楫如梭的「沿海地帶」，毫無懸念地成了現代化時代的「內地」，所以，在很多年裡，這座城市被戴上了「欠發達」的帽子。

「我對GDP不感興趣，」孫宴臨說，「有那麼重要嗎？希望有一天，發現這世上還有那麼多比GDP更重要的指標時，我們還可以後悔，也還有回頭路可走。」

「比如？」

「這條河。」她的手越過船頭，一直指到裡運河的拐彎處。兩岸條石鑲壁，整飭劃一。岸邊的景觀樹也統一了風格，粗細、高矮、樹冠的大小，像同一顆種子發的芽、同一棵芽長出的苗、同一棵苗長成的樹。此時午後，岸邊闢出的人行道上有長跑和散步的人。「GDP可以讓你每天都能看見一條不息的長河在流淌嗎？當然，砸出足夠的錢，別說一條河，科羅拉多大峽谷也可以挖出來，但你能挖出一條河的歷史嗎？你能挖出它千百年來對中國人和中國文化的影響和塑造嗎？」

「你的科羅拉多大峽谷邊能成長出孫老師這樣赤誠的運河之子嗎？」

「去！人家說正經的。」

「人家說的就不正經了？」

孫宴臨發現掉我的坑裡了，不理我，端起杯子喝茶，舉半天才喝一口。

遊船回到船埠。我們從石碼頭上岸，穿過花街時，我問兩邊開店鋪的老闆，附近可住有一位叫謝仰止的老先生？他們搖頭。孫宴臨補充，會唱戲，淮海戲、京劇都拿手。他們還是搖頭。看來堂伯一家搬離附近多年了。

距四點鐘還有一陣，孫宴臨帶我穿街走巷。我想看看郎靜山故居。

巷子窄而曲折。虹橋里，五福里，進彩巷，張仙樓，花門樓，單這些名字劈頭蓋臉地就滿滿的煙火氣。當年的老住宅區主要騎馬、行轎和走人，確實也不必太寬。現在住家擁擠，巷子裡各家晾曬的衣物迎著風花花綠綠地飄蕩。

都天廟街那時候應該是個風水寶地，文會庵、毗盧庵、廣蔭庵和都天廟都在附近，香火不斷，梵樂誦經之聲竟日不絕。郎家老宅由郎靜山的父親郎錦堂所建，此人參禪禮佛，甚是虔誠，宅邸修在這裡可以理解。能把家建在這裡，定然也非泛泛之輩。郎錦堂曾在漕河總督陳夔龍屬下先後任左營參將、兩鎮總兵，後來做了運河工程督導，駐節清江浦，算有頭臉的人物。其子郎靜山的攝影禪意豐盛、靜虛飽滿，想必也能在這裡找到源頭。孫宴臨祖上過程公能在都天廟街紮下來，當年的武館開得應當可觀，要不也沒法跑這裡買房置地。

遺憾的是那天下午郎靜山故居沒有開放，新修的朱紅大門緊閉。敲半天無人應答，我們就進了旁邊的都天廟，給都天神上了一炷香。我建議拜訪一下孫府，孫宴臨翻我一個白眼：不行。

「放心，不會在你爸媽跟前給你丟人。」

「我怕爸媽在你面前丟人。」

「孫老師，要注意為人師表。」

「真的，你不知道，我爸媽但凡見我跟一個男的在一起，只要對方看上去不超過六十歲，他們就兩眼放綠光。」

「擔心閨女吃虧？」

「催我結婚！男大當婚，女大當嫁，天天掛嘴上。我寧願住工作室，耳根子清淨。」

「那正好，我冒充一下。讓老人家安安心。」

「你？快哪兒涼快哪兒待著去。」

「傷自尊了。男大當婚，女大當嫁，你看，我單身，你未嫁，這戲能演好。」

「別。是你離婚，我未嫁。」

「你怎麼知道我離婚？」

「你說你單身。錢包裡那是你兒子吧？」

錢包裡的確有我兒子照片。可能買單時她看見了。

「你咋知道是我兒子？」

「誰家娃兒能長出你那對招風耳？」

好吧，你贏了。鬥了半天嘴，孫宴臨家也沒去成，我該去周信芳故居了。我們在橋邊分手，她回工作室。

謝仰止半躺在椅子上，蹺二郎腿，叼著一品梅牌香菸，不屑地睜著半隻眼。旁邊在唱《貴妃醉酒》，票友們的目光聚在唱和拉的圓心裡，只有我堂伯的椅子斜著背對他們。他在等我。但我走近了，他睜開的半隻眼也閉上了。

我彎下腰，像鞠躬。我說：「伯伯好。」

堂伯眼睛睜開一下又閉上。

「我來看您老人家了。」

堂伯咳嗽了一聲，嗓音利索，唱了大半輩子戲居然沒唱出咽炎。

「昨晚我跟我爸通了一個很長的電話，他讓我一定把問候帶到。老謝家，他就您這一位兄長了，多大的事也務請您多包涵。」

堂伯突然放下二郎腿，噌地站起身，腿腳比我都利索。他轉身往外走。我沒弄明白他什麼意思，只覺得被閃了一下。眼看著他出了院門，我還晾在原地。一瞬間我做了決定：到此為止吧，明天買上半車火紙，到河邊多找幾個點燒，總有一處離謝家的祖先更近，我的大嗓門兒平遙公他們能聽見。院門口出現半個身子，堂伯對我憤怒地招了一下手。讓我出去？有點意思了。我屁顛兒屁顛兒地跑過去。《弟子規》上說：父母呼，應勿緩；父母命，行勿懶。

「你爸到底想說什麼？」堂伯坐在石橋的欄杆上，背著我說話。

「我爸說，推薦上大學的事，我爺爺沒做過任何手腳。他也沒這個能力。」

「停！四十多年了，你爸就讓你回來說這句話？」

堂伯的嘴唇顏色漸漸發紫變黑。腿腳再好，年齡不饒人，心臟這個發動機還是老化了。我在他旁邊下首坐下來，遞給他一根菸，幫他點上。我得緩和一下氣氛，身體最重要。

「伯伯，上一輩的恩怨我沒資格介入，也不想介入，但有點切身感受，還是想跟您交流一下。我爺爺對北京的激情的確讓人費解，反正我是弄不明白，但是我敢肯定，老爺子是個好人，心軟得看一場周信芳的戲都要流好幾次眼淚。聽說您唱淮海戲，除了周信芳，電視上他看得最多的就是淮海戲。老人家去世前的那些年裡，多次想回到運河邊，但最後還是作罷，是因為他覺得，誤會不能消除，他回來就是刺激您。他想讓時間來解決問題。但是您看，時間再偉大，有時候也是不作為的。」

「說得輕巧！你知道那種環境下，那樣的機會對一個人有多重要嗎？我為什麼唱戲？在一個小地方，只有唱戲，才能把你從平庸的生活裡解放出來，過上另外一種生活。你以為我不想去北京？你以為這裡的人不想去北京？不是為要去那裡過日子，而是因為生活在河邊，從小就知道這條河一直流到北京，那是終點，都想去終點看一看，流過清江浦的水流到那裡，最終變成了什麼樣子。」

「還是水。」

「水跟水不一樣。那是誰說的，人不能兩次踏入同一條河流。」堂伯說完，瞳孔突然放大，他的言詞把自己驚著了，夾著香菸的手都抖了。

「赫拉克利特。」我能感覺到，堂伯確實是憋壞了。也因此我突然發現，這些年他對此事不能釋懷，放不下的理由其實早有所變化。推薦上大學的機會固然十分寶貴，被冒名頂替的憤怒固然也相當暴烈，但時間總會打磨掉外在的稜角；時間唯一不能消除的，是內心裡的好奇與渴望，不僅無力消除，反還做了幫凶，像蚌病成珠一樣，時間幫你把一粒沙子越磨越大，直到變成再也不能忽視和排解的珍珠。也許很多年裡，堂伯自己都沒意識到，事情已經悄然起了變化。想起父親跟我說過，仰止堂伯是個游泳好手，年輕時他們在運河裡比賽，從大閘口出發，仰止伯伯總是第一個游到水門橋。「伯伯，我鄭重邀請您去北京。願意見見我爸媽，就見；不願見，咱們就好好看看通州段的運河。就在我家門口。我可以陪您從這頭一直走到那頭。」

堂伯盯著我看，眼睛開始發亮，水珠聚集產生了光。他把菸吸得很響，吸菸的聲音都帶了鼻音，嘴唇也開始哆嗦。「我，考慮一下。」他站起來，腳底下飄飄忽忽地往南走。院子裡誰在唱《蕭何月下追韓信》，沙啞豪壯的唱腔傳過來：

我主爺起義在芒碭，拔劍斬蛇天下揚。懷王也曾把旨降，兩路分兵進咸陽。先進咸陽為皇上，後進咸陽扶保在朝綱。也是我主洪福廣，一路上得遇陸賈、酈生與張良。一路上秋毫無犯軍威壯，我也曾約法定過三章。項羽不遵懷王約，反將我主貶漢王。

不知道這一去，是否還能再見。我在後面喊：「伯伯，能告訴我咱們謝家的祖墳在哪裡嗎？」

「回頭我給你電話，」堂伯沒回頭，「告訴我酒店的名字。」

我大聲說出酒店名字和房間號。不知道堂伯聽見沒有，他已經走遠了。

「抱歉，沒別的地方可去了。」

我敲響大廠房的防盜門。敲三下的響聲之後，門就打開了，好像她就守在門後頭。

「進來吧，」她說，「茶都泡好了。」

「謝謝。讓我產生了自己挺受歡迎的錯覺。」

「臭美！加個杯子而已。」

茶具在她房間。她先進了房間，我在門口停住了，深吸了一口女孩閨房的暖香，還有金駿眉的茶香。房間不大，也不小，一個人生活足夠了。一張雙人床；靠牆的書櫃一直頂到天花板；一個門對開的原木衣櫥；一張書桌，上面放著電腦、筆筒和兩摞書；一把原色的藤條椅；還有一個帶玻璃的五斗櫥，櫃子裡放著相機等各種小零碎；此外就是書櫃前的根雕茶具，茶盤上一杯茶正冒著香氣，另有一隻空杯子。我本能地多看了幾眼床，素淡清雅的三件套，整齊溫馨。

「進來呀。」

「不用把茶具搬到大廳吧？」

「好啊，那你搬唄。」她的臉突然紅了，聲音也涼了下來。

玩笑過頭了。我趕緊一步跳到茶桌前，坐下來開始自己倒茶。杯子已經洗過了。「好容易被恩准進來，打死也不出去了。」

「我就說你這人挺討厭，油嘴滑舌！」她好像真生氣了。

我趕緊找補，來一段苦情戲，說剛才如何去找堂伯，再次熱臉貼到了冷屁股上。念我如此尊老，她的氣兒過了，開始司茶。我說，我差不多能明白堂伯為什麼這些年還放不下了。

「笨死了你，」她白了我一眼說，「早該想到了。你就是被庸俗的功利的目的論糊住了大腦。」

我撇撇嘴，那沒辦法，孫老師一直不肯因材施教。

「不過也不能怨你啦。」她又說，倒茶的指法很好看，這門學問她應該鑽研過，「你不在河邊生活。只有我們這樣每天睜開眼就看見河流的人，才會心心念念地要找它的源頭和終點。對你伯伯來說，運河不只是條路，可以上下千百公里地跑；它還是個指南針，指示出世界的方向。它是你認識世界的排頭兵，它代表你、代替你去到一個更廣大的世界上。它甚至就意味著你的一輩子。你小時候遇到的那波水花，在你二十歲，會流到哪裡；三十歲、四十歲，乃至你伯伯快七十歲的這時候，會流到哪裡。每天在河邊走，你會抓耳撓腮地想知道。你伯伯在痛心他失去了一個去到運河終點的機會。他也知道，這個機會他永遠不會再有了。」

她說得投入、激昂，眼神裡有一種我在商業談判和各種酒局中從未見過的純粹。那是一種動人的光，她的整個人都因為這種光像燈盞一樣亮了。她的腦袋後頭彷彿憑空生出了一個大光相。

「看什麼呢你？」她端起茶杯在我眼前晃了晃。

「沒有人告訴你，你在講課的時候有多美嗎？」
「又來了，」她遮住臉，脖子都紅了，「一點正經沒有！」
「我以《大河譚》的名義保證，我很嚴肅。」
「三句話不離《大河譚》。」
「咱們做的是同一件事。我就是想把你這樣的，甚至我伯伯這樣的故事，在節目裡講出來。」
「咱們能不提你的《大河譚》嗎？」
「好，打住。現在來談你的《大河譚》。還有剩下的『五分之二』沒說呢。」

孫家和攝影有緣。緣分也是種宿命，你想它也來，你不想它也來。這緣分肇始於先祖孫過程。孫宴臨只是聽說，孫過程護送過那位重要人物後，得到一件紀念品，就是相機。孫過程護送那人水路北上是在一九〇一年，一九〇一年即使用的是便攜的箱式照相機。這款相機她沒見過，她父母和祖父祖母他們見過。她的小祖父孫立心也見過，且對孫立心產生過重大影響。因為家藏一件老古董，孫立心打小就對相機不陌生，又因為跟郎家做鄰居，年輕時自然就玩上了這個時髦的東西。

孫立心也弄不清那個老古董具體是哪一款，主機殼上的字跡早已經被磨損，漫漶一片根本辨不清楚，但根據長輩們的描述，孫宴臨查閱了相關資料，應該是布朗尼1號。一九〇〇年，布朗尼（Frank A. Brownell）為柯達公司設計了一種小巧的箱式照相機，稱布朗尼1號（Brownell No.1）。這種照相機使用編號為117的膠捲，膠捲附有護紙，能在白天進行裝卸，一次可拍攝57毫米×57毫米的畫面六張，操作相當簡便。孫立心這一輩見到布朗尼1號時，布朗尼1號只剩下一個空殼，半個多世紀裡，不知道相機的內膽被誰拆了去。有外殼足夠了，甚至有個關於相機的傳說也夠了，你就足以和它建立起一種隱祕的單線聯繫。反正孫立心第一次在朋友那裡見到「莫斯科—5型相機，拿到手裡就開始擺弄，居然就上手了。朋友緊張得一直端個大笸籮在下面等著，怕掉下來。朋友擔心的是孫立心把相機搗鼓壞，但他習慣性地把這個搗鼓壞理解成了掉下來摔壞。

就是這一款蘇聯的相機啟蒙了孫立心。「莫斯科系列」從一九四六年開始生產「1型」，到「5型」問世已經是一九六〇年了。在仿製蔡斯折疊式皮腔相機中，「莫斯科」可能是最成功之作。到「5型」已經是專業機了，使用 120 膠捲拍攝 6×9 大底片，適合拍攝風景跟合影。孫立心對風景和合影興趣不大，用它對準一個個人，拍出了一系列出色的人物肖像照。

正是人物照害了他。

上個世紀七〇年代，孫宴臨的小祖父還是針織廠的職工。之前郎靜山故居充公做了廠房，此時改成了職工宿舍，就在家門口，孫立心也經常住宿舍，因為有一幫喜歡藝術的朋友。二三十歲的十來個年輕人，對兵荒馬亂的外面世界閉目塞聽，批鬥遊街、敲鑼打鼓一概不理，自己關起門來，業餘畫畫的、玩樂器的、搞攝影的、唱聲樂的、練習舞蹈的，自己跟自己玩。他們針織廠之外，還有社會上其他行業的年輕藝術愛好者加入進來，逐漸形成一個地下藝術圈。在這個圈裡，孫立心以人物攝影聞名。當時孫立心用的是一臺「上海 58-2」相機。該款相機產自上海，仿的是最高檔的德國萊卡相機，仿出的效果如此之好，讓整個世界相機製造業刮目相看。拍人體藝術照沒得說。所以談戀愛的找他拍照，結婚的找他拍照，親戚朋友來了也請他拍照，藝術照當然更是題中應有之義。然後出事了。

一個偷偷畫油畫的朋友，正在偷偷地畫人體，確切地說，畫女人的裸體。這個年輕的畫家朋友尚無女朋友，就算有，女朋友也未必答應脫光了讓他盯著看。那個時代，這件事得進了洞房以後才行。他只能照著書上畫別人的，對著鏡子畫自己的，很快他對有限的臨摹資源厭倦了。有人給他介紹了另外一個偷偷畫油畫的朋友，是個女畫家。兩個資源短缺的異性畫家決定相互畫對方。不是面對面畫，而是對著照片畫。這就需要拍下對方的裸體，以藝術的名義，藝術地拍。他們提前設計好各種「藝術」的姿勢，然後邀請到孫立心。只有他才能拍出他們想要的效果。孫立心也頗為躊躇了一陣，拍男人的身體他不怕，拍女人，有點怵。但他想拍，對一個攝影藝術家來說，這叫「創作」。他需要創作。為了相互都不給對方惹麻煩，他們達成共識，拍照時兩個人都戴上一副印著五角星的面具。毋庸置疑，這是社會主義的藝術。

女畫家沒事，男體就是男人脫光了被畫出來而已。男畫家畫女體，不行，大家把這個過程想像得極其複雜：女人怎麼可能會隨隨便便光著身子被畫呢，顯然是強行扒光了人家的衣服，這涉嫌暴力；接下來，如此豐腴美好，擺出這麼誘惑的姿勢，該凸的凸，該凹的凹，該大的大，該小的小，該黑的黑，該白的白，完全是打著藝術旗號的色情，起碼是包括（但不限於）色情。總而言之，畫女人裸體，乃是地地道道的流氓行為；給裸體女人戴上印有五角星的面具，又是什麼意思？表達政治上的不滿還是某種隱喻？

男畫家被抓了。順藤摸瓜，孫立心也被揪出來。他的罪名甚至更大，男畫家只是照著照片畫，他是親自對著一具活生生的女人裸體拍，顯然他更流氓。兩個人以流氓罪被判入獄，有期徒刑五年。「上海 58-2」相機也被當成罪證沒收。了解內情者，知道他們因藝術而成為流氓犯，不知道的，完全把他們當成流氓看了。

這個罪名把孫立心一輩子都搭了進去。待滿五年出來，孫立心像個小老頭兒，頭髮都白了。斷斷續續做了些零工，不再拍照，沒娶妻，也娶不到。殺人犯有人嫁，流氓犯沒有，老太太見了他都躲著走。孫立心孤身終老，一個人待在小屋裡，寫寫畫畫，很多年後，孫宴臨念了高中，他方緩過勁兒來。他開始輔導孫宴臨畫畫。家裡人才知道他在琢磨郎靜山的作品，還寫了兩本跟郎靜山有關係的書。事實上，很多年裡也沒幾個人真正關心他在做什麼。

孫宴臨的第一部相機，就是小祖父用兩本書的稿費給她買的。孫宴臨獨身至今，也是受了小祖父的影響。既然一個人被理解起來如此之難，那麼獨自生活也挺好。做飯都省心，一人吃飽，全家不餓。

她在廚房裡做飯，我站在門邊隨時待命，因為她不知道多了一個男人，飯菜的量分別要加多少。她講我聽，天就黑了；看在我是個乖學生的份兒上，她決定今晚親自下廚。她做淮揚風味，三菜一湯。不能說味道有多好，但吃著貼心。你可以滿世界亂竄，但胃是有祖籍的，找對了地方，它就會及時地告訴你。

比飯菜更貼心的是人。女人在廚房裡時最美，我直言不諱地告訴她。她認為此觀點涉嫌性別歧視，很男權。我說你高估男人了，讚美一個廚房裡的女人，男人不走腦，只走心，理智是使不上勁兒的。我沒告訴她「美」的細節，因為關乎性感，說出來要討打。家常氛圍的性感，還有身體的性感：她穿寬鬆的家居服，圍裙在腰間束了一道，一個大大咧咧的曲線就出來了；彎腰時，家居褲裡的臀形半隱半現，而我站在她側後方，圍裙裹緊的上身胸部蓬勃而出；看料子，我想那家居服的手感一定很好。她轉過臉，一綹頭髮垂到眼前，蓬鬆的頭髮有點亂。我身體裡有個地方狠狠地疼了一下。

「發什麼傻？」她問，「要辣椒嗎？」

「看你啊。」我說，「要。」

「去！」她白我一眼，「收拾飯桌。」

我把飯桌搬到畫室中央，周圍環繞著她尺寸不一的各種畫。如果在屋梁上俯拍，大概能拍出一個孤島的效果：那張小小的飯桌，連同我們兩個人，如同被藝術圍困的一個孤島。她說，一個人吃飯，飯桌從來都是貼住畫室一角，要不太空曠。她想用的詞也許是「孤獨」。我說，那是她一個人，現在是兩個人，多空曠都鎮得住。她端著碗直直地看我。

我放下筷子，把手伸過去，摸了摸她的臉。她的眼圈慢慢紅了，兩顆淚越聚越大，然後埋下頭吃飯，筷子把飯碗磕得噹噹響。

「吃飯。」她說。

碗筷放下之前沒再理我。

孫宴臨對攝影有了興趣完全是個偶然。跟先祖孫過程傳下來的那部相機沒任何關係，她懂事時，空殼相機也早已經不知所終。跟小祖父玩過攝影也沒關係，孫立心從牢裡出來，「相機」、「攝影」作為孫家的敏感詞已經五年，早就被成功地從他們的日常生活中過濾掉了。

初中一年級，她到同學家玩。同學炫耀親戚從日本給他們帶來的佳能相機。EOS 700 型，一款面向業餘攝影者的自動對焦35毫米單鏡頭反光照相機，作為 EOS 850 型更新換代的機型，該款機器設有焦點預測功能和多種曝光模式。她只是想摸一下。同學擋住了她伸過來的手，只許看，弄壞了賠不起。她是個好學生，成績好到老師和同學極少拒絕她的要求。她覺得很沒面子，情急之下脫口而出，誰稀罕！我家鄰居就是郎靜山，攝影大師。一九四九年郎靜山去了臺灣，很多年裡大陸業界對他都知之甚少，在這個小城，絕大多數人更是聞所未聞。就算都天廟街的街坊，你說攝影大師，他們也很難立刻把他跟家門口那個空寂破舊的院落對上號。小同學們笑她瞎說，咱們這地方哪有什麼攝影大師。孫宴臨只是嘴硬：當然有，還是鄰居，但更具說服力的資訊一條列舉不出來。她說天不早了，先回家吃晚飯，明天再給你們普及。

回到家，父母也語焉不詳。正好母親煮熟餃子，讓父親端一碗給小祖父。父親出了門把餃子交給孫宴臨，在她耳邊說，送去，問小爺爺。在孫立心的小屋裡，孫宴臨看到一摞手稿；六年後這摞手稿在一家偏遠的出版社出版，書名《夜靜春山空：郎靜山和他的藝術世界》。那部書稿，文字問題不大，間或小祖父做點解釋，孫宴臨囫圇圇也看得下來；圖片資料麻煩，孫立心隔三岔五跑各家圖書館，郎靜山的攝影作品他只能用鉛筆臨摹下來，經常一張照片要畫一天，饒是如此精心，效果也往往不盡如人意；更兼若干圖片資料可畫性極弱，孫立心只好轉著圈用文字解釋，看得孫宴臨腦袋一圈比一圈大。

收穫倒也立竿見影。幾十頁手稿和幾幅臨摹圖片看下來，不僅唬住了同學，還被同學們目為了專家。「專家」的虛榮逼她沉下心讀完了小祖父的全部手稿。一本書看下來，她覺得自己跟攝影有了隱祕的關係。她跟小祖父說：

「我也要學拍照。」

「那玩意兒害人，」孫立心說。他的後半生一直很瘦，大夏天穿襯衫也要把扣子扣到頂。吸了三口菸後他又接了下半句，「太貴。要喜歡，就從畫畫開始吧。」

「這麼簡單？」晚飯後坐下來喝茶，我問她。

「那得多複雜？」

「一輩子的志業，總要隆重點嘛。」

「那是唱戲。平常人生，吃頓飯一輩子的決定可能就做出來了，哪需要天垂異象。」

「初一到現在，」我迅速心算了個數，「二十年。沒動搖過？」

她搖搖頭。這算動搖過還是沒動搖過？

「咱倆好幾頓飯都吃過了，你做出了啥決定？」

「你想讓我做什麼決定？」她低著頭給我倒茶。

她細長的白脖子延伸到衣服裡一小片光裸的後背上。我有把手伸過去摸一摸的衝動，為此我用左手抓住右手。「看你的了。」燈光沒有調到最大亮度，粉白中透出毛茸茸的橘黃。地老天荒的靜寂與安詳。

「你竟然也學會含蓄了？」她笑起來，又給我倒茶。

「臉皮再厚也是要面子的嘛，你就不能讓我裝一裝？」活了四十年我終於發現，真正嚴肅的問題你是沒法嘻嘻哈哈、吊兒郎當地來談的。你不想板著臉都不行，五官和肌肉不答應。

「不許催我。有了決定我會給你打電話。」

「每天早上請個安也不行？」

「不行。」她低著頭說。然後抬頭盯著我看，兩眼裡突然放出站在講臺上時才有的光，「你說，我的高祖父孫過程當年護送的誰？我查了資料，那相機好像是柯達一九〇〇年的款。誰把它拆成了空殼？那空殼相機最後又去哪裡了呢？」

我攤開兩隻手，等有能力時空穿越再說吧。我也一肚子問號，我那偉大的祖宗平遙公聽上去很有些傳奇，但連一個空殼相機也沒留下來。時間消磨了一切。這才幾十年啊。所以，珍惜現在。這一杯十六年的熟普，是我們倆年齡差距的兩倍，珍惜這杯茶。來，乾杯。如果不出意外，明天在河邊燒過幾刀紙後，我就回北京了。來，乾杯。

我們把茶杯端到了眉毛的高度。她的眼裡因為湧出淚水，眼神顯得更有分量。

她把我送到防盜門口。隔著防盜門的鐵柵欄，我又問：「請安也不行？」

「不行。」

回到酒店，前臺轉告我，一位老先生留了封信。我打開信封，半張紙，只有五個字：永思園公墓。

第二天上午，我買了一堆火紙、水果和鮮花，手提、肩背、懷抱進了淮海西路的永思園。園林式公墓，亭臺樓閣、小橋流水，花木扶疏，在管理人員的指點下我還是多繞了很多圈。在一片平民化、格式化的墓地裡，找到了謝家的一溜墳墓。按順序排開，最左邊是先祖謝平遙，最右邊謝仰淳。平遙公的墓可能衣冠塚都算不上，只是個名字。幾十年來天下紛擾，墳墓也不知道遷過多少回，每次丟一兩根骨頭，現在差不多也丟光了。不過那又有什麼關係呢，重要的是「謝平遙」三個字在，我們就知道了源頭和來路，我們也就有了源頭和來路。毫無疑問，把平遙公以降的祖上遷葬這裡，是堂伯謝仰止的功德。為此我對他又生出了些敬重，猶豫要不要推遲一天回京，下午再去周信芳故居碰碰運氣。

鮮花和水果供上，我把火紙均勻地分到每一位祖先的墓前，點著。我把祖父和父親想說的話給列祖列宗都說了一遍。我們沒法逢年過節都來給你們燒紙上墳，但敬重和緬懷之心從未放下。真希望運河自濟寧以北從未斷流，我們就可以隨時把想說的話放到運河裡，一句句地讓它們順水漂流，一直漂流到你們身邊。我像在電視臺錄節目一樣，自言自語半天，我的祖先是最忠實的聽眾。說完了，我在謝平遙的墓前蹲下來，想像祖父回憶中那個坐在藤椅裡的胖老頭兒。祖先是一件遙遠的事。我蹲在遙遠的祖宗跟前抽了一根菸，站起來時，發現旁邊站著一個人。兩列墳墓之外的地方，背著手站著堂伯謝仰止。

「伯伯。」

堂伯對我點點頭，背著手走過來。我遞給他一根菸，他對我伸出兩個指頭，我又給了他一根。他把兩根都點上，一根自己叼著，一根放到堂叔謝仰淳的墓前。「你叔叔是個菸鬼。」他說。又從褲兜裡摸出一瓶洋河酒，從平遙公開始，每位祖宗的墓前倒了一些，到謝仰淳墓前正好倒光，「別人都好酒。」上墳也需要經驗，我就沒想到給祖宗捎來兩瓶酒。

能告訴我祖宗的墓地，人還過來，至少說明了他內心活動的變化。一輩子揣心裡放不下的事，誰也無權要求他原諒，我說：「謝謝伯伯。」

他對我擺擺手，「不想提了。」昨夜休息得不好，他的聲音沙啞不少。他對著祖先的墳墓說，「祖宗們在上，仰止和望和來看你們了。當年平遙先祖沿運河去了北京，今天望和沿運河又回到清江浦，這也是咱們謝家幾代人聚得最全的一次了。大道理仰止也說不了多少，就給列祖列宗唱一段我自己寫的《長河》，就當給祖宗們再奠一杯薄酒了。」

開腔嚇我一跳，聽上去完全是周信芳在唱淮海戲。從平遙公的北上到我的南下，堂伯簡明扼要地把清江浦謝家的歷史梳理一過。幾代人或為事業，或為志趣，或為生計，謝家的經歷竟一直不曾遠離運河左右。我明白堂伯昨夜為什麼沒休息好了，他熬到半夜，把我編進了唱詞裡。

除了管理人員，永思園裡只有我們倆，堂伯把聲音徹底放開，蒼涼寬闊，悠遠綿長，整個唱段裡聽得見洪波湧起、濤聲陣陣。唱完了，堂伯拉我一起跪倒在祖先墳墓之間的空地上，行跪拜之禮。

離開墓地我們邊走邊說。堂伯跟我提及一件事，他小時候見過祖傳下來的幾冊記事本，全是洋文，不知道是不是平遙公的手跡。「文革」之前捐給了本市某圖書館保存，此舉也是遵平遙公之命。當初構思《長河》

時，他去該圖書館查閱，被告知他們找不到這份資料。圖書館半個世紀來遭遇的磨難不比任何一個人少，開開閉閉，被洪水淹過，被大火燒過，被小偷盜過，搬家就四次，早不知道丟哪裡了。堂伯與他們理論，怎麼能如此慢待捐贈的物品呢？工作人員回答，要是早生幾十年就好了，拚了命我也會保護好你們家捐贈的資料，不僅保護好那些珍貴的手稿，順便把一些孤本也給保護下來，可惜的是，我沒法早生幾十年啊，真是遺憾。陰陽怪氣的工作人員把我堂伯氣得鼻歪眼斜，氣也白氣。

我誠摯地邀請堂伯方便時去北京，一為做客，二是想把堂伯請進演播廳，錄作《大河譚》的一部分。他不置可否，只是嗯嗯嗯。在十字路口分別前，我到最近一家銀行取了卡裡最後的一萬塊錢現金，五千請堂伯和伯母笑納，另五千請堂伯轉交仰淳嬸嬸。來去匆匆，沒帶禮物，也未及登門拜訪，區區五千，聊表孝心。這也是父親的意思。堂伯堅決不收，最終沒拗過我，裝進了兜裡。

回到北京，手機活過來了，從早響到晚。業務的，飯局的，借錢的，要債的，打錯的，騷擾的；前妻和兒子也步步緊逼，以兒子的名義要脅我，已經成了前妻每天一劑的醒神咖啡。當然我也用手機去聯繫業務，去約飯局，去求爺爺告奶奶拉贊助，他媽的，日子的確是不好過了。總的來說，這個現代化的通信工具基本上沒給我帶來什麼好消息。我想聽的聲音總也不出現，想看的短信遲遲不來，一天、兩天、三天，一週、兩週、三週，我有淡淡的絕望。人到中年，於感情的深入和絕望都有了點分寸。我依然信守「不請安」，答應過的。

第四週的第一天。頭天晚上睡前，我在「望和曆」上又畫一道斜線，第三週的最後一天過去了。從淮安回來，我開始向母親學習，在床頭一本新的「望和曆」上做標記。斜線之外偶爾會加一兩個關鍵字，這是一天的日記。這一天我寫的是：抵押。借債不成，只能先把房子抵押出去。《大河譚》的幾個新策畫出奇地順利。「瑞拍客」西蒙・格朗瓦爾已經談妥，再打磨一下本子就能實地拍攝了。堂伯謝仰止也沒問題。我鼓動老頭子給他打了個電話，多少年音問斷絕，開始兩人還矜持，對話的黏性堪憂，艱難的三分鐘過去，兩個老頭兒抱著電話就哭開了。堂伯說，但凡需要，他還可以從大閘口游到水門橋，隨便拍。我想好了，堂伯的這部分，起自他唱麒派的《蕭何月下追韓信》，到他唱淮海戲《長河》止。

周轉資金的確出了問題。

下午小王找我，說帳上要見底了，要不接下來的幾個活兒先緩緩？我說不行，打鐵要趁熱，氣兒不能在咱們這裡先泄了。他又提議，那這兩個月的工資和獎金先停掉？我說更不行，兄弟姐妹們都指著這血汗錢養家糊口，傷天害理的事不能幹。他還要再說，我揮揮手，洒家自有道理。小王出了辦公室，我就開始在一張白紙上畫小羊，老子哪有那麼多「道理」啊。我給前領導打了個電話，狗日的還算念舊，親自接了。說真是沒辦法，《大河譚》的准下馬狀態也不是他的意思，「上頭」沒信心啊。我知道這是當官的一套修辭，但凡為難的球都踢給「上頭」，「上頭」是誰、有沒有不重要，重要的是他可以把球踢出去。掛了電話，我把可以當債主的朋友列了一串名單。抽了根菸，又一個個畫掉，真他媽開不了口啊。在今天，借錢比借人家老婆用還可恥。就剩抵押房子這一條路了。那就抵押，我一拍桌子，老子愉快地決定了。

第四週的第一天早上七點四十五分。我以為是鬧鐘響了，聽鈴聲又不對，是電話。我閉著眼摸到手機，我說喂。對方說：

「是我。」

我眼睛啪地睜開，一瞬間就醒透了。是孫宴臨。「孫老師你這是叫早服務嗎？」

「問你個問題。」

「請指示。」

「從淮安到北京，運河斷流了。如果還想坐船一路北上，有可能嗎？」

我有點蒙，人醒透了但智商還在睡著。這丫頭啥意思？但凡事得往好處上說，這是原則。所以我說：「當然。必須的。」

上。」

「比如？」

「既然它曾經暢通過，就沒有理由一直斷下去。人心齊，泰山移，請孫老師相信，只要想，遲早會接上。」

「好吧，算你及格了。」她手機裡傳來呼呼的風聲，「我在運河邊。」

「哪個運河邊？」

「你家樓下的運河邊。」

我噌地坐起來，跳下床，抓一件外套就往外跑。母親從外面買過菜剛回來，正給我準備早飯，問我著急忙慌的幹什麼，外面風大，換雙鞋再出去。我說等不了了，回頭再說，穿著睡衣睡褲和拖鞋，拎著外套已經到門外了。

一路小跑。在濱河路上就看見孫宴臨，她真站在運河邊。戴著棒球帽，風把一部分頭髮吹到她臉上。腳邊是個拉杆箱。她看著我像個酒肉和尚一樣風風火火地跑過去，慢慢笑了。

「你來了？」

「來了。」

「你怎麼知道我住這裡？」

「網上搜到你的工作室。不都在西上園嘛。」

「孫老師果然聰明。」

「又來了！從家到河邊這次多少步？」

「一千零六十二步。」我說，一把抱住她，嘴就往她臉上湊，「兩步併作了一步。」

她做著樣子推我，「下了火車就打車過來了，臉還沒洗呢。」

「不嫌棄，」我支支吾吾地說，已經親上了，「我也沒洗。」

我們在河邊抱了十分鐘。散步的人從我們身邊走過。孫宴臨說：「別人都看著呢。」

讓他們看去。在臺裡客串主持的時候，走大街上還有不少人能認出我，現在不幹了，人也胖了兩圈，室內戴墨鏡恐怕也沒人注意我了。在這河邊，認識孫宴臨的人更是一個沒有。我把她抱得更緊了，半個人被我包在了外套裡。

十分鐘後，我提議回家，早飯應該準備好了。她想先去我的工作室緩一緩。從決定訂票來北京，這幾天像坐上加速度的過山車，三十二年都沒這麼快過，她有點暈。也是，理解時間本身也需要時間。這會兒小朋友們正好還沒上班。我拖著箱子陪她慢慢走。

「從河邊到工作室，這次需要多少步？」

「五千零七十二步。」

「因為拖鞋？」

「因為你。」

二〇一四年，小博物館之歌

半個小時的午休裡，六個未接電話，都是濟寧店的店長打來的。周海闊在船頭上坐下，開始泡他的醒神茶。他瞟一眼手機。如果五分鐘內程諾再打過來，又說不出這般催命的理由，他會考慮讓他回家休息幾個月。他帶著程諾做了五年的金磚博物館，以為把他躁氣都消磨掉了，這才一年，火氣又回來了？「小博物館號」慢悠悠地行進在運河裡，就算慢，也比貨船快多了。照這速度，兩小時能到濟寧店。「小博物館號」介於遊船和快艇之間，分上下兩層，外表看不出土豪，內裡也不奢華，但舒適簡便。船頭「小博物館號」五個字是從米芾的碑帖裡集出來的。這是周海闊巡視他的連鎖民宿客棧的指定交通工具。十二家連鎖客棧都臨水分布在運河沿岸，他從蘇州坐上船，南下可到杭州、紹興、寧波，北上可至濟寧，如果繼續北上聊城、臨清，就把「小博物館號」暫停在濟寧店的小碼頭上，運河水過不去，那一段只能坐車。

客棧也叫「小博物館」。小博物館連鎖民宿客棧。

周海闊剛喝第二口茶，四分三十秒，程諾的電話又來了。

「天塌了還是客棧塌了？」

程諾肯定聽出老闆聲音的溫度有點低，但是沒辦法，「周總，那位先生催得實在太緊，希望半秒鐘之內就贖回羅盤。撒泡尿他都跟著。」

「兩個問題：一、那不叫贖，那叫買；我們可以賣，也可以不賣，不存在必須如何如何的義務。二、不能找個藉口拖延一下嗎？」

「周總，非常抱歉，我知道您可能在午休，但那兄弟也不容易，他著急趕路，船就等在碼頭上，分分鐘都是錢。他用的是『贖』字，我就順嘴跟著說了。意識還是不夠，我的錯。」程諾的聲音越來越低。

急人之所急，也是稀有的美德了。周海闊想，那就算了吧。「跟他說，這個我要面談。等不及，就下次經過時再談；或者，等兩個小時的費用是多少，一會兒我付他。」

放下手機周海闊繼續喝茶。旁邊的椅子上有本《無牆的博物館》。四月底的運河很美，從蘇州過來，一路繁花盛景，春天越走越深；尤其北國的槐花，團團簇簇半數雪白，哪個方向的風吹來，濃郁的香甜之味兒都經過鼻尖，深吸幾口即可以當飯來吃。夾岸的楊柳高大蓬勃，運河像一條被馴服的巨蟒在平緩地游動。這種時候，周海闊更有穿行在大地的血管裡的感覺。

那個打算「贖」回羅盤的傢伙叫邵星池，賣給小博物館客棧不過一年。成交時沒費勁兒，送上門的。某日周海闊正在客棧的茶吧裡擺弄一副對聯，剛從七十公里外的一個中學教師家裡收購來的。內容是馮友蘭先生晚年的學術自勉聯：闡舊邦以輔新命，極高明而道中庸。字自然不是馮先生寫的，也非某位知名的書法或學問大家，周海闊照著落款上網搜，百度裡關於書寫者的資訊一條也沒有。他請教過那位田老師，田老師也一臉茫然，只說是先父的遺物，二十個年頭總該有。田父搞地質，大半生在五湖四海奔波，結交幾個外地的書法家完全可能。字是真好。田老師要價五千，周海闊給了八千：五千給對聯，剩下的三千只為對聯的內容。這副自勉聯也只有馮先生撰得出來。他把它掛在客棧最重要的公共空間裡，客人們喝茶讀書時抬頭，看見它若能有所思，意義就達到了。客棧工作人員給掛歪了，他正站梯子上糾正，程諾進了茶吧。外頭來了個小夥子，有東西要賣。

小夥子從提包裡捧出一團東西。打開紅綢子，還有一層黃綢子，打開黃綢子，是個黃花梨木的圓盒。盒蓋還沒打開，程諾就附在周海闊耳邊小聲說：

「羅盤。」

果真是羅盤。羅盤上的意大利文讓周海闊心跳突然加速。即便羅盤的玻璃表面布滿毛細血管似的裂紋，他也看得出這是好東西。老物件裡的好東西。賣羅盤的小夥子就是邵星池。他說急需錢，三萬。

「哪兒來的？」周海闊問。

「爺爺的爺爺傳下來的。我爸傳給了我。」

「為什麼要賣？」

「跟朋友合夥辦個廠子，遇到點麻煩，得補個窟窿。」

周海闊給邵星池倒了杯日照綠茶，讓他在小會議室裡稍坐片刻。他把程諾叫到外面。程諾說，半年前客棧裡住過一個女藝術家，既畫又拍，就沿著運河兩岸走，早出晚歸。晚上回來早，會在茶吧要壺陳年普洱，看書或者處理照片。那天下雨，客人不多，他忙完了就在女客對面坐下來，聊上了。茶錢算他的。民宿客棧靠的是口碑和回頭客，人情牌必須打好。女藝術家正把數位相機裡的照片導入電腦，他順便看了幾張。其中一張照片上就有這羅盤。她拍了船民的婚禮，一個系列，相當漂亮。因為小博物館，他也算半個運河人，照片裡的運河生活還是讓他腦洞大開：她用相機把你模模糊糊感覺到的東西準確地表達出來了。一條千年長河的歷史感、滄桑感和命運感。藝術家就是藝術家。她講了這個羅盤的故事，她把羅盤傳承交接的那一瞬間拍了下來。

「你們知道這是個意大利羅盤嗎？」

程諾搖頭，「我們又不像周總您，出身於意大利語世家。」

他們倆返回小會議室，邵星池的茶早就喝完了。

「傳家寶，確定要賣？」周海闊問。

「再好的東西，沒用了也是廢物。」

「知道這是意大利產的洋貨嗎？」

「管它土的洋的，方向指對了都一樣用。指不對的，外星人造的也白瞎。」

「恕我直言，」周海闊說，「這是傳家之物，最好還是徵求一下令尊令堂的意見。」

邵星池從沙發上站起來，「如果因為玻璃面破裂，影響了品相，可以降一點。兩萬八？最少兩萬五。不能再降了。實在是不小心掉在地上。要不是摔了一下，沒準就不賣了。」

周海闊給邵星池添了茶水，「不著急，喝完這杯再做決定。你可以再想想。」

邵星池拿起一只空杯子，一杯茶在兩只杯子來回倒騰兩次，端起來吹了吹，一口氣喝下去。

「那好，」周海闊對程諾說，「付錢。」

客棧吧臺後面是堵牆，牆上嵌一個多寶格，那個羅盤被放在多寶格核心的位置。如果選一件小博物館客棧濟寧店的鎮店收藏，無疑就是這羅盤。程諾給它訂製了一個木頭支架，碎玻璃的那面傾斜著對外。好東西不怕破。

所有剛進店的客人，開始都會因為客棧的名字納悶，一旦住進來，很快又會為店名叫好。小博物館，的確不像個客棧名，但你明白了這家客棧的特色，你就不會為店名糾結了。它的特色就是像博物館那樣有收藏，收藏有當地特色的老物件。目前客棧連鎖十二家，從寧波、紹興、杭州一直沿運河往北到臨清，每一家店只收藏客棧所在地的古舊稀少的好東西。這些老物件曾經深度參與了當地的歷史發展、日常生活和精神建構，在它們從這個世界上徹底消失之前，「小博物館」盡力將其留下，為本地存一份細節鮮活的簡史。客棧通過各種管道把老物件收購來，根據類別做相關搭配，裝飾到大堂、客房、茶吧、小會議室。每家客棧只有十來間客房，最多不超過二十間，所以收購的古董必須精挑細選，稀有、珍貴，還要有地域特色。

對收藏周海闊是專家。金磚博物館經營了八年，在主題博物館裡已然是後起之秀，從收藏理念到場館設計、館藏布置都堪稱匠心獨運。這個「金磚」當然不是銀行和金銀店裡的「大黃魚」、「小黃魚」，而是燒製獨特的地磚，又稱御窯金磚，中國傳統窯磚燒製業中的珍品，古時候專供皇城宮殿等重要建築鋪地用，兩尺見方，質地堅細，叩之錚錚然有金屬之聲，故名金磚。故宮的太和殿裡就鋪了四千七百一十八塊金磚。

懂行的人肯定知道，金磚產自蘇州，因為蘇州土質細膩，含膠狀體豐富，可塑性強，燒製出的金磚堅硬密實。蘇州又靠近大運河，交通便捷，打包後上船，催馬揚帆，一路直達帝都。好東西也有厄運，到一九〇八年，光緒三十四年，金磚作為皇家御苑的特需品的生涯，走到頭了；這一年光緒帝駕崩，金磚停做。接下來溥儀的皇帝也沒做幾年，大清朝結束了，還修什麼帝都皇城。幸運的是，金磚的製作工藝薪火承傳，留到了今天。蘇州還留存幾家金磚窯，作為奢侈品的生產基地，儘管早已經是夕陽產業和博物館藝術，還是有幾家活得不錯的，因為京城和眾多故都的宮殿隔三岔五還需要修繕，此外，尚有華美的新建築和土豪的家居裝修要用。

這其中，有一口窯是周家的。周家窯在蘇州肯定算不上利稅大戶，但在業界小有名氣。周家燒窯是半路出家。周海闊的父親年輕時趕上「文革」的動盪，一個人跑東北，躲在原始森林裡跟當地人一起燒炭，燒了幾年，天下太平後，帶著燒炭的手藝回到蘇州。有一家金磚窯被破了「四舊」後，一直沒緩過勁兒來，眼看著窯火徹底滅了，周海闊的父親來到窯口，用燒炭的熱情和技藝重新把窯火給燃起來了。火越燒越旺，磚越燒越多，窯廠越做越大，周父就把窯給盤下來了。開始是廠，接著是公司，現在成了集團。除了燒窯，餐飲業、房地產、醫療衛生和教育，都涉足了，開始掙的錢細得像根竹竿，現在滾雪球似的變成了一個胖子。父親很早就開始培養周海闊，家族產業，長子早晚要接班的。但周海闊不喜歡，他想幹點閒散安靜的活兒。就跟父親商量，金磚的事讓弟弟幹吧，又要大生產又要搞行銷，跑得上氣不接下氣的，他弄不了。他想做一個博物館：你們把金磚燒出來、送出去，我把金磚留下來，放進歷史裡。

父親不答應也沒辦法。數錢跟其他任何一種職業都一樣，沒激情肯定不行，那會越數越慢，越數越少。父親對他做博物館也很支持，雖然年輕時受自己當意大利語教授的父親的牽連，沒念成大學，成了個粗人，但周家說到底還是書香門第，歷史與現實的情懷都不會缺。父親把支票往他面前一推，做繼往開來的事，乃百年大計，需要多少，數字你自己填。周海闊就在當年金磚上船的老碼頭附近找了塊地，建起了金磚博物館。

搞收藏是他喜歡的，所以博物館做得好；搞收藏是他擅長的，所以小博物館客棧做得好。有一年他去大理看蒼山洱海，住進一家名叫「菩薩的笑」的連鎖民宿客棧。住過了大理的這家「菩薩的笑」，他又去住麗江的「菩薩的笑」，接著住了成都和杭州的「菩薩的笑」。這家連鎖的客棧啟發了他。

經營客棧的是個讀書人，博覽群書且有高妙的見解，他完美地利用了「書」這個元素。像樣的民宿客棧都堆滿了書，大多是從舊書市場論斤買來，碼好了一排排一摞摞一架架放著，裝裝樣子，極少能把「書」有機地融進客棧，成為客棧血肉相連的一部分。「菩薩的笑」做到了。院牆裡嵌著書。花園小路的石頭是一本本打開的書。走道的牆上鑲著玻璃鏡框，端正地放著至少半個世紀之前珍貴的善本書。每一家客棧都有一間別具一格的閱覽室，圖書一打眼就知道是行家的精挑細選，一本大路貨你都不會找到。書吧裡喝茶和咖啡的杯墊都做成《荷馬史詩》、《神曲》、《浮士德》、《戰爭與和平》、《紅樓夢》的書影形狀。每間客房有個形狀各異的書架，擺放著國內外某一位大作家推薦的十本書，這十本中若是哪一本書的作者尚在人世，你看到的這本書一定是作者的簽名本。經營者介紹，只此簽名本一項，就花費了他們大量的人力、物力和財力，但他們認為值。十本書中，客人在退房後可以取走任意一本，普通版本免費，簽名本和稀有貴重的版本須支付必要的成本費。

因為書，「菩薩的笑」跟眾多民宿客棧區別開來。這一點啟發了周海闊。他在籌備金磚博物館的過程中，把運河上下所有為皇家燒製磚瓦的古窯遺址都考察了一遍，比如無錫大窯路上的幾處古窯、德州為紫禁城燒製地磚的窯址。在考察古窯址時，他有一個意外收穫，就是順道打撈起了千百年來運河丟失的諸多歷史細節。這些歷史細節形之於物，七七八八的一堆小零碎，周海闊明白歷史細節的重要性，捨不得扔，就分門別類地帶回蘇州。但這些東西堆家裡也不是個事，越積越多；而他自從嘗到了發掘運河沿線丟失的歷史細節的甜頭，收不住手了，老想著跳上船就往外跑。這是病，很高雅，但再高雅也是病，尤其對周海闊的父親來說，這病必須得治。金磚博物館只燒錢不掙錢，但那是正事，必須做；但你整天沿運河上躥下跳收購那些針頭線腦、磨盤榔頭，這種只燒錢不掙錢就不對了。地主家也沒有餘糧，錢再多也是血汗掙來的，不能這麼糟蹋。朋友建議，一不做二不休，乾脆一個地方建一個博物館。這也不靠譜，公家的博物館建得雍容華貴，藏品又能直接跟考古發掘掛上鉤，法律規定，成千上萬年前的東西挖出來，必須送到這樣的博物館裡。就算你建得再堂皇再浩大，你也沒資格染指，你只能針頭線腦地撿點人家不要的小東西。周海闊鬧心，跑蒼山洱海之間來抒發難酬的壯志，住進了「菩薩的笑」。看見客棧裡那麼多「書」，腦袋一亮，就像當年父親在冰冷的窯坑裡點起一把火，為什麼不能做他娘的連鎖的民宿客棧呢？

他又跑了幾家有特色的客棧，然後找專家做了詳細諮詢，回到蘇州見父親時，手裡攥著一份可行性報告。父親把弟弟找來，爺兒仨開了個會。弟弟說：「可行。哥哥又喜歡，這事能幹。」父親問：「民宿這兩年倒是個新興產業，勢頭正好。只是涉及經營，你沒問題？」

「興趣是最好的內驅力。」周海闊回答。

「正好哥哥喜歡運河上下跑，」弟弟說，「真做起了連鎖客棧，你就可以天天在船上了。」

父親最後問：「打算取個什麼名字？」

「如果註冊成功，就叫『小博物館』。」

就衝這名字，父親放心了，兒子會把它當成事業認真來幹。有金磚博物館在前。爺兒仨舉起茶杯，為了周家新開闢的一份產業，嘗嘗這最新的碧螺春。

金磚博物館是個公益事業，面向社會免費開放。日常管理上了道，周海闊就可以從事務性工作中抽開身，大部分精力傾斜到連鎖客棧的選址、建設、試運營和正常營業上。四年時間，十二家「小博物館」沿運河次第誕生，現在營業也基本都進入了正軌。每一到兩個月，他就會坐著「小博物館號」從南到北例行巡視一輪，若哪家門店遇到特殊問題，他會特事特辦，一個月跑上兩三趟。

濟寧店他有特殊感情。選址時他力排眾議，放在現在這個所有人都不看好的位置；為拿下這個選址，他有生以來頭一次把自己喝斷片，醒來想了半天才明白自己在哪兒。十二個客棧裡，濟寧店的收藏他最滿意——並非收藏之物多稀有、值錢，而是現有的收藏品已然能夠比較全面地勾勒出濟寧這座城市，作為運河重鎮的日常生活的歷史脈絡。他看重濟寧店，所以把跟了他五年的程諾放到這裡做店長。

濟寧店在運河邊的一個古鎮附近。現有的民宿為了客流量，都紮堆在鎮上，小博物館撤出來一段距離，坐落在主河道和一條支流的交叉地帶。那地方視野開闊，周圍的河道裡長滿一人高的蘆葦和蒲草，春夏綠，秋冬黃，自然怡人。周海闊之所以對這個位置動心，就是看上了此處的野趣。他猶豫不決反覆走過這一段水路時，發現有不少年輕人來蘆葦蕩中看野雞野鴨和拍照。但這裡實在太野，他們來得謹慎，拍得也謹慎，尤其傍晚，他們早早就散盡了。周海闊就想，如果客棧坐落這裡，有了人氣，再將周圍的野趣稍作人工的整飭和設計，等於自帶流量，天然地擁有了一個小型的野生公園。他找來同濟大學搞設計的朋友，先出一個簡單的設計方案，兩人一對，沒問題。就它了。父親和弟弟那裡，他給出的理由是：民宿的可能性需要全方位地探索。

這個決策完全正確。客棧剛營業半年，旁邊就跟上了第二家，接著第三家——「小博物館」開闢了一個新陣地，自然成了領頭羊。

選址之後是置地。這片土地隸屬身後三里外的村莊，都有主，因為距離村莊遠，長年撂荒。撂荒可以，但你要用那就是另一碼事，得談，出個雙方都滿意的價。先是下屬去談，磨了三次，對方堅決不鬆口。那個價有點離譜，對方不懂行情，只覺得既然趕上了，索性獅子大開口，狠狠地幹他一票。周海闊決定親自去，把車停在村口，步行到姓魯的村民家裡。

老魯跟周海闊同歲，但風吹日曬下辛苦，看著像四十。時值八月的黃昏，老魯穿著大短褲，赤裸上身坐在院子裡的磨盤上兩眼望天。前幾天跟老婆吵了一架，老婆一生氣，帶娃兒回娘家了。老魯想去老丈人家接，又拉不下臉，周海闊進門時，老魯正生自己的氣，剛糊弄的那口晚飯全窩在心口。他知道又是個來講價的，他也知道只要他降降價這事就成了，所以他得端著。老婆養成一吵架就回娘家的壞習慣，就是因為他開始沒端住，把女人慣壞了，非接不回。

周海闊也是個爽快人，上來就說：「老哥，要不咱倆再聊聊？」老魯拿一隻眼看他，另一隻眼繼續看天，「喝完再聊。」他想起床底下還有兩瓶糧食白酒，本來想孝敬老丈人的，現在自己的酒癮突然上來了，擋不住，饞得心慌。

周海闊平常也就象徵性地喝點紅酒，還得是南美產的才肯入口。但他還是決定喝，「沒問題，我敬老哥兩杯。」

老魯跳下磨盤，進屋拎出兩瓶白酒。周海闊都不必細看，就知道是個山寨酒廠的勾兌酒。老魯放下酒，又回屋拿來兩只沒洗乾淨的白瓷碗，咬開瓶蓋，咕嘟咕嘟倒了兩半碗，然後端起一只，說：

「喝。」

「就這麼乾喝？」周海闊有點蒙，「要不我去商店買個下酒菜？」

「還要下酒菜？」老魯心想，你們城裡人事真多。他從石磨底下掏出一把鐮刀，「那你等一下。」拎著鐮刀出了門。五分鐘後，胳肢窩下夾著兩個向日葵花盤回來了，「來，一人一個。」

他們倆摳著葵花子，靠著石磨對面坐，邊嗑瓜子邊把兩瓶酒喝完了。那酒勁兒太大，喝下去就像咽一條火線，周海闊覺得食道都熟了，張開嘴能聞見糊味。他從來沒喝過這麼烈的酒，也從沒喝過這麼多的酒。他把自己喝吐了，也把自己喝斷片了。斷片之前的事他倒記得清楚，他覺得自己有好多張臉，一張套在一張上面，可以直接去演川劇裡的變臉，摸一把，臉皮果然變厚了。他對老魯說：

「哥，咱都喝成這樣了，價錢怎麼說？」

「你兄弟看得起我，你就是我兄弟。」老魯舌頭也直了，兩眼還想看天，怎麼翻都上不去。他感慨地拍著周海闊的肩膀，「兄弟你說多少，就多少。」周海闊張開手指，五個指頭對他搖搖晃晃。老魯一把抓住周海闊的手指，「不管多少，就這些。」

周海闊的記憶到此為止，然後是第二天，醒來半天才明白是在酒店裡。開車送他來的同事在村外等他，左等不來，右等不來，只好找上門。天早黑了，周海闊和老魯都喝大了，各人守著自己的半邊磨盤，趴在上面睡著了。同事把他背上車，送到酒店裡安頓好，這個過程他完全不知道。他醒來問同事，喝多了他都說啥了。同事說，沒說啥，就說談妥了，他媽的分分鐘就談妥了。他就抱著疼得發燙的腦袋笑。

收藏沒什麼可說的，碰到了好東西是運氣，碰不上正常。他一直為收到那個意大利羅盤得意，一下子把此地運河的歷史打開了一個新的維度。馬可·波羅之後，肯定有絡繹不絕的洋人經行此地，但有實物遺跡跟沒有是兩回事。這個羅盤給了他一個可以理直氣壯地浮想聯翩的理由。每次來濟寧的「小博物館」，周海闊都要多待一兩天，就為了能多看幾眼這個羅盤。

現在的問題是，賣羅盤的傢伙決意把它贖回去。

兩小時後，周海闊在小博物館客棧見到邵星池。邵星池左手抱著右胳膊，右手抱著手機在通話，在客棧大堂走來走去，眼睛不時瞟一下多寶格上的羅盤。「吳老闆，再等等，」邵星池說，「很快就好，很快就好。」看見周海闊，對手機說，「來了來了，他來了。」掛了電話他對周海闊伸出手，「抱歉，周總，我必須得把羅盤贖回來了。」

「怎麼個贖法？」周海闊在沙發上坐下，讓他也坐，「給邵先生泡茶。」

程諾說：「早就要給他上茶，他不要。」

「剛才是剛才，現在是現在。」周海闊對邵星池說，「天大的事也不會被一杯茶耽誤掉。咱們邊喝邊說。」

邵星池果然安穩下來不少，端起茶杯在手掌心裡轉了幾圈，「周總說的是。套周總的這句話，天大的理由也不能作為贖回羅盤的藉口。我很清楚。但周總如果有興趣和耐心，我還是想把贖回的理由簡單地說一下。」

「好，願聞其詳。邊喝邊說。」

「兩個理由：一是，周總知道，這是家傳的寶貝；第二個，我又開始跑船了，跑船的人離不了這東西。」

「繼續。」

邵星池也不客氣，事情趕到這兒了。賣掉羅盤他也是迫不得已，合夥經營一個船舶修理廠，幹了半截朋友要撤了。當初跑船的時候，覺得修船的大師傅牛大發了，就是個檢修的工人，也看心情做事，心情好了給你多檢一會兒，心情不好三兩下完事。你要把他伺候得不到位，讓他不高興了，那就等著錢吃虧，該換的零件當然得換，不該換的也讓你換，你還不敢不換，船停半路上損失更大；停下來不動還是好的，萬一停下來繼續動，不往前跑往下沉怎麼辦？朋友躊躇滿志。

但真幹上了，發現不對，沒幾艘船需要檢和修，在運河上都突突突跑得歡實著呢。十天半個月鋪子裡一個人魂都沒有，過去在船上，整天被汽油味和柴油味熏得要死，現在想聞個油味都得自己把油桶打開。跑船時夜以繼日地盯著操作臺，撒泡尿都快得像做賊，就想著老子哪一天到岸上，一天蹺著腿喝他二十四小時的茶，睏了就睡，醒了就喝；現在的確可以二十四小時蹺腳喝茶了，問題是，一個個二十四小時喝下來，越喝越慌：這一天天淨喝茶了，吃啥呀？

朋友照開業半年來的業務量，給修理廠算了一筆帳，再高調地乘了一個係數，得出經營的未來。一番複雜的運算之後，結果讓自己心都涼了。邵星池比合夥人樂觀，他極盡運河水運式微的渲染，不斷地給朋友打強心針。朋友又挺了三個月，撐不下去了，他又算了一筆帳，然後把大資料拿給邵星池看。接下來一年裡，如果不發生意外，比如運河水突然變質致使各種航船機器損毀，或者外星人緊急發起對運河船隻的攻擊，那麼，他們將會因為業務慘澹導致資產縮水二分之一，這種縮水還不包括設備的折舊和損耗，把這些全算在內，他們的資產能剩下三分之一就燒高香了。帳就這麼個帳，合夥人把單子推到邵星池面前。

「通常，一件事不會比我們想像得更好，」邵星池說，「也一定不會比我們想像得更壞。」

「要不『通常』呢?」

「咱們倆的身家可都在這裡啊。」邵星池在廠房裡走來走去,把每一種機器都摸了一遍。

「老兄有何高見?」

「撤。」

「現在撤只是丟了身,再耗下去,可能連家都沒了。」

邵星池回到合夥人對面坐下,「回去幹麼?繼續跑船?」鼻尖處鑽心地癢,彷彿有個小蟲子在裡面爬,他用指甲用力掐了一把,想把蟲子像粉刺一樣給擠出來,「河上的船越來越少,河運早就成了夕陽產業。」

「河運都成了夕陽產業,」合夥人說,「修船不更是已經落山了?那咱們更沒必要幹下去了。」合夥人突然大笑。笑得捶起了桌子,把一天二十四小時都可以喝的茶杯給震翻了,普洱灑了一地。邵星池忘了摸過機器滿手的機油,弄出了一個黑鼻頭。可就算是個黑鼻頭也不至於笑成這樣啊。他就看著合夥的朋友笑。足足一根菸的工夫,合夥人才停下來,笑出了滿眼的淚。合夥人擦掉眼淚,鼻音濃重地說,「兄弟,我也捨不得。這也是我頭一次獨立創業。不是咱倆不努力,但還是幹成了這樣。」他有點傷感,現在流出了悲傷的眼淚。

剛剛還惱火的邵星池也傷感起來,用沾滿機油的手拍拍桌面上合夥人的手,「誰讓咱們生晚了呢。」

河運的黃金時代已經過去了。運河的黃金時代也結束了。

「你的判斷標準就是慢?」周海闊給邵星池續上茶水。

「一個慢還不夠嗎?」

「快慢就是個心態。」周海闊說,「我喜歡慢。有時候慢未必就是慢,可能是快,只是我們沒看出來。就像舊有時候並不是舊,而是更新。比如這個羅盤,放在這個新客棧裡,它沒有讓客棧變舊,反倒讓客棧更新。就因為這些老物件,咱們的這家小博物館才在業界享有了盛譽。」

周海闊是實話實說。因為濟寧店有價值的收藏,這家小博物館已然是民宿界的明星,客人自不必說,全國各地的專業人士也經常來這家店觀摩學習。舊正是該店最具價值的新。

他喜歡慢也是事實。每年新人入職，他都會講一個船和自行車的故事。

小時候他生活在河邊，祖父避世的水鄉小鎮。交通主要靠船，每家屋後都有一個小碼頭，解開纜繩，跳上船，他可以把船搖到任何有水的地方。他十歲，端午節那天有點陰。他準確地記住這個日子，因為那天有個日本畫家來鎮上寫生，整個上午都坐在他家的小碼頭上。中午母親煮好了粽子，讓他送了三個給日本畫家。畫家一個勁兒對他鞠躬表示感謝，驚慌失措之下他也不停地鞠躬回禮，頭都快點暈了，想起來還可以轉身跑掉。很多年後，他看到一本名叫《中國的運河》的畫冊，才知道那畫家叫安野光雅，享譽世界的繪本大師，曾獲過「國際安徒生獎」的插畫獎。在安野光雅的水彩畫裡，他還找到了他家的船和虎頭的自行車。

在那個前現代的水鄉小鎮，自行車是個稀罕物，不是買不起，是用不上。儘管不實用，但作為最重要的現代化的交通工具之一，自行車依然備受矚目。同桌虎頭家有一輛，每天向他得瑟自行車跑起來有多快。他終於聽煩了，說：

「你們家自行車會飛嗎？」

「就算不會飛，」虎頭眉毛直往上挑，「跟你家的船比起來，那兩個軲轆也是風火輪。不信比比。」

比就比。周海闊把父親買回來的電子錶戴上，一有空就在河道裡訓練，看從他家碼頭搖到狀元橋最快需要多久。端午節是他和虎頭擂臺賽的日子。上午他的船在碼頭，虎頭的自行車停在河邊的石板路上。它們被安野光雅勾勒進畫裡。他給安野光雅送了三個粽子，自己吃了五個；為了下午的比賽，他必須吃飽。結果他贏了。自行車當然跑得更快，但虎頭騎到秀才橋和進士橋兩座橋前都得下車，踩著石階把車子搬到橋上，再搬下橋，這得花費不少時間。如果一路順利，虎頭也能贏，可惜快到狀元橋時，前輪突然嵌進石板之間四指寬的縫隙裡，行駛戛然而止，虎頭從車上飛出去，一頭鑽進運河裡。他想把虎頭撈上船，虎頭不讓，堅持游上岸繼續比。等虎頭爬上岸，周海闊已經從容地把船搖到了狀元橋下。跟著一路看熱鬧的小夥伴嗷嗷地叫。

「十歲的這場比賽我很得意，」很多年後他反覆對新來的年輕人說，「不是因為我勝了，而是因為整個比賽過程中，我搖櫓的節奏始終沒亂。在別人看來可能很慢，但我知道每一櫓的力道都飽滿綿長，就像一步一個腳印在走路，有種生根般的扎實和安穩。這感覺讓我覺得，我其實很快。果然就快。」

所以，現在他對邵星池說：「慢，也可能是快。」

「周總，您說得沒錯，很多事，慢的確可能是快，」邵星池說，「但對貨運，快就是快。我可以抽菸嗎？」

「請便。」周海闊把菸灰缸推到對面，「這我當然明白。我想說的是，咱們凡事都在求快，快怎麼就能成為這個世界唯一的指標了呢？或者說，我們是否還有能力變慢為快？」

「這是你們文化人考慮的事。」

「那你為什麼又開始跑船了？」

「散夥了啊。朋友打死也不幹了。他退出，我一個人根本撐不住，撐也撐不了多久，乾脆一拍兩散。」

「可以幹別的嘛。」

「幹不了。從小就跟船、跟這條河捆一塊兒了。說句糙的，周總別見怪，對船，我比對女人的身體還熟悉。」

「甘心這麼耗下去？」

「當然不甘心。權宜之計的事能不做就不做。我在調整想法，就像周總說的，我們是否有能力變慢為快。我肯定沒能力讓船速變快，但我可以重新考慮，為什麼非得跟飛機和火車比速度？我開的是船，我只要在適宜船運的範圍內找到最佳貨物，在所有路線中找到最佳路線，那不就等於把慢變快了嗎？過去我總把水裡游的速度跟地上跑的和天上飛的比，現在才意識到，它們不是一個東西。一個東西有一個的特點，有局限性的同時也自有它的優勢，我要做的不應該是一棍子打死，而是要在正視局限性的前提下，發揚和擴展它的優勢。」

「所以你要拿回羅盤？」
「必須。」
「據我所知，從杭州到濟寧，一條路就可以走到頭，根本不需要羅盤。」
邵星池指指周海闊的脖子，只能看見一根黑色的細繩，繩子下面墜的是什麼看不見，「人不是一定得戴掛件的，但我相信周總的掛件肯定不是可有可無。」
店門外有人露了一下腦袋又縮回去，周海闊沒看清是誰。邵星池見周海闊朝門外看，他也扭過頭去看，門外空空蕩蕩。風吹運河水的連綿細碎之聲湧進客棧。在這個久經風吹日曬面目黧黑的小夥子面前，周海闊發現自己一點沒占到便宜，他說得對，他的掛件一年四季都不離身。周家的後代每人都有一個或金或銀或玉的掛件，吊墜是各種材質打磨成的一本極小的書，書上刻的是同一個意大利文單詞：Lingua（語言）。什麼字體不管，但必定是「語言」。據說是先祖立下的規矩。他們家也的確是意大利語世家，即使沒有從事跟意大利和意大利語相關的職業，基本上也都會說意大利語。他的「語言」是一塊先秦的古玉做的。
這塊玉之於他，相當於羅盤之於跑船的邵星池，但是周海闊還是捨不得這個羅盤。鎮店之寶，缺了它，小博物館客棧濟寧店將大打折扣。據傳，民宿業準備舉辦一次「最民宿」評選，羅盤在，該店很有希望衝擊「最具特色獎」。
「羅盤對於你的重要性我能理解，但是，」周海闊說，為難地捏起了下巴，「我們客棧有個規定，收購來的物件一旦反悔，須雙倍價格方可索回。」
「當初沒說有這一條啊。」邵星池說。
程諾在一邊瞬間會意，替老闆解釋：「沒想到你會反悔嘛。當初你可是恨不能馬上就脫手的。」
這倒是實情，邵星池抵賴不了。他捏著右邊的耳垂一下下拽，從小大人就說他耳垂大有福。拽一下一萬，拽五下就是五萬。不是個小數目，但他定下來了。邵星池猛地一拍膝蓋，「那好，五萬就五萬。定了！」

程諾看看周海闊。周海闊痛苦地閉上眼，點點頭。他不缺這五萬，但話已經出口了。他應該說三倍、四倍乃至五倍的價才有資格反悔。

邵星池的電話又響起來。他對著電話說：「吳老闆，不拿了，這就回。」

周海闊一激靈，但他提醒自己沉住氣。

程諾說：「邵先生，你是說，不拿了？」

「對，錢不夠，」邵星池站起來，把用舊的皮包斜挎到身上，「下次錢湊齊了再過來。反正都說好了。你們還信不過我？」

周海闊覺得腸子都因為這句話驟然打了個結。不是信不過你，我是信不過我自己啊。邵星池出客棧時，他都沒能站起來，只坐著跟他揮了揮手。等邵星池消失在門外，他嘭一聲把自己放倒在沙發椅背上，用意大利語罵了句髒話。

門外走進來一個黑瘦老人，頭髮花白，只有被河風吹了一輩子才能長出那樣一張臉，皮膚不乾，但皺紋走的都是風的路子。腰有點弓，因為風濕病，走路都不是特別利索；他攥著人造革皮包帶子的指關節粗大，稍稍腫起和扭曲，周海闊這個外行打眼也可以確診他有嚴重的風濕病。剛才閃一下腦袋的就是他。

「我是剛才那個邵星池的父親，」老人說，從口袋裡掏出一張卡，「我叫邵秉義，這是身分證。我兒子贖回羅盤缺多少錢，我給補上。」

周海闊站起來，把外套脫掉。竟然穿著西裝跟邵星池談了這麼久，怪不得覺得有點熱，而現在，邵星池的父親突然出現，他覺得後背上瞬間出了一層汗。程諾接住老闆的外套，對老人說：「大爺，不是贖回。咱們不開當鋪。」

「對不起，是買回來。」老人很謙卑。

周海闊請老人坐下，邵秉義堅持站著，不用說幾句話，站著就行。周海闊提醒他，站久了容易加重風濕病，邵秉義才坐下。「看來老闆是懂運河的人，一眼看出了我的風濕病。謝謝。」邵秉義說，「那老闆一定也明白，我兒子為什麼要把羅盤買回來了。」

周海闊讓程諾給老先生上茶。程諾送茶來時，附在周海闊耳邊說：「這位老先生來過，還問過羅盤價格，想買。」

邵秉義耳朵很好，程諾的耳語聽得一清二楚，「我是來過。不瞞兩位，上次我就想買回來。」

三個月前邵秉義才知道兒子把羅盤賣了。一個跑船的老哥們兒聽搭船的親戚說的，這家客棧裡擺了一個洋羅盤。老哥們兒就告訴了邵秉義，小博物館裡也有一個，沒準兒跟你家的是兄弟。邵秉義開始沒上心，星池來小船上看他們老兩口，邵秉義順嘴問到羅盤，兒子一支吾，他就知道壞菜了。他沒吭聲，先看了再說，就一個人搭船來到這裡。玻璃表面破裂他也認出那羅盤姓邵，問貨源和收購價格，程諾說要為當事人保密；問再次售出的價格，程諾說，原則上不賣，要賣，價格也得周總定。邵秉義出了客棧，抽出皮帶揍兒子一頓的心都有。但他在河邊坐了半個鐘頭，火氣下去了。兒子也不容易，不到萬不得已也不會幹這種傻事；不過這種傻事照他看來，是任何時候都不該幹的。他從河邊站起來，搭另一條船回去，他決定自己想辦法把它贖回來。

他把角角落落裡的錢都搜出來，拎著人造革皮包來了客棧。經過河口，看見吳老闆的船停在半道，猜兒子可能來了。星池和朋友的船舶修理廠關張之後，剩下的錢已經買不起一條船，他也不打算立馬東山再起，想先在別人的船上幹一陣子，理出個頭緒再圖長遠。正好吳老闆船上缺個掌舵的。兒子能回到船上，讓邵秉義心裡還是生出一點溫暖。他到客棧門口，伸頭看一眼，星池果然在。他就躲在門外，零零散散聽出個大概，等兒子走了，才從牆角後出來。

邵秉義把提包拉開，往外拿出第一捆錢，拿第二捆時，周海闊擋住他的手，「大爺，羅盤必須收回嗎？」那一捆錢，大大小小顏色各異的紙幣，從一百到五十到二十到十塊到五塊到一塊一直到五毛；老人把所有錢都搜羅來了。

「老闆別擔心，我有大票子。」邵秉義說，「有一捆每張都是一百的。」

周海闊捂住包，「不必了，大爺。羅盤，您取走吧。」

「錢你還沒數呢。」邵秉義說，「就是取，也讓那小狗日的來取。他把祖宗的臉踩地上了，他得自己給撿起來。你們別告訴他我補了錢，就說降價了。」

「還是兩萬五。我們沒有翻倍的規矩。」

程諾猶疑地說：「周總——」不能把實話禿嚕出來啊。

周海闊對他一笑，轉向邵秉義，「大爺，我們家祖上也跑船。」

老秉義如同聽到接頭暗號，眼神突然亮起來，「哪一輩？跑的什麼船？」

「得有上百年了。屋船，有的地方也叫棧船，載客的。當年跑過半條運河。」

老秉義伸出手，一定要跟周海闊握一下，不為自己，為祖先。邵家的先祖開始跑船，也在上百年前，第一趟水路就把大運河從南跑到了北。也是載客，不過那一趟邵家的先祖在船上還是個廚子，真正跑船是第二趟的事。那也要握手，為我們共同的生活在水上的祖先。

「你家吃了多少年水飯？」邵秉義問。

周海闊說不清。

照理說，周家的歷史一代代下來，應該像白紙黑字一樣清楚，因為這一家都是文化人。據說先祖周義彥之後，每一代周家人就都會說意大利語。姑蘇一帶的鄉村固然富庶，但偏安一隅的小地方能有此類志趣和能力，也是相當傳奇了。但恰恰因為世代書香，更明白如何掐斷和抹掉歷史：能夠留下來的，理直氣壯、一路高歌地傳之後世；不便示人的，時間可以消磁，彷彿一夜無話，若干年都是空白。周海闊當然知道原因。比如他祖父，一個教意大利語的大學老師，便以他一生的坎坷給這原因做了注腳。

祖父是活在周海闊身邊的長輩，再往上，周海闊一個沒見著，更不知道掩埋了多少真相。他聽說祖上傳下過一個意大利文記事本，小牛皮做的封面，本子上幾乎寫滿了字，手寫。周家最早認識意大利語的，就是一百多年前跑船的周公義彥，那個意大利文記事本就是從義彥公手上傳下來的。當年義彥公還是個十來歲的少年，被父母從學堂裡拉出來當學徒謀生，跟著師父在水上跑長途。極偶然的機會，接待了一個意大利客人，從蘇州坐船去高郵。洋客人非常喜歡少年周義彥，兩人很談得來。他發現義彥公極有語言天賦，就在旅途中教授他學習意大利語。意大利客人到達目的地，為了感謝，也為了激勵少年周義彥繼續學習意大利語，把自己的記事本送給了他。那位像馬可・波羅一樣的意大利人和他寫滿意大利語的記事本，就成了周家作為意大利語世家的源頭。

在此後的一百多年裡，不僅周義彥會說意大利語，周家的世世代代都會說意大利語。學意大利語成為家訓，必修的功課。有條件的去國外學，沒條件的在國內學；能進大學的，在外語系學；沒機會進大學的，在家裡自學。周海闊父親因為受他父親的影響，早早地遠走他鄉，沒機會念大學，但憑著小時候耳濡目染的那點童子功，在東北大森林裡燒炭時，利用隨身帶的幾本意大利語書，也自學到了相當的段位，現在跟意大利客戶打交道，完全不需要翻譯。

周海闊把脖子上的玉墜掏出來給邵秉義看。一個半大拇指指甲大小的青綠色的玉，有鏽紅色的沁，做成了書的模樣。周海闊指著玉書封面和封底上刻的同一個單詞：Lingua（語言）。邵秉義伸長脖子，不認識洋文，害怕把玉給摸壞了，伸出的手又縮回來。

「那個記事本，還在嗎？」邵秉義對周家的文化傳承插不上話，也坦然地感到了自卑。

「不在了。」周海闊搖頭惋惜。

周海闊也問過祖父這個問題。祖父年輕時還見過，封面的小牛皮手感依然很好；只是紙頁泛黃，有些字跡也漫漶不清，即使在南方潮濕的天氣裡，紙張也乾脆，翻動時一不小心就會弄壞。念了大學，祖父偶爾回家還會翻出來看看；教書以後，慢慢就把這個本子忘了。到他成了「反動學術權威」整天被拉出去批鬥遊街，突然想起了這個本子。準確地說，是他父母在老家想起來的。兩位老人擔心有人來故鄉抄家，尋找兒子的反動證據，趕緊找出那個本子，尋個安全的地方埋了起來。埋在哪兒，也沒告訴兒子，擔心兒子受折磨時挺不住，說漏了嘴。說漏嘴把本子翻出來倒無妨，頂多把它毀了，關鍵是翻出來後，又成了人的罪證，等於雪上加霜。也擔心兒子知道以後，憋著不說也不行，那可是欺騙組織罪。等周海闊的祖父徹底平反，可以翻出那個記事本時，曾祖父曾祖母已經雙雙過世，再無人知道它的下落了。祖父平反後，曾在故鄉的老屋前後掘地三尺，把老人家可能想到的安全地方都翻了個底朝天，沒找到。到晚年，有一天祖父正吃飯，突然放下碗筷，說：

「為什麼就沒想過，那本子可能被燒毀了呢？」

一家人也恍然。是啊，老兩口說埋起來，也許只為了寬慰兒子。這家傳的寶貝岌岌可危，算是受兒子的牽連，倘若毀掉，老祖宗是要怪罪兒子的；但留在世上，等於懷裡揣了顆定時炸彈，不知道什麼時候它就響了，於是老兩口甘當惡人，一把火燒了，以絕後患，對兒孫只說埋了，也免去了他們的心理負擔。一家人越想越有理，可憐天下父母心啊。第二天，祖父這個堅定的無神論者，帶著身邊的兒孫一起去墓地，給先父母燒了兩刀紙，磕了三個頭。

「本子上都記的啥？」邵秉義問。

「不知道。」周海闊說，給邵秉義敬上一根菸，「祖父也記不清了。大概就是運河上的航行日誌，好像說到馬可·波羅。其實對我們後人來說，本子上記了什麼不重要，它更像是一個信物和提醒，督促周家人把意大利語傳承下去。有時候我也想，如果義彥公遇到的是個法國人或者德國人，如果他碰巧又對法語或德語感興趣，是不是我們家祖祖輩輩必須學的，就變成法語或德語了？」

「還是意大利語吧，」邵秉義吐出一口煙，「要不見到咱們家的羅盤，你還不一定知道是哪兒來的呢。」

加上程諾，三個人一起大笑。

這事就算定了：等星池下次來，就可以取回羅盤。原價。周海闊的意思是，若星池手頭兒緊，羅盤拿走，錢以後再說，不給也無妨。邵秉義堅決不答應，要是這樣，那羅盤就不要了。程諾說，嗨，好像又說回來了呀，這羅盤到底是重要還是不重要？三個人又大笑起來。

邵秉義告辭時，還是有些過意不去，總想著該如何彌補一下。想到搭船過來時，跟船老大聊起小博物館客棧的收藏，船老大說，在咱們大山東，還愁尋不到老古董？前頭正挖呢，說是考古。一會兒說挖到了古墓，一會兒又說出土了一堆瓷器；公家挖，私人也跟著起鬨，見空地就下鍬，聽說也挖出了不少破銅爛鐵和罎罎罐罐。喜歡破爛，到那兒收去啊，管夠。

「就在前頭不遠，幾十里路，」邵秉義比畫著，「聽說原來是條運河支流，不知道什麼時候廢棄的。就那一塊。」老秉義又畫了一個圈。

周海闊拿眼睛看程諾。程諾縮了縮脖子，說：「我也聽說了，周總。這不一直忙著說羅盤，沒來得及向您彙報嘛。」

「那好，送走了客人，你可得說仔細了。」

「放心，周總，」程諾悄悄地對周海闊做了個V字手勢，壓低了聲音，「有好事。」

第二部

一九〇一年，北上（二）

過了河下鎮，蘆葦撲棱棱瘋長。風吹過來，浩浩蕩蕩的蘆葦一起向北彎腰，好像五月的大風正把它們往北趕，趕到哪裡就在哪裡扎下根，又是葳蕤蓬勃的一片。葦葉擠擠撞撞，在黃昏的天光下發出壓抑的喧譁，如十萬伏兵嚴陣以待。照小波羅的想法，可以在河下的碼頭過夜。這個古鎮繁華了兩千年，吳王夫差開鑿邗溝時它就有了。如今是朝廷鹽運使的駐地，官衙森然，店鋪林立。大漢朝淮陰侯韓信和寫得一手錦繡文章的吳承恩都曾生活在這裡。小波羅上岸溜達了一圈，在船上他就聞到了茶饊的香味。茶饊是當地的特產，手工把麵拉扯成細細的一線，一圈圈繞成巴掌大的一塊，下鍋油炸，金黃酥脆地出鍋，舌頭用點力，入口即化。小波羅端著一紙包茶饊，邊吃邊在石板路巷子裡穿梭，停不下來。淮陰侯和大文豪的故居沒找到，入眼的都是人間煙火，光茶館酒肆裡的吆喝聲就讓他想待下來再不離開。

但老陳建議在二十里外的清江浦夜泊，那兒的十里長街更有看頭。更重要的，他們可以天一亮就過清江閘。運河上下，清江閘素有「七省咽喉」、「九省通衢」之稱。地理位置重大自不必說，那大閘口的凶險也堪稱「咽喉」。到閘口前，水闊流激，船過閘洞是個挑戰，要養足了精神才好對付。作為半個當地人，謝平遙表示贊同，過閘更重要，注意力必須高度集中。在清江浦的幾年，他真沒少看各種船一不小心撞到兩邊的閘壁上。當地人有句俗語，「眼一瞎，跳大閘」，意思是閘口凶險，跳下去就進了漩渦，想活著出來那就得看你的運氣了。小波羅說，那聽老陳的。

老陳，陳改魚，老把式，他們現在雇用的這艘船的老大，氾水鎮人。他們在高郵被老夏的船拋棄後，謝平遙找到高郵漕運的朋友，朋友推薦了陳改魚。他們是親戚。朋友說，正因為是親戚才推薦，一般的船主打死也不會往北跑。因為往北跑，尤其運一個洋人，結果很有可能也是被打死。現在的局勢明擺著。人死了還得搭上條船。他這親戚正好手頭兒緊，才冒險走這麼一遭。不過有個條件，老婆得帶在船上。對中國人來說這是個條件，跑長途的忌諱船上有女人，女人主災，是禍水。小波羅哪管這套，一天到晚除了水就是船，滿眼都是男人，有個女人好啊，說話聽不懂那也是個軟軟的女聲。等上了船，小波羅還是有點失望，老陳的老婆，陳婆，四十多歲，長年的水上勞作讓她關節粗大，骨頭縫裡都害著風濕病；水面空曠，女人的嗓門兒也慢慢習慣性地高了，喊一聲「上船了」碼頭都哆嗦；至於長相，在水上待久了，長什麼樣已經不重要了，河風把所有人臉上都吹出了細密的皺紋。

老陳說，到了清江浦歇。兒子們，帆漲滿。老陳還帶了兩個二十歲的雙胞胎兒子，大陳和小陳。單就兩張臉，遮住小陳鼻尖上的那顆黑褐色的小圓痣，除了陳家自己人，外人還真分不清哪個是哥哪個是弟。哥兒倆還有一個區別，辮子盤在頭上或者繞在脖子上時，大陳的習慣是從左往右，小陳習慣從右往左。大小陳正是幹活兒的時候，風吹日曬，皮膚呈古銅色，抬抬胳膊就能看見身上的肌肉在亂竄。

蘆葦蕩裡的風颳到一大一小兩葉船帆上，明尼阿波利斯的麵粉袋做成的船帆也有了獵獵的殺機。小波羅端著菸斗站在船頭，那樣子很像要作一首豪邁的詩。從蘆葦蕩裡搖出一艘小船，迎面向他們駛來。五個人，兩人划槳，兩人坐在船尾，孫過程抱著胳膊站在船頭。小波羅立馬矮下來，坐到椅子上跟謝平遙說：

「陰魂不散。那傢伙又來了。」

謝平遙也看見了。此刻他們遠離河下，距清江浦又有一段距離，前不著村後不靠店，短袖汗衫選了個好地方。謝平遙叫老陳，全速前進，什麼事都別理會。老陳打眼就看見了船後兩個漢子腳下一閃的大刀。最後一道晚霞映在刀片上，像乾涸的血。大陳小陳分列船兩邊，架起槳，以雙胞胎的感應默念著號子，節奏整齊地划起來。小船不敢硬攔，趕緊閃到一邊，孫過程高聲說：

「我就說過我們還會見的。」

沒人理他。大船從他們身邊經過。小船立馬掉頭，但僅靠兩個人划，速度還是跟不上大船的兩葉帆。眼看大船走遠，船尾的一個漢子走到船頭，掄起一只飛爪，鉚定了大船船尾。然後他用力拽繩索，邊拽邊收繩子，待老陳發現想一刀砍斷繩子，小船已經跟上來。孫過程一個簡短的助跑，跳上大船。接著另外四個漢子逐一跳上大船。小船由一根繩子牽引，空蕩蕩地漂行在大船身後。

老陳說：「兄弟，光天化日的也劫財？」

孫過程說：「停船說話。」

「要不停呢？」

「你可以試試看。」

除了孫過程，其餘四人後腰裡都別著一把大刀，刀把上垂下來一塊陳舊變色的紅布條。

小波羅想進臥艙裡拿槍，一個漢子三兩個箭步擋在他跟前。

謝平遙對老陳揮揮手。大陳小陳停下划槳，分別去降大小兩葉帆。老陳掌舵，慢慢靠右停泊到岸邊。「漕運總督部院離這裡可不太遠啊。」謝平遙說，「請各位三思。」

「就算他們騎馬趕過來，到這兒也只能看到一艘空船。」用飛爪的漢子說，「再說，他們自己的屁股都擦不乾淨。」

謝平遙想想也是，殺個人也就幾秒鐘，等衙門裡的那幫怠工的傢伙趕到，他們完全有足夠的時間把船都給沉了。那人說得沒錯，誰還有心思管那麼多，自己的一畝三分地都管不利索了。「沒完了？」這是問孫過程的。

「我這些兄弟只要這位洋先生，」孫過程指指小波羅，「你們願意去哪兒就去哪兒。」

小波羅問謝平遙：「他比畫個啥？」

「邵伯閘你幫了忙，他們想感謝你，有一堆好吃的。」

「你們中國人都是這樣請客？帶著刀，跟打劫似的。」

再繞下去肯定沒完沒了，謝平遙直接問：「你們想怎麼樣？」

扔飛爪的那人說：「有幾個兄弟在北京被洋鬼子打死了，這個仇得報。」

此人河北口音，孫過程卻是山東口音。又一個漢子說話了：「扶清滅洋，天下太平。」這人一嘴天津味。

謝平遙明白了，他們原來就不是一個部分的，不過是在北京受了鎮壓，逃到了一塊兒。謝平遙問孫過程：「你的兄弟也被洋人殺了？也要報仇？」

「他們的兄弟就是我的兄弟。」

果然不是天生就一夥的。謝平遙說：「你們怎麼知道殺掉你們兄弟的就一定是迪馬克先生的兄弟？意大利跟俄國，跟美國，坐咱們這船得走上大半年。」

「那不管，」扔飛爪的人說，「誰讓他們都長得一樣，都來欺負咱們。」

又一個人開口說了他上船後的第一句話：「他們都是外國人。」

小波羅又問：「你們在說什麼？」

謝平遙回答他：「他們說你是外國人。」

小波羅看這架勢，加上來中國至今積累的一點心得，明白他又成了一個叫「外國」的新國家的代表了。一旦明白這一點，他也就明白這幫人想幹什麼了，「他們要我跟他們走？」

謝平遙沒吭聲，算是默認。他一時半會兒也想不出好辦法。

「可我跟他們沒半文錢關係。」小波羅緊張了。從意大利來之前一直到現在，他聽到被殺的「外國人」已經不下三十例。要命的不僅是一個死，還有各種稀奇古怪的死法。

「你的兄弟殺了他們的兄弟。」謝平遙說。

「我兄弟？」小波羅瞪大眼，立馬明白說的是他的「外國兄弟」，「這個——現在該怎麼辦？」

「拖一會兒是一會兒。」謝平遙用英語說。他往左右兩邊各瞥了個眼神，小波羅懂了，看兩邊有沒有船來。

小波羅懂了，孫過程他們也懂了。扔飛爪的人說：「別做夢，來了船也沒人敢停下來。」

謝平遙想想也是，行路難，誰會吃飽了撐的惹地頭蛇。就是官家的船到了，也未必多這個事。皇糧難吃，自家的命更要緊。

眼看天黑下來，遠近竟然一條船沒有。蘆葦蕩發出更大的喧譁，五月黃昏的水面上升起陣陣寒氣。小波羅打了個哆嗦，他躲不掉。最後的結果是，謝平遙陪著小波羅一起上了他們的小船。理由很簡單，小波羅和他們互相聽不懂，得有個傳話的。扔飛爪的人說也好，大哥總要跟他說幾句話的，就算只罵幾句，也得讓他知道罵的是啥嘛。上小船之前，謝平遙囑咐老陳和邵常來，在清江閘口等。總會有辦法的。

短袖汗衫是孫過程。扔飛爪的人叫老槍。還有另外三個人，分別叫秤砣、豹子和李大嘴。在船上他們相互這麼叫。他們把小波羅和謝平遙的手鬆鬆垮垮地綁在身後，不怕他們逃掉，擔心的是他們一頭紮進水裡淹死了。「大哥」要活口。孫過程和老槍又給他們頭上套了黑袋子，天徹底黑下來。小波羅用意大利語表達恐懼和憤怒，他用家鄉話把這幫強盜的祖宗十八代罵了個遍。老槍隔著袋子拍拍小波羅的臉，讓他住嘴。他跟謝平遙說：

「跟他說，見了大哥，說得越多，死得越快。」

在謝平遙的感覺裡，他們在蘆葦蕩裡拐彎抹角穿行了很久，不斷有壓彎的蘆葦反彈到他身上。風聲，水聲，葦葉間的密謀，蘆葦撞擊船隻；一有野雞鳥雀驚飛，秤砣、豹子和李大嘴就壓低嗓子興奮地嗷嗷叫。後來，不再有蘆葦聲，他們被拎著脖子站起來，到碼頭了。上岸，繼續被牽著走，又繞了很多圈，聽見陌生的人聲，進到一間屋子裡，從黑袋子裡往外看，有氤氳恍惚的燈光在飄搖。有人扯下了他們頭上的黑袋子，燈光刺得他們趕緊閉上眼。

「跪下！」一個北方口音的男人喝道。

他們睜開眼。空曠的一個大倉庫，昏暗的牆角碼著一堆堆貨物。他們面前歪斜的太師椅上，坐著一個大鬍子老男人，紅頭巾，一身揉皺的黃衣服，腰間紮著一條紅腰帶，碩大的鼻頭上晃動著油光。大鬍子的左右分別站著兩個年輕人，沒有紅頭巾、黃衣衫和紅腰帶，只是隨意的短打，但都孔武有力，塊頭巨大。

「讓他跪下！」大鬍子又說，指指謝平遙，「你也跪下。」

從陰影裡走出來一個中年男人，到燈光底下謝平遙發現他左胳膊只剩下一只空袖子，掖在束腰的帶子裡。那人湊到大鬍子耳邊說了一句話，大鬍子緩慢地點頭，對謝平遙說：「你就算了，自己人。讓這洋妖跪下。」

「跟他說。他會跪的。」

「他不會跪的。」

「從現在開始，有了。」

「洋人沒這個規矩。」

謝平遙跟小波羅說了下跪的事，小波羅頭搖得腮幫子上的肉都甩起來。

「不跪？」大鬍子左邊第一個人問。

小波羅繼續搖頭。

「真不跪？」

小波羅還是搖頭。那個人說：「秤砣，教教他。」秤砣攥著根棍子走過來，對著小波羅的腿彎處掄了一下。小波羅怪叫一聲，撲通跪到地上，但他在跪倒的同時改了姿勢，變成歪坐在地上。

「一遍教不會？那就再來一遍。」秤砣拎著棍子晃了晃，準備來第二下。

謝平遙站到秤砣和小波羅中間。他的雙手還被綁在身後，沒法伸手制止。謝平遙對坐在太師椅上的大鬍子說：「非得這樣嗎？」

「倒也不是，」大鬍子說，撓著下巴，像在濃密的鬍鬚裡抓蝨子，「有比這更重要的。明天我兒子生日，我就拿這洋妖祭了我那命短的娃兒。點天燈，剖心肝，洋鬼子對我兒子做下的，我要一樣不少地還回去。」

空袖子的中年男人又走過來，單手握拳，說：「大哥，不僅大侄子的仇要報，所有死去的兄弟的仇都得報。大哥的腰要當心，先回去休息，這洋妖有我們兄弟幾個守著，大哥只管放心。」

謝平遙這才發現，大鬍子坐在那裡，自始至終左手都抵在後腰上。前些天一直下雨，腰傷的反應還沒平息。現在他拃著腰從椅子上站起，「那就辛苦兄弟們了。給這洋人備好酒菜，別用個餓死鬼祭娃兒，不體面。」

大鬍子在兩個兄弟的攙扶下出了大房子。空袖子讓孫過程、豹子和李大嘴留下，其他人該幹麼幹麼。兩個反剪雙手的廢物用不著那麼多人，逆不了天。眾人散盡，空袖子又讓豹子在一口大鐵鍋裡生上火，去去倉庫裡的潮氣和霉味，也給夜晚增加點溫度，看守的和被看守的都要在這空曠的倉庫裡過夜。大火盆在房子中央燃燒起來。風從寬闊的大門吹進來，木柴火紅，火焰顫抖，整個倉庫似乎都跟著搖晃。這個場面充滿了象徵意味，讓小波羅想到了歐洲中世紀的宗教刑場。謝平遙沒有把點天燈、剖心肝翻譯給他聽，但小波羅已經預感到攤上大事了。他跟謝平遙說，如果真不能活著走出這個倉庫，請務必提前告訴他。

「放鬆點，」謝平遙說，「在沒死之前，誰都死不了。」

這個完全沒意義的邏輯顯然安慰不了小波羅。他說：「我他娘的還沒活夠啊。我還有很多事要做呢。」

空袖子在他們倆面前蹲下來，「我見過一個美國的傳教士，臨死前要求給他一點時間寫遺言。他寫：他們已逼近我們。親愛的爸爸媽媽，我從不向後看，若蒙神保存我性命，我還要繼續前進。」

「他死了。」小波羅說。

「我要說的是，你不用這麼怕。」

「我怕。我有很重要的事沒做，我不能死。」

「誰都有很多重要的事要做，」空袖子站起來，「得讓你吃飽喝好。豹子、大嘴，」他從衣兜裡摸出一把錢，對身後的小兄弟說，「買三斤酒、四斤豬頭肉、一斤鹹菜、五斤大餅。」

小波羅看看謝平遙。謝平遙說：「給你買吃的。」

「好吧。這地方最好吃的菜是什麼？」

謝平遙說：「酸湯魚圓、大煮乾絲、雞絲粉皮、獅子頭、軟兜長魚。」

「各來一份。」小波羅說，「錢不夠？我來。」他讓豹子去他兜裡找錢。

豹子說：「獅子頭未必有。那是有錢人才吃得起的菜。」

「那更得吃。」小波羅把衣兜往豹子跟前送，「還有，要個辣菜。麻婆豆腐、小炒肉、麻辣牛肉，辣的就行。」

豹子用眼神問空袖子，空袖子說：「洋大人這麼大方，你客氣個屁。」豹子嘿嘿一笑，一把將小波羅兜裡的錢全抓走，「那就多來點酒，兩位哥哥也挺辛苦的。」

倉庫裡剩下小波羅、謝平遙、孫過程和空袖子。

空袖子拉著孫過程，讓他跟著自己一起對著謝平遙單膝跪拜，孫過程不從，空袖子踹了他一腳。沒踹倒孫過程，但孫過程還是依照空袖子的要求一隻膝蓋點地。孫過程有點蒙，謝平遙更蒙。空袖子說：「大人，讓您受驚了。您可能不記得我，我記得您。去年我和幾個兄弟到造船廠找事做，留下了幾個人。我少隻胳膊，和幾個老弱病殘的兄弟被趕出來，連看廠房的都不要我們。哥幾個餓得不行，想到船廠旁邊的飯館裡要點吃的，老闆放狗出來咬我們。您看不下去，在飯桌上多放了飯錢，囑咐老闆給我們做吃的，務必管飽。那一頓我吃了四碗麵。」

為吃不上飯的人付飯帳這種事常有，但謝平遙實在記不起見過這個缺了左胳膊的人。他只能說：「舉手之勞，客氣了。」

「大人記不得正常。當時小人混在幾個老兄弟裡，初來乍到，一路逃難過來，沒了一點精氣神，要不是為了一口飯，真是見了人就想躲起來。後來安頓下來，經常看見您去船廠，才知道您是船廠裡的大人。滴水之恩，當湧泉相報。小人孫過路，這是舍弟孫過程。過程，咱哥兒倆謝謝大人。」

孫過程勉強對著謝平遙低了個頭。謝平遙讓他們趕緊起來。幾碗麵錢，如何值得這一拜。

兄弟倆起來。孫過路對弟弟說：「咱們得想辦法把大人他們送出去。」

「哥，為了這洋妖，兄弟們可花了不少心思。」

「別的洋人我不管，這個不行。」

「那咱們怎麼跟大哥交代？」

孫過路給了弟弟一個耳光，「我才是你大哥！」

「哥！」

孫過路又給了弟弟一個耳光。

「為什麼還打我左臉？」

「你不能只有半張臉。」

哥哥這句話在孫過程聽來，意思是：不只有我一個人，我還有你這個兄弟。於是他又說：「哥！」

「你忘了你是怎麼把哥從死人堆裡背出來的了？」

「所以要把洋妖殺乾淨！咱們在洋妖的刀槍下死了多少兄弟。」

哥哥又給了他一個耳光，「錯！你還忘了這世上只剩下了我們兄弟倆，爹娘他們都死了。你忘了爹咽氣前怎麼跟我們說的？」

「沒忘。咱爹說：回家。」

「難得你還記得。哥哥就你這一個弟弟了。哥還想你能回去，回到老家去。把咱們家的房子拿回來，把咱們家的地拿回來。哥還想著，清明到了，你能把咱們親人的墳圓一圓。」

「這跟洋鬼子有什麼關係？」

「你得活著。你的刀上不能再沾一滴血。」

衙門裡貼出告示：滅洋者，殺。

「可那些死去的兄弟——」

「跟這個洋人有關係嗎？」孫過路舉起手，又放下。他對弟弟說，「我其實想跟這個洋人說另一個傳教士的事。咱們所有人都在算著一筆糊塗帳。滄州二里灣的鎮子上，那個比利時人。那天你和其他人去了另外一個鎮子。那個比利時人叫戴爾定，三十五歲——」

那時候孫過路的左胳膊還好好的。他們八十多號拳民照上頭的指示去二里灣，檢查傳教士的「任務」。此前已經有人專程知會過，該做什麼那洋人很清楚。他們穿過焦渴的野地和塵土飛揚的道路，黃昏時分趕到二里灣的小教堂。領頭兒的一腳踹開虛掩的門。比利時人正躺在逼仄的臥室的床上睡覺。他們讓他起來，他一動不動。領頭兒的揪著他的衣領讓他起來，發現拎起來的是一個平直的身體。比利時人穿戴整齊的身體已經硬了。他完成了他的「任務」。到現在孫過路也不知道比利時人是如何自殺的，但他和其他拳民一起，看見了戴爾定的遺言。寫在一張紙上，折在枕頭邊。戴爾定的漢語說得很好，漢字書寫稍微差一些，不過該表達的也都到位了：

在這窮鄉僻壤能夠尋到另外的羊，是何等的喜樂。我帶來的少量西藥和我僅有的皮毛醫護常識，全部派上用場了。真的，看到他們那樣的苦，跟我第一次見到他們時一樣，我非常難過。這一天的工作完畢了，時針正指著那個時辰。我讓工人們回家休息了。我已經準備好了。若這是主的美意，我死而無憾。我沒有後悔來中國，唯一遺憾的是，我只做了這少許。永別了。

當時孫過路也沒多想，不過又是洋鬼子的高調。洋鬼子都該死，沒什麼好說的。他們把戴爾定的屍體拎到教堂外，架起了木柴準備放到火上燒。他發現十丈之外的一棵枯樹底下聚了好多當地人。火點起來，火苗逐漸壯大，孫過路看見近百號男女老幼動起來，繞著那棵枯樹一遍遍地轉圈。火熄滅，他們也停下來，重新在樹底下站成一群。天黑下來。孫過路走過去，問他們剛才在幹麼。一個老太太突然哭起來，說：「他是個好人。他救過我們的命。」很快孫過路就聽到一片壓抑的抽泣聲。

回到拳民的陣營裡，領頭兒的問：「他們在忙啥？」

孫過路說：「他救過很多人的命。」

領頭兒的說：「屁，大鷹鉤鼻子，兩隻眼深得能養魚，長成那樣能有好人？」

孫過路說：「哪裡都會有壞人，哪裡也都會有好人。」

旁邊人說：「其貌不同，其心必異。毒藥和蜂蜜怎麼能是一回事呢？」

又一人說：「他們就是裝好人，包藏禍心，蜂蜜裡摻著毒藥呢。」

領頭兒的說：「沒錯，這些人就是被他們的蜂蜜給迷惑了。」

小波羅問：「你們嘰里呱啦在說啥？」

謝平遙說：「說你們外國人沒一個好東西。」

小波羅說：「我就是個好東西呀。」

孫過程說：「好吧，跑了大半個中國，終於碰上了個好東西。」

謝平遙說：「惡行必須嚴懲。但也得小心，沒有任何正大的理由可以成為濫殺無辜的藉口。」

孫過路說：「大人說的是。我們曾一門心思扶清滅洋，轉眼衙門又在要我們的命。哪有什麼裡外，不過是此一時也彼一時也。」

正說著，豹子和李大嘴沉重的腳步聲傳來。「過路哥，」豹子還沒進門就喊，「酒肉來啦！」李大嘴也喊：「過程哥，我擔保你沒吃過這麼好的五香口條。」

孫過程對謝平遙說：「我聽我哥的。得麻煩您讓這位洋先生歪倒在地上，能嘴歪眼斜更好。」

謝平遙對小波羅說了。小波羅說，沒問題，這事他在行，面部肌肉瞬間調整到位，五官突然像被一隻手攮到了一塊兒，嘴裡也有模有樣地哼哼起來。

他們大碗喝酒，大塊吃肉。小波羅和謝平遙吞著唾沫在一邊看著。豹子問孫過路，是不是給他們倆也點補一點？孫過路說，剩下了再說。豹子和李大嘴先是舌頭變大，然後眼睛發直，到了半夜，腰怎麼都直不起來，最後倒到一邊睡著了。孫過路單手給謝平遙鬆了綁。讓弟弟解開小波羅的繩子，孫過程勉強照著做了。事不宜遲，現在就走。孫過路讓弟弟帶著小波羅和謝平遙沿運河先往前走，盡可能走遠一點，他去清江閘口通知陳改魚，明天一早過了閘，船在下游與他們三人會合。孫過程問：

「哥，那你呢？」

「大哥待咱們兄弟倆不薄，我得留下來給大哥一個說法。」

「那我送完了大人他們就回來。」

「你不能回。」孫過路轉向謝平遙，「如果大人信得過，身邊還需要個肩扛手提的勞力，就求大人帶上我這弟弟。他有的是力氣，也有一副好拳腳，十個八個人近不了身。北邊不太平，水路上變數也多，過程興許可以搭把手。」

孫過程不答應，堅持送走他們就回。孫過路舉起那隻獨臂，晃了晃又放下，「你就聽哥哥這最後一回。咱們水渡口老孫家就剩你一人了，咬碎了牙你也得給我咽下去。」

「哥！」

「帶著大人他們趕緊走吧。吃的拿上。」孫過路把右手放到弟弟的肩膀上，「過程，看你的了。」

他們在夜半分手。先前的行程安排裡，清江浦是要逗留幾日的，有太多東西值得看。謝平遙也打算回家看看。孩子見風就長，兩個月不見，兩個娃娃肯定又長高了一點。太太是淮安本地人，儘管有娘家親友幫襯，操持兩個孩子的生活還是要費一些力的。尤其大的是男孩，剛進了學堂開蒙，開始鸚鵡學舌地誦讀詩書的同時，也逐漸頑劣，沒父親在跟前鎮著，對著一個小腳的母親，由不得會輕視幾分。太太小腳，卻是個讀書女子，懂得儀禮與大義，也理解丈夫的鬱悶和愁苦，也因此，辭職跑這一趟北上的長途，她完全支持。也因為太太的體貼，謝平遙過家門而不入，更感到慚愧，但沒辦法，受人之託忠人之事，他必須把小波羅送到北京。

在清江浦多待一個時辰就多一分危險。孫過路說，「大鬍子」是淮安最早的拳民，去年五月出現在山陽縣署前的第一份義和團布告，就有「大鬍子」的份兒。此人多年裡都是當地漕幫的領袖之一，風聞北中國鬧起來，他也登高振臂，隊伍嘩啦啦就拉了起來。不過他本人倒沒有率眾往北走，帶隊伍的是他唯一的兒子。那小子二十出頭，正是輕狂年紀，洋人不放在眼裡，洋人的槍也不放在眼裡。剛進山東，在一次與傳教士的小型武裝衝突中，被一槍命中腦門，死在了勤王的半道上。兒子屍體運回家，「大鬍子」立誓，後半生見到洋人，見一個殺一個，見兩個滅一雙。他囑咐手下的漕幫兄弟，但凡遇到洋人，必須上報。這一次正趕上兒子的冥誕，聽孫過程說來了個洋貨，激動得半夜起來磨刀，讓他放一馬，絕無可能。這也是孫過路著急讓謝平遙他們離開的原因。

從倉庫裡出來，謝平遙發現這地方他並不陌生，只是因為被蒙了眼，又彎彎繞繞走了很多糊塗路，失掉了方位感。他們被關押的大倉庫是過去存放漕糧的豐濟倉的一間。這些年漕糧改了海運，當年繁華昌盛的大糧倉

的獨臂，在手落到牙牙的肩膀上，說

「過程，兩位大人的安危，看你的了。」

孫過程帶他們穿行在後半夜的街巷裡。那些狹窄彎曲的道路謝平遙都不認識。在清江浦生活經年，自以為算了解此地，現在看來，他離這座城市的民間還很遠；而孫過程只來了不足半年，對黑暗裡的街巷就像掌紋一樣熟悉，謝平遙不由得還是生出了一些感想。孫過程知道哪條街更近，知道哪條巷子更安全。經過野地裡的一戶人家，牲口棚裡傳來驢的噴嚏，孫過程叫住小波羅和謝平遙。三個人摸黑走過去，竟有兩頭成年的叫驢。謝平遙擔心不合適，孫過程說，你們讀書人就是酸文假醋，命要緊還是驢要緊？

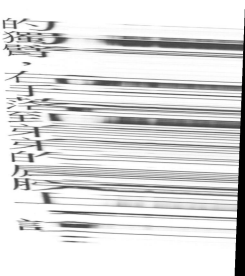

「牽走牽走，當然命要緊。」小波羅說，「我還沒騎過驢呢，心癢癢。」

他們牽走兩頭驢，從主人家的門縫裡塞進去足夠買四頭驢的錢。孫過程扶著小波羅和謝平遙上了光溜溜的驢背，讓他們攥緊韁繩坐穩了，對兩個驢屁股各拍一巴掌，毛驢嘚嘚嘚地跑起來。小波羅一路小聲驚叫，孫過程跟著跑。到天亮，驢和孫過程跑得大汗淋漓，小波羅和謝平遙也緊張出了一身又一身的汗。他們來到河邊的一個小碼頭上，吃燒餅油條和豆漿。這裡已經出了「大鬍子」的勢力範圍，他們可以消停地走，邊走邊等老陳的船了。

又走到傍晚，老陳的船追上來。孫過程就地賣了兩頭驢，在上船之前向謝平遙道歉，無錫以來一路刁難，差點又讓洋大人送了命，兩位大人若不能原諒，他就原路返回了。謝平遙沒問題，而且清楚回去肯定害了孫過程。小波羅說，原諒原諒，都騎了一路的驢了還有什麼不能原諒的？只是，他摸了摸兩腿之間，這驢太瘦，屁股都給驢背磨破了。孫過程說，往北走驢更瘦。他在岸邊團了兩個小泥堆，插上兩根蘆葦做香，淚憋在眼裡，對著豐濟倉的方向拜了三拜。他知道，此生再也見不到胞兄孫過路了。

船切開一條水路，清江浦越來越遠。船上的大部分時間裡，孫過程都坐在船尾，只在吃飯睡覺和有人招呼時才動起來。當然，下船採購或者陪同小波羅、謝平遙在岸上散步，趕野狗，驅散看熱鬧和不懷好意的人，他都應付得很好。與小波羅為敵時，他囂張乖戾，忍不住要挑釁；現在歸附這個北上的團隊，他重又變得謙卑低調，話也沒那麼多。在船尾看水，面容還常顯悲戚，這個時候，多半是想起了哥哥。他和邵常來睡一個臥艙，就在地板上打了個地鋪。他習慣保持側身睡姿，這樣可以把運河的水聲聽得更清楚。在他不明晰的認識裡，環境一定是能滲透進人的血液和意識裡的，比如他們孫家，祖輩就逐水而居。

聽父親講，他們家祖籍山東汶上，站到屋頂上，踮起腳能看見南旺水壩那個巨大的魚嘴形「水撥刺」。這個水撥刺後來他跟小波羅認真描述過，堪稱水利史上的奇跡。明代永樂年間，朱棣把都城從南京遷到北京，吃飯成了問題，要有大量的皇糧、軍糧運到北方去，偏偏前些年黃河決溢，運河淤積，尤其是南旺這裡，河床高到了天上去，水淺得漕船根本爬不上去。朱棣就著工部尚書宋禮疏浚河道。宋禮把水從別處引到濟寧，但還是解決不了運河南邊水多北邊水少的問題，正抓耳撓腮不知所措，有個叫白英的老頭兒來了。老先生建議在附近築壩攔水，然後又開了長達八十里的小汶河，讓能用上的諸種水源都彙聚到汶水。積細流而成江海，汶水到此變得粗大豪放，一路奔湧到南旺，在南旺被白英老先生設計的水撥刺一分為二，七分朝天子，三分下江南：七成的水量流向北邊，朝著京城去，三成水量往江南走，迎接從魚米之鄉來的漕船。

那時候孫家既耕田又吃水飯，有一條不大的船，農忙時種地，清閒了就往來十里八鄉做一點運輸的小生意。多少年過去，黃河泥沙繼續堆積，疏浚河道的成本越來越高，漕糧海運成了主力，這一段運河朝廷乾脆不管了，任由河床升起、河水下降。最後運河成了故道，剩下的水養魚蝦都嫌淺，孫家祖上的船隻擱淺在岸上也慢慢衰朽腐爛。祖先決定搬家。往哪兒搬，當然是朝有水的地方搬。到孫過程太爺爺輩，太爺爺的一支拖兒帶女到了梁山。

孫過程在說到梁山時，謝平遙給小波羅插了一段《水滸傳》的故事。有宋一代，一百單八將聚義梁山，唯及時雨宋江馬首是瞻，劫富濟貧，主持民間公道，尤其那豹子頭林沖、花和尚魯智深、黑旋風李逵和行者武松，深得小波羅的喜歡。當然，小波羅還喜歡一丈青扈三娘和林沖娘子，在他的想像裡，這兩位有性格的奇女子一定有羞花閉月的美貌。從清江浦的驚魂中緩過勁兒來，羅密歐與茱麗葉老鄉的浪漫精神又甦醒了，坐在船頭喝茶抽菸、看書寫作和拍照時，見到岸上和往來船隻上的年輕女子，都忍不住招手說「Hi」。有時候看著陳婆在船上忙來忙去，也會對著她粗壯的腰身拈著鬍子自言自語：就算年輕十五歲，那也會挺好的嘛。

且說梁山八百里水泊，孫過程的太爺爺搬過來了，在一條支流邊上的水渡口扎下根來。耕田、捕魚、行船，兩三代人就繁衍下來。饑荒死過幾個人，疫病死過幾個人，靠著水邊不小心淹死過幾個人，孫家的男丁兩代單傳：孫過程的爺爺是棵活下來的獨苗，孫過程的爹也是獨苗。幸好孫過程和哥哥孫過路都活下來了，他爹以為家業昌盛的好時候來了，前年遇上了多年不見的饑荒。大旱。旱得八百里水泊縮小了一大半，剩下的那四五分之一也成了淺水窪。品類繁多的梁山魚恨不能長出腳，在遮不住脊背的水窪裡爬；百歲高齡的王八從泥水裡鑽出來喘口氣，想再鑽回去，淤泥已經被曬得堅硬如鐵，扒斷了爪腳磨破了頭，也再鑽不回濕潤的洞穴裡了。遼闊的蘆葦蕩剛進了夏天就已經枯黃，像得了季節錯亂症，在正午的陽光下借著死氣沉沉的微風交頭接耳，說著說著就摩擦起火，大片大片地燃燒起來。大旱必有大災。千萬萬隻蝗蟲從天而降。整個梁山彷彿瞬間被剃了個頭，光禿禿的一下子進入北中國蕭條肅殺的嚴冬。孫過程說，都說蝗蟲不吃肉，那是牠們沒餓著。他揪著自己的右耳朵給老陳看。耳廓邊緣有一串鋸齒形的豁口，那是蝗蟲落到他身上時剪刀一樣的嘴巴咬的。他抱住腦袋的動作不規範，右耳朵不小心露在外面。漫山遍野的蝗蟲振翅之聲進入他的耳朵，同時他也感到了鑽心之痛。開始還驚奇聲音的威力如此之大，等蝗兵過境，摸一把耳朵，滿手滿頭的血，才知道這種長翅膀的小東西，有時候也是吃肉的。

莊稼被吃了得再種，土地旱久了要澆灌。就是在澆地的時候，他們與水渡口的另一個獨門戶趙滿桌家結了梁子，因為鄰村德國聖言會兩個傳教士的介入，老孫家被鬥得家破人亡。這才有了第二年孫過路孫過程兄弟倆入會義和拳、扶清滅洋遠走北京的後話。

孫過程坐在船尾跟老陳說話。經行數日，進了邳州地界。天熱起來。船頭迎風，太陽落山以後，甲板上主要是小波羅和謝平遙待著。謝平遙錯過了回家的機會，沒能換一批書來看，沿途的小碼頭又沒有像樣的書坊再買新的，在等待新書之前，他打算跟小波羅學意大利語，但小波羅似乎並不積極，尤其是他用母語在新的記事本上寫寫畫畫的時候，謝平遙也就斷了念想，再次重讀龔自珍、康梁等的著作。不讀書他就抄書，照《靈飛經》練習小楷。或者跟小波羅聊天，向他討教歐洲的時政。太陽還懸在天上，如果小波羅要坐到甲板上，大陳和小陳就會在甲板上支起一把巨大的油皮紙遮陽傘。只要注意挪動躺椅和茶几，小波羅和謝平遙就能一直坐在陰影裡。孫過程坐在船尾，老陳也喜歡坐船尾。所有的船老大都喜歡坐在船尾。老陳心疼這個年輕人，他知道孫過路十有八九出事了。他就安慰孫過程，沒辦法，這世道，什麼意外皆有可能。平常他話不多，但他願意跟孫過程多說幾句，比如說北方的水運。老陳的運營範圍局限在淮河以南。

一陣嘎嘎吱吱的車軲轆聲響過，岸邊兩頭牛拉著一車沙子往河堤上爬，車後哩哩啦啦往下流水。一輛車後還有一輛車，後面又有第三輛。孫過程提醒老陳，得小心了，船盡量往河中心走。運河到了這一段，河底沉澱了幾尺厚的上等黃沙，色澤鮮潤，手感細膩，是築路造房和修飾林園與池塘的好材料。所以有不少打沙的船隻在這一帶活動，把河道淘得越來越深。水底下坑坑窪窪，經常有船隻擱淺甚至沉沒。

「淘深了河道，行船豈不更安全？」南方的水路上極少有打沙這種事，老陳不明白。

「河底挖沙，都是一淘一個深坑。」孫過程比畫，「這邊深坑，那邊就成了淺灘。你要辨不清深淺，這地方走得好好的，一扭頭那個地方可能就擱淺了。」他讓老陳看河水，比幾里外混濁不少，「前面不遠肯定就有挖沙的船。」

「官家不管？」

「管得了今天管不了明天，管得了白日管不了夜心。總有管不著的時候。誰又有那個閒心沒事就來巡航？」

船繼續走。岸邊出現簡易的草棚，草棚裡坐著一群群黑瘦的男人。大樹的陰涼下也坐著一些人。

「他們在幹麼？」甲板上謝平遙代小波羅發問。

「拉縴。」孫過程代老陳回答。

老陳都不免驚奇。看上去這一段河道賞心悅目，水流平穩，水面寬闊。哪兒來的縴可拉？

屋船突然緩慢地向右前方行駛，孫過程對著掌舵的大陳喊：「小心！」

大陳回他：「對面來了大船。」

迎面一艘雙桅的商船，船頭倨傲，桅杆高聳，比他們的要大出兩圈。他們不得不讓出一部分水道。甲板上站著幾個身穿華服的中年人。鬍子最長的那個正吸著白銀做的細長的水菸袋，旁邊一個彎腰駝背的小廝幫他擎著菸鍋。

屋船繼續向右前方走，直到商船擦肩而過。孫過程讓大陳趕緊轉舵，恢復剛才的航線。大陳左轉，已經遲了，彷彿時間突然停頓，船咣當一聲停下。因為慣性，小波羅和謝平遙從椅子裡摔到甲板上，兩個蓋碗茶杯也滑過桌面，落了下來。擱淺了。陳家父子加上孫過程四個人，各司其職，正在努力轉舵、調帆和撐篙。縴夫們走成一支隊伍過來了。以他們的經驗，擱淺了就老老實實雇用縴夫，瞎折騰沒有意義。河底的地形遠比陸地上複雜。老陳他們的確空花了一場力氣，即便能讓船走上幾步，接下來還得擱淺，沒有足夠的力量讓屋船徹底轉到偏中間的航道上來。

這是一筆意外開銷，老陳跟小波羅請示。小波羅讓謝平遙定，謝平遙讓老陳看著辦即可。老陳在南方跑船，對盤壩的費用倒是清楚，拉縴的不熟。老陳說，孫過程有經驗。謝平遙就讓孫過程做主。孫過程跳下水游到岸邊，與領頭兒的縴夫談好人數和價錢，然後胳膊上挽著三根兩指粗的纖繩游回到船上。一根固定到高桅杆的頂端，另兩根繫到船頭和船尾。他讓船上的人注意安全，船馬上要傾斜。

小波羅沒見過這場面，根本不明白船為什麼要傾斜，樂呵呵坐回到椅子上看。孫過程站在船舵旁邊，對岸上的縴夫們揮手，喊起了號子。繫在桅杆上的那根縴繩突然發力，船開始傾斜，剛收拾好的蓋碗茶杯又掉到甲板上。這次就沒那麼好的運氣，一個茶托摔碎了，另一只杯子的杯蓋也裂成了兩半。船傾斜的同時，船頭和船尾的兩根縴繩也繃直了，兩根繩子的發力方向稍微有些區別。孫過程喊著號子，縴夫們也喊起號子。船動了一點。小波羅跌跌爬爬地去撿茶杯，剛坐回到椅子上，第二輪傾斜又開始了，他抱著兩個茶杯連椅子一起摔倒在甲板上。老陳擔心冒犯了他，誰知道小波羅歪倒在甲板上不起來，一隻手拍著甲板哈哈大笑。他覺得這事太好玩了。

屋船傾斜的同時總會伴隨另外兩道斜著向前的力。船底與河底稍有一點空隙，就會被向前拖出一小段距離，如是反覆。孫過程告訴謝平遙，剛剛縴夫們說，他們運氣不太好，碰上了最容易擱淺的一段。傾斜，拖拽；換個方向傾斜、拖拽。反覆了大半個時辰，船終於回到了安全航道。小波羅以為縴夫們會集體歡呼，他率先揮起手嗷嗷直叫。只有他一個人叫，縴夫們一屁股坐在沙灘上，安靜地喘著粗氣，衣服都汗透了，整個人像剛從水裡撈上來的。他和謝平遙發現，縴夫裡竟有三個女人，長年勞作，她們的身形和長相已經越來越像男人了。從遠處跑過來四個小孩，找他們的縴夫娘了。謝平遙的兒子就這個年齡。他眼睛一熱，招呼孫過程，把一把銅板送上岸，給四個孩子。

小波羅明白謝平遙要幹什麼，也從口袋裡摸出零錢，讓一併帶過去。

孫過程游到岸邊，把錢分給孩子。縴夫們此刻站起來，開始歡呼，揮動上百隻手對著屋船說謝謝。

往前走一里水路，他們就看見了一艘挖沙船。一條條小船圍著那艘大船。小船上的工人手持一種奇怪的器具，長長的柄，下面是一個鋼鐵做的巨大漏斗。工人把漏斗形器具扎到河底，然後人離開小船直接踩到長柄上的一個個橫檔上，掌握好平衡後，身體旋轉著往下用力，漏斗就會越扎越深。等漏斗從水底下提上來，水從漏斗周邊細小的孔眼裡流盡，剩下的就全是金燦燦的黃沙。沙挖上來，倒在連接小船和大船之間寬大的傳送帶上，搖動把手，黃沙就被送到了大船上。幾條小船同時作業，每條小船上若干工人，此起彼伏，大船上沙堆越聚越高。挖沙工人看見對面船頭坐著個洋鬼子，紮著大清國的假辮子，模樣十分滑稽，一起取笑小波羅。小波羅先是友好地揮揮手，說完「Hello」就對他們豎起鄙視的中指。

午飯桌上，謝平遙代小波羅向孫過程豎起大拇指，「相當棒，拉縴的活兒都懂。」

「往北走水淺，擱淺是常事。」孫過程很有點不好意思，「早幾年跟舅舅在滄州，拉過幾回縴。」

十五歲開始，孫過程跟舅舅北上河間府謀生，輾轉在滄州居留。平常跟舅舅和一幫叔叔大爺在碼頭耍中幡，生意蕭條時，跟舅舅一起幫別人拉縴。

舅舅是練家子，年輕時在臨清學過教門彈腿。這是一門以屈伸腿為主的拳術，山東直隸多少年裡就有「南京到北京，彈腿在教門」之說。據傳由一位阿訇所創，當然該阿訇也是十八般武藝樣樣精通。某一日，偶遇兩隻雄雞打架，肥的一隻生猛龐大，瘦的那隻羽毛都遮不住身體，肥雞盯著瘦雞一頓猛咬，後者遍體鱗傷但鬥志不減，好像撕下的肉、流出的血是對方的。日影西斜，肥雞終於把瘦雞逼到了牆角。退無可退，瘦雞突然仰臥，兩隻乾瘦的爪子迅疾地彈擊牠的胖敵人，但見肥雞胸毛飄揚，跟按計畫薅的一般乾淨，毛落血出，染了一地，比瘦雞之前流得還多。肥雞被自己的血嚇壞了，敗叫而走。阿訇琢磨良久，靈感大發，創出了拳腿並用的彈腿拳法。因為修習者多為回民穆斯林，習稱教門彈腿。孫過程的舅舅是漢人，少年時因在清真寺裡打雜，跟隨師父修習了彈腿武藝。後來帶外甥遠走河間府，言傳身教，孫過程也成了彈腿的一把好手。

耍中幡在南運河上是一門好生意，驚險刺激又熱鬧。幡面上花花綠綠，繡著各種吉祥威武的字畫，幡杆上還可以裝飾彩帶、流蘇和銅鈴。雄壯的中幡在藝人頭頂、額頭、眉心、後頸、肩膀、胳膊、手腕、掌心、腰胯、後背、大腿、膝蓋、腳尖輾轉騰挪跳躍，在藝人與藝人中間推送傳遞，皇帝老兒看著都開心。孫過程跟著舅舅耍中幡，常聽前輩談及行業的光輝歲月：乾隆皇帝看了喜歡，賜給安頭屯兩件幡面，一面題字「龍翔鳳舞」，另一面也是御筆，「人神共悅」；咸豐皇帝也愛看，同樣御賜兩件幡面，一面「風調雨順」，一面「國泰民安」。孫過程和舅舅耍中幡入門極快。中幡本就是從船上的桅帆演變而來。行走在運河上難免寂寞，船工們就自娛自樂耍帆杆，耍出了花樣和手法，再經過改良創新，就成了一門獨立的中幡表演藝術。舅甥倆在河邊生，在水上長，玩帆杆跟使筷子差不多，從帆杆到中幡，上手自然就快，玩了一年，中幡就像長在了孫過程身上。現在他的這一身塊頭和腱子肉，就是耍中幡耍出來的。那固然需要巧勁兒，更是一個力氣活兒。

有幾年生意不錯，孫過程賺了一點錢。為取水澆田跟趙滿桌家打起來的那十幾畝地，就是用這些錢置下的。年頭不景氣，耍中幡的場子拉不起來，孫過程就跟舅舅一起去拉縴，出蠻力將就著糊口，等時來運轉再把中幡玩起來。運河在，縴夫就在。北方地勢高，河床就高，有多大的水也不一定爬得上去，船說擱淺就擱淺；到枯水期，行船更難，單靠風帆和篙撐槳划，在有些河段根本寸步難行；即便水勢豐沛，也難保像屋船誤入徐州那一段挖過沙的河道：水底下總有你看不見的溝坎，碰上了就只能祝賀你中彩了。縴夫就是行走在岸上的又一條運河，他們把擱淺的船托起來、運出去，讓船重新成為船，在水上走，而不是一棟被迫紮下來的房屋、倉庫或者再也動不了的廢墟。在北中國的運河上，有大批縴夫游動在河邊，擱淺的船，或行進需要提速的船，視船大小，少則三五十縴夫，多則幾百上千。大型的漕船、官船、商船和樓船，縴夫們經常排成浩浩蕩蕩好幾支隊伍合力牽引，前腿弓後腿蹬，整個身體因為用力幾乎要與地面平行。每個縴夫從縴繩上引出來一個大小合適的繩套套在肩膀上，繩套上裹上皮革和布，以便受力面積盡力寬展一些，不讓繩子勒進到骨肉裡。春秋及尚能開河行船的冬季，縴夫們只穿很少的衣服，就算那僅可蔽體的單衣，縴套一上肩，也濕得能擰出水來；到夏天，甚至春秋時的好天氣，體面一點的也就穿一條褲衩，無所畏懼的，乾脆一絲不掛，光溜溜的像條泥鰍在同樣赤裸的隊伍裡艱難地挪動。孫過程和舅舅就經常躋身在這樣的隊伍裡。天熱了舅舅赤身裸體，孫過程做不來，身上至少有個褲衩，舅舅和老男人們就說：過程襠裡的雛鳥金貴，還沒被女人開過光呢。

一八九八年，說好了和舅舅一起回老家團圓，中秋前兩天，舅舅出事了。拋上天的中幡落下，舅舅伸手沒接到，幡杆徑直落到他頭頂，舅舅軟軟地歪倒在地上。孫過程看見舅舅的腦袋裡流出了紅白相間的東西。舅舅對他笑了笑，說：「回家。」人就死了。

前一天他們去拉縴，河灘上布滿石頭，舅舅踩到一塊圓石，腳一滑，摔倒在石頭上，膝蓋和胳膊肘流了血。第二天接到耍中幡的活兒，拖著受傷的胳膊和腿就上場了。他以為沒問題，受傷的膝蓋還是影響了他的步調，一步沒踩到位，中幡錯誤地落下來。

孫過程背著舅舅的骨灰回到梁山，中秋已經過去了六天。他沒再回滄州，兄長孫過路幫他收拾出一間屋子。他決定在梁山跟父母兄弟一起耕種好那十幾畝田地。

翻過年，趕上大旱。

五月裡乾旱已然明顯，田畝乾裂，麥穗未及成熟就垂下了頭。靠著一家老小的肩挑手提，硬是把十幾畝田澆了兩遍。幸虧離著河水近。到六月底，能不能割也得割了，麥秸早已經乾透。多少收穫了幾斗糧食。七月開始犁田插秧，水成了更大的問題。麥茬兒硬得像石板，完全耕不動；往年總有水從渠裡流進田地，那個七月大大小小的溝渠全見了底。只有二三十丈開外的運河尚存了一些活水，那也枯得差不多，稍微大一點的船都通不了航。孫過程的父親跟隔壁田地的趙滿桌商量，在兩家秧田中間現開一道渠，從運河裡借水來澆田。工程巨大，秧苗又經不起拖延，兩家通力合作更可靠。

在水渡口，大半個村莊的人都姓姜，就孫趙兩家是獨戶。獨戶缺少安全感，只好拚命幹活兒掙錢，反倒置下了最好的兩塊地，靠在運河邊上。趙滿桌十分贊同老孫的提議，兩家合力，開出了一條水渠。接下來是引水。運河水位低於秧田，只能把水往上翻。弄一架翻水車動靜太大，也怕招惹麻煩，就使戽斗一斗斗往上拉。左邊牽繩的是孫家人，右邊牽繩的是趙家人，在水渠相同的位置各往自家的田裡開一個口子，水均勻等量地流向兩家。

矛盾出在趙滿桌的老婆偷偷摸摸又給自家開了個進水口，還開在兩個進水口的前面。男人們拉戽斗，女人們下田照看水勢。孫過程老娘拄著鐵鍬沿水渠走，看見趙家的第二個進水口，沒吭聲，順手堵上了。第二次她下田看，新的口又開了，她又給堵上了。新的開口第三次出現，孫過程老娘憋不住了：這哪是同舟共濟，分明是擺到臉上欺負人。女人鬧起來，男人肯定也不太平。趙滿桌給老婆找臺階：再開一個口子也不算不合理，趙家的地只有孫家的一半，自家的灌滿了還得繼續拉戽斗，吃了一半虧。孫過程老娘說，話不能這麼講，這季節的秧田哪是灌過一遍就夠的？要持續的水流才能把田土吃透。道理趙滿桌兩口子肯定懂，但抵死嘴硬，爭端一點點升級，最後上手了。

打架趙家不是對手，孫過程一身好武藝，孫過路也一身力氣，趙滿桌怎麼比畫都占不到便宜。趙滿桌老婆回娘家搬救兵。娘家也人煙凋零，但娘家哥哥入了村裡的德國聖言會，整天跟兩個德國傳教士混在一起。傳教士有一百八十多號信徒，手裡還有十條洋槍，是個強悍的後臺。但傳教士有條件，入了會信了教才能替他們兩口子出頭。娘家村子裡信教的都不太受鄉親們待見，在水渡口更是，眼下還沒人敢率先走出這一步。趙滿桌老婆要信，她咽不下這口氣，她給自己找藉口，四下傳播，說之所以信教，是因為孫家有「白蓮教妖人」，上帝可以保全好人。誰都知道孫家的二兒子在外面混跡有年，學了一身好拳腳，是不是「白蓮教妖人」真不好說。當時白蓮教是官府鎮壓的邪教，平常聽見這仨字頭皮都發麻，誰敢扯上關係？孫家要闢謠和反抗，他們找上趙滿桌的家門，這又給聖言會出動洋槍隊提供了藉口：欺負信眾欺負到家門口了。

孫趙兩家約定月圓之夜在村後的打穀場一較高低，輸的一方認栽，此事從此平息。那一夜，孫家召集了所有親戚朋友，又通過親戚，從相鄰的東平縣請來二十八名大刀會成員做外援，帶著傢伙來到打穀場上。趙滿桌和他的親朋好友站在第一排，菜刀木棍都上了；第二排是聖言會的信眾和信眾招來的愣頭青，也是全副武裝；第三排是洋槍隊，十條槍都來了。

事後孫過程孫過路兄弟才知道，十條槍只有三條裝了子彈，裝上子彈也是為了聽個響嚇唬他們孫家。聖言會的傳教士不傻，現在華北的仇洋情緒日漸升溫，自己不要做導火索，更別當替罪羊，但他們又兜不住自己的心高氣傲和趾高氣揚：必須替趙滿桌做好主，這事要做成。基於多年的傳教經驗，他們很清楚，贏取教民歸附，靠的不是紅口白牙說主如何神通廣大，要有實實在在的好處。在他們看來，沒有誰能比這一群黃皮膚黑頭髮的人更在乎世俗的利益了。在中國，有錢都能招呼到鬼來給你推磨；在中國，有錢你也完全可以虛構出另外一個上帝讓他們來信。他們要讓這些中國人看一看，信了教入了會你的後臺會有多硬。所以，他們派出十條槍，但只給三條槍裝上子彈；排場必須有，分寸也要把握好。

如果沒有那三條槍，人數上明顯弱勢的孫家並不處下風。赤手空拳，孫過程以一當十，手裡攥著兩把大刀，二十個舞槍弄棒的小夥子也奈何不了他。但在孫過程雙刀一路突進到趙家最後一排時，槍響了。照傳教士的指示，三條槍萬不得已別對著人來，隨便往哪兒射，聽個響就行；其中兩條槍遵指示辦了，第三條槍抱在一個膽小鬼懷裡，他為自保，慌裡慌張把槍口對準了孫過程。那時候的孫過程跟哥哥還沒有加入義和拳，也沒練過「金鐘罩」和「鐵布衫」，孫過程的父親老孫更不知道世上還有這兩樣奇怪的武功，他在第三條槍舉起來對準兒子時，及時衝到兒子前面，替兒子擋了一槍。

槍聲震天，大旱中僅存的幾隻夜鳥也被從枝頭嚇飛了。月亮圓白，月光廣大，放槍的膽小鬼嚇得眼珠子都要瞪出來，眼球裡一邊映著一個大白月亮。槍掉在地上。打殺的人停下手，在那一小段時間裡保持著先前的造型，接下來他們不知道怎麼辦，是就此罷手還是繼續打殺下去。打穀場地皮乾燥得像炒麵，踩踏起的煙塵慢慢降落。受傷的人開始叫喚。孫過路先於弟弟喊爹，受傷的父親現在被孫過程抱在懷裡。孫過程沒有哭，他把父親移交給哥哥，提著兩把刀往洋槍隊走，每一步腳踏實地，每一步都濺起了煙塵。身後又傳來一聲槍響，他們轉過身，看見縣太爺帶著一隊人馬跑過來。

水渡口孫趙兩家的恩怨嚇了知縣一大跳。他給報信的打過賞，趕緊召集隊伍，連縣衙裡伺候他老婆的僕從都帶來了。此事非同小可，涉及民教之爭，大刀會和洋教士都攪進了這趟渾水，遠非一場簡單的鄉村械鬥。兩年前的「巨野教案」雖然沒發生在他的地盤，但他和山東所有想升官的知府知縣一樣，免不了兔死狐悲。就因為巨野縣磨盤張莊教堂的兩名傳教士被殺，德國皇帝發了脾氣，直接導致了《中德膠澳租界條約》的簽訂，膠州灣被德國人霸占了。國家的事他懶得操心，但山東巡撫、他的上司李秉衡被罷免、永不敘用，跟他就有關係了。「巨野教案」告訴他，此事處理不當，他會比李秉衡還慘。他騎馬帶著隊衝出縣衙時，老婆在後面提醒他官靴沒穿，他沒好氣地回一句：

「官帽能不能保住都另說，哪有時間操心他娘的官靴！」

縣太爺隊伍的裝備不比趙滿桌一方好，但縣太爺的隊伍權威。縣太爺高喊，孫家在東，趙家在西，都他娘的給我站好了！兩邊的人分開後，衙門的隊伍站到中間，把兩家徹底隔離開來。手下的人查驗之後報，兩邊各有損傷，半斤八兩。知縣心裡就有數了，他沒想到孫過程他爹第二天會死，現場就給了判決：

械鬥就此結束，誰再挑釁或率先動手，就是與縣衙為敵；

因損傷大抵均等，雙方互不賠償，不許再找對方麻煩；

雙方私自從運河引水，破壞河道與水運，罪當重罰，念在此次毆鬥必然傷及雙方財富元氣，本縣決定既往不咎，此後不得私開水渠，盜用河水；

雙方田間水渠將由本縣做主，平渠為路，雙方修好之前，不得跨越該路，從此各管各家。

然後知縣宣布：「此夜到此結束。各回各家，各找各媽。」

這一夜當然沒有到此結束，後半夜還很長，但雙方的確散去了。孫過程他爹被抬離打穀場之前的最後一句話，也是他這輩子的最後一句話是：「回家。」他躺在兒子懷裡，用最後的力氣和清醒對兩個兒子微笑，說回家。孫過程想起舅舅，舅舅死前最後一句話也是「回家」。

待水渡口的打穀場上只剩下縣衙的人，縣太爺踩著衙役的後背上了馬，揮揮手，他娘的，打道回府。

回到家老孫就沒再說話，也沒睜眼，第二天躺在自己床上死了。結果在意料之中，可是對死亡人們總是心存僥倖，一家人希望老孫能醒過來；老孫沒醒，這更加深了他們對洋人和教會的憤怒。憤怒和悲傷讓兩個兒子充滿鬥志，卻讓他們的母親垮掉了。五十四年來，這個小腳女人一輩子沒出過梁山，拾柴、種米，伺候公婆；生養了十個孩子，活下來一對兄弟。年輕時丈夫出門討生活，她一個人半夜埋葬過八個早夭的娃娃，然後在一個個小小的墳頭邊坐到天亮；中年後兩個兒子大部分時間在外謀生，他們走到哪裡，她就關注哪裡的消息，她覺得這輩子也走了很多的遠路；她和丈夫相依為命，稍稍可以過兩天好日子，丈夫卻死了。作為一個不識字的女人，她想不通又不甘心，憤怒和悲傷如惡疾在她衰敗的身體裡繁衍。兩個月後的一個清早，她躺在床上沉默著死去。這一生其他所有這個時辰，她都是沉默著起床，開始一天腳不點地的操勞。她死的時候，河邊的稻田乾出了蛛網般錯綜糾纏的口子，每道都有半尺寬。那一年他們顆粒無收。那一年趙滿桌家也鬧饑荒，靠著教會的接濟也只活得馬瘦毛長。但孫過程和孫過路不打算放過他們。

兩個多月裡父母雙亡，田地亦無所出，喪葬耗盡了所有積蓄和口糧。跟往年一樣，一季歉收就得斷頓。斷糧的那一天，兄弟倆意識到，水渡口沒法再待下去了。他們決定解決問題後走人。兩個人收拾好房子，鎖上門，每人拎一個包袱，身後斜背一把刀。積滿了牛蹄印的土路發出嗆人的焦味。秋蟲在黑暗裡喊啞了嗓子。這個世界剩下的東西不多了，肚子裡也是，整個水渡口能吃飽飯的人沒幾個。

這是晚上，街巷裡早就聞不到炊煙的味道，趙滿桌家大門沒關。兄弟倆徑直進了院子。只有一間屋子裡透出生鏽的刀片般的燈光。孫過程一腳踹開了那間房門。儘管燈光昏暗，他依然看清了趙滿桌閨女的兩個乳房，她坐在一條細瘦的板凳上，敞開胸懷奶孩子。從十五歲開始，他就經常夢見這一對乳房。她比他大兩歲，發育得也早，胸部纏得緊緊的也管不住它們的柔軟和膨脹。他在夢中隔三岔五看見這一對乳房被從胸衣裡解放出來，蓬勃、躍動，真像兩隻閒不住的白兔子。在夢裡他能聞到肉香。那時候他哥哥也喜歡她，母親還想託人去趙家提親，但趙滿桌把她嫁到了另外一個村，那家比孫家多了兩畝田。現在他終於看見了這對乳房，跟夢中和想像的完全不同，像兩只垂吊著的癟皮袋，柔軟沒有了，蓬勃沒有了，肉香一定也消失了，兔子瘦得毛都灰黃了。兩歲的孩子還在抓著一隻乳房蹺著兩個細腳丫拚命地吸。娃兒因為身形瘦小，顯得腦袋特別大。

踹門聲沒有驚動到她，兄弟倆刀片上的燈光反射進她眼裡，也沒有嚇著她。她就那麼坐著，兩手攬著孩子。蓬亂的頭髮下面，她有一張空白的臉。她說：「什麼都沒有，娃兒還吸。」她甚至都沒看一眼他們舉起來的兩把刀。「什麼都沒有了。」她又說。她從婆家回到娘家，飢餓一點都沒變少。什麼都吸不到的娃娃哭起來，她一把又將孩子的嘴摁了上去。孫過程的刀還舉著，他被這一對乳房驚住了。憤怒阻止了他的羞怯，但憤怒沒法阻止他震驚。哥哥清一下嗓子，按下弟弟的手。刀收起。孫過路解開包袱，從他們最後的一串錢裡分出一半，放到旁邊的梳頭桌上。繫上包袱時，孫過程把另一半錢也拿出來，放到桌子上哥哥的那一半旁邊。兄弟倆轉身出了門。弟弟說：

「男人怎麼不能活。」

孩子又哭起來，餓得哭聲都不能連貫。兄弟倆聽見另外一扇門打開，趙滿桌老婆嘟嘟囔囔地說：「號啥？睡著就不餓了。」

他們倆已經出了大門，直奔鄰村的教堂。

教堂在鄰村的西北角，被圈在村圩子之外。這樣好，到那裡幹任何事村裡人都不知道。一路小跑。教堂裡外都是黑的。兄弟倆過去當稀奇進這教堂看過，記得屋頂上掛下來一個枝枝杈杈的燭臺，每根枝杈上都點上蠟燭，一圈下來有二三十朵火焰，足以把這間原來供著太上老君、釋迦牟尼佛和送子娘娘的關帝廟照得亮亮堂堂。

「讓他們死得明白。」哥哥說。

弟弟叩響黃銅門環。聽見腳步聲從裡面響起，孫過程就把刀立在臂彎前。一個男聲殷勤地從裡面問：「航師傅還是祝師傅？」兄弟倆在黑暗裡對視一下，兩個洋鬼子都不在？那兩個傳教士的確是給自己取了中國名字：一個姓航，意思是與上帝同行；一個姓祝，祝福所有人與主同在。門開了，黑夜裡也看明白那張臉平得像一磚頭拍過的，不是洋臉。一個中國的中年男人，「找誰？」他問。這句話是地道的本村口音。

「洋妖呢？」孫過路問。

男人聽了脖子一頓，要縮進門裡，被孫過程一把拎到了門外。

「說，兩個洋鬼子在哪兒？」

「不知道，我不知道。」男人說，個頭兒不高，又瘦，要不是嘴唇上下長了鬍鬚，黑暗裡你會以為是個沒發育好的男孩，「我就是個教友。不是，我不是教友。我就是個看門的。」

「洋鬼子在哪兒？」

「去巨野見教友了。不是，去巨野見洋鬼子了。」

「多時回？」

「小的不知。按說今晚，也可能明天，沒準後天、大後天。」

孫過程撒手時用力一推，男人跌坐在石階上。「怎麼辦？」他問哥哥。

「等不了。燒！」

孫過程說：「是咱老祖宗的廟啊。」

「老祖宗在哪兒？早被這幫龜孫子給砸了。這廟現在姓洋！」

孫過程說好，掏出火鐮，摸黑進了教堂。教堂裡很快透出光來。光變大，由昏黃變橘紅，越來越亮。坐在地上的瘦男人要起來，孫過路把刀堵在了他的脖子前，他就坐在地上喊：

「別燒啊，千萬別燒！洋師父會殺了我的！」

孫過路說：「再喊我先殺了你！」

男人立馬捂住嘴。然後張開手指，從指縫裡漏出來小小的聲音，「兄弟，他們真會殺了我的。」

「跟他們說，放火的是水渡口的孫家兄弟。」

「他們不會放過你們的。」

「我們也沒打算放過他們。跟他們說，我們還會回來的。」

「兄弟，還得讓我喊兩聲。」過一會兒，男人又小聲說，「要不洋師父回來要怪我不盡責的。」

四周漆黑一片，第三個活物都看不見。「好吧，那你喊。」

男人突然亮起嗓門兒喊起來：「失火啦！都來救火啊！」

孫過路立馬喝住他：「小點聲！」

「聲音小了等於沒喊啊。」

「那就等我們離開後再喊。」

男人又捂上嘴。

孫過程從教堂裡走出來，火苗已經上了房頂。兄弟倆把刀插回到身後。

「走？」弟弟說。

「走。」哥哥說。

大火映紅半個天空，他們朝北方走。

男人在身後如喪考妣般號叫起來：「著火啦！教堂著火啦！有人放火燒教堂啦！快來救火啊！」

村圩子裡有人敲起鑼鼓、臉盆和木桶，有喊失火的，也有喊走水的。他們要去鄰縣東平。那裡有大刀會，有一幫跟他們一樣四海為家、與洋為敵的兄弟。當他們走到東平，如細流匯入江海，大刀會已經成了「義和拳」，打出的旗號是「扶清滅洋」。他們會繼續往北走。現在，他們就開始往北走。大火在目光盡頭燃燒。

哥哥跟弟弟說：「走，是為了回來。」

好多天裡，孫過程都想不明白，世界上竟然有小波羅這種職業，就是坐在船上到處亂看。當然，也會捨舟登岸穿街走巷地看。此類事他只見過兩種人幹過：一是鄉間的二流子，吃飽飯無所事事地遊蕩；另一種人就是當官的。義和拳開到北京後，作為最精壯的拳民，接受朝廷官員的檢閱時，他總是被指派站到最前排的隊伍裡。那些當官的背著手從他面前經過，偶爾看他一眼，有時候還會拍拍他肚子，讓他張開嘴看看牙口，順帶品評兩句，像逛牲口交易市場；然後搖頭擺尾地繼續走，把他們的營盤慢騰騰地轉上幾圈。你不知道他們究竟看見了什麼，但他們的任務就是走走看看。小波羅比二流子和朝廷官員還過分，他要沿運河從南一直看到北。他努力從小波羅的日常生活裡總結出點硬邦邦的東西，但是徒勞。小波羅該吃時吃，該睡時睡，其他時候坐在船頭喝茶、看書、寫東西、跟大家聊天，興致好了就擺弄他的照相機，或者到岸上信步亂走，走到哪兒算哪兒，累了就趕緊回。生活竟然可以這樣過，不是種子丟下去長出新芽，也不是中幡耍完了、縴拉過了拿到錢，更不是手起刀落、一顆人頭掉到地上。日復一日。他當然知道趕路就要有個過程，但小波羅的目的顯然不在趕路，他要的僅僅是看。虛無縹緲、沒著沒落、無法抵達某個結果地看。

這種通往空茫和未知的「工作」讓他心裡空落落的。他從船尾走進臥艙裡，邵常來蹺著二郎腿躺在床上。在船上，不做飯的大部分時間裡，邵常來就這樣睜大眼躺著。睡不著。從小到大，他沒這麼胖過。他自豪地告訴孫過程，都說邵家遺傳瘦，祖宗十八代沒一個胖子，那是他們沒攤上好日子。

「這日子好嗎？」

「好啊！」邵常來一骨碌坐起來，「有吃有喝不花錢，還風不吹頭雨不打腳。你兄弟過膩了？」

「我是說，咱們這位迪馬克先生，就這麼走走看看？」

「就這麼走走看看。人家幹的是大事，咱們不懂。」

「不懂你怎麼知道是大事？」

「我懂另一個道理：拚命花錢幹的指定是大事，像咱們這樣，拚命掙錢幹的一準是小事。」

孫過程想想有些道理，但他還是覺得不牢靠。那到底是多大的事呢？他從臥艙裡出來，咬咬牙還是走到了甲板上，小波羅和謝平遙在喝咖啡。已經是六月，他們平穩地航行在微山湖中。運河有一段橫穿這片著名的大水。荷花在遠處小島的邊緣盛開，蓮葉接天，半個湖都是綠的。拉網打魚的人在河道之外對他們揮手。咖啡也是孫過程到了船上才知道的東西。小波羅主要喝茶，十天半個月煮一次咖啡，帶得少，得省著喝。這一天太陽格外好，湖面闊大，浩渺的波光讓小波羅空前興奮，唾液腺分泌出來的口水帶上了咖啡味。他讓邵常來趕緊煮。能煮咖啡邵常來備感驕傲，好像那是一門多麼艱深的技藝。端上甲板之前，他終於決定偷嘗一口，上下嘴唇各燙了一個泡。他抿緊嘴把兩杯端過去，一路上都想把這奇怪的味道吐出來，實在咽不下去，但又捨不得。小波羅問：「加糖了嗎？」邵常來必須說話了，一開口就把咖啡咽下去了，「回大人，早就沒了。」咖啡的味道如此怪異，邵常來當即咳得彎下了腰。那天晚上他們住到南陽古鎮的客棧裡，邵常來跟孫過程說：「淨騙人，不就是個中藥湯嘛，叫什麼咖啡！」但是孫過程說：「真的香。苦完了全是香。」

小波羅堅持讓孫過程嘗了兩口，一口之後又來了一口。小波羅說，閉上眼，一點一點咽，注意舌尖、舌面、舌根、嗓子眼兒、食道和胃裡的感覺。敞開你所有的味蕾。敞開，對，不要關閉，更不要回避，敞開了才能充分享受。孫過程在小波羅和謝平遙的指導下，兩口咖啡喝出了一整杯的時間。中藥湯在他的想像裡逐漸變成了褐色絲綢，從唇齒緩慢地流淌到胃裡，苦一寸一寸地變成了香。

「這就是結果。」小波羅讓他睜開眼，「享受一個喝的過程足以成為喝的目的與結果。」

孫過程咂巴著嘴，還沒有徹底弄懂。

「首先要喝。」

「如果最終還是苦呢？」孫過程說。

「那你就會知道，在你，苦最終還是變不成香的。」謝平遙替小波羅翻譯出來。「不過，為什麼非得在開始的苦和最後的苦與香之間建立聯繫呢？由苦開始，只有繼續沒有終點，不也很好嗎？比如拍照——」小波羅抱著他的盒子相機舉到孫過程眼前，「選景，對焦，按快門。」孫過程通過一個小方框看見了這個世界的一部分，不過是顛倒的：遠處一條小船，漁翁咬著菸袋，手持竹篙把十幾隻鸕鷀趕下水；那些鸕鷀一個猛子扎下去，兩隻腳蹼在水面上搖擺，過一會兒紛紛浮出水面，輪番往船上跳；每隻鸕鷀嘴裡吞著一條魚，有的魚頭或魚尾從鸕鷀嘴裡露出來；漁翁左手拎起一隻鸕鷀，右手往牠脖子處一捏，一條魚從鸕鷀嘴裡滑出來，落到船艙裡。小波羅果斷地按下快門。在被定格的瞬間畫面上，孫過程發現鸕鷀脖子上竟有一圈明亮的鐵環。「鐵環！」他說。

「什麼？」謝平遙替小波羅問。

「鐵環。箍在鸕鷀的脖子上。」孫過程重複。

生長在梁山水泊，從小到大不知道見過多少人捕魚時用鸕鷀代勞，但他頭一回注意到鸕鷀脖子上還可以箍上一圈鐵環。小時候他還經常問父母同一個問題：為什麼鸕鷀抓到魚不自己吃到肚子裡？父親說的是：吃了，又被打魚人擠出來了。母親回答：咽不下，鸕鷀嗓子眼兒淺。現在他發現，父母的解釋之外還有第三種：因為那一圈鐵箍，想咽也咽不動。可能很多年裡，梁山泊的很多鸕鷀脖子上也有這麼個環，只是他沒看見。看了，但沒看見。

「看了，但你沒看見。」小波羅把最後一口咖啡喝掉，點上菸斗，「照相機讓你看見了。我拿起相機，我是為了拍出一張驚世之作嗎？不是，就是隨便一拿，然後隨便這麼一對焦，就讓你看見了。」

「無心之舉，亦有所成。」謝平遙附和，「無用之用，可為大用。」

小波羅要把相機收起來，孫過程還想再看一看相機，小波羅遞給他。這一次孫過程沒有對著取景器看，而是把相機在手中翻來覆去轉著圈看，看見縫隙就嘗試把機器摳開。小波羅趕緊制止，擔心打開後膠捲曝光。

孫過程低聲問謝平遙，相機裡有小孩眼睛嗎？他在義和拳中聽到很多傳聞，說山西、陝西、四川、湖廣等地的洋人喜歡抓中國小孩，抓到後，把腦漿混在牛奶裡喝，皮肉用來榨油做菜，眼珠子挖出來裝進照相機裡。你能在取景器裡清晰地看見這個世界，是因為有一雙眼睛已經提前替你看了，你看到的是他眼睛裡的東西；因為那是小孩的眼睛，所以你看見的都比現實中的小；因為那雙眼睛反方向裝在相機裡，所以你看見的只能是個倒立的世界。

如此荒唐酷烈的傳聞讓謝平遙哭笑不得，他盡量調整到一個孫過程能夠接受的表情，誠懇又堅決地回答：

「絕無此事。」

「確定？」

「確定。」

小波羅把拉伸出來的鏡頭推回，收起了相機，「你們在說相機？」

謝平遙說：「過程懷疑相機裡還藏了一雙眼睛。」

小波羅哈哈大笑。多年前第一次見到相機，他也想從相機裡找出一雙眼睛來。他伸出手要與孫過程握手，他不知道他們說的完全不是同一種眼睛。孫過程把手縮到身後，將信將疑地回了船尾。天空突然響起驚雷，整條船為之一震。微山湖似乎也劇烈地震盪了一下。

孫過程一直記著這個下午，那是辛丑年他聽到的第一聲雷。驚雷之後下了冰雹，落到船上的第一個冰雹碰巧砸到他剃掉頭髮的前額上。那冰雹有拇指頭大小，砸得他頭腦嗡嗡響了半天，鼓起的包有兩個拇指頭大。練耍中幡時，用額頭天天頂中幡也沒頂出過這麼大包。前額往前伸出了一大塊。邵常來說，這樣好，看著像壽星。壽星都有一個突出的腦門。他記著這個下午的冰雹和接下來的大雨，是因為他從小波羅那裡終於弄明白，任何一件哪怕漫無目的的事情，都可能有意義；無意義本身可能正是它的意義。他講不清這其中的彎彎繞道理，但他的確由此開始逐漸放鬆下來，不再凡事頂真。這個下午，他一生中最重大的一個問題解決了，那就是，晃晃蕩蕩的一輩子也可能是值得過的。這個下午的記憶裡還牢牢地鑲嵌著一部相機。若干年後，這部相機將在他的後人中流傳。不過那個下午，他和船上的所有人一樣，首先要對付的是不期而至的冰雹和大雨。

冰雹砸到屋船上像敲響小鼓。這氣候老陳沒想到，南方的天氣他熟，打眼看看天，八九不離十。多年的水上生活練就的基本技能。這次瞎了，剛剛還豔陽高照，他還打算讓兩個兒子把船划到荷花蕩裡，讓從意大利來的洋鬼子驚豔一下呢。他聽見念過幾年私塾的小兒子咕噥了幾句詩：「江南可採蓮，蓮葉何田田。魚戲蓮葉間。魚戲蓮葉東，魚戲蓮葉西，魚戲蓮葉南，魚戲蓮葉北。」東西南北中轉一圈，這也叫詩？一副骨牌嘛。但小魚在荷葉間東南西北地亂竄，倒也很有點可看的。誰知轉眼一片大雲彩像用髒的抹布遮住了太陽，劈里啪啦下起了雹子。他讓兒子們調好帆、架起槳，南陽鎮不遠了。

半道上開始落雨，裹著冰雹一起下。船上積到兩指厚的冰雹時，只剩下了大雨。細密的水煙從湖面上揚起，微山湖更顯得渾厚浩茫，鎮上的標誌性建築泰山奶奶廟和後面的船看起來好像突然都遠了。等他們進了南陽鎮，穿了雨衣的老陳一家，一個個也都渾身精濕。

雨還要淅淅瀝瀝下一陣子，黃昏不到天就暗下來。老陳找了一個寬敞點的碼頭，停下船，石階正對著一家低矮的老房子。門頭上掛著一塊牌子：康熙御宴房。這一路走過來，稍微像樣點的市鎮上都能找出幾家御字頭的招牌，有管吃的，有管喝的，有管住的，有管玩的，分不清真假。南巡的皇帝太多了。站在鋪子裡面的小二臉隱在暗處，隔著雨簾對他們喊：

「康熙爺坐過的地方給大人們留著呢！」

小波羅要看看康熙爺坐過的地方是啥樣兒，一干人就進了御宴房。跟冰雹和大雨戰鬥了半天，老陳一家都累了：三個男人行船，陳婆從船上往下刮水，也腰疼背疼。要不是孫過程和邵常來他們搭把手，夠她幹到半夜的，臥艙裡全都進了水。鑒於艙內水氣太重，老陳建議小波羅和謝平遙找家客棧住一宿，他們幾個就在船上湊合一晚。小波羅說好，但現在吃飯要緊。進了御宴房先給大家要了十來碗薑茶祛濕寒。

洋大人光臨，老闆顛兒顛兒過來親自跑堂。他把中間靠裡的兩桌人趕到旁邊，空下來給小波羅他們坐。謝平遙轉達小波羅的意思，這麼幹不妥。老闆說，有什麼不妥？這裡他說了算。安頓好後，老闆附到謝平遙耳邊問，他跟洋大人誰面對前方的空桌子坐？那張空桌子就是當年康熙爺坐的，被一圈紅帶子圍起來，桌腿上拴著紅綢子，康熙爺面南背北坐在中間位置。他們倆誰對著前面空桌子坐，誰就是面對了康熙爺坐。這位置好啊，當官的坐了連升三級，經商的坐了財源滾滾。老闆胳膊肘往裡拐，希望咱自己人坐，所以先給謝平遙耳語，反正洋人也不懂。謝平遙趕緊說，讓小波羅坐。他想想都瘆得慌，館子裡所有燈燭都點上了，還是有點暗，這要坐過去，一抬頭再看見先皇在昏暗中也拿起了筷子，這飯哪裡還吃得下。他跟小波羅說，坐這裡，你就等於跟康熙皇帝一同進餐了，吃的也是御宴。小波羅高高興興坐到了康熙對面的位置上。

這頓飯最忙的，一是小波羅，忙著吃。南陽鎮在微山湖裡，一溜狹長的小島，運河穿城而過。靠水吃水：一是吃過往的船隻，衣食住行，你總得有所花銷；二是名副其實的吃水，一桌子上來大部分是湖鮮。御宴房的老闆誇耀，前兩年大半個國家旱得口乾舌燥，吃了上頓沒下頓，大南陽鎮都衣食豐足。微山湖水的確是下降了不少，不少地方乾了個底朝天，但誰旱魚都不旱，水深的地方一網子下去，也是滿滿當當。到處餓殍滿地，南陽鎮人依然白白胖胖，兩碗魚湯下肚，兩個腮幫子就跟抹了胭脂一樣好看。所以，老闆跟小波羅說，南陽鎮的魚一定要吃。小波羅就忙著吃魚，吃各種魚肉，喝各種魚湯。

意大利人很少吃淡水魚，小波羅不管，來者不拒。但他吃魚的技術實在不敢恭維，小心翼翼地挑著魚刺，吃得既敬業又辛苦，腦門上咕嘟咕嘟往外冒熱氣。吃幾口魚喝一口燒酒。老闆說，水深魚寒，燒酒暖胃，魚配酒才陰陽調和。每次喝酒，小波羅都要衝著對面的空桌子舉起杯，跟看不見的康熙爺碰一下。「Cheers！」他說。

另一個忙人是孫過程。館子裡人多嘴雜，看到洋人時眼神總有點怪怪的。北方不比南方，前兩年義和拳鬧得北中國像開了鍋時，南半個中國約定「東南互保」，不操那份閒心，老百姓的仇洋情緒沒有被真正激發出來，洋人就算半夜裡走黑路，大半也都安全的。過了淮河不一樣。他把刀放在腳邊合適的位置，以確保一腳踩到刀尖上時，刀把會立馬彈跳至手邊。小波羅在他大刀的保護範圍內。因為忙於眼觀六路，只能逮著安全的間隙猛塞兩口，差點把自己噎著。

晚飯快結束時，他發現兩個年輕人總往這邊瞟，一旦撞上他的目光，兩個人立刻裝作無心地聊天。他們的坐姿和舉手投足藏著力道，人是繃著的，不像其他食客，鬆鬆垮垮地坐在凳子上，一身的酸肉。孫過程越發覺得此二人可疑，頭腦裡迅速地把可能的情況都轉了一下。那兩個人站起身，對櫃檯後面打算盤的老闆抱了個拳，走了。兩人穿一樣的圓口厚底黑布鞋，腳步起落間暗含一股彈力。

吃好後，小波羅打過了幾個嗝，邵常來去結帳。順便把老陳一家也請了。邵常來把找零裝進自己縫製的專用公款錢袋子裡，站在櫃檯前繼續向老闆打聽鎮上可有上好的客棧。從門外進來三個人，其中兩個正是兩袋煙之前剛走出去的年輕人。區別的是，這一次他們佩了官家的腰刀。第三個人四十多歲模樣，一身官服，戴著披散著紅穗子的涼帽。孫過程噌地站起來，刀提到手上。卻見那兩個年輕人對他抱抱拳，微微一笑。

穿官服戴涼帽的是南陽守備的下屬，奉命特來邀請洋大人到守備府上一敘。去了守備府，等於跟官家扯上了關係。孫過程心裡沒底，徵求謝平遙的意見。謝平遙在衙門裡待過多年，深知那一套繁複的程序，他更希望此行深居簡出，自由利索。但戴涼帽的官員從馬蹄袖裡伸出兩隻白胖的手，衝謝平遙抱拳：

「對不起，洋大人可能必須得去。」

謝平遙看看小波羅，小波羅聳肩攤手：「為什麼不呢？」守備邀請，他覺得挺有面子。謝平遙跟他說，守備是個五品官，挺大。小波羅更開心了，一路上都在換算大清朝的五品官在意大利可能處在哪個職位。

孫過程貼在謝平遙身邊，問要不要跟隨。謝平遙明白他的顧忌。曾經的義和拳身分，此事說小也小，說大也大。謝平遙說：「放心，有我在，你就在。」這句話讓孫過程感動了一輩子。

守備府不遠，整個南陽鎮就不大。沿河邊的石板路一直走，經過各種點著燈火的店鋪商行。雨早停了，河道裡來往著大小船隻。炊煙、吆喝聲、叫賣聲四起，新鮮的魚蝦和蔬菜擺在店前、船頭和碼頭石階上，做生意的人拎著一盞防風的小馬燈。他們不要秤，用手掂定斤兩，差不多就行。整個南陽鎮就像一個喧鬧的夜市。他們在「金典」當鋪前拐個彎，再走三百步，兩個石獅子坐在守備府朱紅的大門前，發出水淋淋的黝黑的光。

可能限於島嶼的面積，守備府沒想像得大。進門就是磚石行道，院牆邊上傳來很多匹馬的嘶鳴，雨後的夜晚依然瀰漫著馬臊味。為什麼府衙的格局都差不多，進來就聽到馬叫，看見拴馬樁？戴涼帽的解釋，公幹方便，騎上馬就可以出門。磚石路右拐，進入長廊，長廊盡頭就是守備大人的接待室。一路點著防風的罩燈。守備大人身材魁梧，一身便服站在門口迎接。

接待室燈火通明。守備和小波羅坐在上首兩把太師椅上，謝平遙和守備戴涼帽的下屬坐下首，孫過程和那兩個侍衛站在門外。守備留著兩撇末梢上翹的鬍子。他問小波羅喝什麼，有酒、咖啡和茶。守備府裡竟然有咖啡，小波羅和謝平遙都驚訝。守備大人呵呵地笑，南陽雖小，南來北往的卻是全世界的人啊，每人留下一點東西，操辦個萬國博覽會應該問題不大。小波羅要喝茶，因為守備大人說，是穀雨時採製的太平猴魁，前幾天剛運到的。

丫鬟泡好茶端上來，味道果然不俗。開始只閒聊，貴國人民生活如何，來中國有何貴幹、是否習慣、感覺可好，等等。說話時守備不停地轉動右手大拇指上翠綠色的虬角扳指。他左手的無名指上戴著鑲了血紅瑪瑙的戒指。丫鬟又上來添水，蓮步輕移，從裙子裡偶爾露出小小的腳尖。守備大人問他還有什麼疑惑，小波羅就問起了女人的小腳：

「咱們這女人的腳，非得裹嗎？」

「要裹。」守備大人說，大扳指轉得更快了，兩個腳尖也跟著有節奏地抖，「女人雙腳要解放出來，人會變得強壯。男人已經很強壯了，強壯的女人要跟他們聯合起來，就會對朝廷造成威脅。」守備大人停下轉扳指，側側身子對著北方抱起了拳。

謝平遙先笑起來。小波羅跟著也笑起來。然後守備大人和下屬也笑了。孫過程伸頭往裡看，正看見守備大人笑得拍起了茶几，太平猴魁茶水從茶碗裡濺出來。站在對面門旁的一個侍衛板著臉咳嗽一聲，孫過程把腦袋縮了回去。

茶過三巡，守備入了正題。先誇獎座下陪同的劉大人：幸虧劉大人布置的眼線好使，要不就錯過了一件大事。「上頭有令，」守備大人又側身抱一下拳，「舉凡途經本省的外國友人，一律登記在冊，要保證他們的安全。這位迪馬克先生肯定也清楚，這兩年拳匪鬧得凶，傷害了不少無辜的民眾，也殃及了部分外國友人，對此我們甚感慚愧。朝廷、皇上和太后也惱火得很，所以上頭責令，務必保證洋人的身家安全。我天朝泱泱大國，朗朗乾坤，如果連諸位友人的安全都保證不了，豈非顏面掃地！邀請迪馬克先生來鄙府小坐，即是知會一聲，在本府轄區內，爾等安危萬無一失。儘管放心吃、放心睡、放心玩，有什麼需要，著劉大人差辦即可。是不是，劉大人？」

劉大人站起身，「隨時聽候大人和迪馬克先生吩咐。卑職願效犬馬之勞。」

「這正是南陽和微山湖的好時候。劉大人明天方便了，可帶迪馬克先生他們走一走看一看。麻雀雖小，五臟俱全。魁星閣、文公祠、大禹廟、二爺廟、楊家牌坊，皆有可觀者。因為地處漕運要塞，先皇康熙爺、乾隆爺下江南也多次經停本地，留下了很多珍貴的歷史遺跡。御宴房你們吃過了，還有皇宮所、皇糧殿。咱們乾隆爺雅興飛揚，還給馬家店御筆題了匾額，他老人家跨過的門檻還在，你們也可以去瞻仰瞻仰嘛。迪馬克先生，還有什麼需求，儘管提。」

守備語速緩慢。小波羅聽不懂，總跑神，又得硬著頭皮坐著，沒事幹，他喝完茶水就從茶碗裡撈出太平猴魁，細長的葉子一片片鋪展到茶几上。待謝平遙把守備的一長串話翻譯過來，最後一片茶葉也妥帖地攤平整了。小波羅把攤平的第一片茶葉拈起來，說：

「謝謝，沒什麼需求。不過，要是能有點太平猴魁就更完美了。」

「好辦。劉大人，明天給迪馬克先生弄兩斤帶上。」

劉大人齜牙咧嘴地說：「回大人，咱們整個守備府也就不足一斤啊。」

「讓他們去買嘛。」

「回大人，此茶原名『太平尖茶』，產量極低，有錢也難買。咱們守備府，只有大人才喝得上。今天沾了洋先生的光，卑職也是頭一次嘗到味兒，果然是好。」

守備大人笑了，「這洋人口味挺刁啊。」又轉起了玉扳指，「沒關係，留二兩待客，其餘的都給他。我就不信了，咱們大清國地大物博，幾片茶葉也種不出來了？給他！」

茶敘結束。守備大人休息，由劉大人帶著小波羅和謝平遙去客棧。守備府已經給安排好了住處，這也是保證安全的環節之一。小波羅和謝平遙被劉大人直接領去客棧，讓孫過程去船上取相關行李。小波羅特地囑咐，拐杖別忘了帶上。孫過程又有了一個去留的問題，住哪兒？由此決定拿不拿換洗衣服。謝平遙問劉大人說，客棧，三間房。

這一晚開頭孫過程睡得挺香，後半夜折騰了很久才睡著。半夜起來去茅房，開門嚇一跳，門旁貼牆站一個人。那人正站著打瞌睡，後腦勺一下一下地磕牆，被開門聲驚醒，也嚇了一跳。一個士兵。再往旁邊看，還有一個士兵。看明白了，他們在保衛小波羅。小波羅住在他和謝平遙中間，所以兩個士兵一個站在他和小波羅的房門之間，一個守在小波羅和謝平遙房門之間。儘管他知道沒他什麼事，內心裡還是犯嘀咕。茶敘時守備說到拳匪，他心裡頭就咯噔一下。世事多變，波譎雲詭，誰能知道去年上半年義和拳還在被鎮壓，年中就成了朝廷暗中結盟和利用的物件；到了年底和現在，洋人的腰桿又挺起來了，義和拳被迫解散，又成了罪人。據說不少地方官府在強硬地通緝去過北京的拳民。消息紛紜，孫過程也搞不清真假，不得不懸著一顆心。

從茅房回來，孫過程在黑暗裡睜了一兩個時辰的眼。想到他和哥哥短暫的義和拳生涯，想到哥哥孫過路。

如果孫過路在他們離開清江浦後就被拋屍荒野，那現在他的白骨已經曝曬在太陽底下很多天了。孫過程掐著指頭算了算，再過些天就是哥哥生日了。他死後的第一個生日，叫冥誕。天快亮時，他才在門口那哥們兒後腦勺的撞牆聲裡睡著了。

第二天，他和兩個士兵就熟了。高個的姓魯，矮個的姓錢。南陽不大，但邊邊角角都看一遍，兩天還差點沒夠。劉大人盡職盡責，大部分時間都親自陪同，因此走到哪兒都有人伺候。不管什麼館子，坐倒就吃，吃完推開飯碗抹抹嘴就走。孫過程和士兵魯、士兵錢只要不掉隊即可，劉大人的官服是最好的保護，行人和看客遠遠就避開了。士兵魯和士兵錢跟孫過程年紀相仿，話多，尤其小錢，沒話也能扯半天，孫過程抱著胳膊不吭聲，跟在一邊聽也覺得這世界很美好，凡事喜氣洋洋。他們三個後邊跟著邵常來和大小陳，難得來這裡，都跟著轉轉。老陳兩口子留下來守船。他們說，一把年紀，該看的都看了，不該看的看了也沒用。日子難過，好奇心都被生活榨乾了。

就這麼逛了兩天，第三天一早啟程。船划到客棧附近的碼頭接小波羅他們之前，老陳兩口子趕早去了一趟龍王廟。兩個人虔誠恭敬地給龍王各磕了三個響頭，從供案上取下籤筒，每人搖出一注籤。兩口子搖出的是同一注籤：遠行無虞，一帆風順。對跑船人來說，還有比這更好的籤嗎？一大早的碼頭就熱鬧。有家孩子做滿月，幾個大人在附近奔走，找賣雞蛋的。當地的風俗，滿月這天要給舅舅家送雞蛋。看放在岸上紅漆剝落的大木箱，總得有六百個雞蛋才能裝滿。老陳站在船尾，威武地向送行的劉大人揮手，旁邊站著陳婆和邵常來。大小陳在準備開船，小波羅、謝平遙和孫過程站在甲板上告別。他們船後還牽著一條烏篷船，士兵魯和士兵錢受命護衛他們一程。

穿過南陽湖，往上走是濟寧。一路安穩。只在每天午後到黃昏之間有雷聲，偶爾落一陣雨。雨無妨，船下泱泱大水，船上那點水算不了什麼，怕就怕風。天熱起來，水上的風就無常，說來就來，颳起來據說能要人命。小波羅他們在甲板上閒坐，經常聽見士兵魯和士兵錢大喊，注意沉船。老陳父子一聽就腰桿挺直，專心轉舵調帆。小波羅趕緊拿相機，對著那些倒臥淺水和岸邊的船骸拍照。孫過程算了一下，從南陽鎮到濟寧一共遇到十二艘沉船；都是大傢伙，小的早被波浪沖散、順水漂走了。那些沉沒的船隻觸目驚心，露出水面的龍骨和折斷的桅檣，風吹日曬之後，像極了人的白骨。

看得出士兵魯和士兵錢常在這條道上走，有經驗。他們建議只在靠近鎮子的大碼頭停靠休息、用餐和遊玩，小碼頭就算了。第三天中午經過一個村莊，小波羅坐得從屁股到肩膀半個身子都麻了，想上岸活動活動，順便到村裡看看。士兵魯和士兵錢認為不合適，如果非要上岸，最好過了村莊再說，想看多久看多久。小波羅不高興，覺得他們敏感過頭了，但又不好發作，人家是來保護自己的，這個面子得給。他就在遮陽傘下的椅子上四仰八叉地躺著，吹著河風，竟然睡著了。突然什麼東西砸到左腿膝蓋上，鑽心之痛，隨即聽到劈劈啪啪的擊打聲。他睜開眼往天上看，還以為又下了更大的冰雹。烈日當空，只在遠處有一片深色的雲。然後他就聽到整個岸上都在怒吼：

「滾開！滾開！」

夏日午後，正是睏倦最深重的時候，除了開船的大陳，其他人都在瞌睡。謝平遙躺在自己的床上睡著了。邵常來歪靠著一袋米睡著了。孫過程在士兵魯和士兵錢的小船上談接下來的安全交接問題。到了濟寧他們倆的任務就結束了，後續的安保任務由濟寧相關方面接手。是否一直有官方出面護送到北京，士兵魯和士兵錢也不知道，他們得到的資訊是，在山東境內，務必保證洋朋友的安全。他們三個人給烏篷船臨時架起一面小帆，以保證跟著屋船不拖後腿，然後就坐到艙內的陰涼地裡聊起來。越聊越睏，三個人各自支著下巴也睡著了。石塊砸船的聲音驚動了他們。三個人噌地站起來，拎刀出了船艙。每個人腦袋都撞上了篷頂。

正經過一個村莊。一群半大的少年突然冒出來，往船上扔石塊。左手裡的石塊扔過來，右手裡還有，兩手都扔完了，後面有小一點的孩子給他們遞。他們一邊扔一邊喊：

「洋鬼子，去死！去死，洋鬼子！」

「滾開！滾開！」

「洋鬼子，去死！去死，洋鬼子！」

小波羅拖著傷痛的左腿往臥艙裡跑，進艙房之前，屁股上又中了一塊，好在屁股肥大，肉哆嗦一下就過去了。船加速也沒法比岸上的孩子們走得更快，只要石塊充足，他們可以跟著一路扔下去。小船上的三個人迅速分了工。孫過程拉緊繩索，讓小船靠近大船，一個箭步跳上去。他的任務是貼身保護好小波羅，這群少年問題不大，怕其後有更大的來頭。士兵魯和士兵錢提著刀跳進水裡，向岸邊游。孩子們一看兩個大人過來，嗷嗚嗷嗚怪叫幾聲，四散逃開了。

傷了小波羅膝蓋，砸壞了幾張窗戶紙，問題都不大。一個時辰過去，沒任何後續麻煩，說明是偶然事件。正因為它的偶然，意味著此地排洋的普遍性：他們來到了義和拳活動的核心地區，得小心了。但小波羅對「滅洋」的認知基本停留在道聽塗說的抽象層面，只揉著瘀青的膝蓋罵幾句娘，沒太往心裡去。恐懼離他還很遠。不過他也聽取了大家意見，要提高自我防衛意識，左輪手槍不再離身。從這個下午開始，一直到他躺倒了起不來，手槍都不離左右。他穿一條肥大的馬褲，白天裝褲兜裡，睡覺時就放枕頭底下。

本來使使勁兒當天晚上可以到濟寧，半路因為一場野味耽擱了。屋船經過一片蘆葦蕩，蘆葦叢裡突然嘩啦一陣巨響，一大片蘆葦跟著動盪不止。小波羅本能地從兜裡掏出槍，一隻肥碩的野雞沖天往上飛，翅膀在陽光的照耀下發出五彩的光。小波羅的槍響了，沒打中。按他的說法，被一道彩光映花了眼。但那一槍驚起了幾十隻野雞野鴨撲棱棱亂飛。這倒提醒了小波羅，他還有杆獵槍。從南到北大中國走完了一半，一槍沒放過，有點虧。想到獵槍嘴也跟著饞，水裡游的在南陽能吃的都吃了，輪到天上飛的了。他讓謝平遙跟老陳說，找個合適的地方停下來，他要大幹一場。

謝平遙提醒他這是野外。上次他們倆在淮安，就是在蘆葦蕩裡被孫過程他們抓走的，「你膝蓋腫都還沒消呢。」

「放心，除了來往船隻，誰往這裡跑？」他指著聽見槍響警惕地跳過來的孫過程，「他現在不是跟咱們一夥了嘛。」

弄得孫過程很不好意思。他也不贊成停下來打獵。安全第一。

「凡事都求安全，一直趕路算了，還看什麼運河？都不需要來中國，待家裡最安全。」

說不動他。邵常來湊過來，指指士兵魯和士兵錢，「這兩個兄弟到濟寧，明天還要返回呢。」他也擔心小波羅打了一堆野味他處理不了，從來沒弄過野雞野鴨。

「那更得打下來幾隻。正好給他們送行，感謝一下，今晚咱們就在船上喝兩盅。」

認死理了。幾個人想，是福不是禍，是禍躲不過，隨他去吧。

小波羅的槍法算給了自己面子。船停在蘆葦蕩邊，他抱著槍，站在甲板上嚴陣以待。孫過程跟士兵魯和士兵錢划著小船悄聲鑽進蘆葦蕩，待到一個合適的位置，突然揮起船槳、船篙和刀鞘擊打蘆葦叢，同時大叫，反正能弄出多大動靜就弄出多大動靜，潛伏在蘆葦間的野雞野鴨和各種飛鳥受驚之後瞬間飛起，小波羅對著某隻或者一群開了槍。這一片蘆葦驚動完，換下一片，然後繼續往前走，找新的一片。肥肥的野雞野鴨和叫不出名的大鳥一共打下來十二隻。

黃昏降臨，船繼續走。宰殺的任務交給邵常來和陳婆。他們到最近的一個鎮子的碼頭停下來吃晚飯和休息。這個晚上，十個人不分親疏尊卑，在甲板上坐成一圈，酒杯端在手裡，以免河水蕩漾灑了出去；野味分紅燒、麻辣、白斬和火烤四種，喝了四斤燒酒。酒是在碼頭的鋪子裡臨時買的。開始喝得還很拘謹，每個人三兩酒下肚就放開了，老陳開始教小波羅划拳。除了陳婆和孫過程，其他人都喝了不少。陳婆是女的，酒量本來就淺，還要收拾殘局，意思一下就算了。孫過程酒量不錯，但他時刻提醒自己，保護小波羅是第一要務，所以喝得節制。謝平遙是不喝正好，一喝就醉，那天晚上也高興，一杯接著一杯，自己如何回的臥艙躺到床上，完全不知道。士兵魯和士兵錢年輕，怎麼喝都清醒。這也好，他們得和孫過程一樣，耳目警醒。小波羅不是他們見過的第一個洋人，卻是接觸最多的一個，傳說中凶神惡煞，抽中國人的筋、扒中國人的皮的傢伙竟能如此親和，飯局結束時，他倆激動得給洋大人磕了一個頭。這是對大人的規矩。小波羅也堅持照中國的禮數，每人打了賞錢。

第二天他們睡到了半上午才醒。夜裡蚊子成群地撲上身，一點沒感覺，起床後在身上摸到了層層疊疊的小疙瘩。他們，其實就是小波羅和謝平遙，別人已起床多時了。不過起來也沒事，除了每天早上例行的那些，比平常多做不了哪怕一件事，因為天不好。北邊半個天都像墨染過的，黑暗緩慢地向這邊推進，緩慢得近於不動。

沒有風，碼頭上的樹梢紋絲不動。帆再大也等於擺設。等小波羅和謝平遙起床了，大陳和小陳開始划船離開碼頭，慢悠悠往濟寧走。快到濟寧，突然起了大風。因為頂著風走，帆還是用不上，任哥兒倆如何使勁兒，孫過程跟士兵魯和士兵錢都上了，還是沒法讓船前進一尺。不僅不進，還被風吹得倒退。老陳趕緊靠邊落錨，免得一不小心被吹翻。

等會兒風小了，他們起錨繼續划船往前挪。剛走一小段，風再起，船又倒退著停下了。幾場風之後，船沒怎麼挪窩，烏雲被吹到了頭頂上。銅錢大的雨點扭曲著砸到船上，乒乒乓乓響，像幾百掛鞭炮同時在放。十個人都縮進艙裡。

大半個時辰後，雨點變成豆大的了。小陳出門往河裡撒尿，半個身子濕淋淋地回來，說風向變了，應該是扯帆的好時候。爺兒仨就穿好蓑衣戴上斗笠，到雨裡拉起錨，升起帆，解開拴在河邊柳樹上的纜繩。掌舵，划船，起步之後，果然速度不錯。好風憑藉力，他們終於在電閃雷鳴和又一場大風雨之前趕到了濟寧。

碼頭滿了，擠滿了各式船。一眼望去全是桅檣、屋簷和篷頂，船與船之間完全看不見水，插根針進去都不容易。碼頭上鐵鑄的鎮水獸，兩隻龍的子孫，趴在岸邊兩百年了，兩百年裡它們也沒見過哪一天泊了這麼多船。上走下行都慌慌張張地停靠這裡，不敢動了。老陳只好跟小波羅、謝平遙商量，把船停靠在距離大碼頭幾百丈之外的一個小碼頭。那地方靠近運河的一條支汊，好在地方寬敞，他們這麼大船可以從從容容地泊進去。

全安頓下來早過了晌午，午飯都沒顧上吃。兩頓變一頓，反正落著雨，哪裡也去不了，早晚都不重要了。士兵魯和士兵錢今天肯定回不去，索性再待一天；明天晴好了，把小波羅一行交接給濟寧的衙門，此行順利結束。

孫過程別有心事。今天是哥哥生日，孫過路多半已經不在了，他想找個館子，給哥哥夾幾筷子菜，敬兩杯酒。私下裡他跟謝平遙講，想抽空離開一會兒，正好士兵魯和士兵錢在，小波羅不會有意外。謝平遙說，可以在船上操辦這個儀式啊。孫過程不願意驚動大家，冥誕是白事，不吉利，離船越遠越好。謝平遙想也是，幹一行敬一行的規矩，就掏出一些零錢，務請孫過程代他和小波羅表達一番心意。

簡單吃過午飯，孫過程想下船，大雨把他堵住了，船劇烈搖晃起來，艙外有大風和雷電。他們開始關在各自的艙房裡，後來自然地聚到一起。這種極端的天氣極少見到，恐懼讓他們只有看見相互的臉才能稍稍有所緩解。天黑得如在深夜，只有閃電出現的一瞬間才能讓人想起這還是白天。孫過程把窗戶打開一條縫，足以瞥見雪白和幽藍的閃電垂天而降，雪白的像一柄突然分叉的長劍，幽藍的如大樹糾纏的根鬚，一把抓住半個天空；而風雨抓住這一條窗戶縫，及時地像刀片一樣切進來，孫過程覺得半張臉猛地一涼。

船繼續顛蕩。每一次大風颳來，屋船從桅杆頂端到龍骨到整個船體都震顫不已，大風簡直要把船撕成碎片。小波羅把茶碗抱在懷裡，免得滑下桌面，雷聲響起，他感到茶碗也跟著嗡嗡地響。風把船吹得橫過來，緊緊地貼在碼頭邊的木欄杆上。風暴如此酷烈，老陳一家開始還擔心船隻受損，後來擔心被另一種恐懼和孤獨感取代：在這個電閃雷鳴風雨漫天的世界裡，他們逐漸覺得彷彿置身荒島，打開門，再也不會見到第十一個人，也再回不到那個車水馬龍、繁華祥和的世界。膽子最小的不是陳婆，是邵常來，他忍不住要抱怨老陳，沒有把船停在那個熱鬧的大碼頭。不過大風止息後，他又及時地向老陳道歉，慶幸他們占了這寬敞的小碼頭；大碼頭上的船隻因為停靠過於密集擁擠，相互衝撞，一半船隻都被對方撞壞了。

大風止息時已近傍晚，船終於安穩，雷電也消停下來。天一點點清亮，恢復了陰天傍晚該有的樣子。雨小了一些，還在下。大家提到了嗓子眼兒的心落下來，長舒一口氣。孫過程撐把油紙傘上了岸，他打算先去一處廢棄的糧倉門口給哥哥燒兩刀紙，然後去看那家叫「喜相逢」的小館子還在不在，他和哥哥去年曾在那裡吃過飯。如果在，他就點幾個哥哥愛吃的菜，要一壺酒，他要給哥哥送行。那糧倉也是兄弟倆待過的地方。濟寧是漕運最重要的幾處中轉站之一，沿運河布滿了大小糧倉，大的是官倉，裝漕糧；小的多為私營，輾轉倒賣糧食，賺點小錢。去年他們哥兒倆為了匯入義和拳的大部隊，跟著東平的一幫弟兄東奔西跑，來過濟寧，在離太白樓不遠的一處廢棄糧倉住了十來天。休養生息、等待機遇之外，也招納了各地流竄到此的一干江湖兄弟，隊伍一下子壯大不少。然後眾兄弟一同折身北上，經直隸過天津，曲曲折折到了北京。

因為大雨，運河水暴漲，眼見著波浪爬上護坡，大一點的浪頭都能濺上腳面。河堤泥濘不堪。孫過程在一家喪葬店買了十刀燒紙抱在懷裡，徑直往糧倉走。路邊的店鋪比去年多了一些，濟寧正從大旱和饑荒裡慢慢緩過神來。「滿麻燒餅」店剛出一爐新餅，餅香味穿過水淋淋的街道一直送到孫過程的鼻子裡。去年他和哥哥經過這裡，正飢腸轆轆，哥哥買了三個，自己吃一個，他吃了兩個。他把落在手心裡的幾粒芝麻都舔乾淨了。孫過程到路對面買了三個。這一次，他要分兩個給哥哥，自己只吃一個。

糧倉還在，依然廢棄。爛了半截的板門斜吊在門框上，糧倉裡黑燈瞎火，遠遠就能聞到黏稠的濕霉味。如果沒有雨聲，在點燃火紙的地方，孫過程一定也能聽見昏暗的糧倉裡老鼠成群結隊追逐嬉鬧的聲音。還有蟑螂和其他不勝數的潮蟲。孫過程在糧倉前的槐樹底下點起火，樹冠幫他遮了雨。

十刀紙燃起來火勢相當壯觀，火焰直往樹冠上飛。受潮的火紙發出的濃煙也相當可觀，孫過程被熏得鼻涕一把眼淚一把，咳嗽起來。除了他的咳嗽聲，他還聽到陌生的咳嗽聲。很快聽見有人踩著泥水從身後走來。一個人高馬大的年輕人，沒打傘也沒戴斗笠。年輕人黑著臉說：

「你誰啊，跑這地方來燒紙？上墳找錯地方了吧？」

孫過程沒理他。

「嗨，說你呢！」年輕人一腳踩到了幾張沒燒到的火紙上。

孫過程抓住那人的腳脖子，只一拉，小夥子一屁股摔倒在泥水裡。

「張叔！張叔！拴木哥！」小夥子倒地後就喊，「有人起屁了！有人起屁了！」

孫過程想，這小子是山東口音啊，怎麼知道東北黑話？在北京他認識幾個東北來的拳民，他們把「鬧事」叫「起屁」。

從暗黑的糧倉裡走出來兩個男人，邊咳嗽邊喊：「牛子，天塌了？」

牛子立馬從地上爬起來，指著孫過程，「他跑我們地盤上燒紙！他還打我！」

孫過程還蹲著，用路邊撿到的樹枝扒拉火紙，背對身後的人說：「家兄生日。冒犯各位，請多包涵。」

一個人說：「你哥生日，你燒什麼紙！」

「家兄命短，不在了。」

「人死為大，你先燒。燒完了說。」

「張叔，他還打我！」

「閉嘴！」張叔說，「找件乾淨衣服換上。」

孫過程沒起身，也沒抬頭，直到把所有的火紙都燒完。小夥子踢踢踏踏去換衣服了。張叔和拴木哥抱著胳膊，一直站在孫過程身後的雨地裡，直到他把所有火紙都燒完。孫過程面對一大堆灰燼跪下，說：「哥，過程拜送你走好！」然後站起來。

「你——」張叔的聲音。他抹了一把臉上的雨水，往前走到槐樹底下，指指孫過程又指指自己，「你看我是誰？」

孫過程湊上去看那張黑臉，驚道，「老——張群！」

張群咧嘴笑起來，張開雙臂抱住孫過程，「一看見這件短袖粗布汗衫，我就猜可能是你。」抱完了拍完了，張群問，「家兄？是過路兄弟他？」

孫過程點點頭。

「節哀順變。」張群拍拍孫過程的胳膊，把他往糧倉裡拽，「牛子，點燈！兄弟，別怪老哥說話不好聽，這世道，活著真他娘的不如死了。你看看你老哥我，每天睜開眼就得找飯吃，就剩下個活著了。天好還行，咱有的是力氣，這龜孫子天他娘的一撂臉，就只能窩牆角裡挨餓。這是拴木，滕縣的老鄉，還有牛子，都是前後村的老鄉。這是過程，孫過程，跟你說過的，過路過程哥兒倆。過程兄弟才是正兒八經的練家子，咱倆這樣的，一堆人捆一塊兒，讓咱們滾多遠咱們就得滾多遠。」

牛子把燈點起來，歪豆芽大小的火苗，整個糧倉裡只有西南一個角落能看清。他們就靠著西南牆角住，被褥凌亂地鋪在曬乾的蘆葦和茅草上。去年孫過程和哥哥住在這個糧倉裡時，也是挨著那個角落。他們也是在那個角落認識張群的。老張群從滕縣來，家裡過不下去，偷有錢人家半袋麵，被地主兒子帶人一頓暴打，掙扎時一腳踹到地主兒子的兩腿之間，把狗日的下半身給踹廢了，只好逃出來。跟孫過程他們一樣，也到了濟寧，想入義和拳混口飯吃。他們一起住在這個廢棄的糧倉裡，然後一起轉戰各地，最後到了北京。先跟朝廷軍隊打過幾仗，接下來跟洋人打，朝廷在後頭支持。到八月底九月初，朝廷突然不待見他們了，好在他們看到苗頭不對撒丫子就跑，太后那老妖婆下令剿滅義和拳時，他們已經出京南下了。但因為做了拳民，不敢回老家，怕被舉報，起碼老地主不會放過他。聽拴木和牛子說，地主兒子是真廢了，媳婦到現在肚子也沒鼓起來。他在拉縴的隊伍裡認識了拴木和牛子，老鄉，就把他們帶到這免費的地方住了。

他們坐在散發出油膩的汗臭味的地鋪上聊了一陣過去的兄弟。一部分回了老家，安分守己地種地經商娶妻生孩子；一部分遠走他鄉，像孫過程兄弟倆；一部分無家可歸隨處飄蕩，比如老張群，這一部分還不在少數。

張群說，他們那支隊伍裡，少說二十個兄弟在濟寧混。大部分沒正經工作，撞上什麼幹什麼，掙口飯吃就行。跟他一起拉縴、扛大包、給船上下貨的就有六七個，如果孫過程想見，一袋菸工夫就可以招呼到位。孫過程說先不見了，還有別的事。老張群這才問起孫過程現在哪裡高就，來濟寧幹什麼，以及孫過路的死。

哥哥之死，孫過程只說是意外，細處不贅。至於護送小波羅一路北上，也只扼要講了大概，重點是抱怨遭遇了暴風雨，被迫泊在小碼頭。

「該抱怨的是我們，」張群手一揮，把濟寧段運河的所有縴夫都攬到了自己懷裡，「雨大了水位上升，咱們拉縴的就斷了頓。你們跑船的算燒了高香，沒這場雨，南旺那一段你們得脫了鞋把船背過去。」說完了才回過神，「你怎麼傍上了一個洋妖？兄弟你忘了上回咱們為什麼去北京了嗎？」

「什麼傍上！是護衛。洋人也有好壞。」

「一個意思。再好也是洋人！」

拴木說：「叔，洋人也是人。有錢掙就行。」

牛子也插了一嘴，「能掙很多錢嗎？」

「錢再多也是人家的，跟我有什麼關係。」

「兄弟，」張群從床頭摸出一根老菸袋，用大拇指頭往菸鍋裡摁菸絲。孫過程一直沒想出來，這個角落除了油膩的酸臭味外還有什麼味兒，現在明白了，一股濃重的老菸油味。張群的菸癮一直很大，戰場上抽空也要點上一袋菸；實在分不出時間和精力點，就把空菸袋塞嘴裡，吧嗒吧嗒嘬著玉石菸嘴。菸袋桿裡陳年的菸油味也可以應付一陣子。他對著燈火點上，鼻孔裡躥出兩股濃煙，「你想過死在洋槍底下的兄弟了嗎？」

「老哥，兩回事。」

「不，生死只有一回事。」

牛子又問：「孫家哥哥，你是不是掙了很多錢？」

「閉嘴！」老張群呵斥牛子，憤怒得一口黑牙全露出來，「掙不著錢他會像根皮帶似的拴在洋鬼子腰上？一邊睡覺去！」

牛子撇撇嘴，歪倒在自己破破爛爛的被褥上。

孫過程知道談不下去了，站起身說：「不好意思，我還有點事，先走了。」

「好的，那就不耽誤兄弟正事了。」老張群坐在地鋪上沒挪窩，用肩膀抖一抖披在身上的一件單衫，繼續抽著菸袋，「慢走啊，有空再過來。到時候我把兄弟們都招呼上，一塊兒聚聚。肩痛犯了，我就不送了。」

孫過程出了糧倉，雨還在下，天黑透了。空氣清涼，一口氣吸進肚子，他覺得整個身體都變輕了。他撐開傘，走黑路去找「喜相逢」。

「喜相逢」還在老地方。左手生著六指的老闆還認得孫過程。那次他們哥兒倆來濟寧時，是他館子生意有史以來最差的時候，天災人禍，都吃不上飯，他們兩天沒開張了。老闆跟媳婦說，今天再不開張，他就關張。當天晚上孫過程哥兒倆去了。唯一的一桌。

「你哥哥呢？」

孫過程往天上指指。

老闆把沒生六指的右手深重地按在孫過程的肩膀上，沒說一句安慰的話。這個世道，死一個人跟做一盤菜一樣稀鬆平常，節哀順變都隆重了。但他對跑堂的小二說：「這位兄弟一半的帳，算我的。」

酒菜上齊，孫過程給哥哥滿上。碰第一下杯，孫過程說，哥，今天你生日。我替你多喝點。然後夾了一塊醬驢肉放到對面的空盤子裡。哥，今天你生日，我也替你多吃點。你也吃啊。再碰一下杯，夾一筷子青椒炒蛋給孫過路。他和看不見的哥哥推杯換盞，讓看不見的哥哥把油炸花生米、汪魚絲和燒羅漢麵筋都吃了一遍。哥，再回家的路很長，一定得吃飽。上次坐在這家館子裡，哥哥把三分之二的酒菜都讓給他吃了，這一次，孫過程把三分之二的酒菜留給哥哥。哥哥的盤子裡堆滿了，他讓小二再給送一個空盤子來。

那天晚上他們還最後決定了一件大事：往不往北走？儘管一直跟著大刀會的兄弟，隊伍中的少數服從多數，決意要北上殺洋人，孫過路還是頗為躊躇。一是往北走路途遙遠，二是山東巡撫袁世凱嚴格限制義和拳活動，他們的空間越來越小，跟著隊伍都得北上，不往北走，就必須脫離組織。他跟弟弟說，我是個農民，其實不想打打殺殺。弟弟說，你不殺別人，別人上門來殺你，你的地種得下去嗎？孫過路最後舉起杯，跟弟弟碰一下，說：

「好，那就為了不被殺。幹了！」

哥哥是果敢的人，決定一旦做下，輕易不改。在隊伍裡，他的身手肯定不算好，當然也不算很差，大家拚的就是年輕力壯，此外就是靠各種神神道道的東西壯膽。不得不承認那些神祕的儀式很能唬住一些人。

有一個據稱是把梅花拳更名為「義和拳」的大人物趙三多的徒弟，兄弟們都叫他大師兄，是個梅花拳的高手，因為練成了神功「金鐘罩」，有金剛不壞之身，可以刀槍不入。孫過程兄弟倆第一次看見大師兄表演，完全傻了。那可是摸起來暖呼呼軟暄暄的光肚皮啊，還稀稀拉拉長著一些胸毛和肚毛，鬼頭刀砍上去，也就一道白印，飄下來幾根黑毛；梭鏢一竿子扎過去，又彈回來，肚子上連個坑都沒有；最可怕的是洋槍，那子彈一棵大樹都能穿透，射到大師兄的肚子上，拐了個彎不知道去了哪裡。一群人納頭便拜，這不是神是什麼？這不是「神助拳」是什麼？然後就按照大師兄的弟子、一群小師兄的安排，在供奉關公、關平、周倉等人的牌位前叩頭焚香，學著小師兄的樣子，在地上畫各種奇怪的圈，念各種古怪的咒語。孫過程曾認真聽過周圍人的咒語，發現每個人念的都不一樣，有念「天靈靈地靈靈，洋鬼子現原形」、「太上老君急急如律令」的，也有念「陸家莊第二排屋子老田家二小子大力士來也，跟我有仇、我看不上的人全都死光光」的，還有翻來覆去就念「神功附體，所向披靡」、「刀槍不入，滅洋順清」的。必須承認，兄弟倆被弄得痦迷三道，有如此「護體神功大法」，何愁大事不成。尤其孫過路，備受鼓舞。都「金鐘罩」、「鐵布衫」了，對方刀槍過來相當於繞著你走，身手如何，就不那麼重要了。或者說，高手、低手被神奇的儀式和咒語加持後，全成了聖手、神手，他還擔心什麼。走！他對弟弟一揮手。

結果是，輾轉遷移，在北京一次攻打洋人堡壘時，戰鬥開始之前孫過路虔誠的儀式和咒語都失靈了。先是一顆子彈擊中他左胳膊，然後是一個洋人衛兵子彈打光後，從死去的拳民手裡搶過一柄砍刀，橫刀一揮，從肩膀處齊根砍下了他的左臂。齊嶄嶄砍下來，洋鬼子夠狠啊。戰場上你死我活，但孫過程還是覺得洋鬼子凶殘，因為他們砍下了哥哥的胳膊。還好是左臂，若砍的右臂，兩隻胳膊可能都廢了。孫過路疼得當場暈了過去。也算及時。接著戰鬥的那一撥拳民活下來的沒幾個，他被一個死去的兄弟壓在身下，要不也被亂刀刺死了。戰鬥結束，孫過程在死人堆裡找到哥哥，孫過路因失血過多，差點沒活過來。孫過路也覺得自己已經死了，整個人懶洋洋的，飄飄悠悠地朝黃泉路上走。他還一直納悶，都說陰間冰冷，他為什麼渾身暖洋洋的，好像被陽光鬆軟地包裹著。他對死亡的感覺讓活著的兄弟詫異，懷疑他是給自己裝死找藉口。一個做過江湖郎中的拳民替他說了句公道話：沒裝死，只是疼暈了醒來後，因為失血過多依然神志不清。孫過路被弟弟從死人堆裡背出來，撿回了一條命。

現在，孫過程坐在「喜相逢」的老位置上，希望哥哥黃泉路上還能有去年的好感覺。被陽光包裹是如此重要。

他是打烊前最後離開的客人。早該回去了，但他還是待了這麼久。跟老闆告辭，出門撐開傘。除了零星的幾盞燈，濟寧被籠罩在一個漆黑的雨夜裡。一路泥水。走到小碼頭，遠遠看見屋船上所有的燈都亮著，孫過程就知道出事了。他撒開腿跑起來，早已經濕透的布鞋帶起的泥水甩到後背和雨傘頂上。

沒上船就聽見小波羅含混的哼唧。孫過程跳上船，船震動一下，甲板上立著的人喊：「輕點，在手術！」士兵錢戴著斗笠站在甲板一側。

「怎麼回事？」孫過程問。

「來了河盜。洋大人中刀了。」

孫過程直奔小波羅的房間。一圈人圍在床邊。小波羅躺在床上，裸著大半個肚皮，肚皮上橫著一道一指深的血口子，像一張咧到兩耳根的嘴，傷口長得有了某種誇張的喜劇效果。皮肉和黃色的脂肪之間混雜著紅色的血，滲出來的血在往肚皮兩邊流。小波羅的肚子上長滿了比大師兄更茂盛的體毛，黑乎乎一片，被血打濕的毛髮一綹綹胡亂地堆積在肚皮上。小波羅咬著撩起來的睡衣下襬，在痛苦地呻吟。那一刀把睡衣也劃破了，堆在他脖子上，乍一看以為被割的是脖子。

謝平遙掐著小波羅兩隻手的虎口，據說這樣可以減輕疼痛。老陳在用一隻新的漁網梭子清理小波羅的傷口。他的任務是把小波羅肚毛從傷口裡挑出來，然後往傷口邊緣抹用來止血和消炎的印泥。邵常來守著一個煤炭火爐，鐵鍋裡清水滾沸，兩根縫衣針和一團線在沸水裡上下翻騰。陳婆端坐在凳子上，兩腿併攏，閉著眼雙手合十，兩手不停地抖，咕咕噥噥自己都不知道說的什麼。她的任務是像縫衣服一樣把小波羅的傷口縫合起來。但是她害怕，這麼漫長的一溜傷口，還是在肚皮上，看著她都肝顫。她在求神給她點力量，現在她覺得從胳膊到手指都沒力氣，一根針都捏不住。

「我去找大夫。」孫過程說。

「小魯已經去了。」謝平遙說。

「什麼人下這狠手？」

「小魯和小錢說，應該是河盜。」謝平遙輪換著甩動兩隻手。總用食指和拇指掐小波羅的虎口，手指頭都僵住了，「明槍易躲，暗箭難防，沒辦法。」謝平遙這麼說是在寬慰孫過程，意思是就算他在，這種事該出還出。不怕賊偷，就怕賊惦記。

孫過程還是自責，的確是失職。他隱隱後悔回來晚了。為什麼回來這麼晚呢？「河盜，」他期期艾艾地說，「看見臉了嗎？」

「蒙著臉。」老陳接過話，手裡的梭子沒停下。當時他剛躺下；忙了一天，腰疼，風濕病也犯了，他想躺平了身子緩緩勁兒。如果不是漫天的雨聲和雨打屋船的聲音，他完全可以聽見河盜的小船劃開水面的聲音，也可以確定屋船那幾下輕微的晃動是因為來了陌生人。但誰會想到，這樣的大雨之夜也有河盜出沒呢。等到聽見動靜，他給了自己一個耳光：正是大雨之夜，才更應該預防不速之客啊。他在水上生活了三十八年，什麼樣的河盜沒見過？這個雨夜真是疏忽了。他得承認年紀不饒人，跟暴風雨戰鬥了一天，的確累了，腦子也跟著遲鈍，「三個人，帶著傢伙。」

三個人。孫過程心臟突然提前跳了一下，像被人偷襲了一拳。

小波羅鬆開嘴裡的睡衣，哇啦哇啦說了一堆。

謝平遙讓邵常來找一下老菸袋，在小波羅的箱子上，老夏留下的那一桿。謝平遙說：「迪馬克先生聞到把刀架到他脖子上的那人身上有股濃重老菸油味。他說特別香。這會兒他就特別想抽一口老菸袋。」

孫過程的心臟又提前跳了一下。這次不再有一隻看不見的拳頭捶過來。真相就是一塊石頭落地。他在「喜相逢」端著酒杯時，不就在某一刻盤算了一下時間嗎？但他當時不願意承認，所以他對自己說，再給哥哥多敬幾杯酒，讓哥哥的在天之靈安息。

他用一桌酒菜祭奠哥哥的時候，有三個人冒著大雨在暗夜裡為哥哥「復仇」。兩個人背負尖刀，從碼頭上直接上船。他們熟悉地形，而小碼頭上的一艘屋船在零零散散的船隻中間，如同羊群裡跑出來頭驢，實在太招眼。小波羅又點著燈，他在記他認為值得記下的東西。其他人都躺下了，就算沒睡著，也不會知道雨夜裡有三個人正奔著他們而來。兩個輕裝跳上船，一個划著小船藏在屋船的陰影裡，在此之前，碼頭上的兩個人已經悄無聲息地解開屋船旁邊的那個烏篷船的纜繩，小船上的同夥負責把它往更寬闊的水面上拉，讓它隨波逐流，隨風蕩漾。烏篷船上睡著兩個呼嚕震天的年輕人。

他們整個過程只說了三句話，一共四個漢字。

第一句話兩個字：別動。上船的兩個人舔濕了新糊的窗戶紙，看見小波羅正在燈下奮筆疾書，兩人對視了一下。一個人幾乎是提著門把手將門打開，這樣可以減少門軸摩擦的聲音。很好，這是艘新船，這是它在運河上穿行的第三個年頭，因為水上濕氣大，為防止腐爛，門軸剛上過油。領頭兒的蒙面人把刀從背後架到小波羅脖子上的同時，小聲說：「別動！」

小波羅聽不懂這兩個漢字，但他完全清楚是什麼意思。脖子上凜然一寒，那種鋒利的金屬質感，他就知道今天運氣的確不怎麼樣。壞天氣之後，人禍也來了。他乖乖地舉起手。身後的人對另一個人說了第二句話，一個字：「搜！」聲音也是小得只有在場的三個人才能聽見。反正謝平遙躺在隔壁的床上沒聽見。

之前拿記事本，小波羅把箱子上的鎖打開了，蒙面人沒費任何力氣就找到兩錠整銀子和一把散碎的小銀塊，外加幾十文零錢。如果不是相機有點重，肯定會把這個大傢伙也帶上，雖然他們根本不知道這玩意兒是幹什麼用的。在指揮者眼神的示意下，另一個蒙面人把小波羅的派克筆也塞進了口袋裡。他還搜羅了一堆小東西。值不值錢不重要，沒見過的都是好東西。

在他們抄起手杖之前，小波羅聽任他們的打劫。他們能搜羅到的值錢貨都在蒙面人口袋裡了，還有一只小箱子，小波羅貼著牆角塞在床底下，不把床拖開根本拿不出來。僅是看見，也得小波羅離開現在的座位，趴在他凳子的位置，貼著地板往裡看才能發現。可是蒙面人看到了手杖，準確地說，看見了手杖把手上的象牙。其實他並不確定那是不是象牙，只覺得好看，像個值錢東西，順便動了貪念。他嘗試將把手擰下來，沒弄成，乾脆往胳肢窩裡一夾，準備一併帶走。手杖刺激了小波羅，他踢翻了腳邊熏蚊蟲的香爐。大雨把蚊蟲擋在了外面，香爐中什麼也沒點，空香爐滾動的聲音分散了背後蒙面人的注意力，他的刀刃歪到一邊，小波羅趁機把脖子撤出來，右手抓起凳子掄向持刀的蒙面人。在蒙面人後退躲避凳子時，他左手從枕頭底下摸出了左輪手槍。左右手相互交換。他們之間隔著一個凳子。他發現兩個蒙面人手裡都有刀，兩把刀隔著凳子指向自己。在他打開保險正要射擊時，兩把刀同時動起來，一把刀砍掉他的凳子，一把刀低於凳子，掃過他的肚皮。那一槍失了準頭不是因為肚子上的傷，而是凳子掉在地板上讓他身體突然失重，子彈射歪了。他只是覺得肚皮一涼，像被冰塊劃了一道。接著感到更涼，像一場規模極小的冷風單單吹過那一片肚皮。因為失重他一屁股坐到床上，坐姿讓他感到了肚皮折疊導致的疼痛，他下意識地摸一把，黏糊糊濕淋淋的一片，這才真正感到了傷口的疼。在他摸完傷口忍不住低頭看的一瞬間，兩個蒙面人出了臥艙，他聽見他們的急促的腳步聲響起又停下，又響起。在停頓的那幾秒鐘裡，已經說了三個字的蒙面人說了第四個字，也是他的第三句話：

「走！」

他還聽見水聲四起的咚一聲，什麼東西落到被雨淋濕的木板上。

香爐滾動就驚醒了謝平遙，他以為只是隔壁的一失足。打鬥和槍聲響起他才意識到事大了。謝平遙猛烈地拍擊他臥艙的牆壁，這邊是小波羅，另一邊是邵常來。他們都動起來。事實上槍聲響起，所有人都清醒了。他們在黑暗中找衣服和鞋。士兵魯和士兵錢同時從簡陋的床鋪上坐起，出了艙發現船已漂到屋船二十丈開外，划過去肯定更慢，兩人一躍跳進了運河裡。上船後士兵錢說，他在游泳時感覺同時身處兩條河中，上半身一個流速，下半身一個流速，下半身被更疾速的水流裹挾著，一直催著兩條腿搶跑。

士兵魯往岸上游，他要去追正在泥水地裡逃跑的兩個黑影子。和他一起追的是大陳。士兵錢游向正在逃跑的小船。船上的黑影子拚命划槳，船速還是起不來。眼看著士兵錢越游越近，黑影子慌了神，槳划得完全失去了章法，在水面上團團轉。他終於下定決心棄船逃走。那船委實太小，當他歪歪扭扭溜進水裡時，小船也被帶得傾斜，一個波浪過來，船翻了。他把翻掉的小船對著士兵錢猛一腳踹過去，借這一個力滑出了一段距離；而為了躲避迎頭撞過來的倒扣小船，士兵錢被迫折到另外一個方向，距離黑影子更遠了。

追捕無果，士兵魯和士兵錢以及大陳，三個人濕漉漉回到屋船上。其他人都聚集到小波羅的臥艙，初步擦拭了傷口。謝平遙問有什麼額外發現，三個人搖搖頭。這麼漆黑的雨夜，別說三兩個人，就是藏一支軍隊，你也找不到蛛絲馬跡。士兵魯倒是有一點資訊，但他沒說，此時不宜刺激已經重傷的小波羅。如果他在風聲雨聲和腳踩泥水聲中，沒有辨錯看不見的黑暗前方傳來的微弱呼喊聲，那他可以理直氣壯地告訴孫過程，他聽到的那句話是：為那些死去的兄弟們報仇！事實上，那天晚上他找來大夫以後，他告訴孫過程的是，他好像聽到有人喊了這麼一聲。他用了「好像」二字。孫過程嗯了一聲。「好像」沒什麼意義。

老夏的老菸袋拿來，老陳不同意小波羅抽菸，再香也得忍著，馬上要進行傷口縫合。士兵魯去請的大夫還沒到，但傷口不能就這麼敞著，他們決定能縫上多少就縫多少。陳婆操針，她要以做女紅的方式面對洋大人的傷口。她的老花眼怕煙，一熏就流淚，那會影響針線活兒的品質。小波羅只好忍著不抽，但他要求嘬住菸嘴，就吸菸桿裡經年累月的菸油味。老陳同意了。小波羅咬著玉石菸嘴吧唧吧唧嘬，嘬兩口鬆開嘴，疼得五官挪位還不忘感歎：

「香！真他媽的香啊！」

傷口清理乾淨，縫合開始。除了自己家裡的男人，這輩子陳婆沒這麼近地看一個男人的肚皮。這男人的肚皮之白，越發顯得體毛黑重，儘管年近半百，她還是有些不好意思。這不重要，重要的是小波羅的肚皮太厚，她用一塊乾淨布裹著滾燙的縫衣針怎麼都穿不透綻開的皮肉。針又太短，使不上勁兒；而針一戳皮肉，小波羅就疼得直叫喚，菸嘴也不含了，身體抽搐著蠕動，陳婆更沒法下手。老陳讓大陳小陳和孫過程幫忙，摁住小波羅四肢，謝平遙機動，負責給他遞菸袋、陪他說話，如果需要咬條毛巾啥的，隨時奉上。他用下巴指指邵常來，說：

「你。」

邵常來嚇得直擺手，「大哥你饒了我吧，這輩子我殺過的最大動物就是雞，鴨子都沒殺過。」

「洋先生是人，不是動物。」

「我知道我知道。」

「不是讓你殺生。是讓你救人。」

「這救人比殺生還嚇人。」

「你刀工好，土豆絲切得比粉條還細，針線活兒肯定差不了。你就閉著眼，跟切菜一樣縫。」

「可是大哥，這不是切菜啊。我閉著眼切，洋大人他也不答應啊。」

「算了算了，還是我來吧。就當織漁網了。」

邵常來代替老陳按住小波羅的左腿，陳婆坐下來煮針線，老陳開縫。針走得艱難，穿不透。老陳抹一把汗，說：「你們意大利人日子過得真是好。咱們肚皮薄得像層紙，你的肚皮厚得像本書。」

小波羅哼哼唧唧地問：「老陳說啥？」

「老陳說，」謝平遙剛給他點上一袋菸，反正針線活兒也不是陳婆幹了，「看你肚皮就知道你是有福之人。吉人自有天相，很快就好了。」

小波羅深吸一口，讓煙霧慢慢從嘴裡流出來。穿一針他肚子就哆嗦一陣，像鮮豆腐在劇烈晃動；每晃動一下，黃澄澄的皮下脂肪彷彿又從傷口處溢出來一些。那口煙吐盡了，他說：「我的手杖！你們一定要幫我找回手杖！」他還沒忘。謝平遙他們衝到他臥艙裡，小波羅第一句話就是：「我的手杖！他們搶走了我的手杖！」重複了五遍之後，才是「救救我，我可能要死了」。

他們追趕河盜時，沿途沒有發現丟棄的手杖。手杖被他們帶走了。

孫過程說：「天一亮我就出門找。」

大陳說：「這些河盜太猖狂了，報官。把他們一個個都抓起來，砍頭！」

邵常來也說：「沒錯，報官！」

傷口縫合一半，肚皮上像張開了怪異的半邊嘴，士兵魯把大夫請到了。他從藥鋪裡打聽到的大夫。一個老先生帶著個二十來歲的徒弟。老先生先是被士兵魯從床上拖起來，然後被一路拖著過來，啪嗒啪嗒走了半天的泥水路，老先生早煩透了。進了船艙連病人在哪兒都沒看，先把眼鏡摘下來，慢條斯理地邊擦邊問：

「還活著吧？」

老陳如蒙大赦，趕緊把針放下。小波羅疼出了一身汗，他身上的汗比小波羅還多。「活著活著，縫一半了，老先生您看看合適不？」

他的徒弟叫起來：「哎呀，這哪是縫合傷口，你這是織漁網啊！」

「小先生的眼神真好，」老陳在衣服上擦掉手上的血水，不好意思地說，「我就是照織漁網的樣子來縫的。」

徒弟說：「師父，要不要重縫？」

「還用問？兩針間隔有二里路，不重縫怎麼辦？拆。」

徒弟利索地在桌子上打開隨身帶來的出診箱，拿出一把漆黑的剪刀。

小波羅問：「他要幹啥？」

謝平遙說：「剪掉，重縫。」

小波羅說：「Oh, my God!」

徒弟問：「他說啥？」

謝平遙說：「他在感謝你們，說大夫就是上帝。」

「別跟我談那些洋玩意兒！」老先生坐到小波羅的凳子上，蹺起二郎腿，把沾滿泥水的長袍下襬撣了撣，揪起花白的山羊鬍子，「讓他別亂動。挺什麼挺！疼？忍著！不縫密實點，咳嗽一聲就綻線，腸子噴出來，也不是不可能。」

徒弟把所有線都從中間剪斷，捏著一根根線頭直接拽出來，疼得小波羅屁股啪啪直打床板。徒弟對著小波羅大腿就來了一巴掌，「這還沒開始縫呢！」

謝平遙把玉石菸嘴塞進小波羅嘴裡。小波羅眼淚都疼出來了，但他明白必須重縫，就不再吭聲了。安靜了反倒讓老先生心疼了，跟徒弟說：「給他一塊。洋人也是人。」

徒弟把線頭收拾乾淨，重新給傷口清洗消毒，然後從出診箱裡找出一個盒子，倒出一塊烏黑的東西，拇指頭大小，遞給謝平遙，讓給小波羅放嘴裡嚼著吃。

「什麼藥？」謝平遙問。

「止疼膏。」

謝平遙立馬就懂了，鴉片膏。

果然有效，小波羅逐漸平靜下來，到徒弟一針針細密地縫合好，他的五官已經妥帖地回到了各自該在的位置上。老先生坐在凳子上口授了兩個方子，徒弟記錄，抄好了給謝平遙，明天到藥鋪去抓。六服，每個方子三服，分前三天和後三天。平躺，靜養，少食。千萬別動。天熱了，一旦傷口開裂感染，麻煩不會小，大了可以要命。

「趕路可以嗎？」

「不動盪，無妨。」

「別的呢？」

「什麼病人都沒那麼嬌氣。沒別的了。」

謝平遙付了出診費，是一般大夫的四倍。老先生說，出診費跟其他大夫差不多，多出來的三份分別是：他的大晚上起床費、夜雨中的趕路費和徒弟的人頭費。已經少收一筆了，要在過去，洋鬼子看病，還得單加一道費用。那塊菸膏算贈送的。

好吧，謝平遙代小波羅謝過師徒二人，請士兵錢送兩位回家。士兵魯休息一下，喘口氣。

當天夜裡，雨繼續下。孫過程後半夜一直守在小波羅床邊。因為內疚，小波羅睡著的那段時間他也睜著眼；一旦小波羅疼醒了，鴉片膏的勁兒已經過去，他就給他點上老菸袋抽幾口。他提醒他別動，為防止被單碰到傷口，他想了個辦法，將他和邵常來合住的臥艙裡的一張板凳去了兩條橫掌子，拿來架在小波羅的肚子上，被單再搭到板凳上，等於給小波羅的傷口支起一個安全的小帳篷，既不致受涼，又防了蚊蟲。睡熟了的那一段裡，小波羅說了兩次夢話，大喊大叫，嚇得孫過程只好叫醒謝平遙。謝平遙聽了聽，說問題不大，他在叫著找手杖呢。

一夜沒合眼，第二天吃過早飯，孫過程估摸著藥鋪快開門了，下船去抓藥。士兵魯和他一起離開碼頭，去衙門裡交接護衛任務。他和士兵錢得返回南陽了。天還陰著，但雨停了，很快太陽就會從沉重的雲層後面走出來。

常見的方子，抓藥不成問題。藥鋪夥計說，兩味藥量有點詭異，不過正常，那位老先生向來喜歡在平常方子裡出怪招。拎著六服藥，孫過程拐個彎去了廢棄的糧倉。老張群蹺著腳躺在床上，地上擺著一罈酒、兩頭蒜和半斤醬油調拌過的豬頭肉。見到孫過程，他坐起來，用下巴指著酒肉，說：

「來兩盅？豬肉就酒，一天都有。」

「那兩人呢？」

「跑了。」

「為什麼跑？」

「怕官府抓啊。他們還年輕。」

「你為什麼不跑？」

「我一個孤魂野鬼，往哪兒跑？」

「你就沒打算賴帳？」

「你都找上門了，我再賴有什麼意思。」

「我要報官呢？」

「你不會。要報，我哪喝得上這酒、吃得上這肉？」

「你害我欠了他半條命。」

「你怎麼不感謝我給他留了半條命？」老張群自顧倒了一盅酒，喝下去的聲音像吹口哨。他只盯著肉看，慢條斯理夾起兩塊，跟著扔進嘴裡一瓣蒜，皮都沒剝，「他還欠我過路兄弟一條命呢。」

孫過程蹲到地上，「手杖呢？」

「丟了。」

「真丟了？」

「牛子把船弄翻，掉水裡了。回來被拴木踹了一腳，拴木打譜帶回去給他爺爺用呢。」白跑一趟。

「就算沒丟，我給你，你敢拿回去？」

孫過程抱住了腦袋。他蹲了半袋菸的工夫，站起來，拎著中藥出了糧倉。半袋菸時間裡，老張群嘴裡嘖咂的喝酒聲、唏嚓唏嚓的嚼生蒜聲和肉吃得舒服的吧唧嘴聲一直在響。老張群說：

「悶頭發財的事我張群不幹。待會兒我招呼幾個老哥們兒一起痛快地喝他娘的一頓，你來嗎？就今晚。」

孫過程已經走到槐樹底下。昨晚他給孫過路燒過的紙灰蕩然無存，全被雨水沖走了。

中午時分，太陽冷不丁跳出來，雲層邊緣如同被燒出個窟窿。陽光打到身上，汗立刻出來。孫過程一直在找合適的理由跳下水。逆光裡四個人從碼頭走過來。一個騎著高頭大馬，三個左右隨行。士兵魯帶著濟寧官府的人來了。什麼官從哪個部門來，孫過程完全弄不明白，在他看來所有官員的穿戴都差不多。

官員下馬先擦汗。官服一直扣到脖子底下，看著都熱。邵常來把茶水端到小波羅的臥艙。昨晚六個人都坐臥得下，官員來了，三個人就擠滿了。他晃晃蕩蕩的官服看上去占了好幾個人的地方。小波羅躺在床上，肚子上是板凳，板凳上蓋一條床單，整個人像隻扭過頭來的單峰駝。官員先代表上頭表示誠摯的歡迎和慰問，接著為本地的治安自責，發誓一定要把壞人緝拿歸案，最後才是此行重點，商量接下來的行程。

小波羅他們從南陽剛出發，這邊就接到了電報。巡撫袁世凱袁大人責令他們做好接待和護衛工作。他們兩天前就拿出詳盡方案，足可以讓迪馬克先生全方位地體驗好運河之城濟寧的魅力。但是，非常遺憾地得知，迪馬克先生遭歹人洗劫和傷害，鑒於迪馬克先生的身體狀況，他們以最快速度制訂出一套更加可行的臨時方案。那就是，在濟寧不宜久留，這兩天就起航。近日方圓數百里都大雨，運河水位難得升高，可以平穩順暢地行船，河床最高處南旺一帶，水位也達到了近年同期的最高值。迪馬克先生是貴人哪，為我們運河帶來了好運。沒這場突如其來的大面積降雨，過南旺怕是要幾百號人拉縴，那走走停停，三五里水路也要耗上一天。航行艱難說到底不重要，時間也不重要，迪馬克先生的身體最要緊，倘若錯過了這幾天的高水位，一步三顫兩抖，靠拉縴拖船往前走，傷口肯定吃不消。因此，諮詢過相關水利和醫學專門人士，一致認為，欲行宜速，時不我待。袁大人特命卑職與迪馬克先生商榷，早做決斷。當然，未能盡好地主之誼，也請迪馬克先生和諸位多包涵。

謝平遙翻譯給小波羅。小波羅說：「午飯後就動身。宜早不宜遲。」下午就出發？謝平遙清楚南旺一帶河床的高度，但還是覺得倉促了些。

那官員示意門外的隨從遞進來一個小木匣子。打開，幾張銀票和一小袋散碎銀兩，「袁大人的一點心意，請笑納。」

不走都不行，人家早準備好送客了。

小波羅讓謝平遙轉致謝意，但銀兩就不必了。謝平遙撇撇嘴，料想那官員也聽不懂，就用英文說：「為什麼不要？推掉了肯定進這人的腰包了。」小波羅想咧嘴笑，傷口跟著疼，趕緊說ＯＫ。

「你們這是商量好了？」官員問。

「就這麼定了。」謝平遙說。

「甚好甚好。照上頭的吩咐，還配有兩名護衛，隨後就到。那你們收拾，我就先告辭了。」

謝平遙把客人送至碼頭，看他騎馬帶隨從離去。士兵錢在烏篷船上噭噭地叫，為孫過程的水性叫好。船漂在碼頭外的運河裡，旁邊翻起一個水花。謝平遙覺得過了很久，孫過程才從距水花十丈開外處冒出頭來。孫過程深呼吸，換個方向又扎下去。小陳也站在屋船邊看，這水性他趕不上。更讓他羡慕的，是孫過程的抗凍能力。太陽底下有點熱，但剛落過雨的水冷流急的運河，游泳還是為時尚早。

午飯之前，孫過程才從水裡上船。一無所獲，不知道被水流帶到哪裡去了。換好衣服坐定在飯桌前，他悲哀地說，終於洗了個痛快澡。

午飯後，兩個府衙的士兵駕一艘掛帆的烏篷船來報到；胖的姓周，瘦的姓顧。外出採買伙食和日用品的邵常來跟大陳也回到船上。大家與士兵魯和士兵錢揮手作別。老陳在甲板上點燃一掛祈福和驅凶避邪的鞭炮，轉身對兩個兒子高喊：

「起！」

小波羅躺在床上很有些遺憾。運河沿岸兩個最重要的城市，淮安和濟寧，陰差陽錯都失之交臂。他欠起身子想從窗戶往外看，一動傷口就疼，只好躺下。在他的想法裡，除了要將濟寧的運河及水文細細斟酌一番，另一個心願就是到曲阜，瞻仰孔府、孔廟、孟廟，祭拜孔林，親近一下中國兩千年文化裡的大賢人；離開濟寧時，再飽餐一頓太白樓的美味，如此才算真正來過濟寧。但船已越過最後一段城牆，濟寧就此別過。

事情一下子單純了，就是趕路，船隻在採辦日用品和經過船閘時才停下。這兩天的雨果然幫了大忙，運河水勢浩蕩，帆漲滿，行駛的速度老陳很滿意。他對這一段水路也滿懷好奇，運河上跑了大半輩子，不過濟寧，不見識一下南旺分水口，都不好意思說自己在運河上結結實實忙活過。一路往西北走，有花有草，有蘆葦、荷花、野雞野鴨和飛鳥，有數不清的來往船隻從沉舟側畔經過，有叫賣的小商小販，有披紅戴綠的流動妓院，有無數簡陋的小碼頭，有貧困的十萬人家和垂頭喪氣的無所事事的拉縴者。他們夜以繼日地調動檣楫，穿過馬場湖到南望湖；其間歷經通濟閘和寺前閘，之後還會經過柳林閘、十里閘、開合閘、袁口閘、新口閘、安山閘，然後抵達安山湖。再走下去就是聊城地界。

行至南陽湖正值清早，整個船上只有掌舵的老陳一人醒著。年紀大了覺少，醒了就想多趕二里路。接著醒來的是小波羅。在床上躺了幾天，睡眠成了他最討厭的事；躺著的時候他覺得自己是個廢物。每一刻他都希望自己醒著，跟謝平遙、孫過程他們說說話，說什麼都行，但還是經常在聊天中不知不覺滑進了睡眠。昨天晚上，他在聽孫過程講他們家祖宗搬離南旺的故事時睡著的，一覺睡到現在。孫過程聽他父親說，逃荒那年南旺的河道差不多見底了，往年七月到九月基本能正常通航，那年十二個月都過不去一艘像樣的船，前一年也好不到哪裡去。風調雨順之年窮人的日子也照樣不好過，又碰上運河斷流，吃了上頓沒下頓的人家連上頓也沒了，只能另尋活路，才有了後來扎根梁山。小波羅還想著繼續聽梁山的故事，人已經睡著了。

先聽見波浪拍擊船幫的聲音，小波羅醒來。頭腦昏沉，四肢極不清爽地痠疼，肉肉地，悶悶地。睡多了。他寧願感受肚皮上的鋒利乾淨的疼，就扭動一下身體，一種新鮮的疼痛如同一道閃電，瞬間貫穿了全身，小波羅出了一腦門子汗。波浪拍擊船幫的聲音消失了，窗外傳來悠遠高亢的說話聲。他聽不懂的，一群中國人在節奏分明地喊著號子。一大早怎麼會有這麼多人在熱火朝天地喊著勞動號子？他忍不住好奇。這好奇讓他如臥針氈。他嘗試著用左胳膊肘撐起半個上半身，一陣新的疼痛，他停下來，感受疼痛的強度，直到習慣它；接著撐起右胳膊肘，又是一陣疼痛，再停下，等自己適應了那新的強度，左手推開窗戶，順便扒住窗框，上半身斜立著。他清晰地感到出汗的方式發生了變化，半秒鐘裡豆大的汗珠掛滿了一頭一臉，傷口疼得像被重新割了一刀，長度和深度一模一樣。但他覺得疼得值，躺下幾天後，他終於可以看見比臥艙大的空間。不是大一點，而是像整個世界一樣大，他看見的就是整個世界。

他的回報還不僅於此：他看見了一個火熱的勞動場面，無數的中國人正在挖河築堤。男人們一例短打，辮子纏在頭上或者脖子上；年輕的裸著上身，褲子捲到膝蓋處；有穿草鞋的，更多人打著赤腳；牽繩的，測繪的，挖土的，抬泥的，推車的，拉車的，下樁的，打夯的，穿梭往來，不亦樂乎。當官的挺著肚子站在高處，陪同者伸直手在比畫，風吹起他們的衣角和鬍鬚。也有女人出沒其間，拎湯罐端瓷碗，給幹活兒的男人送水送飯。河道寬闊，堤岸高拔，新鮮的泥土敞開在他們腳下。他聽不見河工現場瑣碎的嘈嘈切切，卻在整個場面之上發現了一曲整飭昂奮的合唱，既歡快，又勞苦，彷彿滾沸的巨型大鍋裡升騰起的雄渾蒸氣，但他聽不懂。

他很想聽懂。他猶豫一下，敲響了身後的艙壁。

謝平遙來到隔壁。船走得慢，窗外的挑河現場幾乎沒變，依然熱氣騰騰。在謝平遙奇怪此地竟有如此規模的挑河工程之前，他也聽到了小波羅所說的合唱，聽上去有些遙遠，入耳卻分明。那是一首河工號子，〈築堤歌〉。在淮安待了幾年，疏浚河道、加固堤防的大小工程見過一些，幹活兒時壯志提神的謠歌和號子也大同小異。跟著窗外的節奏，他給小波羅翻譯出來：

土掩大水保家園。
河堤修得高又寬，
取出河土墊河崖。
你也挑來我也抬，
嗨！嗨！嗨——
腳步走穩好登高。
甩開臂膀挺直腰，
嗨！嗨——

嗨！嗨！嗨——
頭號大筐裝滿尖，
運河挖得深又寬，
南北二京好行船。
大船裝來江南米，
小船又運青竹竿。
抬上堤壩筐放穩，
筐筐籮籮莫要慌。
嗨呀嗨！嗨——嗨！

一邊翻譯謝平遙一邊犯嘀咕，總覺得哪個地方不對，外面老陳喊了一嗓子：

「都起來都起來！有蜃景有蜃景！」

謝平遙恍然，果真是運河蜃景。整個熱鬧的河工場面正展開在南旺湖上。他跟小波羅敷衍著解釋，運河蜃景大概就是運河上的海市蜃樓。他也不太懂，只在漕運總督衙門裡聽人說起過，運河裡偶爾會出現蜃景，不過從來沒有人說起，蜃景中還有聲音傳出來。見多經廣的老陳也頭一次聽見蜃景出了聲，只是確鑿在耳邊眼前，由不得不懷疑。孫過程、邵常來、大小陳和陳婆，還有後面拴著的烏篷船裡的士兵周和士兵顧，連滾帶爬出來。站到船邊觀看時，一陣風起，清晰的場景很快模糊了；再一陣風來，蜃景消失了，南旺湖上碧波蕩漾。

邵常來說，他老家有個說法，蜃景會帶來好運。孫過程聽後雙手合十，閉上眼。老陳問他默念的啥，邵常來說，還能有啥，肯定念叨要找個好媳婦。孫過程笑笑。祖父倒是講過在南旺做過河工。明代以後，大概沒哪段運河疏浚的難度比南旺更大、次數比南旺更多，那麼歡天喜地的勞動場面，怕也不是每次都能看到。更多的是成千上萬的飢餓勞工，螞蟻一樣穿梭蠕動在寬闊漫長的河道上。

屋船接近分水口，速度明顯降下來。汶水在前頭分流，七分去了北邊，所謂「朝天子」，三分迎頭流下，往江南走。此處是整個千里運河的「水脊」，河床被抬到了最高處。小波羅不敢久坐，早已經躺下。聽說分水口到了，還是忍著劇痛讓謝平遙扶起自己，背後堆上被子和靠枕。沒法到岸上登高望遠，越過窗櫺看見一點風物也好。擔心小波羅寂寞，船停靠碼頭後，謝平遙留下來，其他人上岸轉一圈。

分水口是運河繁華的要塞，兩岸屋舍儼然，店鋪林立，往來商販遊人絡繹不絕。尤其河右岸的龍王廟建築群，四座大門正對汶水濟運處，雖然漕運凋敝，南旺也沒有徹底從饑饉災荒中緩過勁兒來，建築群難掩破敗，但恢宏的氣勢還是讓人肅然起敬。運河邊條石砌成的石駁岸，岸下埋伏著十二根水柱，他們的屋船就拴在靠中間的一根上。岸上盤臥八個巨型的鎮水獸，姿態各異，形貌栩栩如生。石駁岸中間有一道石階直通龍王廟，孫過程他們拾級而上。石階盡頭是一座木結構牌坊，雙層飛簷，懸了三塊匾額：右為「海晏」，左為「河清」，中間是「左右逢源」。汶上人、浙閩總督劉韻珂手書。過了牌坊，就進了龍王廟。

他們幾個人在岸上轉了一個多時辰，可看的很多。龍王廟之外，還有供奉宋禮的宋公祠、紀念白英的白公祠，還有禹王殿、關帝廟、觀音閣、莫公祠、文公祠、螞蚱廟等十來處院落。老陳逢廟就進，見神必拜，每次敬拜，總看見孫過程也在虔誠地作揖磕頭。他是請眾神提攜，保佑旅途安泰，孫過程拜的什麼？孫過程說：

「為哥哥。」

老陳說：「你這弟弟當得好。」

孫過程給小波羅帶了一塊缺角的青磚。在龍王廟牆根的荒草中發現的。青磚一側有完好的楷書模印：弘治十年造河道官磚。四百年前的文物。謝平遙翻譯給小波羅，明朝的孝宗皇帝朱祐樘就在這裡整治過河道。小波羅遙想四百年前，覺得太遠，指指床底，好東西，嘿嘿，得自己留著。

左轉。右轉。左轉。右轉。運河從來都是彎彎曲曲的。孫過程回想這一段水路，覺得時間也是彎彎曲曲的。左轉。右轉。彎彎曲曲好，舒緩，悠遠，充滿了美好的過渡。充滿過渡的路程就是坦途。事實也如此，他們一直趕路，小波羅的生活都在艙內，生長新肉很慢。中間看過三次大夫。一次是因為半夜從床上掉下來，右側幾近癒合的傷口又撕開了一個口子，重新找大夫縫合。一次是縫合之後，找大夫複查。大夫說恢復不算快，但也不錯了，切記不能再從床上掉下來，咱們的肚皮不是點心匣子，可以打開再關上，開開合合。大夫保守估計，到臨清只管下船到河堤上走，速度不會比船跑得慢。第三次就是找一個大夫給傷口拆線。

小波羅沒告訴別人為什麼掉下床，他只寫在了日記裡。他在夢中回到濟寧的大雨之夜，跟蒙面人爭奪手杖，一人抓一頭，蒙面人搶走手杖，還把他拖下了床。

士兵周和士兵顧到張秋鎮就回去覆命了，他們擊鼓傳花，把任務交給了陽穀縣衙的同行。小波羅婉拒，縣令不答應，你可以不需要，我不派人是我的失職。再到聊城，又換了兩個。小波羅明確拒絕。天下太平，他下船也少，沒人知道船上還待著個洋人，實在不必浪費。東昌府知府委派的官員說，公事必須公辦。你若是擔心這兩人分了你們的口糧，好辦，讓他倆帶足盤纏，交你們伙食費。實在不行，備上鍋灶，自給自足。既受知州大人委託，他承擔不起「萬一」。要在他們的轄區出了事，誰的官帽都戴不穩。

一路穿閘過關，到了臨清直隸州。排漫長的隊伍，過了會通河邊的鈔關，沒走多遠，天下起雨。七八月的北方進入多雨季節。一塊黑雲過來，跟著電閃雷鳴，滂沱大雨就落下來了。

等候過鈔關時一直窩在船上，小波羅待煩了，過了關就上了岸。傷口在身體中間位置，上下都要吃力，新生的皮肉又嬌嫩，小波羅揣摩著力道，免得一不小心勁兒使大了，把傷口撕開。他把一隻手搭在傷口上，像孕婦一樣謹慎。左邊謝平遙，右邊孫過程，兩個士兵緊隨其後。先前小波羅已從床上下來多次，在船頭喝茶、聊天、看書、寫東西，也拍照，有時候就是盯著水面看，因為經常有水蛇和烏龜從水面游過，但出入的步子都少，真到了岸上，陡然覺得大地也是晃動的。慢慢走出一里路，腳下才牢靠。

七月的北方也鬱鬱蔥蔥，但依然掩不住破敗和荒涼。野草蔓生，一場雨水就長勢齊腰。鄉村還是凋敝，破舊的土房子，只做遮風擋雨用，一點不見南方民居的美感。小波羅在村莊邊上走，本來打算下了船就看見一個豐饒的人間，沒想到這般情景，他內心裡慢慢生出蒼涼和悲哀。孫過程說，若是去年來，連這豐肥茂盛的荒草都見不到。小波羅扭頭看看運河，水流日夜不息，過了臨清就將取道向北；四個多月以來，他頭一次發現他對這條曲折綿長的大水有了情意。他想坐下來抽上一袋菸。孫過程遞上菸斗和菸絲，火鐮竟忘了帶。

兩個乾瘦老頭兒坐在老屋前的磨盤上抽菸袋，孫過程要去借火，小波羅說，一起去。兩個老頭兒見過洋人，也見過官差；洋人和官差同時站在跟前，沒見過。他們不是因為恐懼，而是因為羞澀站起來，然後又坐下去。他們沒有什麼可以再失去的，早就一貧如洗。他們邀請小波羅坐下來，「吃」一袋菸。小波羅在磨盤的另一個角上坐下，借了鬍子半白老頭兒的火。那袋菸「吃」得很香。

「這房子還能住嗎？」小波羅問。謝平遙給他翻譯。

「能住。」

「不打算修修？」

「不修。能住。」

「可以修得更好看一點嘛。」

「有好看的時候。」

「啥時候？」

鬍子半白老頭兒扭頭看老屋，「現在，」他的菸袋桿對著老屋畫了個圈，「陽光照在上面的時候。」

此刻陽光傾斜著照耀低矮錯落的土房子。經年風吹日曬，泥牆發白泛黑，但下午的陽光還原了它的本色，那面牆如同鍍了一層黃金。那濃郁的金黃色幾乎要燃燒起來。但陽光裡的黃金同樣貴重，一袋菸沒抽完，天邊來了穿黑衣服的雲，牆上的黃金開始褪色、消失。

「看，沒了。」小波羅說。
「還會再來。」
雨落下來之前，他們聊起洋人。另一個鬍子全白的老頭兒說，他在一間屋裡見過七個洋人，他們分屬四個國家，不過在他看來，他們長得都一樣。
「什麼時候？」半白鬍子老頭兒問，「教堂去年不是被拳民燒了嗎？」
「那是臨清的。教堂被燒，洋教士總得有個去處嘛。上個月去七星莊我外甥家，莊北蓋了幾間屋，最大的那間屋頂上插了個十字架。外甥帶我去開開眼，說四個國家的。我還多看了兩眼。他們洋人長得像一家人。」
「跟我像？」小波羅問。
「像，太像了。跟你哥你弟、你叔叔你大爺似的。」
「哪四個國家？」
「誰記得住。你們洋人什麼名字都一叫一串。」
「有年輕人？就像，孫過程這個年齡的。」
「有，多大的都有。我外甥說，四面八方聚到一起。」
雨點落下來。謝平遙催小波羅回船上。
「七星莊在哪裡？」小波羅問。
「往前走，到石碼頭上岸。往北一直走，莊前有大水塘，沿水邊長了七棵老刺槐，占了北斗七星的位置。大老遠就能看見。除了七棵刺槐，別的樹都栽不活。」
小波羅學兩個老頭兒，對著鞋底把菸灰磕乾淨。雨下大之前，他們回到船上。小波羅打開地圖，在臨清城和夏津之間、靠近後者的地方標出一個點，大概就是七星莊，他想去一趟。

第二天上午，風雨和閃電同時止息。一個整夜加上半個白天不停歇的雨，天地間都是一副喝飽了、水漾到喉嚨處的浮腫樣子，運河也滿滿當當。雨雲尚未退去，空氣潮濕得可以直接行船。因為水勢洶湧，船走得謹慎，午飯後方到鬍子全白老頭兒指點的那座石碼頭。

這次六個人上岸。考慮到通往七星莊的道路布滿泥濘和水窪，小波羅沒法深一腳淺一腳地走遠路，在前頭停靠的市鎮碼頭上，孫過程買了一個四人抬的躺椅。現在小波羅坐在躺椅上，臨清州的兩個士兵抬前面，孫過程和大陳抬後面。謝平遙抱著一堆雨具走在旁邊，偶爾走到最後，隔出一段距離往前看，他會產生一個錯覺，覺得孫過程他們抬著小波羅，正朝低矮的天上走。

大水塘，七棵樹。他們一條道走過去。經過莊稼、野草、小樹林和一片墳地。雨停了七星莊也沒多少人走出家門；從敞開的院門看進去，很多人坐在堂屋門口的暗影裡發呆。一個中年男人在院門外挖溝排水，看見他們，沒吭聲。但他在謝平遙開口之前伸出了手：先往東，再往北。他看見了躺椅上的小波羅。他斷定所有長出這張臉的人都該去同一個地方。

一場急雨過去，只有活物經過的地方才會泥水氾濫。新的教堂剛開始建，周圍泥濘不堪。現在正用的簡易教堂，是臨時搭建的起脊平房，左手第二間屋頂上插著一個木製十字架。美國公理會一八八六年在臨清城建的教堂，是山東的第二處總堂，前一年，被義和拳毀了。皇太后剿滅拳匪的上諭公布後，公理會就開始籌畫建新教堂。先在七星莊試探性地建起四間房子，沒人找碴兒，插上十字架就悄然開張了。風聲依然很緊，但似乎也無生命之虞，膽子又大了一些，索性弄個體面的。為首的牧師是美國西雅圖人，說一口流利的漢語，他懂「家有梧桐樹，引來金鳳凰」的道理。看那凌亂場面，應該是雨停時開過工，又一場大雨才徹底收工。建築工具和材料亂糟糟地扔在泥水裡。

小波羅堅持在離教堂一百米左右處就下躺椅，自己深一腳淺一腳地走進插著十字架的那間屋。那個美國人在，五十歲左右的男人，花白鬍子修剪得很漂亮。開始只是寒暄，你好我好大家都還好吧，也頗有相見恨晚的親熱。一刻鐘後，小波羅問七星莊有哪幾個國家人。牧師數給他聽，兩個美國人，此地公理會的主力；一個比利時人，一個意大利人，一個德國人，一個荷蘭人。他們是從各處投奔而來：有的就是神職人員，有的純粹是無路可走，來找口吃的。

「我的意大利老鄉呢？」小波羅用英語問。

「一個年輕人，北方漫遊來的。」西雅圖人說，「一會兒叫過來你們敘敘舊。」

門外響起踢踏雜亂的腳踩泥水聲。小波羅問謝平遙出了什麼事。謝平遙到門前，看到三個外國人踩著泥水往遠處走。

「差點忘了，他們該去菜園了。」西雅圖人說，「我們吃自己種的菜。」

小波羅猶豫片刻，走到門口。三人走得更遠了。小波羅是突然喊起來的。他用意大利語喊了一個人名。他們三個人在泥水裡跳著走，落地時濺起混濁的水花。有個跛腳的年輕人躲避同伴踏起的泥水時，不得已單著左腳跳著跑。小波羅又喊了一聲，還是沒人回頭。他衝出門去。

就幾秒鐘的事。剛起步他肯定感到了傷口的緊張，好多天了，他已經習慣了弓腰含胸坐臥行走，所以跑前兩步他挺直的腰又彎下來。接下來幾步跑得更著急。本來重心就前移，很多天又沒跑動，腳下的節奏和感覺控制力大打折扣，一腳踩滑；等西雅圖人走出來，他已經摔倒在泥水裡。小波羅痛苦地大叫一聲。謝平遙和孫過程一聽那聲音就知道壞菜了，他的傷口。他們倆跑過去。

小波羅趴在泥水裡，兩隻手在肚子底下直哆嗦。黃湯一般的泥水裡絲絲縷縷泛起紅色，摻了血的髒水顯得更髒。除了黃和紅之外，另有一股鐵鏽水從那一堆工具和材料上流進來。鐵鍬，瓦刀，錘頭，鐵片，鐵條，騎馬釘。還有運送沙石磚頭的牲口黑褐色的糞便，也一併融在這泥水裡。謝平遙和孫過程把小波羅從泥水裡攙回教堂。西雅圖牧師趕緊喊隔壁的另外兩個外國人過來幫忙，一個燒熱水，一個去找藥箱。他跟長著尖下巴的年輕人說：

「這是你的意大利老鄉迪馬克先生，快把藥箱找來，先清洗消毒。」

小波羅一身泥水躺在椅子上，說：「他是意大利人？」

「列奧納多。老家羅馬。」西雅圖牧師說，「你剛才叫誰？費德爾？」

小波羅閉上眼，呻吟聲瞬間大起來。

西雅圖牧師找來他的美國同事，那人懂點醫術。當然是用西醫的方式和藥品給小波羅做了傷口消毒處理，但他沒能力縫合。好在傷口比剛被刀劃開時要小。包紮好後，他建議去找專業大夫縫合。那天下午的造訪就這麼匆忙結束了，小波羅都沒來得及把其他四個外國人的長相看一遍。孫過程四人抬著他急匆匆回到船上，以最快航速往下一個大碼頭走。

好在大碼頭上從來不缺大夫，就跟不缺算命和幫人代筆寫信的先生一樣。到了「回春堂」，天徹底黑了，大夫把回春堂裡所有燈和蠟燭都點在他的手術室裡。大夫年齡不算太大，但眼神不好，規矩也多，平常是絕不在晚上見血的，天大的事也要等到天亮再說。小波羅是洋人，算特事特辦。燈光照亮了牆上掛的一塊匾，上面刻著「懸壺濟世」四個顏楷大字。所有的大夫好像都是慢性子，這個姓方的大夫把繃帶打開，左看右看，這裡碰碰那裡戳戳，塗塗抹抹之後才開始縫合。縫合時慢悠悠地說：

「傷在這個地方好啊，省得你們洋人整天在咱中國地盤上挺腰凸肚。跟他說，以後走路謙虛點，要不還得裂開。原樣譯啊。」

謝平遙真就原話譯過去了。

小波羅牙縫裡嘶嘶啦啦地抽冷氣，說：「跟他說，我早學會謙卑了。」

謝平遙再原話譯給方大夫。

「這就好。」方大夫把眼睛湊到傷口上，「那我給你縫仔細點。」

又得在床上躺著了，小波羅抽了兩天的菸才稍稍平復下來。船繼續走，走得甚至更快，反正沒事大家也都不需要下船。小波羅把自己關在臥艙裡，儘管有個窗戶敞開來通風，謝平遙乍一進去還是被煙霧熏得眼淚汪汪的。小波羅想明白了，他請謝平遙幫忙把床頭的菸灰倒掉，然後把沿途搜集到的跟運河相關的各類書籍讀給他聽。邊譯邊讀。他說不能讓時間荒廢了。書聽累了，就聽謝平遙講運河，知道什麼講什麼，知道多少講多少。謝平遙講累了，讓孫過程、邵常來、老陳一家，還有跟在船後的兩個士兵接著講。在他們講述的過程中，躺在床上的小波羅隨時提問。從臨清地界一直到天津，小波羅主要是通過這些方式來了解運河的。他喜歡一句中國話：讀萬卷書，行萬里路。萬里路走不好，就聽別人講述他們的萬里路；書讀不足萬卷，就聽書，聽別人講他們讀的書和故事。他也只能聽到這裡，過了天津身體每況愈下，經常陷入嚴重的抽搐和高燒昏迷狀態。

從臨清到天津，就航行來說，是小波羅從杭州出發以來，走得最快的一段。中間除了找醫生、採辦日用品、必要的休整和因為夏季的風雨不得不停下來，其他時間他們都在行船。最多一天走了二十一個小時，老陳和大陳小陳輪流掌舵。這一段航程，若干年後謝平遙他們回想起來，第一個感覺就是趕路、趕路、趕路，一路走得飛快；第二個感覺與第一個完全相反：慢，慢得不得了，慢得所有人都焦慮、揪心、驚慌失措。

小波羅的傷口不像上次那樣，慢慢癒合，而是三天之後出現發炎症狀。發紅，越來越紅。開始以為是天熱，傷口通風不夠，晾開來；又等兩天，已經不是紅的問題，出現了白中泛黃的膿點。船停下來去找大夫。大夫沒當回事，做了消炎處理，開了方子，按劑量服藥即可。繼續走。藥不管用，傷口在惡化。紅腫的化膿面積在大幅度增加。小波羅開始出現高燒、畏寒、身體的某些部位會突然疼痛等症狀。飯量大大減少，經常飯菜端過來，看一兩眼就飽了。邵常來拿出平生所學做出的麻婆豆腐，他也沒什麼興趣。

到滄州，找了一個在當地相當著名的鄭大夫。此人曾在南洋念過兩年醫科，對外穿長衫，回到診所就一副西洋打扮，天再熱也要穿上白大褂。他斷定小波羅得的是敗血症，這種病在過去也叫膿毒血症、菌血症。他把從南洋帶來的英文版醫書找出來，翻開給小波羅和謝平遙看，逐條對照，多數症狀都吻合。他對自己的診斷相當自信，順帶對中醫和時局做了點評。他認定小波羅的病是被運河沿岸的中醫耽擱了。庸醫誤人啊，他說，多吃幾斤橘子就能預防這種病，古代的船員都知道這麼幹。還有咱們這帝國朝廷，這裡沒有吃公家飯的吧？謝平遙說沒有。護衛他們在山東最後一程的德州士兵，進入直隸境內前也撤了。直隸省沒有下達護送命令，他們又成了一條純粹的民間船隻。

南洋學成歸來的西醫把辮子塞到白大褂裡頭，繼續發表演說：「要我看，咱們大清國就一直沒找對跟洋人打交道的方式。要麼暗通款曲，私下裡能穿一條褲子；要麼轉過身就翻臉。要不是各地的教會醫院都被毀了，迪馬克先生的這點小毛病怎麼會拖延成這樣？還有用義和團去對付列強，怎麼想的！你們知道嗎？」他把腦袋伸到謝平遙面前，近得謝平遙能數得出他兩道稀疏的眉毛一共有多少根，「聽說去年義和團進京，端王特地把義和團的大師兄們招去，給皇太后表演刀槍不入的神功。表演完了，皇太后當場嘉許，說賞。等大師兄們走了，榮祿問太后，您信嗎？太后說，把戲是假的，幾十萬條精壯漢子是真的，打起來，可以用他們去堵洋人的槍眼嘛。」說完了，他大笑不止，一直笑到眼淚流出來才停下來。

謝平遙被笑蒙了，這傳聞好笑嗎？他沒有看旁邊的孫過程，不知道他做何感想，「那鄭大夫認為應該如何處理與列強的關係？」

「我哪裡知道？肉食者鄙，這事不該我幹。想必謝先生知道？」

「慚愧，在下才疏學淺，豈敢置喙。」

「那謝先生的意思是，不懂就得沉默，聽之任之？」

「在下絕無此意。天下興亡，匹夫有責；我跟鄭大夫一樣贊成顧炎武先生的觀點。」謝平遙不喜歡此人誇誇其談，但對方言之成理。他倒是發現自己這些年懈怠了，憤怒與激情因為無奈而日漸消磨，而長途水路上，單一的生活與景觀更加劇了這一消磨。他在大夏天裡打了個激靈。

被燒得暈暈乎乎的小波羅此刻睜大眼，說：「大夫，趕快開藥吧。」

南洋回來的西醫鄭大夫許諾，照他的方子，船到天津衛，小波羅就可以活蹦亂跳地下船了。到那時候，肚皮結實得可以入洞房。這個粗俗的比方成了滄州到天津的旅程中唯一的亮點。一旦小波羅因為病情的惡化、傷口腐爛散發出的異味，以及由此帶來的各種疼痛和不適，失去信心、情緒變壞時，謝平遙他們就以該西醫的語錄鼓勵他。開始的確能管上一陣子，三次以後就不好使了，因為小波羅的病情的確越來越嚴重了。

半路上小波羅開始抽搐，此前沒有過的新症狀。身體的某個部位會突然失控，不停地哆嗦抽搐。有時候只是腮幫子抖，像嘴裡突然生出一隻手，想起來就把腮幫子揪著往裡拽，換個時間又握成拳頭向外捅；這種時候小波羅就會下意識地咬緊牙關，身體也跟著不由自主地後仰。咬咬牙無所謂，後仰是個麻煩事，一不留心就把傷口扯開了，眼看著傷口越掙越大。

傷口化膿的面積越來越大，發出腐爛的異味，開始只是細長的一股幽幽飄蕩的異味。邵常來端著碗碟進船艙，餵小波羅飯菜時，他以為是菜炒出了問題，湊在盤邊使勁兒嗅，沒出岔子啊。一抬眼，看見小波羅肚皮上紅豔豔、黃彤彤、白森森千頭萬緒的糜爛傷口，明白了。小波羅肯定也明白了，那頓飯他吃得更少了。很快異味如細流入海，洶湧澎湃起來。兩天後，孫過程推門進艙，想扶小波羅稍微坐起來一點，腐肉的臭味如同一隻拳頭，結結實實地劈頭打到他臉上，孫過程差一點沒忍住吐出來。他跟謝平遙表達了憂慮。謝平遙說，隔著一面牆，他對小波羅病情的每一點惡化都瞭若指掌。他的窗戶和小波羅的相隔最近，異味的一絲一毫變化，他都明白，但沒辦法，世上諸般事情都可以分擔，唯有疾病等少數幾樣，多親密的也愛莫能助。

鄭大夫的藥繼續吃，燒是降下來了，抽搐加重，動輒大汗淋漓，對外界的刺激也更加敏感。水上生活嗓門兒都大，來往船隻上哪個人高喊一聲，小波羅的身體都會有反應。夏天水面上雷電頻繁，霹靂響了，閃電亮了，小波羅一觸即發，劇烈的抽搐讓身體彈跳不止，即使把小波羅的胸部以下捆綁在床上，也沒法阻止傷口綻裂。

而如此劇烈的抽搐經常導致呼吸困難。一天下午，謝平遙、孫過程和小波羅聊運河，一個球狀閃電落到岸邊，小波羅應激而動。整個人像一塊顛動不止的木頭，硬邦邦的，謝平遙和孫過程一起按住他的身體，依然無法讓他平靜下來，腰背哐啷哐啷地撞擊床板。謝平遙摁著小波羅的兩個肩膀，突然驚叫一聲。小波羅張大嘴，兩眼圓睜，一臉即將窒息的驚恐。謝平遙趕緊關上窗戶，按小波羅的胸口。幾秒鐘後，小波羅一個深呼吸，慢慢恢復正常。

這肯定不再是簡單的傷口問題了。謝平遙把整條船上的人都召集起來，沒有人能夠綜合這些症狀做出可靠的判斷。當務之急是到天津，天津是他們可能找到洋人西醫最近的地方。老陳決定從今天起，日夜兼程。他們在一個小碼頭採辦了足夠吃到天津的食物和日用品，揚帆起航，需要拉縴的航段，讓孫過程趕緊下船交涉，絕不無謂地浪費時間。

出發前老陳照例去廟裡。那座破敗的廟裡供奉了各路神仙。東倒西歪的尊者、菩薩、聖人和龍王分處小廟的各個角落，只有財神是完好地站在原地。老陳全都拜了。跟在他身後的孫過程也全拜了。老陳問：

「還為你哥拜？」

「為迪馬克先生。希望他好起來。」

一路順利。青縣之後就是天津，過九宣閘、靜海、楊柳青進入海河，船停靠在河邊靠近德國租界的一個碼頭上。威廉街上有家英國醫生開的診所，在整個租界區都頗有影響。家住索爾茲伯里巨石陣旁邊的萊恩醫生擅治各種疑難雜症，據說有人慕名，從英國本土不遠萬里來求醫，不知道是不是訛傳。在謝平遙他們看來，小波羅這早已是疑難雜症了。在路上他一度昏迷，還有一陣子腦子明顯糊塗了，說話顛三倒四。

他們在萊恩診所排隊候診。前面約了萊恩醫生的有五個人。診所是套白色洋房，萊恩醫生全部租下來，他之外還有三位醫生、六名護士。那三位醫生主要負責常見病，以及婦科和產科。輪到他們，謝平遙和一名護士把小波羅推進診室。萊恩先生瘦高、優雅，戴眼鏡，一口倫敦腔，說話時習慣性地用酒精棉球擦已經不能再乾淨的指甲。他先向謝平遙了解相關情況，然後請他在外面等。他要和病人再詳細交流，隨後開始檢查診斷。

等了有一個半小時，也可能更久，護士拿著各種儀器來來回回進去四次。第五次從診室出來，推著小波羅。萊恩醫生讓謝平遙進去，他有幾句話要跟他說，小波羅將由護士移交給等在外面的孫過程。小波羅躺在四輪小車上，問萊恩醫生：

「能告訴我嗎，究竟是什麼病？」

「沒別的，迪馬克先生，」萊恩醫生對他笑笑，「只是破傷風。」

小波羅被護士推走後，萊恩醫生請謝平遙坐下，第一句話就是：「從哪兒來就到哪裡去吧。」

「您的意思是？」

「願上帝保佑我們每一個人。」

「不是破傷風嗎？」

「之一。還有敗血症。太晚了。至少我無能為力。」

「一點希望沒有？」

「僅有一點希望等於沒有希望，我不治沒有希望的病。剛在診斷時病人就昏迷了一陣。」

「如果藥物維持呢？」

「多則三天，少則一兩天。倘若心力衰竭或者窒息，隨時。不過，我不開藥。」

「抱歉，不情之請，能否賜一個最可行的方子，我們去抓藥。迪馬克先生在中國沒有親人，他所有的朋友都在那條船上了。也許還有一個──」

「誰？」

「您，萊恩先生。」

萊恩醫生摘下眼鏡，再戴上時說：「好吧，為一個孤獨的人。上帝拯救我們。」他寫好方子，遞給謝平遙。然後在另外一張紙上寫下一個地址，「如果上帝顯示了他的偉力，迪馬克先生能堅持到北京，可以去找我的這位朋友。他是我見過的最好的醫生。」

謝平遙看過紙上的地址和姓名，「中國人？」

「對，你們的中醫。他是我在劍橋大學醫學院的同學。」

「西醫出身的中醫？」

「他是融會貫通的天才，改變了我對中醫的偏見。」

謝平遙取了藥，又請萊恩診所的護士給傷口做了處理，然後和孫過程、邵常來一起將小波羅送回船上。他當著小波羅的面告訴大家，破傷風而已，亡羊補牢，猶未晚也，咱們從頭再來。

即刻啟程。

來不及找龍王廟做例行的祭拜，老陳在甲板上點了香爐，置了幾碗飯菜，對著北向的運河磕頭。孫過程站在他身後，也合十作揖。老陳多磕了三個頭，站起來時說：「一起為迪馬克先生祈福。」孫過程幫他收拾香爐碗碟，神情凝重悲戚。這讓老陳心中一動，小夥子不錯。他說：「可曾婚配？」

「家破人亡，不敢談婚配。」

「嗯。」老陳裝上一袋菸，給自己一個做決定的時間。船在走，他背著風打火鐮。吸第一口菸，咽進肚子裡，他覺得心裡踏實了一點，「實話對你說，我有個閨女在家，十八了。十裡八鄉的人尖子，家務活兒，女紅，樣樣拿得起放得下。當然，也可能當爹的都看見女兒的好。長相嘛，你就照著你姨往三十年前想，只會比她三十年前更好看。」

「謝謝叔，過程感激不盡。」孫過程懷裡的碗碟磕磕絆絆碰出了細小的響動，「妹妹肯定是個賢淑貌美的好姑娘。可我答應過哥哥，要回梁山老家，怕苦了妹妹啊。」

「我懂。不過男子漢四海為家嘛。」老陳吧嗒吧嗒又抽幾口，「這事先就這麼一說，回頭還得跟你姨她們商量。婚嫁大事，還是女人做主更靠譜。」

第二天小波羅開始出現頻繁的抽搐和昏迷。因為抽搐過於劇烈，傷口越開越大，痊癒的那部分也被撕開了。傷口裡血肉的顏色都變了，黃色的膿水源源不斷地滲出來。味道也更大。傍晚短暫停留在一個小碼頭，邵常來跟停靠過來的小船買青菜，賣菜的大姐抽動鼻子，問邵常來什麼怪味。邵常來說，沒什麼呀，來了陣壞風。小波羅聽不懂；屋船上的人在那一刻都樂觀不起來了。

那天晚上響過一陣雷，小波羅又抽搐了，此後大汗不止。他讓謝平遙把大家都叫到床前。小陳掌舵沒來，其他人都到了。小波羅先向大家道歉，讓各位擠在這個悶熱的小房間裡聞腐肉味，實在過意不去，他有些話想說。

「我其實不是什麼運河專家，」他讓孫過程和邵常來把他扶到半躺著，以便可以多說幾句。這些天他瘦得脫了形，眼睛變大，鼻梁變高，唯一豐茂的是頭髮和鬍鬚，滿頭滿臉地亂長。他說不完一句話就得停下來歇歇，「就算在我們家，我對運河也不是最懂行的，興趣也不是最大。說實話，在受傷躺倒之前，運河於我，就是一個東方古國偉大的壯舉和奇觀而已，上了岸三分鐘我就會徹底忘掉。受了傷動不了了，從濟寧開始，一天二十四小時跟這條河平行著躺在一起，白天聽它濤聲四起，夜晚聽它睡夢悠長，我經常發現，我的呼吸跟這條河保持了相同的節奏，我感受到了這條大河的激昂蓬勃的生命。真真正正地感受到了。能跟這條河相守的人，有福了。上帝保佑你們。

「遺憾的是，剛發現喜歡上這條河，能夠真切地感受到它的沉鬱雄渾的生命力，我不行了。我知道，我可能要不行了。前幾天我跟謝先生、跟過程、跟常來、跟老陳都發過脾氣，非常對不起，我控制不住，我不甘心啊。我真的不甘心。我不想死，我想活著。我想把這條河完整地走一遍，完整地走上兩遍三遍十遍二十遍一百遍。謝先生，能幫我點一袋菸嗎？謝謝。」

小波羅凶狠地連抽幾口，薄薄的腮幫子整個吸進口腔裡，用力之猛，一口氣差點沒接上來，連著咳嗽了好幾聲。他的咬肌繃得緊緊的，他擔心放鬆下來身體就會失控。時間走動的聲音如同沉重的絞盤在每個人的頭腦中響起。

「要不先休息一下？」謝平遙說。

小波羅擺擺手，「再晚就來不及了。」他慢下來，從容地抽了兩口。煙霧在悶熱黏稠的空氣裡飄蕩，菸味讓傷口的氣味稍稍能夠讓人忍受了，「如果運河是個人，我真想問問它，為什麼不能讓我多活幾年？為什麼不能讓我再在這條河上多走幾個來回？我不考察水文，也不看什麼名勝古蹟，我甚至都不下船。我就在船上坐臥行走，喝茶、抽菸、看書、拍照、發呆，就安安心心地看它流動和靜止，聽它喧囂與沉默。我就單單跟這條河摽在一起。運河說話了。運河是能說話的。它用連綿不絕的濤聲跟我說：該來就來，該去就去。就像這條大河裡上上下下的水，順水，逆水，起起落落，隨風流轉，因勢賦形。我突然就明白了，對死應該跟對生一樣決絕，對生也應該跟對死一樣坦蕩。所以，我把各位招來，借這個機會跟各位告別。如果我突然離開，你們也會知道我是安心平和地去敲天國的大門的；要是我還有機會繼續活下去，那這次就算是我新生的慶典。上帝他老人家比誰看得都清楚。」

小波羅斷斷續續說了這麼多話，有點累了，停下來抽上另一袋菸。抽完了，他閉上眼，沒有讓大家離開的意思。當有人想悄悄離開，讓他休息一會兒，小波羅睜開了眼。「我所有行李都在這裡。」他抬起胳膊，想對整個臥艙轉圈指上一遍，轉半圈就沒力氣了，放下了手，「我知道，中國人對遺物比較忌諱，所以我想在它們成為遺物之前，就作為禮物送給各位。你們隨便挑，喜歡哪個就拿哪個。」

「使不得，」謝平遙說，「咱們到北京你還要繼續用呢。」

「如果還有機會用，」小波羅艱難地笑一下，「我會全要回來的。那時候誰也不能抱著不還啊。」

「回頭再說。」老陳說。

「不回頭。」小波羅說，「現在就認領。這些東西大部分都跟了我多年，沒有個去處我心裡不踏實。」

「好吧，」謝平遙說，「各位就不要客氣了。」

孫過程拿了柯達相機和哥薩克馬鞭。邵常來要了羅盤和一塊懷錶。大陳喜歡那桿毛瑟槍，幫弟弟小陳做主拿了勃朗寧手槍。老陳要了石楠菸斗。陳婆要了剩下的五塊墨西哥鷹洋。小波羅問謝平遙，謝平遙說，如果可以，他希望能留下小波羅跟此次運河之行有關的書籍和資料，包括小波羅的記事本。當然，要是涉及不願示人的個人隱私，他可以根據小波羅的意願做相關的處理。

「沒什麼不能見光的。」小波羅說，「若是對你有點幫助，我會十分欣慰。至於剩下來的錢款，支付掉安葬我的費用外，三分之一給老陳，用於修整船隻，其餘的各位平分。要是數額寒磣，各位包涵，只是一點心意。」

陳婆先哭出來。接著是邵常來。老陳也跟著揉眼睛時，謝平遙就讓大家散了。小波羅也講完了，精氣神明顯下落了一些，得讓他休息了。各人散去，謝平遙想關上門也出去，小波羅叫住他。謝平遙重新坐回到他床前。

「你有什麼疑問嗎？」

「沒有。」

「真沒有？」

「那我真問了？」

「你說呢？」

「好。你在找人？」

「你早看出來了。」小波羅說，「所以我讓你留下。我弟弟。」

「費德爾？」

「是的。費德爾。費德爾・迪馬克。」

「在中國？」

「不知道他是不是還活著。要活著，應該在運河沿線生活。他才是真正的運河專家。他愛運河，他喜歡水，他喜歡每一個有水的地方。費德爾從小就喜歡威尼斯，長大了知道中國的京杭運河，就立志來中國。他在家信裡說，京杭運河究竟有多偉大，你在威尼斯是永遠想像不出來的。他才是那個要做今天的馬可・波羅的人。」

「不知道他是不是還活著？什麼意思？」

「他通過服兵役來中國。去年，你知道的，義和團，清政府，他們打起來了，就再沒消息了。」

「抱歉。」

「戰爭，誰都沒辦法。」

「希望他活著。」

「願上帝保佑所有人。」

沉默。窗外是運河瑣細的濤聲。蟬在岸邊的楊柳樹上嘶鳴。

「希望我能撐到這條大河的盡頭。」小波羅說，「萬一撐不到，不為難的話，請將我葬在通州的運河邊上；隨便哪個地方，務請在運河邊上。拜託了！」他伸出嶙峋的手，皮膚上爬滿死亡的黑影。

「我答應你。」謝平遙說，握住他的手，「但我更希望能陪你再走一次運河。」

小波羅眼淚流下來，表情卻是微笑的。身著黑衣的死神正爬向他額頭。他用盡此生最後的力氣握住謝平遙的手，他說：

「兄弟。」

抵達通州的那天中午，離北運河的盡頭不足十里，明晃晃的夏日陽光裡響起一聲遙遠的驚雷。昏迷中的小波羅睜開眼，三秒鐘後又緩緩地閉上，此後再沒有睜開。這一次，他一動沒動，像任何一具完好的身體一樣，沉著，冷靜，堅不可摧。並肩行駛的一艘官船上有人在談漕運。

一個說：「這怕是最後一趟了。」

另一個說：「果真要廢？」

「宮裡傳出的消息。」

西元一九〇一年，歲次辛丑。這一年七月二日，即西曆八月十五日，光緒帝頒廢漕令。

西元一九〇一年，歲次辛丑。這一年六月二十日，即西曆八月四日，意大利人保羅・迪馬克死在通州運河的一艘船上。

一九〇〇年—一九三四年，沉默者說

1

塞進行李袋的最後一樣東西是《馬可·波羅遊記》。要不要隨身帶上這本書花了我很長時間考慮，所以我成了最後一個上到甲板的士兵。有人建議我帶上：我們是去北京保衛公使館，要跟義和團真刀真槍地幹，隨時可能沒命，貴重的東西一定要帶上，這是你最後讀它的機會；若是不幸中的萬幸，你被那些拳民砍了，又沒砍死，待在醫院治療養傷時更得看。反對帶的也有道理：又不是去旅行，哪有時間看書，你以為你是西摩爾長官？玩命的事你都不專心，還想著看書，真是作死；真打起來，命都守不住，一本破書早不知道丟哪兒去了。我最後決定帶著，生死有命，不多一本書。

海風吹著也不涼快，大家擼起袖子和褲腿，讓身體盡可能露出來。他們摩拳擦掌，不是因為要打仗，而是終於可以上岸遛遛了，整天圈在船上的確能讓人發瘋。我身後沒人，空間足夠放下行李袋，我靠著行李袋坐下。有點累。下午剛從岸上回來。請了假的。我把哥哥寄來的最後五根馬尼拉方頭雪茄孝敬給了長官，這是第四次。每次五根。也是哥哥教的，他說好鋼用在刀刃上，不能一次便宜了那些龜孫子。憋不住了就拿出五根。我不抽菸，但我必須到處跑，哥哥知道，我來中國就是幹這個的。能多看一英尺運河我就多看一英尺。

為了能到處跑，除了可以出入中國本土的護照，我費盡心力，把需要疏通的關卡都解決了。上帝保佑，頂頭長官是個菸鬼，要不，他隨便咳嗽一聲，我鐵定下不去軍艦。不過我也明白，給他好菸是原因之一；更重要的可能是，我們是老鄉，他家住維羅納郊區。雖然大老遠的路都跑了，漂洋過海來到中國，但他確實沒去過離他老家只有三十英里的茱麗葉家。他很少有機會進城。他以鄉下人的好奇讓我把茱麗葉家的每個角落都說了一遍。當我轉而以鄉下人的謙卑向他請假，他的虛榮心得到極大滿足，每次都開心地答應了。他們都羨慕我。

照說一個水兵，不好好在船上待著，隔三岔五往岸上跑，是有點不像話。沒辦法，我就想下船。我又不想像他們那樣，整天盯著上頭的臉色，把自己的每一天都弄得像軍姿一樣整齊，以便取悅長官，噌噌噌地往上爬。我對他們說，中國有句話，無欲則剛，說的就是我。開頭我這麼說還挺坦蕩，後來說完了就暗自臉紅。哪是無欲，我是有想法了才出去的。往軍艦和駐地附近跑，當然也是有想法，但我不臉紅，像馬可．波羅一樣好好看看中國的錦繡河山，多他媽陽春白雪啊；但是現在，最近這四次，我是去看一個中國姑娘。秦如玉。漢字真是美妙，半夜裡睡不著，我把這三個字在喉嚨和舌尖、舌面上顛來倒去，為了防止不小心說出聲，我咬緊牙關。一個朝思暮想的名字不能正大光明地說出來，不比背負一座維蘇威火山更輕鬆。我真想把這三個字抱在懷裡。

這兩天我就是在秦如玉身邊度過的，大部分時間是遠遠地看著，極少一陣子能近距離感受到她的體溫，聞一聞她經過我旁邊時衣裙帶起的香風。她每天只做一件事，給紙上的娃娃、蓮花和大鯉魚上色。他們家做楊柳青年畫。她畫娃娃，大衛．布朗畫她，我以看大衛畫畫的名義看她：既看大衛畫裡的她，更看正在畫畫的她。過去我一直認為大衛可以成為英國最偉大的畫家，現在我要有所保留，他畫的如玉絕對沒有站在門子前給宣紙上紮著小辮兒的胖娃娃傅粉的如玉好看。千真萬確。但我不會直白地告訴大衛，我依然對著他畫的如玉豎大拇指，畫得好，跟真人一樣，漂亮。免得他一犯小心眼兒，下次不帶我來了，或者乾脆換個地方寫生。我當然也可以單獨來，可是來了我說什麼呢？總不能說為看你來的。這句中國話我也真不會說。如玉的父親不會允許一個專看他女兒的外國人到他們家，他對外國人還是隱隱持有敵意。大衛是我的藉口，大衛也是我翻譯，他懂一點中文，起碼吃喝拉撒基本的日常交流沒問題。所以我一直認為這個英國人是天才，只要他想幹，沒什麼事幹不成。地球人都知道漢語最難學，他只在塘沽待了半年，就可以自如地跟中國人打交道了。那時候他剛到中國，臨時調做英國艦隊高官的勤務兵，住到了外國人紮堆的塘沽城。他跟中國人交往的機會應該不多，但對一個語言天才，這個時間足夠了。

頭一次見到如玉，也是在大衛的畫上。他問我，漂亮不？我說漂亮，看這眉眼這鼻子這嘴這手和脖子。如玉在白河裡漂洗衣服的姿勢都好看，側身半蹲，衣服在水中畫出了一個中國太極的圓圈來。大衛說，我問的是畫漂亮不。我說，當然漂亮。你的畫一直都漂亮。馬屁拍得這麼響，又有啥想法？沒啥想法，我說，就乾誇，無功利。大衛說，這話聽起來有點耳熟。我想了想，還真是，四年前在威尼斯我就這麼誇過他。一個字都不差。

我們在威尼斯成為朋友。父親做貢朵拉的生意，有幾條船載著遊人在運河和潟湖穿梭。當時大衛在威尼斯大學讀書，快畢業了，逮著空就去里阿爾托橋邊畫畫。他要畫里阿爾托橋的四時百態。有一天我閒得無聊，主動請纓搖一艘貢朵拉，半下午大雨滂沱，遊客跳上岸就往客棧跑，威尼斯瞬間成一座空城。我穿好雨衣，搖著貢朵拉在運河裡慢悠悠地轉圈，難得在大雨裡獨遊運河。到里阿爾托橋下，累了，我在橋洞裡停下。橋上有個打雨傘畫畫的小夥子。在威尼斯畫畫的人實在太多，跟在中國見到乞丐一樣，每座橋邊都聚著三兩個，但冒著大雨畫，撞上一次不那麼容易。我就看著他畫。

大半個小時過去，雨停我上岸，他也畫完了。他把我和貢朵拉都畫了進去。我就認識了這個從英格蘭來威尼斯讀書的大衛・布朗。那段時間我跟父親常住威尼斯，見面的機會就多，他把過往的畫作帶給我看。我們同齡。有一張畫，一個扭頭往回看的意大利女孩。我說真漂亮，畫得也好。他問我如此禮贊目的何在，我說的就是：乾誇，無功利。後來，我通過他認識了他的那個女同學。我還沒談過女朋友。很遺憾，老家在那不勒斯的姑娘已經有了男朋友。

離開威尼斯，我和大衛就失去了聯繫，沒想到在中國重逢。有一天我們從各自的艦船上下來，乘駁船穿過十英里波浪翻滾的海面，到達白河河口，然後換乘更小的船穿過沙洲。過沙洲就可以看到白河南岸的中國城大沽，對面是城市塘沽。在塘沽下船，再乘兩個小時火車才能到天津，這段路大約三十英里。去天津我們都得這麼折騰。那條小船上擠了四五個國家的水兵，坐在我身邊的竟然是大衛。四年不見，我們都變了樣，但他左耳朵後面長的一簇金毛沒變。那十來根金光閃閃的英式捲毛，一般人長不出來。我叫一聲大衛，大衛．布朗，他立刻認出我。他堅持認為我嗓子裡藏了一張砂紙，發出的聲音既像誘惑又像折磨，擬音大師也模仿不了。他比我早一年來到中國，對於這個古老遼闊的東方國度，各方面他都堪稱我老師。我對中國的所有知識，都來自馬可．波羅和血脈一般縱橫貫穿這個國家的江河湖海；尤其是運河，我的意大利老鄉馬可．波羅，就從大都沿運河南下，他見識了一個歐洲人坐在家裡撞破腦袋也想像不出的神奇國度。

我們在船上深情擁抱，我和大衛．布朗。他是服役入伍，我是懷著對中國的好奇主動申請來中國。不管什麼原因，我們其實都清楚，一旦你跨海而來還懷揣著利器，你就是侵略者。在中國待的時間越久，這一點我們就越清楚。我們聊了一路。其實是聊了一天，直到原路返回登上各自艦船。這一天我們一直在一起，我們進相同的店，喝相同的酒，吃相同的飯。他還在畫畫，我依然喜歡河流和出走。

因為艦上規矩多，又經常四處巡航，能碰在一起的機會不多，我們就約定，每次上岸，如果知道下次上岸時間，就寫個紙條塞在沙洲上一棵老槐樹的樹洞裡。從我們登上沙洲碼頭邊的那棵柳樹開始數，右手第三棵，半人高的地方有個隱蔽的狹長樹洞。我放的紙條如果他不取，就永遠在那裡。我們通過這種原始的方式聯繫，居然也相當奏效，見如玉四次，我都是跟大衛一起去的。他去寫生，從沙洲隨便上一條船，或者租一條自己手搖，白河上下，哪個地方有感覺就在哪裡停下。待在中國的這兩年他一直如此。

有一回我們一起去塘沽採購，我說你的目的其實不是寫生，不過是找個文雅的藉口到處跑跑散散心。他歪頭想了一會兒，覺得有道理，他的確經常出去轉一圈，回來紙上連條線都沒畫。整天憋船上是夠受的。不過他去風起澱倒是實實在在畫了十來張畫。

風起澱是個半村半鎮的地方，比村大，比鎮小，澱上人家沿白河兩岸分布，碼頭不是很大，但過往船隻打尖落腳足夠。他在風起澱偶然看見如玉在河邊洗衣服，動與靜、全貌和局部的關係讓他有了感覺，就在對岸支起畫板畫起來。如果不是我想看看風起澱，如果不是我還暗暗期待見到那神仙般的姑娘，大衛畫完就畫完了，可能再也不會去那地方，因為我想去，他就又去了。因為我去了還想去，他就隨我繼續去。

我們倆到了風起澱，一點彎子沒繞，直接到了那姑娘洗衣服的地方。不必說，她家一定在附近，誰會大老遠跑別人家門口洗衣服。但河邊一溜排開四五家，因為對著長河，誰也不好意思大敞院門，都關得嚴實。大衛對我嘿嘿地壞笑。我硬著頭皮說，不信門裡頭有炸藥，一家一家敲。至於敲開後怎麼辦，根本沒時間想。後來我們知道，家家閉戶上鎖，固然是避開往來船上偷窺的目光，更重要的，為避免惹是生非。義和拳在風起澱已是風生水起，尚能過得下去的人家都希望歲月安穩，開門只會招災引禍。先敲距洗衣處最近的大門，因為那家大門上貼了兩張非常好看的門神，一邊是秦叔寶，一邊是尉遲恭。大衛說，這是楊柳青年畫的風格。順便給我普及了一下何為楊柳青年畫。他曾陪伺候過的那個長官去過楊柳青古鎮，現場觀摩了鎮上老藝人的年畫製作流程。

敲三下。一點腳步聲沒聽到，門就開了。因為我靠門近，右腳搭在人家門檻上，開門的人臉幾乎貼到我眼皮上，我和對方都嚇一跳。一個女聲叫起來。不用看清楚對方的臉，只聽聲音我就斷定她就是洗衣姑娘。後來如玉告訴我，她被我們嚇壞了，開門見到兩張臉，還是洋人，她以為撞見鬼。這有點誇張，我和大衛無論如何比那兩個張牙舞爪的門神好看。如玉堅持認為秦叔寶和尉遲恭更好看，她看不習慣高鼻深眼的外國人。其實我沒大衛那麼像外國人，起碼我的頭髮是直的，還是黑顏色；感謝祖宗，給我留了這麼個別致的遺產。大衛一頭黃毛，大捲套小捲，活脫脫一個捲毛獅子狗。她問我們是誰。我聽不懂。大衛說，我們是遊客，看見府上大門貼了兩尊栩栩如生的門神，難得的藝術品，所以冒昧打擾。大衛又把他歪歪扭扭但足以達意的漢語翻譯成英文給我聽。我想這傢伙真是人才，當了不到兩年的兵就學壞了，多肉麻的話都說得出口。但我很感謝他，這種緊急情況下要是我來回答，我肯定會說，我想看看你，所以敲門看看這是不是你家。以如玉那時候的羞澀和脾氣，準會給我兩個大耳刮子，罵我臭流氓，然後一腳把我踹進門前的大河裡。

未承想，恭維兩個門神也起了大作用，如玉的父親正帶著如玉和另外一個徒弟，在寬敞的堂屋裡給年畫上色。秦叔寶和尉遲恭是老秦的作品。老秦不喜歡洋人，但洋人誇也是誇，他還是很受用。此後我和大衛屢次登門沒有吃閉門羹，跟大衛這拍馬屁的見面禮有不小關係。大衛兄弟，不管你在哪裡，也不管我在哪裡，我都要感謝你一輩子。他們邀請我們進去。他們父女和師徒正在給同一幅名叫《三星圖》的年畫上色。是三張內容一模一樣的年畫。畫上現在主要是黑色線條勾勒出三個長相奇怪的老頭兒：帽子旁邊插了一枝花的老頭兒代表「福」；戴官帽的老頭兒代表「祿」，腦門鼓起一個大包的光頭長鬍子老頭兒代表「壽」；每一個老頭兒身邊各有一個頭頂兩角的胖娃娃，抱大壽桃的抱大壽桃，扛玉如意的扛玉如意，捧官印的捧官印。老頭兒小孩都飽滿和善，肥嘟嘟胖乎乎，看著就想伸手上去捏一把。除了這三張，門子上還貼著很多用雕版印製出的相同年畫，老秦一邊自己給老頭兒和娃娃上色，一邊跟如玉和徒弟講解。

給年畫上色是門大學問，第三次登門，我也申請試試身手，給最簡單的那些年畫上色，比如《蓮生貴子》、《蓮年有餘》，一本書大小，哪一筆出格了，也沒人當回事。中國人買年畫，圖個喜慶，花紅柳綠顏色到了就行。大衛是個練家子，上色對他難度不大，嘗試了一幅《三星圖》，比如玉和老秦的徒弟都地道。但大衛的主要任務不是上色，是畫，畫老秦師徒和如玉。這也撓到了老秦的癢處，算同行，大衛畫得的確好，老秦左胳膊細右胳膊粗都被畫出來了。常年做年畫雕版，打磨杜梨木板子，再刀刻，都是右手使勁兒，右胳膊自然就粗。老秦就著大衛的畫教育女兒和徒弟：這就是眼力見兒，細部決定一幅畫的成敗，細部也決定一個藝術家的成敗。完全得益於大衛，我才有可能見了如玉一趟又一趟。老秦肯定是看在大衛的面子上，才讓我們進門；

他把大衛當成千里迢迢趕來拜師的門徒了，就等著洋徒弟主動把他扶到太師椅上，然後退三步，磕頭奉茶，行拜師大禮。當時整個華北風聲都挺緊，義和拳在鬧事，高喊「扶清滅洋」，老秦一定很清楚，關上門就是為了避禍。他對洋人肯定也沒好感，但他這個時候多一個徒弟，還是個洋徒弟，且是遠道而來的仰慕他的洋徒弟，他以為是足可以長一長秦家年畫的臉的。

在風起澱，做年畫的有兩家，秦家和袁家，老秦跟老袁在較勁兒。要在古鎮楊柳青，村村街街走過去，滿眼都是做年畫的，你想較勁兒，那等於跟所有做年畫的找不痛快，與天下為敵誰也犯不著，反倒天下太平；在風起澱就兩家，都是上一輩從楊柳青搬過來的，眼角一掃看見的只有對方，想平常心都不行；你們兩家不追著趕著來，街坊鄰居也會掰著指頭幫你們比，比出了結果你還想淡定，難度太大。

最近幾年，天乾地旱兵匪橫行，日子很不好過，但過年的熱鬧勁兒有增無減，年畫行情也跟著看漲，老秦和老袁發現兩家劍拔弩張時，其實已經耗上很久了。他們早被風起澱的鄉親們架到火上烤了多年。老秦的手藝在老袁之上，但也沒高到外行打眼就明白的地步，所以風起澱更覺得有烤頭。因此，競爭導致的戰爭一直在運行，卻也沒法在大庭廣眾之下正面衝突。到庚子年（一九〇〇），矛盾突然上了檯面。

老秦花一年時間製出一塊版子，印出來再上色叫《龍王行雨圖》，這幅年畫突然跟老袁拉開了差距。我在秦家認真看過。老秦精心點染之後，裝裱後掛在堂屋正中，六尺整宣。前兩年的大旱持續到現在，對北中國的老百姓來說，最珍貴的不是金錢，而是雨水，他們盼著老天下雨遠勝過盼望做夢發財。《龍王行雨圖》把這種積鬱了五六百天的渴望痛快地表達出來了。龍頭極為清晰，剩下的龍身龍尾影影綽綽地盤踞了半張紙，剩下的半張紙是甘霖普降和得到雨水滋潤的禾木與沸騰的民間生活。這個題材其實已經超出了年畫，更切近現實生活，跟其他年畫相比稍嫌嚴肅，但老秦刀鋒一轉，在漫天風雨中刻出跟雨水一起降落的金元寶，而老龍王的腳爪之上，各攀爬著一個圓滾滾的喜慶娃娃：標誌性的楊柳青年畫又回來了。皆大歡喜。《龍王行雨圖》的銷售量，在秦家的年畫銷售史上亦屬空前，更把袁家甩出了兩英里。老袁不淡定了，摩擦開始。我和大衛登門拜訪時，正值兩家比傳人，就是比下一代。

中國很多作坊式的家庭絕學，通常傳男不傳女，傳長不傳幼，講的是長房長孫。唐宋元明清下來，各家的皇帝也是這麼一代代承傳，老皇帝大兒子不行，才考慮其他兒子，自己的兒子不行，再考慮血緣最近的別人的兒子。袁家人丁興旺，三個兒子，能力水準不論，但都幹這個；此外老袁還帶了兩個徒弟，絕招當然不授外人，主要是以師徒的名義讓兩個年輕人幹雜活兒。秦家就有點慘，老秦就如玉一個女兒，縱然心也靈手也巧，老秦心裡還是沒底，刻畫雕版還是男人更靠譜，首先力氣你得有吧。老秦就把薪火相傳的事拖著，先看女兒是不是這塊料，實在扛不起這塊牌子，那就得考慮女婿了。好在老秦比老袁年輕，如玉也不必趕著嫁人，他就勉強招了一個徒弟，同時託人在楊柳青物色，看是否有合適的上門女婿人選。

我們到風起澱，恰逢兩家比拚誰的隊伍大。單數人頭，當然老袁勝出，老秦要招個洋徒弟，格局就大不一樣，起碼趕上三五個土著。碰巧這個洋徒弟還是個內行，不必白手起家從頭來。老秦允許我們倆進門，就存的這心思。這也是後來如玉告訴我的。但當時他無論如何沒想到，我是衝如玉去的。一則我是外國人，他壓根就沒想過讓如玉嫁一個外國人，這等於讓他去掘祖墳。二則，即便想過外國人在打如玉的主意，他也只會想到大衛，如果要他的命，沒準勉強能同意女兒嫁給大衛；至於我，費德爾·迪馬克，一個意大利人，做噩夢的時候他都不會想過，他肯定以為我就是個大衛的小跟班。

此後長達三十四年的生活中，每次想起大衛·布朗，我都會問如玉同一個問題：你怎麼知道是我在追你，而不是大衛？如玉也會不厭其煩地重複同一個答案：看眼神呀。這世界上，只有你的眼神不會拐彎。還有呢？我繼續問。還有就是，每次你們來，大衛都會找個機會囑咐我，讓我教你說中國話。哦，原來如此。要沒有那幾次漢語的惡補，以及我虛心向大衛請教，和見不到如玉的那些漫長時日裡我勤奮的暗自修習，兩個多月後重返風起澱，我就是一個徹底的啞巴。那時候我衣衫襤褸，憑著幾個支離破碎的關鍵字式的中國詞句，一陣水路，一陣陸路，敲開門神破碎的院門，我對如玉說，我來了。

等了一個多小時，被一陣罵娘聲吵醒。我靠著行李袋睡著了。前面的人說，回艙裡舒舒服服地睡吧，今晚走不了了。登岸的船隻不夠用，我們排在後頭。天早黑了，附近的海面上停著多國軍艦和船，燈光下人影幢幢，能看見一艘艘小船在往河口方向走。深海方向伸手不見五指，是那種徹底的、絕對的黑，看不見的風也是黑的。長官吩咐，回艙休息，等候通知，隨時可能出發。

能下船大家都有點興奮，睡不著，腦袋紮在一起說話；我爬上床就睡著了。沿白河把船一路逆流撐上來，是個大體力活兒。天快亮，我被誰踹醒，外面有人正高喊，帶上一週補給，馬上離船。我背上行李袋，迷迷糊糊上了小船，繼續在黎明的幽暗中瞌睡。兩個半小時後到達白河河口。大沽口炮臺上架著的一排克虜伯大炮，在陽光下閃耀威嚴的光。我們漫長的船隊通過時，中國兵好奇地跑到岸邊來看。我前頭一個傢伙說，想看就看吧，哪天沒準就刀槍相向，看一眼少一眼了。我倒覺得問題不大，找個好地方坐下來，有什麼不能談呢。

到塘沽火車站，長官命令，先把補給、彈藥、水壺等放到分給我們的車廂裡。我們在第四列火車，準備裝載我們意大利軍隊，還有俄軍和法軍。前三列火車：第一列裝著一半英軍、全部的奧地利兵和美國兵，剩下的車廂裝修鐵路的設備、枕木等材料和一大群中國苦力，這些苦力是用來修路的，以備鐵軌出問題；第二列火車裝餘下的英軍、全部的日軍和部分法軍；第三列火車裝的全是德軍。太陽一出來就熱，哼哧哼哧把各種儲備物資搬到車廂裡，衣服全濕溻溻地沾到身上。沒見過那麼簡陋的火車車廂，頂棚都沒有，如果車廂拆下來，前頭再拴兩匹馬或者兩頭牛，你說那是馬車、牛車我都信，說是拉牲口的車我也相信。裝車時各國長官都玩命地催，裝完了反倒沒動靜，生生等了兩個鐘頭。各國士兵，主要是水兵，在自己的方陣裡高唱國歌和進行曲。唱完了一首唱另一首，三首過後有人找廁所，隊伍就亂了。

亂糟糟地上了火車，咣當咣當，四點半左右到天津。天津車站搞了一個盛大的歡迎儀式，能來的外國人都來了。他們很清楚，北京的公使館出了差錯，他們的日子也不會好過。德國人慷慨，對著德國士兵嗷嗷地歡呼，把幾百瓶啤酒往他們懷裡塞。我們在自己的方隊裡咽著唾沫，一路的大太陽和飛揚的塵土，喉嚨裡像乾旱的土地裂出一道道口子。意大利人在天津的太少，我只喝到了半瓶水。看歡送會的架勢，一時半會兒是走不了，我倚著行李袋又歪著，舒服一會兒是一會兒。走過來一雙腳，我抬頭，看見大衛對我擠擠眼，我拎起行李袋跟他走。

大衛不知道從哪裡弄來六瓶德國啤酒，拉我躲到第一列火車旁邊喝起來。火車給我們提供了舒服的陰涼。我跟大衛說，回來咱們再去風起澱。先別想美事，先求上帝保佑你活著回來吧。他對此行很不樂觀，興師動眾兩千多號人，據公使館來的消息，這個數還不足以讓他們有安全感，希望翻兩倍、三倍。怕什麼呢？怕人啊，你沒去北京？那烏泱烏泱的人，走大街上你想快走幾步，都得加塞插隊；兩千來人進了北京，那也只是雨點落進白河裡。還有義和團，他心裡也沒底，聽說那幫人刀槍不入，可以敞開肚皮讓你放槍，一伸手把你射出去的子彈給捏住。我聽了都犯暈，這些人都他媽什麼材料製成的。大衛推論出來的恐怖我沒太往心裡去，這世界重要的事只有一件，就是去風起澱，推開門神守護的院子，看見如玉。我們倆把六瓶啤酒全喝了。酒精上了頭，腦袋裡有個小人在轉圈。大衛酒量比我好不到哪裡，我們倆頭頂頭枕著我的行李袋，躺在鐵軌邊有一搭沒一搭地說話，不知道誰先滑進了夢鄉。

亂糟糟上車的聲音我們竟然都沒聽見，有人在耳邊吹響尖銳的哨聲才把我們驚醒。一個英國長官嘴裡叼著哨子，滿臉壞笑地看著我們。他旁邊站著一個等級更高的軍官，雙手背在身後，兩嘴角往下扯，眼光冷颼颼的，擦得烏黑油亮的長筒軍靴讓他顯得更加威武高大。大衛噌地爬起來，雙腳並攏行了個軍禮，說，中將好！中將？我還有點迷糊，這麼大的官？我只聽說整個聯軍的統帥是個英國中將，西摩爾中將。我問大衛，西摩爾？大衛對我咧咧嘴。我的酒立馬全醒了，從地上跳起來，也給西摩爾敬禮。報告中將！我說。報告什麼？西摩爾的肩膀放鬆下來，膝蓋抖了兩下。真沒有什麼好報告的；我說，報告中將，我要歸隊了。哪個隊的？意大利。

大衛拽著我就往他們的第一列火車走。吹哨子的長官說，意大利在後面。大衛說，反正是打仗，在哪輛車上都得打。西摩爾中將用鼻子笑了兩聲，也是，該活死不了，該死活不了，上車吧。吹哨子的長官說，中將，不妥吧？打仗還分什麼你我？都是老子的兵。西摩爾中將說，一會兒見了意大利長官，跟他們說一聲。去過英國嗎？我說去過。那就是咱們的人；記住，整個世界都是日不落帝國的，這裡，西摩爾中將用腰刀點點地，包括這裡。

我就跟著大衛登上了第一列火車。在此後的很多年裡，如玉經常會問我，如果沒有那幾瓶啤酒，如果沒有遇到西摩爾中將，如果沒跟大衛混在一塊兒，而是回到我該坐的第四列火車，我經歷的是否就會是另外一場戰爭？我的一生是否就會變成別一番樣子？不會，我跟她說，除非我戰死沙場，一息尚存，我還會去找她；不管多憋屈，我一點都不後悔現在的生活。經歷過一場漫長的戰爭、殺戮和搶劫，我知道生命有多卑微和偶然，所以也知道愛有多珍貴，相守有多不容易。

開始我真把戰爭想得太兒戲，我們在嘻嘻哈哈中開赴了戰場。我混在英軍、美軍和奧地利大兵中間，火車司機是個中國人，他知道我們這群荷槍實彈的外國人要幹什麼，他就磨洋工，一會兒這地方有問題，一會兒那裡出了毛病。他的助手甚至一點點把煤給扔掉，把水給放掉；煤和水沒了，火車就得停下來。我們就派人坐在煤水車上監視中國司機。路上我們見到了義和團，他們往枕木上澆油然後放火點燃，有的地方枕木已被燒焦，不少地方正冒煙。我們舉槍示意，及時把他們趕走。上頭傳下話，不到萬不得已別開槍，我們的任務是盡快趕到北京。

半路上還遇到中國軍隊營地，清軍抱著槍在哨位上睡著了，只有火車經過時才能把他們吵醒。留著八字鬍鬚、胖胖的直隸提督聶士成騎著高頭大馬，帶一千人馬，在四千多人的軍營中巡視。差不多一個月後，我在八里臺又見到一次聶提督。那天我們轉回頭攻打天津，聯軍和清軍在八里臺決戰。那叫一個慘烈，想一下我心都哆嗦。

八里臺前有一座小橋，聶士成騎馬立於橋邊親自督戰，聶家軍無人敢退。曠日持久地激戰，我們都快累垮了，不過好在不斷有生力軍源源不斷地補充進來。聶士成沒那麼好運氣，他的人越打越少。但他率部堅守不退，戰馬換了四匹，他的兩條腿也被槍彈擊中，根本站不起來。有一塊彈片劃破聶提督的肚子，腸子流出來，他塞回去，繼續鼓舞和指揮士兵作戰。後來，我們的一發炮彈在他身邊爆炸，一塊彈片從聶提督嘴裡打進，從後腦勺飛出來；另一塊彈片射穿他前胸，還有一塊直接插進了太陽穴。他從馬上栽下來，享年六十五歲。

他是我們的敵人，但必須承認，他是我見過的最偉大的戰士。那天戰火平息，我們一群敬佩他的人為他脫帽致哀。

六月十日晚上，大約七點，在落垈車站不遠，我們的火車停下來，前面的鐵路橋被義和團炸壞了。車上帶的一百名中國苦力和修復鐵路的材料派上了用場。苦力們幹活兒，我們在鐵路邊晚餐、露營。吃麵包，還有一點鹹肉。沒有帳篷，我和大衛把防水單子鋪在地上，裹上毯子擠在一起躺下。白天熱得要死，夜晚冰涼如水。月光照在那一片大野地上，三列長長的火車被各國露營的士兵們圍在中間，有人翻身，有人說夢話，有人打嗝放屁，有人迷迷糊糊爬起來，在離睡覺兩步遠的地方撒起尿，還有人睡不著，睜大眼看周圍和夜空，比如我，我看見中國的月亮旁邊有很多中國的星星。裝載有意大利士兵的第四列火車還沒到。

凌晨四點，起床哨響，空氣裡有股被露水遮掩的乾草氣，天看著沒有昨天夜裡大。咖啡的香味從遠處軍官們用餐的地方飄過來，我和大衛各咽了一口唾沫。

七點鐘開始上路，走走停停，因為需要修復鐵路線。中國的苦力都是幹活兒的能手，在民用工程師的指導下，效率很高。當然這也是因為義和團通常只破壞一條鐵軌，另一條鐵軌的材料可以拿來修復毀掉的那條。

車到落垈之前，最驚悚的是看見一堆屍體，支離破碎地散落在一個燒毀的候車棚附近。查看的士兵回來報，是四個中國鐵路官員，可能因為試圖阻止破壞鐵路，被義和團解決掉了。查看的士兵中有一個當場就吐了，被大家笑話了一通。我隨同別人嘲笑時，心臟驟然收縮幾下，像被誰突然用手攥緊了。大衛說，我的臉白得像紙。

終於到落垡。來自「恩底彌翁」號巡洋艦上的英國小分隊留在落垡，以車站為防守據點，防止義和團攻過來，我們稱之為「恩底彌翁號堡壘」。我和大衛隨部隊繼續往北京進發。氣溫高得能把人烤熟，半空中看過去彷彿在縹緲地燃燒，我們只好找竹棍把席子頂在頭上，好歹撐出一片斑駁的陰涼。車廂裡本來就擠，還放著補給、彈藥和行李，空氣被蒸得如稀粥般黏稠。下午六點，正昏昏欲睡，汽笛尖銳地響起。我們重複了警報，迅速集合起來。大批義和團出現了。我們跳下車，幾名義和團成員從小樹林突然鑽出來，大衛迅速拍一下我手中的槍。他們在我們的射程之內。我幾乎是本能地舉起槍。我也不知道是否射中了某個拳民，反正那幾個中國人十秒之內全躺到了地上，如同被同一陣大風颳斷的幾棵樹。我們穿過開闊地帶向一排房子挺進，聽聲音那裡聚集了不少拳民。

第一次實戰，大衛也是，我們倆嗓子眼兒發乾。我們被分到一小隊，左翼包抄到房子後面，將與右翼二小隊一起會合，對防守的敵人發動突然進攻。大衛在我前面，附近有凌亂的槍聲響起，我們都弓著腰。繞過房子是一片平地，一群拳民在那裡揮動梭鏢、長矛和刀劍，做各種古怪的動作。突然撞見這場面，我們大部分人都傻了。如果他們直接抱著刀槍衝過來，或者伏下來對我們開火，我們的反應會比現在要快得多。之前也曾見過義和團成員上躥下跳，做出癲癇病發作一般生生死死的怪動作，但空閒時候見跟在戰場上見不是一回事。這群人戴紅色頭巾，圍巾、腰帶、綁腿也是紅的。一個拳民突然跳到半空，好像被擊中了，直直地落到地上。正在我們奇怪誰射出的子彈，誰竟有能力破了他的金鐘罩鐵布衫神功，他突然從地上跳起來，復活了。完全是因為被這套舞蹈般的表演驚著了，一小隊和包抄過來的二小隊至少有十個人同時開了火，拳民倒了一片。他們握著梭鏢和刀劍衝過來，我們又一陣槍響，再倒下去一撥。

跟著後續支援的三小隊、四小隊也到了，在我們沒弄明白他們狂喊亂叫是什麼意思時，平地上的拳民全倒下了。血染到白顏色的衣服上是紅的，染到頭巾、圍巾、腰帶和綁腿上變成了黑色。我們的小隊長從一個拳民胸口處的口袋裡掏出一個護身符，一個紅色的標牌，繡著四個黃顏色的字：扶清滅洋。據說這個護身符可保他們刀槍不入。隊長把被血浸濕的護身符裝進口袋裡，對著屍體踢了一腳，罵道，媽的，裝神弄鬼！我們打算繼續往前搜索，身後響起歸隊的信號。義和團正往下一個村莊集結。

回到火車上，太陽已西沉，我感到前所未有的疲憊與焦渴，所有神經和肌肉都繃硬了。我找了個地方躺下來。事實上所有人都找地方躺了下來。空間不夠，我的腿搭你腰上，你的腦袋枕在我肚子上，一車廂人橫七豎八地交疊在一起，沒一個人吭聲。一個十九歲的英國水兵腦袋抵在我肋骨上，慢慢地，他往上躥，腦袋鑽到了我胳肢窩裡。我抬起頭看他，他也在往上看我，他的眼睛裡有沒散盡的驚恐。他說，我殺了一個人。他把右手微微舉高，好像上面還沾著血。我把左胳膊打開，讓他的腦袋放得舒服一點；我說，我也是。我肯定也殺了一個人，至少。我都能聞到空氣裡的火藥味和血腥氣。

軍官在鐵路邊來回走動，高聲對我們訓話，總結剛才的遭遇戰。他認為水兵習慣於海上作戰，陸地上戰鬥還是缺乏經驗和訓練，接下來的戰鬥中，大家盡可能把背包放下，輕裝上陣，因為來回可能要跑很多路。我對斜躺在我腳邊的大衛說，我得帶上行李袋，一是隨時可能歸隊；二是，《馬可·波羅遊記》不能丟。我來中國是做馬可·波羅，不是來殺人的。

馬可·波羅十七歲那年，跟著父親和叔叔離開家門，一路往東向中國去。他在中國待了十七年，跟忽必烈成了朋友，在元朝當了大官。他在中國的傳奇見聞，激發了歐洲對中國和整個世界的想像力，探險家們由此開闢了新的航路，然後誕生了最初的世界地圖。我不羨慕這樣的豐功偉績，也做不來；我只想做我一個人的馬可·波羅，運河上的馬可·波羅，在水上走，在河邊生活；像他那樣跟中國人友好相處，如果尚有可能超出他那麼一點，就是我想娶一個中國姑娘做老婆。大衛說，從北京回去，要是還活著，他一定借我的《馬可·波羅遊記》好好讀。

快八點，夜晚降臨，火車動起來。時間不長，又停下來，通知就地露營。還是野地。北方的野地這一處跟那一處沒任何區別。曠野無人，荒草，樹林，看不見的知了歇斯底里地鳴叫，月光灑下來都能濺得乾燥的大地塵土飛揚。大家都很累，但胃口出奇地差，晚飯不是進不到嘴裡去，是眼睛裡都進不去。快吃完的時候，食欲才稍稍恢復了一點，好像整個人慢慢活過來了。

沒有人散步。有站崗任務的分散到各個角落，要防止義和團摸黑偷襲。沒任務的就躺下，睡不著的坐著抽菸。這天晚上抽菸的人明顯多起來。我這不抽菸的也從大衛那裡要了一根，吸一口，嗆得直咳嗽，但把青幽幽的煙霧一縷縷吐出來，那感覺真好。是活著的感覺。而且你完全可以自己證明。

我還跟大衛挨著睡，那個十九歲的英國水兵把防水罩子鋪在我旁邊，他對我笑笑。很多年後我還能想起他羞澀和信任的笑，在月光底下，笑的時候他露出雪白整齊的牙齒。信任得來其實並不難，不過是把胳膊往上抬了抬。這一夜睡得挺好，只有前哨偶爾開槍引發的假警報，沒有真正的驚擾和襲擊。據說中國人害怕鬼魂，所以義和團不敢在夜裡出沒。其他影響睡眠的，除了蚊蟲的鳴叫和叮咬，就是各自做的噩夢了。

天亮後，車向廊坊緩慢行進。走走停停，沿途鐵路和車站完好的沒幾處，看不見的敵人提前弄壞了它們。修復的難度越來越大。鐵路之外又出現新問題，水塔被徹底毀掉，機車沒水可加，火車成了一架即將渴死的機器。長官下令，去附近的村莊裡尋找水井。

我們帶著槍進了村子，街巷裡空空蕩蕩，進了幾戶人家，也是空的，村民都跑光了。他們肯定聽到了風聲，也可能是義和團唆使他們離開的。村子裡的活物只有帶不走的雞鴨鵝、鴿子和豬，好牽的馬牛羊一隻都沒有。村子挺大，繞了半天也沒尋到一處水井，有人就看中了雞鴨鵝。擰斷脖子開膛拔毛烤了吃，想想口水都直流。但長官囑咐，只找水，切勿節外生枝，口饞的人只能忍。有人在一個竹籃裡發現幾個雞蛋，偷偷磕破一隻，把生雞蛋倒進嘴裡，吃雞蛋長官發現不了。大家跟著學，籃子空了。接下來搜尋時，都多了個心眼，看米缸裡、櫃子中、鍋底下有沒有藏著雞蛋等吃食。

然後在一戶灶房裡，發現了一個癱瘓的老太太，她茫然地坐在蒲團上。因為行動不便，她被留下來。我們做出喝水的動作，她指指鍋灶邊的水缸。我們搖頭，繼續做出打水、提水的動作，她指東指西指南指北，完全把我們比畫暈了。我讓她老人家慢慢說，憑著那點微薄的漢語底子，連蒙帶猜，才弄明白她說的大概位置。隊長讓我們把老太太放在門板上抬到井邊。打上來一桶水，讓老太太先喝，防止水井裡被人投毒。老太太舀起一瓢，從容喝下去。我們回到火車上，找到水井的消息瞬間傳到另外的車上，一群人擁進了村莊。等他們從村子裡出來，手提肩背的，不僅有水，還有雞鴨鵝和鴿子，有個美國兵還趕了一頭小黑豬。

下午，我和大衛躺在火車底下，睡一會兒醒一會兒，醒了就讓他教我漢語。車底下涼快。我問他「我愛你」怎麼說。他說中國人害羞，不說「我愛你」，他們說「我歡喜你」、「我會對你好」。那「嫁給我」怎麼說？「跟我走」。跟我走。我一口氣默念二十遍。

從前一節車廂底下傳來消息，美國公使館的信使從北京來了。聯軍赴京的消息在京城引起了震動，很多外國人都在等著我們這些救世主。信使還帶來了北京城門分布圖和他們認為可行的攻擊情報。具體情報我們看不到，級別不夠，長官把消息散布下來不過是為了激發我們的鬥志：看，你們多重要，加油！溫尼格上尉指揮的「格芬」號連被派駐到此地，要建立一個「恩底彌翁號堡壘」那樣的「格芬號堡壘」。西摩爾中將的意圖很明顯，一步一個腳印地往前走，要到處都是我們的人。「格芬」號的水兵現在變成了泥瓦匠，我們看著他們幹，看著他們把機槍架在水塔和房頂上，然後猜這個堡壘能堅持多久。情況不容樂觀。諸般消息顯示，義和團規模之大，完全在我們的想像之外。

那天下午也有高興事，從天津開來了一列滿載補給的火車，有我愛吃的鹹肉，有麵包啤酒，有各種罐頭，有香菸，還有用一個個大土罎子裝的飲用水，以及給車廂當頂棚的草席。後兩樣尤其重要。村裡的水井快被淘空了，水質也越來越差。還有一個好消息，可以放心睡幾個好覺了，義和團這次幹得徹底，把前方的鐵軌乾脆徹底搬走了。

修復花了三天時間。三天裡我和大衛大部分時間都閒著。我給如玉寫了一封情書，當然寄不出去，我只是擔心見了面很多話說不出口也說不清楚。寫完了請大衛幫我翻譯，這個半吊子翻譯有很多漢字不會寫，用了音標代替。三天裡還打了一仗，幾百名義和團成員突然攻擊了格芬號堡壘。當時我們在村裡的水井邊洗衣服，聽見營地附近傳來槍聲。幾天來衣服不下身，都穿臭了，我用了半塊肥皂剛把衣服洗乾淨，想沖個冷水澡，槍響了。我把濕衣服直接套上身，抓起槍就跟著英國水兵往回跑。

到格芬號堡壘，仗已經打完了，水塔上機關槍強大的火力阻止了義和團的進攻，十八個拳民死在堡壘下面。聯軍死了五個，義和團突襲時他們正在警戒，來不及撤，當場被砍成了碎塊。太陽落山，我們為五名犧牲的聯軍舉行了隆重的葬禮。除了負責警戒，其他人列隊站好，先接受長官檢閱，然後持槍向死者敬禮。我們提前在車站機車車庫前面挖好了墓穴，在英軍隨軍牧師的祈禱下安葬了五名戰友。

從恩底彌翁號堡壘傳來消息，他們也遭遇了義和團的攻擊。在落垡，義和團也沒撈到好處，丟下兩百多具屍體、幾面團旗和兩把老槍跑了。但消息中還透露出另外一層意思，那就是跟格芬號堡壘戰中大家看到的一樣，這群手持簡陋冷兵器的中國人，竟如此狂熱，他們視死如歸的進攻勇氣讓我們恐懼。在此後多次與義和團的正面戰鬥與側面摩擦或觀察中，我越發糊塗，看不明白這究竟是怎樣的一群人。各種優劣完全背反的品質，他們照單全收，卻又和諧地熔於一爐，裝進同一個身體裡。

戰爭分秒必爭，半秒鐘子彈出膛就是一條人命；但戰爭又無視時間，我們懸在半道上，每天都為鐵路的修復焦慮，時間一天天地過去了。突然傳來消息，前方的鐵路線修不好了，暫時放棄北上，掉頭回天津。我們都很意外，折騰了好幾天，白幹了。而且剛剛又有一個公使館的信使從北京來，十萬火急地請求救援，說各個公使館都被義和團圍成了鐵桶；因為義和團沒事就朝公使館投槍放炮，避難者成千上萬人擠在一間安全的屋子裡，想順溜地喘口氣都是件奢侈的事。報信的是個中國人，只有中國人在路上跑才可能有點安全保障。前幾天日本使館的書記官杉山彬被殺了，再過兩天德國公使克林德也會被一槍爆頭。信使氣喘吁吁地跳下馬，據說他的坐騎當時就倒斃在路邊；一路狂奔，活活累死了。京津之間，所有電線杆都被義和團砍倒拔掉，電報線悉數切斷，傳送資訊不得不回到馬拉松時代。我們要先回到楊村。回去也要重修鐵路線，還得提防義和團冷不丁從哪個地方鑽出來，一條鐵軌隆起來，我們的火車就得停下來。

美國分隊的指揮官麥卡拉上校負責修復鐵路，我們跟隨西摩爾的旗艦上校澤立科，把附近的義和團驅散。他們盤踞在一個村莊裡。我們先用九磅炮向村裡發射三枚炮彈，泥土夯築的房屋被炸毀，騰起一片煙塵。接下來進村。兩小隊的隊長傳下命令，衝著旗子找，見人就開火。插在村莊屋頂上的義和團旗子分兩種，一種是長方形的大旗，另一種是三角形的小旗。後來我在中國北方見到很多個那樣的村莊，他們把它稱作圩子：整個村莊被一堵漫長的圍牆圈在中間，進出只有固定的幾扇門；倘若把幾扇門都堵住了，即可甕中捉鼈，一個人都跑不掉。但那天我們沒法及時堵上圩子上東西南北的四扇門，衝進去後，義和團大部分跑光了。

隊長重複西摩爾中將的指示：但凡發現藏有武器和鐵路物資的房屋，一律就地焚毀。敵人且戰且退，我們把火點著了，有人胳膊底下夾著順手捎帶的雞鴨鵝和好東西，對著隊長諂媚地笑，隊長一揮手，看你們能耐了，帶得走的就拿。

這是我們回到楊村前的最後一戰。

下午，我們的火車回到楊村，停下，前面的鐵路斷了。如此大規模的破壞，大家都懷疑僅靠義和團是幹不了的。大衛說，用膝蓋想都知道，中國的正規軍肯定插手了。我問理由，他說這他媽還要理由嗎，別人長槍短炮地在你家院子裡跑，就跟在自己家一樣隨便，你肯定不高興，你哥肯定也不高興，你爸你媽一定也不會高興。反正誰在我家這麼搞，我們全家都不會放過他。可是他們得罪我們了啊，我說。如果哪一天他們在羅馬得罪你了，或者在倫敦得罪我了，你再說這話我一定舉雙手贊成。大衛從口袋裡摸出一根擠扁了的菸，叼上嘴之前轉了個方向遞給我，他從口袋裡又摸出一根，只剩下了菸頭，他把菸頭叼到嘴上。我們點上火抽起來。大衛的話我相信。我想取一個中國名字，你給參謀一下。馬費德，大衛說，想了想又搖頭，還是不夠中國。

馬福德，對，你叫馬福德。

六月十八日下了一場大雨。所有落雨的地方都在歡呼。這場曠日持久的大旱早已讓中國人拜了幾千年的龍王失信於民。我們沒有歡呼，我們只有哀歎，晴天熱得固然不舒服，陰雨天更加難受，草席頂棚根本擋不住雨，縫隙裡滴滴答答往下漏。外面下大雨，車上下小雨，剛要睡著，剛聚攏的一顆大水滴砸到臉上，整個人都清醒了。只好移到車廂底下睡，滴水的情況緩解了，身下卻更冷了，後半夜寒涼入骨。天沒亮就有人開始打噴嚏、咳嗽、流鼻涕。

六月十八日這一天唯一跟好消息沾點邊的，是德國軍隊從義和團手裡搶過來四艘船，而這四艘平底船成了第二天我們離開此地的最重要的工具。廊坊之前的鐵路斷了，楊村之後的鐵路也斷了，前不著村後不靠店，我們缺少轉移的車輛。找不到合適的交通工具只能困死在這裡。德國人在鐵路橋上往天津方向巡邏，發現有艘中國平底船裝著枕木，他們對平底船喊話，船夫不理，加速往前跑，德國人就開了火。不遠處還停有幾艘，一幫義和團正往船上裝運鐵路物資。德國軍隊一鼓作氣，短兵相接，拿下了四艘平底船。十四名義和團民丟了性命。德國人在船上發現了潛水夫用的武器、一面旗幟和義和團的紅標牌。

離開此地勢在必行，否則根本不必麻煩中國人，飲用水這一條就足以把我們打垮。口渴難耐，我們必須衝向混濁的河水；大雨把上游的泥沙、草木、人和動物的屍體都沖刷了下來。上頭分發了小木炭過濾器，每三人共用一個。但成分複雜的河水哪是區區一個小過濾器能濾乾淨的，很多人開始拉肚子，有的痢疾嚴重到根本提不上褲子。鑽在我胳肢窩裡睡覺的那個英國小夥子直接拉到了褲襠裡，晾褲子時就光著下身走來走去。沒人笑話他，倒有幾個羨慕的，多好，想拉了連褲子都不必脫，蹲下來就行。

指揮官傳下消息：西摩爾中將主持召開了聯軍軍事會議，決定放棄火車，部隊沿白河撤退；四艘平底帆船運載傷病員、一部分槍支彈藥、補給和行李，其餘士兵只帶隨身必需之物，沿河岸南下。現在我們要做的，是把火車上的東西裝上平底船。在火車上待了十天，多少有了點感情，天又陰沉，離開車廂大家生出了一些傷感。這些天繳獲的戰利品也都扔進了水裡。義和團的各種旗子、信物和古怪的武器，還有從村莊民房裡順手牽羊的一些新奇物件。我敢說，誰能把扔掉的東西都收集起來，絕對可以開一個不錯的博物館。沒辦法，槍支彈藥和戰鬥的必需品已經掛滿了我們全身。我和大衛因為在白河上下跑過幾趟，熟悉河道，也有一點駕駛民船的經驗，就被派到彈藥物資居多的那艘船上。長官指示，「上點心」。傍晚時分船起航，岸上的佇列也出發，英軍在前，然後是法軍、美軍和俄軍，接著是德軍和其他國家的士兵。

由北向南，船順流而下也艱難。現在還在連通白河的小河裡，水淺船重，遇個淺灘就走不動。守船人必須盡全力撐篙，實在撐不動，就得想辦法在四艘船之間來回搬運物資。四艘船也盡量不沿同一條航線走，免得一艘擱淺，後面三艘也栽在同一個地方。先前岸上行進的隊伍還羨慕我們，走一陣扭頭往白河裡看，我們還在後頭撅著屁股撐船，就開始幸災樂禍。

除去勞累，守在船上還免不了要悲傷。傷患船上兩個英國士兵傷勢太重，在夜間死去了。我們把他們抬到岸上，就地安葬。沒有音樂，只有隨軍牧師的禱告，我們舉起槍，願他們在上帝的懷抱中安息。一路上隔三岔五遭遇義和團和清政府的正規軍，都是陸上的隊伍在應付，他們在敵人和四艘平底帆船之間隔離出了一個安全地帶。有時能聽見槍炮聲一陣緊似一陣，那一定是跟正規軍交上了火。他們用馬拉著輕型的現代五釐米克虜伯野戰炮，活動範圍相對較大；我們沒有馬匹，海岸炮只能用士兵拖拽著走。站在船上，能看見雙方的炮彈擊中了民房，戰鬥所到之處火勢熊熊。我們有自己判斷戰況的參照，看送到船上傷患的數量和頻率：來得多來得勤，仗一定打得很辛苦；槍炮響了半天，只送過來幾個皮外傷的，那仗應該打得不錯。

船上還有一個跟岸上相同的難題，就是飲用水。我們依賴岸上的水源，即使駛進了白河，河水也沒法直接入口；戰爭已經嚴重破壞了水質，水面經常會漂過一兩具義和團成員和無辜民眾泡得腫脹的屍體。岸上的戰友肩負著到沿途的村莊裡尋找水井的重任，有他們喝的，就有我們喝的；有他們喝的，才有我們喝的。

水上也經歷過一番驚魂。一發炮彈突然落到我們船上，所有人都閉上眼，我甚至在腦子裡轉了一個念頭：

剩下的活著時間夠我想一下如玉嗎？是顆啞彈。他們忘了把保險絲擰進炮彈裡。因為這發炮彈，四艘船警醒多了，但凡有個風吹草動就往半空裡看；我們很可能在炮彈的射程內。這種警醒絕不多餘，我們身後的那艘船就因為及時撐了一篙，一發炮彈落下時，躲過了一劫。也有怎麼躲都躲不過去的，就堵在你腦門上：我們到了西沽，準備泊船上岸時，聶提督的隊伍不同意，用各種輕兵器和重兵器對著我們打。這個時候，我和大衛已經從運載彈藥的平底船調離了，正在掌管專門護理傷病員的船。

聶提督不答應，因為西沽武庫被聯軍占領了，而此前清軍在軍糧城一帶的防線也被聯軍和援軍攻克，放誰頭上都惱火。占領西沽武庫之重大切要，簡單地說，如果聯軍沒能僥倖拿下武庫，歷史很可能得換個寫法。說僥倖，完全是因為聯軍誤打誤撞發現了這座中方彈藥庫。聯軍從楊村撤回，勞師襲遠，一路遭遇阻擊，補給也跟不上，差不多成了一支疲憊不堪的叫花子隊伍。聶士成部隊數十萬雄兵，再跟上去窮追猛打，聯軍的日子就沒幾天了，但聯軍走了狗屎運，發現西沽武庫。看看武庫裡都裝了什麼吧：三萬八千支曼里克步槍，三千八百萬發子彈，德國造的劍、火炮和馬克沁機關槍，來自基爾藥房魯德爾的藥品和繃帶，附說明書的伊斯馬赫子彈袋，還有幾百袋大米和眾多優質飲用水。大量庫存已經足以讓聯軍心花怒放，彈藥庫還有無比堅固的城牆，易守難攻，聶士成的軍隊要攻下這個堡壘，不比重建一個更容易。西摩爾中將做夢都會笑醒的。

我們的平底船在武庫城牆下東遊西蕩，為了躲避那些不長眼的炮彈，有一發擊中，我和大衛變成傷患的機會可能都沒有，直接見上帝了。那是我這輩子撐過的最危險的船，炮擊和步槍的射擊像敲鼓一樣，天上到處都是子彈。總算找到一個安全角落，武庫裡聯軍出來把我們接上了岸，進到武庫的大院裡。

傷患們被放到百葉窗木板做的床上，身下鋪著毛毯，大衛放傷患時被絆了一跤，一屁股坐到毯子上，半天沒爬起來。我問他是不是摔傷了，他咧開嘴大笑，說，媽的，大兵的屁股也貪戀這一把肥軟的。我和大衛平時幫助救護傷患，緊急時刻也得抱起槍上前線。聶提督的軍隊企圖奪回彈藥庫，派了二十五個營的兵力過來，一直壓著聯軍打。戰事殘酷又血腥。幸虧清軍的槍法欠佳，要不我們得死傷更多人。一波波進攻都被我們打退了，中國人終於懈怠了。消停了差不多兩天，槍聲和炮彈沒上牆，沙塵暴倒來了幾場。到二十五日早上，救援的俄軍到了，我們才解了困。第二天凌晨三點，我們拔營離開西沽武庫，抬著兩百三十名傷患向天津城進發。西摩爾中將讓一隊英軍留下來放火，不給中國人留下任何有用的東西。我們走出不遠，彈藥庫傳來撼天動地的巨響。爆炸聲一直在我耳朵裡回響，走了六個小時到天津，嗡嗡聲還沒有停止。

天津城裡冒著煙，到處是廢墟和燒焦的屍體。這個世界上找不到任何一種語言可以貼切地描述出這個城市散發出的死亡和腐敗的味道。

見到每一具屍體我都繞著走，碰到那些殘缺的肢體，我會覺得是我殺了他們。大衛認為我是勞累導致的幻覺，就像長達六個多小時的耳鳴。我不認為是幻覺，他們的死就是跟我們有關。如果一群高鼻深眼的傢伙不是以這樣的方式到來，中國人會像落葉一樣大片大片地死去嗎？但在戰爭中討論死亡不合時宜，槍在響，炮在轟，廝殺的喊叫永不停息。

二十七日，我們開始分三路縱隊進攻天津城外的東機器局。中國人叫它「東局子」。這地方製造槍彈和火藥，有上千名清軍把守，是杵在天津租界前的一個火藥桶，必須拿掉它。比我們想像得要順利，機器局裡的彈藥庫被炸了，清軍撤出時，我們占領了東局子。彈藥庫的爆炸也是筆糊塗帳，搞不清是聯軍的炮彈擊中的，還是清軍擔心失守後彈藥會為我所用，自己點了火。反正此後突然安靜下來。

雙方都在休整。我們橫七豎八地躺在地上，我主動要給大衛讀《馬可・波羅遊記》。我兩眼朝天讀，他兩眼望天聽，聽睡著了我還繼續讀。一會兒用意大利文讀，一會兒把它翻譯成英文讀，一會兒意大利文、英文、中文三種語言混在一起讀。戰爭中不期而至的寂靜有種駭人的效果，你會覺得特別不真實，有種說不清道不明的荒誕感。已經消失的隆隆炮聲經常會回到你的頭腦裡，而且響動更大，因為沒有別的雜音侵襲進來。你甚至能感到偶爾有熱呼呼的氣浪撲面而來。十九歲的小水兵說，他不希望我歸隊，這樣每天晚上他就可以挨著我睡。我也不想回去，在哪兒都是打仗，槍子真射過來，肯定也來不及關心國籍。

很多人開始給家裡寫信，免得被一槍撂倒，連句話都沒給親人留下。我也在想寫信的事，可寫什麼呢？我只有讓哥哥寄馬尼拉方頭雪茄時，才給家裡寫信。

七月一日，槍炮聲再起。清軍向租界發動進攻，我們用大炮猛烈地轟擊天津城作為回擊，雙方一直鬧到半夜。我懷疑我們的大炮已經把天津城炸成了篩子。隨後幾天互有攻守，又僵持了，都不敢輕舉妄動。探子來報，清軍和義和團打起來了。這是個利好的新聞。清政府的正規軍和義和團，哪一個單挑出來都夠難纏的，他們攜起手來我們更難受，這些天危如累卵的狼狽狀態已然是最好的證明。現在他們倆掐起來了，講出一萬條理由，我也不相信這個局面對我們是壞事。

然而七月初，清軍與義和團又組織了一次聯合作戰。這次戰鬥中，義和團與清軍互相配合，打得非常頑強。在八里臺之戰中，聶士成浴血奮戰，屢受炮擊還重傷不下火線，最終血肉橫飛，一頭栽到馬下，以身殉了大清國。

八里臺之戰也是我的最後一戰。聶士成之死給了我巨大的震撼。但很慚愧，聶死之壯烈沒有激發我的戰鬥豪情，卻喚醒了我「逃離」的衝動。我哥一直對我這個毛病耿耿於懷，他討厭我沒來由的消失，一不小心人就不見了。他在信裡告誡我，既然你已經私自跑到中國去了，那就在中國老老實實待著，別亂跑，定期給家裡寫信：你知道母親整天為你提心吊膽嗎？你知道從不相信上帝的父親現在每個禮拜要去兩次教堂嗎？我當然知道。但我還是亂跑了。現在我就想「消失」。七月九日傍晚，我參加戰鬥的最後一天，我參加戰鬥的最後一個小時，在我已經想好了如何消失的時候，一顆子彈穿過我的左腿脛骨，把我的骨頭打碎了。娘的，如同挨了一悶棍，然後感覺左腿越來越沉，最後是劇痛讓我停了下來。

大衛在射擊的間隙看了我一眼，發現血已經濕透了我的綁腿。他貓著腰過來，打開我綁腿，拿出繃帶包紮好傷口，把我背到一塊石頭後面，讓我躺好，他去找救護人員和擔架。等他帶著法國的外科醫生過來，因為失血過多我已經精神恍惚了，槍聲聽起來是從去年傳來的，在我眼前晃動的大衛的臉，像一張被洗壞了的照片。

法國醫生給我紮了個止血帶，把我放到擔架上。大衛和一個俄國士兵抬著我，送到了臨時的戰地醫院。

放下我大衛要回前線，過來兩個抬擔架的英國士兵，對他說，戰鬥結束了。他們把擔架上的傷患放在我旁邊，是十九歲的小水兵。一顆子彈射穿了他心臟部位。小水兵努力睜開眼，不知道他看沒看清我；也許正因為看見是我，他才要努力睜開眼。一個德國醫生走過來，脖子上掛著聽診器，他在小水兵跟前站了不超過兩秒鐘，彎下腰，伸手合上小水兵睜到一半的眼皮。小水兵的眼皮再也沒力氣動一下，他死了。

我用胳膊肘撐住地面，整個身體向小水兵身邊挪，挪到合適的位置，我把胳膊抬起來，讓小水兵沾滿塵土、硝煙和血汙的腦袋正好置於我的胳肢窩下。然後我號啕大哭。那個時候，除了哭，我什麼都不想做。什麼都不想做。

傷病員被轉移到了平底船上。我的小腿做了手術，子彈和碎骨頭渣取出來了，消毒、上藥、上夾板，服藥，什麼事都幹不了，只能重讀《馬可・波羅遊記》。醫生說，鑒於骨頭碎裂嚴重，保住這條腿問題不大，但別想著以後跟正常人一樣，大地對你來說將是起伏不定的。我說，我要變成個瘸子？醫生肯定地說，瘸子。又補了一句，想想那些命都沒了的年輕人，你應該為變成一個瘸子感到幸福。也就是說，我這輩子的最高理想，也就是個幸福的瘸子。我對他笑了一下。

陸陸續續傳來前線的消息。英軍運來兩尊名為「列低炮」的可怕大炮，一炮打響，一百碼內，聞到味兒的人當場斃命。這種毒氣炮在非洲的戰場上曾用過一次，為萬國公法所不許，但還是又用了。大衛來看我，證實了這一點。

天津城破三個小時後，他們去街巷裡巡察，看見不少中國士兵抱著槍，倚牆而立，對他們怒目相向，拿刺刀捅一捅，直直地倒地，這些中毒的中國人已經氣絕多時。租界受到中國人的破壞，戰後的天津城遭到更瘋狂的報復，到處是槍眼和炮痕，死人無數，大街上中國平民的屍體無人收殮，只有蒼蠅和豬狗每天來翻撿。聯軍洗劫了天津城裡留守的所有商行、當鋪和大戶人家，連官署也被搶劫一空。過去諸般繁花盛景、高堂華屋，都成了廢墟瓦礫，狼藉滿地。

時近月底，大衛又來看我，我們的醫院也換了地方，從船上移到白河岸邊。他說最近要開拔去北京了，就等著聯軍指揮官的人選定下來；各個國家都在爭，談判桌上打得比戰場上還熱鬧。長官囑咐，出發之前有信的趕緊寄，下一封家書還不知道有沒有機會寫。大衛問我要不要也來一封，他幫我寄。我想了想，說好。

八月四日，大衛隨同聯軍部隊沿白河北上京城，出發前來醫院取信。我把信折好，夾在《馬可·波羅遊記》裡。書送給大衛，放下槍時他可以讀一讀。在這樣一個國家，對一個飄洋過海的闖入者，這應該是本必讀書。那你呢？大衛問。我幾乎能把它從頭到尾背下來。我們倆約定，如果還活著，就繼續把便條放在河口沙洲上的那棵老槐樹的樹洞裡；如果誰不在了，另一個人就幫他給家裡寫一封信。在我給父母和哥哥的信中，我告訴他們：我已經成了一個瘸子，但戰爭還在繼續，我們還要繼續殺人；而我厭倦了這種生活，它不比死更讓我留戀。如果哪一天我從這世上消失了，不必難過，也請見諒。云云。

大衛把我從病床上扶下來，我們在床邊擁抱、告別。左腿已經好了很多，我可以每天拄著拐在附近走動；皮外傷口早就癒合，等骨頭長得差不多就可以徹底拆掉夾板。我架著雙拐向遠去的大衛揮手。我對大衛揮了很長時間的手，我擔心只有這一次對他揮手的機會了。

大衛·布朗去了北京。第二天我睡足一整天，到晚上，像鬥牛一樣精神抖擻，我瞞著醫生離開了戰地醫院。我知道路怎麼走，我也知道如何不被人發現。在一個灌木叢裡，換上提前備好的中國人的衣服，給自己接上一根假辮子。我清楚自己的長相存疑，也明白辮子接得很不成功，所以戴上斗笠，壓低了帽檐。然後學中國人，打一個包袱斜背到身上。包袱裡裝了兩件乾淨衣裳、簡單護理傷口的醫藥用品、幾塊輕易不會變質的中國麵餅、一個軍用水壺、手頭兒所有的散金碎銀、一把防身的左輪手槍和幾十發子彈，還有一把軍用匕首，掖在後腰裡。衣服等行頭是從中國人那裡買來的，花了很少的錢。他們更願意白送，只要不要他們的命。在他們眼裡，即使一個拄著雙拐的洋人，也跟凶神惡煞一樣可怕。中國人的褲子襠部肥大，走起路來呼呼生風，等於給隱祕處自備了一個風扇。我拄著雙拐，一路蹦蹦跳跳，摸黑往白河方向走。

太陽剛出來，清早六點鐘左右，離河邊還有一段距離，橫穿荒野的土路上竟然出現了一個趕著五隻山羊的人，我趕緊躲到路邊的灌木後頭。半英里外有一片樹林，等牧羊人走遠，我穿過野地躲進了樹林裡。白天行路不便，兩個腋窩撐了一夜的拐，疲脹腫痛，感覺像兩塊沒發酵好的中國饅頭。我在樹林裡斷斷續續睡了一天，吃了兩塊麵餅，喝了一壺水，到傍晚，覺得精神和力氣重新回到了身體裡，拄上拐繼續往河邊走。到河邊一個村莊時，天完全黑透。

村莊低矮破敗，幾十戶人家零散地伏臥在黑夜裡。沒有燈光，聽不見人聲，只有夢遊般的幾聲狗叫，薄薄地浮在黑暗的表面。這個村莊我和大衛經過幾次，每家的小碼頭在哪兒，哪一家的船看上去最結實，我一清二楚。我從村頭的那口井裡打上一桶水，先喝個飽，再裝滿一壺帶上，然後直奔船頭刻了一個「孟」字的那條船。謝天謝地，船篙和兩枝船槳竟然都在。我在孟家簡陋的小碼頭上放了一些錢，應該足夠他們置辦一條比這個更好的船，找半截磚頭壓在上面，解了纜繩逆流往北划。

白河的水勢我基本了解，遇到激流險灘我盡量貼邊走，把速度放慢。累了就找合適的地方靠岸休息；迎面來了夜航船，我主動避開；身後的船如果速度快，追上來，我讓它先走。水上夜行本就凶險，加上我的外國逃兵身分，尤須謹慎；倘若來往船隻把我的小船當成漂在水面上的大樹葉，那再好不過了。夜間行船跟夜間趕路一個道理，特別容易出活兒，黑夜壓迫著你的兩隻胳膊不許鬆勁兒。胳膊在機械運動，頭腦一直在忙活，我要為與如玉見面的各種可能的場景，找到最恰當的臺詞，盡量能用漢語說，關鍵字也行，但這正是我心裡最沒有底的。後半夜的白河上絕大多數時間裡只有我這一條船，那種孤獨和悲壯感被黑夜放大，把我自己都感動了。我覺得不僅是白河上只有我一個人在奔赴一場未知的愛情，甚至整個天津、整個直隸省、整個大清國，也只有我一個人奔波在這個一九〇〇年八月裡的後半夜。

天亮時到達風起瀾。看到秦家的院門我突然止不住忐忑起來，完全沒了在船上設想出的勇氣：敲開門，從容地坐到熱氣騰騰的早飯桌前，對面是如玉，溫柔、賢淑又熱情，隔著飯桌她伸出修長白嫩的手，遞過來香氣撲鼻的黃金油餅。船在原地打轉，最後我還是提醒自己少安毋躁。多事之秋，闊別的五十多天裡，足夠把世界上大部分事情做完，謹慎為宜。恰好有艘船敲鑼打鼓地從對面來，看紅的黃的裝束，應該是當地的義和團，我趕緊找一片蘆葦蕩，把船撐進去。河水映鑒出頭臉，鬚髮蓬亂崢嶸，我這副逃難的落魄形象，也需要趁機收拾一下。

我在蘆葦蕩深處洗了個澡，難度比較大，把腿蹺起來，以免淋濕傷口，然後把衣服換了，重新戴上夾板。頭髮和鬍鬚沒有工具修剪，認真洗乾淨後，我對著水面照一下，還算是個帥小夥。蘆葦蕩靠岸邊處有棵被淹死的枯樹，我把船撐過去，爬上樹遙望秦家大門。陽光很好，從枯樹到秦家之間彷彿隔著一口大鍋，空氣熱得變了形，我只能恍惚看見院門開了一扇，不時有人進出。我從樹上下來，把髒衣服洗了晾在船槳的把手上，進了船艙躺下。睡一覺再說。要不是一隻野鴨好奇，鑽進了船艙啄我耳朵，那一覺沒準能睡到晚上。我睜開眼，面前有個奇怪的小腦袋，牠側著頭用圓溜溜的小眼睛看我，我在牠右側的眼睛裡看見了自己的臉。我噌地坐起來，頭撞到了艙頂上，野鴨嚇得撲棱著翅膀連跑帶飛出了船艙。船晃晃悠悠地蕩起來。

已經午後多時，陽光弱下來。我吃了半塊餅，把水壺裡剩下的最後一口水喝掉，撐船出了蘆葦蕩。那一片稠密浩蕩的蘆葦，在身後喧譁，它們在為我壯行助威。我把「如玉，我來了」五個漢字翻來覆去練了一路，舌頭總是捋不直。

風起瀾家家戶戶的小船出動了，賣菜的，買東西的，走親戚串門的，密謀各種壞事的；我壓低斗笠，把兩枝拐塞進船艙，受傷的左腿放在右腿後面。船到秦家碼頭，左右無人，我用最快速度泊好船，架起拐上岸，叩動黃銅門環。右邊門板上的尉遲恭被誰撕掉了半張臉。敲完了第六響，門才遲疑地開了。如玉後退一步，顯然沒有立刻認出我，待認出我後，她捂住了自己的嘴。快進快進，她迅速地對我招手。我的雙拐剛進院子，咣一聲她就把門關上，插上了門閂。我費了很大力氣才說出口，我說，如玉，我來了。

正在堂屋門前抱著紫砂壺喝茶的老秦，看清是我，一甩手，茶壺摔到了青磚小路上。一片壺碴崩到我腳前。如玉母親趕緊過來，白了我一眼，蹲下來撿茶壺碎片，嘴裡說，他爹，咱不能氣啊，有話好好說。如玉想攙住我，伸出手又縮了回去，你的腿怎麼回事？這兩句話是後來如玉給我解釋時重複的，當時我只聽懂了一兩個字詞，但他們的表情和反應我大致明白：出事了，而我不受歡迎。我站在原地不知如何是好：跟我在頭腦中彩排過的任何一個場景都不同。

接下來的事情是這樣的：

老秦指著門外對我說，滾！秦夫人把他往堂屋裡推，邊推邊說，小點聲，你害怕別人聽不見？如玉，先讓他進屋，別讓人看見！進了堂屋，如玉掩上一扇門，我坐在陰影裡的凳子上。旁邊是一排門子，貼著兩幅上了半截色的年畫《四季平安》：兩個胖娃娃在逗四隻毛茸茸的小雞玩，身後的八仙桌上擺著兩個青花瓷瓶子，瓶子裡插著四朵盛開的牡丹花。「雞」同「季」、「瓶」與「平」諧音。顏料杯裡已經乾結成了塊兒，至少兩天沒幹活兒了。我很想問如玉發生了什麼事，但不會說，憋了半天，說出口的竟是「我歡喜你」。如玉的臉唰地紅了，老秦兩口子臉色更難看。我知道闖禍了，一著急倒想起了三個字，我問，怎麼事？他們聽懂了。但怎麼跟我解釋成了問題，他們不會說英語，更不會意大利語，而我只能聽懂一點點漢語。如玉看見門子上的年畫，有了。

她找來宣紙和筆墨開始畫。一畫我就明白了。三個人頭：兩個高鼻深眼的洋人，鬈髮的是大衛，直髮的是我，很像；一個中國人，戴著義和團的頭巾。因為我和大衛，義和團來找他們家麻煩了。我還有疑問，如果一個中國人碰巧見到兩個洋人，這能說明什麼問題呢？我對如玉搖動五指張開的右手，加這次我們才見第五面啊。如玉又畫了兩個人頭：一個是老秦的徒弟，她的師兄，那種不聚焦的眼神極為逼真；另一個是個老人，鬍子比老秦還黑還長，八字眉，不認識。如玉說，袁。她在老秦徒弟和老袁的腦袋上各畫出兩隻手，老秦徒弟雙手握住了老袁的一隻手，老袁的另一隻手裡拿著一串錢。生動形象。我懂了，他們家的競爭對手老袁收買了老秦徒弟，那小子吃裡爬外，把我跟大衛和秦家的交往連鍋端給了老袁。老袁往義和團那裡一捅，單「洋人」兩個字就讓他們奓了毛，於是有了現在這格局，總有不三不四的人隔三岔五來找麻煩。怨不得老秦那副尊容。

我拿起第一張畫，拄著拐杖走到老秦跟前。先雙手合十，中國人請求原諒時都這麼幹，當然我也可以下跪，可我的腿傷不允許；接著給老秦和秦夫人鞠了個躬，用西方人的方式道了歉；然後指指腿上的夾板，又指指畫上的義和團頭像，用手做一個槍擊動作。其實我也不知道這槍是清軍還是義和團打的，但這個聯繫顯然讓老秦寬慰了不少，表情也鬆動一些。在這個院子裡，咱們是一條船上的。如玉過來說，爹，說到底是袁伯伯的問題，跟大衛和費德爾沒關係。老秦剛鬆動的面部肌肉又糾結到一起，多嘴！天黑了趕緊讓他走！秦夫人對女兒使個眼色，讓她把我帶一邊去。

我們又坐回門子前。我跟如玉比畫，咱們給年畫上色吧，否則真不知道幹什麼。我想對她背一遍大衛幫我翻譯的半吊子漢語情書，看這架勢，背完了這輩子更沒機會進秦家門了。給年畫上色的老秦睜一隻眼閉一隻眼。反正這會兒我也走不了，閒著也閒著，年畫上多一筆彩，離成品就近了一步，為什麼不讓這個傻大個洋人幹呢。我喜歡這彩繪，因為如玉在旁邊。來之前我把自己洗得夠乾淨了，聞到如玉身上的香味，我還是覺得自己渾身上下臭得不行。

她畫一筆，我跟著畫一筆；她不說話，我也不說話。不必說話，什麼話都不用說，如果能這麼一直地老天荒地沉默下去，你拿世界上任何好東西我都不會換。如玉。如玉。如——玉。我把她放在舌頭上，像兩顆最珍貴的寶石一樣緩慢顛動。如玉。她偶爾歪過頭看我，微微一笑。不知道她笑什麼，但我喜歡看她這一笑。我等著她再側一次，再多側一次。我的彩繪效果實在很一般。

晚飯我在秦家吃，很遺憾，沒能坐到如玉對面。四方飯桌，照中國人的規矩，老秦一家之主，坐衝門的主位；主位兩邊的座位也比較尊貴，多留給客人，秦夫人打算讓我坐到老秦左手邊，那位置過去是大衛坐的，我坐大衛對面，老秦給擋住了，他指定我坐他對面，背對門，那位置地位最低。無所謂，能跟如玉一張飯桌我已經無上歡喜了。席間秦夫人讓我夾菜，她老記不住我名字，如玉提醒她，費德爾，費德爾・迪馬克。我用歪歪扭扭的漢語說，哦——腳——馬——福——德。如玉笑噴了。她笑的不是我的漢語，而是我的名字，她說聽這名字，還以為是風起澱人。我嘿嘿地笑。老秦啪一下把筷子拍到飯桌上，說，吃飯！如玉低下頭，我也把笑生生憋了回去。

水邊的天黑下來也快。黑夜從白河裡爬上岸，第一個就爬到秦家。風起澱像被突然封住了口，說靜就靜下來。不需要老秦咳嗽，秦夫人已經用下巴指示如玉，該送客了。我們都坐在黑暗裡，每人手裡一把蒲扇，既搧風又趕蚊子；熏趕蚊蟲的乾蒲棒一直在燃燒，但效果不佳。沒有風，蒲棒頂端的灰藍色煙霧軟綿綿地直插到天上去。沒點燈。後來我發現，整個風起澱晚上都不點燈。生逢亂世，所有想過安穩日子的人，都把自己深深地埋進黑暗裡。

老秦在愁苦地抽著旱菸袋。如玉把水壺裝滿水，送我到碼頭邊，周圍一個人沒有。我說，我歡喜你。她說，上船。我說，明天，還來。她搖搖頭。我說，那，什麼時候，來？她說，快上船。我上了船，又說，我歡喜你。她揮揮手，問我，你，住哪裡？她也結巴了，做一個枕手睡覺的動作。我指指遠處那片黑壓壓的蘆葦蕩。她讓我等一下，回家拿了十幾根乾蒲棒。蘆葦蕩裡的蚊子大如蒼蠅，能吃人。我划船遠去，快到蘆葦蕩，回頭看見一個黑影子坐在秦家碼頭上，我舉起一枝槳，她站起來，揮一下手，轉身進了院子。

沒有風蘆葦也在激盪，好像有人下了命令，先從東邊往西邊傾，再從西邊往東邊倒，反反覆覆。它們沒完沒了地晃蕩了一夜。夜間水上的濕寒我不怕，蚊蟲的叮咬我也不怕（艙前艙後點了四根蒲棒也沒能阻止蚊子們突破防線），黑暗中各種奇怪的叫聲我也不怕；夢見我的小船順水漂游，一路闖過白河河口進到渤海灣，然後穿過黃海和東海進入太平洋，我嚇醒了。在夢裡，我知道我離如玉越來越遠。但無論我如何拚命撐篙划槳，船都堅定地往東南方向跑，而且越跑越快。我害怕我離如玉越來越遠。

醒來後就再沒睡著，突然想抽根菸。我借著天光找到幾片乾枯的蘆葦葉，揉碎後塞進一根蘆柴管裡，吹亮蒲棒借了個火，抽起來。這輩子沒抽過那麼辛酸的菸。

天亮後我開始考慮吃的問題。必須吃點有營養的，要不骨頭長得太慢。我撐著船在蘆葦蕩裡緩慢地游動，驚飛了不少野雞野鴨。抓住牠們太困難，又不敢用槍，槍一響，我連蘆葦蕩都沒得待了。想抓魚，技術更跟不上；抓上來也未必會吃，刺太多，我被卡過好幾次。真佩服中國人，一塊魚肉夾進嘴裡，舌頭轉一圈刺就全吐出來了。繞了一大圈，兩手空空，因為撞到了一個鳥窩，才發現錯過了一種美食，我可以搜集各種鳥蛋啊。野雞蛋，野鴨蛋，還有名目繁多的各種鳥蛋。鳥蛋比雞蛋小，味道卻更鮮美，生的熟的都好吃。開始幾天生吃，磕一個洞，直接倒進嘴裡，後來如玉帶來一個泥瓦罐，我就把鳥蛋放瓦罐裡用水煮著吃。那個廣口瓦罐不僅煮過各種鳥蛋，還煮過魚。

事實上，我很快就掌握了釣魚和吃魚的技巧。如玉還帶來了魚鉤和一截魚線，偷她爹老秦的。一個人的水上生活的確不太好過，不過習慣就好了。如玉陸陸續續帶來各種材料，我把船艙修繕一新，雨來了也不必擔心水漫上來。在一個月的水上生活中，兩件事至為重要：一是及時地把船轉移到另一片蘆葦蕩；二是如玉願意隔三岔五來一次我的小船，當然都是在晚上。

先說第一件。

一天下午，我正拿著大衛翻譯的情書學漢語，兩個風起澱少年坐船進蘆葦蕩打鳥。一個人撐船，另一個握著一把長柄網兜，見到活的就撲。網兜開口巨大，裝進一隻鵝都沒問題；撲準了，一撲一個準。聽見聲音我撐船就走，以免露了行蹤。如果不是那隻野鴨，他們不可能看到我。為了不弄出大動靜，我的船不敢走得太快，但還是聽見兩個少年的聲音衝著這邊來，船穿行在蘆葦叢中的響聲也越來越大。他們興奮地叫喊，在追一隻野物。我加快速度。他們的速度更快。前面前面，他們喊。

一隻野鴨踩著水面從蘆葦叢中飛出來，落到我船上，沒來得及看清牠的長相，就鑽進船艙不見了。我緊走慢走還是被他們追上了，站住站住！我只好停下來。一隻野鴨飛到你船上了。他們指指點點，聽不懂我也明白他們的意思。我壓低斗笠對他們搖搖頭，攤開手，表示沒看見。他們問我說什麼。我說沒，沒。我的聲音本來就沙啞，漢語又說得艱難，他們把我當成啞巴了。撐船的少年說，噢，啞巴啊。捕鴨的少年就不再跟我說話，用跟一個啞巴打交道的方式對著我船艙指了又指。他讓我搜一搜船艙。我放下船篙，彎腰鑽進船艙。一件衣服底下有東西在動，我小心地掀起一角，一隻野鴨。就是啄我耳朵的那一隻，我們在對方的眼睛裡看見了自己；不會錯。我把衣服一角放下，從船艙裡退出來，我對他們擺手加搖頭。我把嗓子憋得更啞，沒，沒。捕鴨少年應該是罵了一句，憤怒又茫然地揪了揪辮子。好在蘆葦蕩裡物產豐富，又幾聲鳥鳴，他們掉轉船頭去了別處。

我把野鴨從衣服底下放出來，牠立住了不走。我拿掉斗笠，低下頭把耳朵送過去，這傢伙真就不客氣地啄了兩下，然後開心地嘎嘎叫，這才跳下水往蘆葦叢中游。消失之前又回頭看我一眼。我想我得換個地方了。

撐船一直轉到天黑，終於選中一處好所在，在遠離航道和風起澱的一個河汊裡。蘆葦密布，從蘆葉、鳥鳴到來來去去的風，都有種蓬勃的野生之感。這個窩挪對了。第二天就聽見捕鴨少年的聲音，他帶了一個大人，但他們想不到把船撐到我那裡。我連猜帶蒙，捕鴨少年好像是說，他昨天見到一個啞巴，不知道去了哪裡。

現在說第二件事。

開始幾天，我基本每個晚上都去秦家。只敲六下門，等一會兒不開，我就划船離開。只有第三天沒開，原因如玉一直沒告訴我。第二天晚上我敲過門環，如玉開的門，她讓我進到院子裡，原地等。很快，她把灌滿的水壺給我，又包了幾個饅頭和一小罈鹹菜，把我像個乞丐一樣推出門外。回去的路上我差點哭出來。我安慰自己，如玉還是心疼我的，你看，給了吃的喝的。第三天門沒開，我跟自己說，明天還不開門我再哭。到下次開門之前，我喝的都是白河水。

第四天開門了。左邊門上秦叔寶整個腦袋都沒了。我敲第五下門就開了，如玉提溜著一塊籠布，乾糧、菜和水都準備好了，另外給我灌了一壺涼白開。她沒說話，我也只說了一句。我說，如玉，我歡喜你，跟我走，我會對你好。我把練熟的幾句話放到一句裡說了。她把我送出門，我上船的時候她突然哭了，然後轉身就走。我站在船上還沒來得及動，她已經把門關上了。

第五天。第六天。第七天。第八天。

第九天，兩個門神都不見了。秦家的門楣上插著一個義和團紅黃兩色的三角旗。如玉把我送到碼頭，開始解自家的小船。我問，你，幹，什麼？她伸手揪住我的鬍子，給你剪剪，趕上我爹長了。

再沒見過那麼亮的月光，我們把船划到蘆葦蕩邊。四野無人，她跳到我船上，拿出剪刀，哢嚓哢嚓一頓剪。我閉上眼，期待有更柔軟溫暖的東西碰到我臉上。當然不會有，這不是在意大利，如玉是個中國姑娘。她沒把我的鬍鬚剪光，她覺得有型的鬍鬚能把我的外國人特徵遮住。頭髮也修剪了，甚至拿出一把剃刀，把我的前半個腦袋刮成了禿瓢，這樣接上假辮子，更像一個中國人。好了，她讓我睜開眼往水裡看。

水裡有個圓月，月亮周圍環繞著白雲。河面上如同撒了一層白銀，我清楚地看見自己的頭臉。我又成了一個二十四歲的小夥子，雖然我覺得自己已經很老了。這一天，如玉十九歲半。皓月當空，白雲千里萬里，百無禁忌。意大利沒有這麼好的月亮。我讓如玉趕快回去，她堅持要看看我住的地方。我在前頭開路，把她帶到那片安全幽靜的蘆葦蕩。嗯嗯，她點著頭。看完了，她撐船往外走。我跟著她出來，送她回到小碼頭。

從這個晚上開始，如玉不再讓我去她家，傍晚時分她過來。帶上食物和水，帶著我的水上生活可能需要的日常用品和工具。比如燒水煮飯的瓦罐，比如碗筷，比如鹽，比如針線，比如一頂蚊帳，比如一把魚叉，比如一大截魚線和幾枚釣鉤，比如兩條白麵袋子。我在岸邊砍了幾根上好的楝樹木，給我的船做了一掛簡易的風帆，等等。在蘆葦蕩裡，這些材料基本上安頓好了我的生活；帶著如玉一路往北逃亡，這些材料也滿足了我們基本的生活需求，儘管艱難，依然能夠活下來。我已經能比較熟練地使用中國筷子。如玉隔三岔五過來，來了話也不多，更不會解釋昨天或前兩天為什麼沒來。我們只用最簡單、最基本的漢語交流，我表達不清和聽不懂的，她會重複幾次；她重複過的詞彙和句子，我差不多都能記住。有天晚上如玉跟我說，再努力一下，就能趕上大衛了。她在鼓勵我。我知道我的漢語發音沒有大衛好。不過我也相信這是她的由衷之言，從開始完全沒法溝通，到現在大部分事情連說帶比畫加蒙都能交流，她還是挺開心的。

我們坐在蘆葦蕩裡，船晃晃悠悠，蘆葦在黑暗裡波浪一般湧動，水鳥在夢啼。只有黑夜，只有我們和這片大水，大清國、義和團和瓦德西率領的聯軍都在另外一個世界。我們只說不能相見的時間裡各自的生活，主要是我說；如果我不說話，完全可能整個晚上我們都面對面傻坐著。我們中間隔著正在燃燒的蒲棒，她不許我把手伸過去。她能過來，孤男寡女共處一條船上，對一個中國姑娘已是天大的尺度了。我能說的也不多，不出蘆葦蕩，幾天見不著一個人，我只能給她講水的故事、蘆葦的故事、水鳥和野雞野鴨的故事、我抓魚的故事。後來講我在維羅納和威尼斯時就喜歡上運河的故事。她不知道維羅納和威尼斯在哪裡，也不知道歐洲的運河是什麼樣，馬可・波羅更是頭一次聽說。太好了，我有可以跟她講一輩子的談資。聽累了，也可能被我比畫累了，或者時間晚了，她站起來，我就送她回家。

漆黑的白河上一條船都沒有，離她家碼頭還有一段距離，她讓我停下來。我看著她划到碼頭、泊船、回家、關上院門，然後升起帆回我的伊甸園。長夜漫漫，我有足夠的時間一點點琢磨用帆的訣竅。我把那片蘆葦蕩稱作伊甸園。

逃亡以後如玉才告訴我，為什麼那段時間他們家不許我去。那陣子義和團正盛，老袁花了十個銀圓跟一個大師兄勾搭上，著手盤算秦家。開始誣衊他們家是教民，因為洋鬼子總來做客。老秦把大師兄下面的一個頭目請到家，好吃好喝招待，喝得差不多了，請頭目看他們一家的腦門。老秦問，有什麼？頭目說，沒什麼啊。老秦說，那您確認咱們家不是教民了吧？頭目只好說，不是。他進了老秦的圈套。當時義和團裡流行辨認教民的方式，很是離奇，看額頭有沒有十字。其實哪會有什麼十字，不過是指鹿為馬、明火執仗去誣陷的藉口。不是教民，就不好下手，這事就擱置下來了。鄉里鄉親的，自家門上還貼過老秦的楊柳青年畫呢，老秦為人也慷慨，零頭從來都免掉。為了表明擁護義和團，老秦還在院門口掛了一面三角旗。

但老袁不死心。趕上那段時間風起澱突然流行痢疾，很多人拉得提不上褲子，傳言又出來了：有人在井裡投了毒。風起澱都吃那幾口井，說明投毒的是外來的壞人。風起澱來往船隻不少，但反覆出現的只有秦家的客人，兩個洋鬼子。洋人那會兒都改叫洋鬼子了。舉凡涉「洋」者，都得更名換姓：洋藥改叫土藥，洋布改叫土布、西布，洋貨鋪改叫廣貨鋪，日本國的東洋車改名太平車，洋錢謂之鬼鈔，洋炮謂之鬼銃，洋槍謂之鬼桿，西洋來的火藥謂之散煙粉，鐵路軌道也被改叫了鐵蜈蚣，甚至連「洋」字右邊也加了個「火」字，以便「水火左右交攻」。可見洋鬼子必定是壞人。

洋鬼子這段時間沒來秦家，可能是秦家代理投毒了。反正秦家脫不掉干係。老秦一家三張嘴都去辯解，風起澱的井水他們也喝，若投毒，豈不自己也中招了？風起澱人說，那只能說明，洋鬼子給了你們解藥。

井水投毒跟教民事件性質不同：教民是義和團操心的事，井水有毒是所有風起澱人的日常生活。老秦家被大面積地恨上了，所以秦家門神不斷遭毀。秦家最近不讓我上門，就是不想再惹事；他們在家天天磕頭燒香，祈禱風起澱的痢疾風潮趕緊過去。可這大熱天痢疾蔓延實在太正常，中暑會上吐下瀉，喝涼水也容易拉肚子；而風起澱的衛生問題又跟其他地方一樣，天津城都髒得要死；沿白河而下，斷斷續續漂過因戰爭和饑荒死掉的無名屍體，沒出現大規模瘟疫已經是上帝保佑了。但他們不相信科學，對小人作祟卻充滿好奇。近兩個月的時間裡，秦家一直在命運的反覆中尋求自保。

出現一個新情況，如玉說好了第二天晚上來，爽約了。她說我閒著也閒著，打算明晚帶幾幅年畫過來讓我上色。第二天晚上沒來，第三天晚上我等到半夜，蘆葦蕩裡只有風動蘆葦聲。我想可能出事了。第四天黃昏，我把船收拾好，晚飯吃足，左輪手槍裡放好子彈，撐船去了風起澱。

傍晚船隻漸稀，偶爾有屍體擦著船幫漂過，我把斗笠簷壓到最低。秦家院門大開，院子裡點著火把。船停好，手槍插在腰間，我拄雙拐上岸。秦家三口並排坐在院子裡，旁邊站著兩個手持梭鏢的義和團成員，旁邊的兩把椅子上坐著兩個義和團頭目，一個蹺著二郎腿，嘴裡叼著旱菸袋，一個在拍打叮咬他胳膊的蚊子。如玉先看見我，看見我就喊，快走！站在她後面的拳民正打瞌睡，猛地驚醒，伸手去捂如玉的嘴，梭鏢倒地，另一隻手從後背拽出把大刀，橫在如玉的脖子上。這是個靈光的，另外一個看管老秦夫婦的拳民，一時間不知道如何應對，端起梭鏢原地指向我，似乎這樣就有威懾力。倒是那兩個頭目比較從容，站起來，慢騰騰地從椅子旁邊撿起刀。果然來了！一個說。他們拿了袁家賄賂的工錢在等我。

第二天晚上如玉其實去了。快到蘆葦蕩時習慣性地左右觀望，發現半路跟過來的一條船還在身後。船上至少兩個人。她拐一個彎，擦著另一片蘆葦蕩繞了一大圈，回家了。那船也跟著她繞了一圈。第三天晚上她又出門，解下纜繩就看見不遠處有人也在解船，先前兩個人一直蹲在碼頭上吸菸。她的船走，他們的船也走；她的船停，他們也停。如玉乾脆划到河對岸，到雜貨鋪買了把菜刀。她知道他們看得見，她把新菜刀用力剁到船尾上。她懷疑那是袁家派來的盯梢。她不知道是她還是我自己暴露了行蹤。我是想不出來哪個地方出了差錯，但河廣澱大，耳目眾多，我明敵暗，有個紕漏也正常。袁家給一幫義和團員上供了銀子，雇他們來守株待兔。

他們逮著了。一個說，露出臉來。既然來了，露不露臉都一樣，那就讓他們看個清楚。我把斗笠推下來，掛到後背上。那個頭目在火光下笑了，貨真價實的洋鬼子。另一個說，莊王載勳出了告示，招募能殺洋人者，殺一男夷賞銀五十兩，女夷四十兩，稚夷二十兩。咱哥幾個今晚要發了。他們提刀走向拄著雙拐的我。我把拐橫起來。兩把刀在一雙拐這裡占不到便宜，這兩個臉色黑黃的人加起來得有九十歲了吧。他們的套路太簡單。也可能是袁家就請不來像樣的義和團。我踮著腳往如玉那邊移，兩個看守的拳民還在猶豫，是繼續看守好秦家人還是幫自己的上司。

事情突變就在那半分鐘。一個頭目喊，帶她走，搬救兵！把刀架在如玉脖子上的拳民反應過來，揪著如玉的衣服把她拎起來，推著她就要往院子外走。老秦夫婦哭號起來，不讓閨女走，但另一個拳民的刀舉在他們眼前，老兩口不敢動。兩個頭目纏得我分不開身，再不出手如玉就被帶出門了。我從腰間拔出手槍，一槍擊中押著如玉的拳民的後心。這群在鄉間橫行的拳民其實沒聽過幾聲正經槍響，同伴瞬間倒斃把他們嚇傻了，哇哇哇狂叫半天，才想起來逃命要緊，三個人拎著刀就往門外跑。我連開兩槍，兩個拳民倒在秦家院裡；再要開第三槍，如玉抱住我胳膊。不能再殺人了，她說。說完又捂上耳朵。給她打了個岔，剩下的一個小頭目趁機跑出了門。

當時我還抱怨如玉婦人之仁，如果不放走一個報信的，結果會不會有所不同？仔細想來，那個人死不死，結局都一樣。風起漸的夜晚靜寂得只有水聲和蟲鳴，三聲槍響能把墳墓裡的死人也給驚醒，瞞不住的。老秦夫婦任何情況下也不會跟我們走。對這個年齡的中國人，死固然可怕，但跟背井離鄉比，命沒那麼重要。他們寧可死在家裡，也不願活在逃亡的路上。老秦跌坐在椅子上，看著母女倆抱在一起哭。我把屍體一具具拖到門外，扔進河裡。待我氣喘吁吁地回到院子裡，老秦夫婦從一個房間裡出來，老秦抱著一塊布包的長方形大東西，秦夫人拎著一個沉甸甸的包裹。秦夫人把包裹塞到如玉手裡，老秦把那個長方形大東西遞給我；接到手一掂量，我就猜到是《龍王行雨圖》的雕版。

老兩口說什麼我沒全聽懂，大意是，他們把如玉託付給我了。秦夫人說得真誠，只要對她女兒好，那人就足可信賴。老秦就勉強得多，他的表情和語氣表明，女兒和雕版託付給我，完全是情非得已。儘管如此，當我把雕版背到身後，他還是緊緊握住我手，突然間老淚縱橫，顫抖著要給我下跪行禮，嚇得我趕緊扶住。我對他鞠了一躬。這是男人對男人的囑託，也是男人對男人的承諾。我結結巴巴地對如玉說，一起走。如玉搖頭，他們無論如何不走。一家三口又抱頭痛哭。

遠處殺聲震天，一陣雜遝的腳步聲傳來。走！老兩口說。我拉著如玉往外走。如玉說，拐呢？我看看兩個胳肢窩，空空蕩蕩，我已經不需要雙拐了。這才注意到左腿，走路時我忍不住要跛一下。我果真成了一個瘸子。

剛坐上船划出不遠，幾十號義和團民就趕過來了。他們站在碼頭上嗷嗷叫，把梭鏢往船上扔，用弓箭和彈弓往船上射。我讓如玉掌握好方向，我把自製的帆升起來，調整好角度，借著越颳越大的夜風，船行駛飛快，射過來的羽毛箭和彈丸全落進了水裡。義和團正在遠去。秦家正在遠去。颪起澱正在遠去。蘆葦蕩正在遠去。秦家所在的方向起了火光，越燃越大，大火在黑暗裡掏出的這個洞，彷彿河邊之夜滴血的傷口。

如玉停止哭泣，拉我到船尾跪下，說，叫爹娘。

我說，爹，娘，我會對如玉好，你們——「放心」這個詞那時候我還不會說。

如玉想得周到，成夫妻了，路上行走就方便了。可憐的如玉，她也只有我這個連話都說不利索的外國男人了。

船走了一夜。如玉一直哭，到凌晨終於歪倒在船艙裡睡著了。我努力睜大眼，不能停，走得越遠越好。睏得不行時，我抄起河水洗一把臉，水裡有股腐敗的怪味。天越走越亮，從上游漂下來很多屍體。又有一場戰爭或者屠殺。如玉醒來後，看見不時撞到船上的浮屍，男的臉朝下，女的面朝上，泡得一個個肚子鼓鼓囊囊。她想起父母，又哭起來。哭得我也心生遼闊的虛無和悲涼。我掌握方向，盡量繞開每一具浮屍，實在繞不過，也力求避免正面衝撞。

在戰場上，人像莊稼一樣被成茬兒地割掉，我都沒有感覺生命如此脆弱，吹彈可滅。我把如玉攬在懷裡。我說，死幾個人不算什麼，死了誰都不算什麼。

2

我們沿河走，在武清待過，在香河待過，最後到了北京通州的鑾子營。那地方接近北運河的終點。天氣晴好，能看見燃燈塔矗立在北方。那是漕船的燈塔，看見它就可以鬆口氣，押運漕糧的任務結束了。我是看到一堆義和團民爭著搶著上船南下，才決定去通州的。當時我們躲在香河的一間草棚裡，門前是奔流的運河。如玉問，現在去北京是不是很危險？我說，這時候恰恰最安全，義和團大批南下，說明他們攤上了大事，在北京待不下去了。一問，果然是慈禧太后在西逃的路上發布了剿滅義和團的上諭。其實此前，就是聯軍打進北京後，清政府已經開始配合聯軍一起捕殺義和團了。我們啟程繼續北上。如果運河能通到北極，我也樂意一直走下去。

蠻子營在通州城東南，一群中國的南方人聚集在那裡。南方人被稱為南蠻子，外國人被稱為蠻夷，南方人對義和團興趣不大，也不會整天吆喝要殺洋鬼子，這個地方合適。當年馬戛爾尼覲見乾隆皇帝，據說就被安排在這裡下船，蠻子營嘛，讓他知道自己的身分。我和如玉租住在河邊的一戶破落院裡。住了半個月，掌管村裡日常雜務的里長上門登記身分資訊。對外一概由如玉應付。

——姓名？

——秦如玉。

——男的呢？

——馬福德。

——讓他自己說。

我上前，啞著嗓子說，馬——福——德。

——怎麼跟個啞巴似的？

——他就這樣，小時候家裡人就叫他啞巴。

——哦，那我就記啞巴了。不像漢人哪，也不是滿人。西域來的駱駝客？

——老家西北的。早年牽過十幾頭駱駝，世道亂，又不會說，就不幹了。

此後，蠻子營的人就知道了，那個新來的瘸子，是從西北來的啞巴駱駝客。西北人姓馬的也多。西北就西北，啞巴就啞巴，駱駝客就駱駝客。我可以出門了。

街坊蕙嫂跟如玉說，你家老馬皮膚夠白啊。有人的時候我戴著斗笠，沒人時我就拿掉，褂子也脫了，在大太陽底下曬。麥皮色才健康。胸毛沒事也帶著拔，等我跟中國男人一樣，開始赤裸上身吃飯幹活兒時，胸毛已經拔得差不多了。

房東大嫂問如玉，你家老馬比你大多少？有二十歲嗎？如玉說，不到。我決定繼續留著大鬍子。

外國人跟中國人生的孩子叫「二毛子」。在床上，我跟如玉說，你不怕生個「二毛子」？如玉一把抓住我的下身，少廢話，再來。她是個有主張的女人。

如玉左眼下有顆痣，她說中國人叫「傷夫落淚痣」，對我不好。我說那是你們中國人的規矩，管不到意大利。我就喜歡她的那顆痣，讓她的眼神和表情有種平和的哀傷。哀而不傷。這在意大利語和英語中叫性感。她問這是什麼意思？我把門關上，讓穿過小窗戶的光照到她臉上，然後開始扒她的衣服。就是這個意思。你是我唯一的光。

我們在運河灘上開了塊地，種莊稼和菜。如玉會一點，我跟著學，人家怎麼做我們怎麼做。播種，澆水，施肥，抓蟲子，收割。收成不好。河灘是塊變幻莫測的地方，說不準水什麼時候就上來了。辛辛苦苦幹了一季，一場大水全沒了。還會被人偷，跑船的人幹的。蔥、蒜、蘿蔔最吃香，拔出來在水裡洗洗就能吃。有一年種了兩分地蘿蔔，兩天被拔走一半。

鑾子營斜對面，運河的那一邊，有個村叫楊圪，住的多是北方流民，有一部分人做過義和團。他們覺得我像外國人，坐我的擺渡船時會起鬨。我不吭聲。北運河上沒有橋，架了橋河道清淤太麻煩。從河這邊到對岸，需要擺渡。這個活兒之前是房東大哥幹的。他好酒，賺了幾個辛苦錢就買了酒，有一天喝多了，自己渡自己，一頭栽進運河裡，一直到張家灣南邊的蘆葦蕩裡才找到他屍體。那片蘆葦蕩強盜出沒，所以也有人說，房東大哥死在了賊人手裡。不管怎麼死的，都是死了。房東大嫂希望我去頂這個缺兒，條件是擺渡錢的四分之一歸她們娘兒倆。孤兒寡母不容易，我和如玉答應了，我也算有個職業。這個活兒我一幹幾十年。

過去房東大哥擺渡靠蠻力，單兩隻胳膊跟水流較勁兒，水大的時候常有風險。我在河兩岸挑了兩棵大樹，買一條粗壯的繩子，兩頭拴到樹幹上，等於在河上拉了一道操作繩，我只要抓住操作繩，就可以把船從這邊拉到那邊。省力、便捷又安全。小船過來，挑一下繩子就可以從下面通過，大的帆船過來，兩頭隨時可以解開。漕運廢止後，往來的大船少了一大半。楊坨人挑釁得不到回應，慢慢也就友好了，他們不得不坐我的擺渡。小聖廟碼頭往北，大河沿碼頭以南，這一段運河人家，沒坐過我船的，十根手指都數不滿。

蠻子營這邊有個東嶽廟，小聖廟那裡供著龍王，燒香拜佛、祈壽求子的兩岸往來，我的船就是他們的橋。他們說，過河？啞巴在呢；或者，瘸子候著呢；或者，那個駱駝客啊，厚道人。如玉一直擔心每天來來往往我會煩。沒那回事，我喜歡船行水上的感覺。這讓我想起在威尼斯的時候，我從船夫們手裡搶過貢朵拉的櫓，我說我來幫你們搖，別告訴我父親啊。

我一直提醒自己，馬可・波羅首先是一個無所畏懼的人。

去通州城買鹽，順便買回來宣紙、水彩、墨汁、毛筆和拓印的一套傢伙。還需要門子，我想讓如玉問問房東大嫂，蠻子營哪個木匠手藝好。如玉攔住我，她把筆墨紙硯收起來。她不想再做年畫，那讓她想起父母和一場大火。我問，那雕版？她說，存著。再沒動過。

保羅．迪馬克。我一直懷疑哥哥搶了我的名字。父母說，瞎扯，你哥哥一出生名字就取好了。好吧，保羅．迪馬克的弟弟也可以向馬可．波羅學習。

運河邊的生活的確跟我想的相去甚遠。我們被時局和生計困在世界的一個角落，也可以說，因為時局和生計，我們被排除在了世界之外。偶爾我也想過回意大利，也後悔過。我把世界和生活想得太簡單了。我可以這麼想，但不能讓如玉這麼想，她是無辜的。想到能跟這樣的女人在一起，別說這一種生活，就是下地獄，我也願意。半夜醒來，我在一小塊月光下看她左眼下的痣，她突然睜開眼，我們倆都嚇了一跳。我鑽到她懷裡。不是我哭了，是她在流淚。

擺渡船空閒時，我也會跟著一群男人拉縴。北運河上行，大船每一步都要幾十上百號人拖拽著走。他們知道那個瘸腿的啞巴拉縴從不惜力。

拉縴是如玉能接受的最重的活兒。蕙嫂的兄弟約我去門頭溝挖煤，我問如玉，如玉說，除非她死了。

馬可．波羅會說八思巴語、阿拉伯語、回鶻語和敘利亞語，但不會說漢語。我會說漢語。

去南邊的蘆葦蕩打葦葉包粽子，我喜歡把煮熟的粽子放涼了吃，清洌的粽香能進到骨頭裡。上岸時採了一束野花送給如玉，她羞得像頭一次被我脫光衣服，不知道該怎麼辦。我說，每個女人都有權利收到這樣的禮物，可惜我沒法送你更漂亮的。她從花束中摘出一根狗尾巴草，在我眼前搖晃，這一根就是最美的。

馬可・波羅一行從威尼斯出發，先到阿克拉求見新當選的教皇，然後前往拉亞斯，再經由萊亞蘇斯港直達土耳其的埃爾祖魯姆，之後經過波斯的大不里士城、薩韋城、伊耶茲特城、克爾曼王國、霍爾木茲市一直到波斯灣。他們繼續向北直行，翻越帕米爾高原，最終抵達忽必烈汗的王宮。此行歷時四年。

一九〇〇年十一月，天開始冷。如玉想回風起澱看看，夜裡她夢見父母穿著一身楊柳青年畫在大風裡走。要去就宜早不宜遲，再冷河水就結冰了。我把所有被褥和棉衣放進船艙，重新做了一掛帆，順風順水往下走。北方的深秋是一年中最後的繁華，入了冬再看就讓人想哭。蘆葦纓子白得飄雪，一樹樹紅的黃的葉子像火焰在燃燒。

沒有意外，秦家成了一片廢墟，門樓都倒了。老秦兩口子葬身火海，他們就沒想著要苟活於世。我想去找他們的骨灰，如玉擋住了，既然父母不願意離開，這就是他們最好的歸宿。讓他們埋在一座大墳裡。我們在夜晚的碼頭上岸，照風起澱的風俗，燒三刀紙，磕六遍頭，轉身在黑夜裡離去。

然後去了白河河口，在沙洲上那棵老槐樹的樹洞裡找到大衛留下的一封信。不是寫給我的，而是寫給我父母的。他謄抄了一個備份。他認為我活著呢還是死了？

親愛的迪馬克先生和夫人：

我是費德爾的朋友，英國人大衛・布朗，剛從北京回到大沽洋面的軍艦上。我不知道寫這封信是否合適。費德爾和我約好，戰爭告一段落，活著的那個，要給對方家裡寫一封信。我從殘酷的北京戰爭中活下來，傷了一隻胳膊。跟那些把命丟在對方刀槍下和炮火中的各國戰士——不管是聯軍的，還是中國的——相比，我都是最幸運的那一群人。我希望費德爾也在這個幸運的群體裡，但從離開北京一直到重返軍艦，我一直都沒打聽到他還活著。英國人不知道，意大利人不知道，戰場上沒見到，醫院裡也沒見到——如果不刻意避諱，我必須向你們說明，在中國漫長的戰線和遼闊的戰場上，默默無聞地死去、死得默默無聞的人，何止千萬。有中國人，也有外國人；大河裡漂滿辨不出面孔的無名死屍，血染紅了這個國家一半的土地與河流。如果這封信給你們帶來永久的哀痛，我很抱歉。我無比希望這是一封完全多餘的信。

不知道從醫院分手後，費德爾是否開拔到北京，希望沒有。死是一件殘酷的事，但世界上肯定還有比死更殘酷的活著，就是這一次的北京之行。我們從天津向北京進發，這是我從軍以來前所未有的艱苦行程。我們走在無邊際的沙地上，穿過雜草叢生的沼澤，髒水發出惡臭，如同走在巨大的蒸鍋裡。除了日本和俄國士兵像點樣，英國和美國士兵走著走著就歪倒在路邊，高溫連印度的雇傭兵都受不了。因為喝了汙水，很多人染上痢疾，拉肚子把我們拉成了一個個輕飄飄的空殼。行軍途中我就想，費德爾好好在醫院養他的左腿脛骨吧，這裡真不是人幹的活兒。我們抓了大量的中國苦力來運送軍事物資，用皮鞭、刺刀和步槍來驅使他們把步子邁得大一點，以便加速行軍進程。我們在河上弄到兩百艘帆船，裝滿彈藥和補給，同樣用武力來逼迫中國苦力當縴夫，拖拽著逆流緩慢前行。

一路都在打仗。我完全記不得打了多少次仗。有天晚上我抱著槍站著就睡著了。我們與義和團打，與清軍打；我們殺人如麻，別人也殺我們。人死如草芥。想起我小時候一腳下去踩死的那些螞蟻，我們就是死神派來的那隻殘暴的腳。八月十三日晚，我們打到北京城外，突然風雨大作，電閃雷鳴。我想這下完了，我們犯了如此罪惡的殺戒，上帝終於動怒了。我在風雨搖撼的城下祈禱，一個連隊都在祈禱，請求上帝寬恕我們。我們告訴上帝，之所以把槍口對準中國人，是為了救助那些被圍困在使館中的同胞。這理由算充分嗎？總之上帝息怒了，風住雨歇。然後我們開始進攻。一排排火炮架起來，炮彈像又一場大雨，密密麻麻地落到北京古老的城門和城樓上。

第二天早上，俄軍首先攻破東便門，衝進北京城，然後是日軍和法軍。英軍從廣渠門進入了北京。我們穿過下水道來到使館區。公使們得救了。
我以為戰爭到此結束。沒想到屠殺和搶劫才剛剛開始。十五日，慈禧太后挾光緒皇帝出紫禁城西逃，第二天我們占領各大宮門。從這一天開始，城牆下就堆滿了清兵和義和團民的屍體，古老華美的建築物開始燃燒，成為和即將成為廢墟。我們開始搜查和射殺義和團。義和團曾任意指認他人為教民，我們也開始任意指認無辜者為拳民。看誰不順眼，或者想從他那裡撈點東西，我們就會伸出手指，理直氣壯地說，你是義和團。刀跟著砍過去。美國的一個指揮官說，他確信，每殺死一個義和團，就有五十個無辜的人陪葬。
法國軍隊在王府井大街抓了二十多人，因為他們拒不提供任何資訊，二十多人無一倖免，有一個下士一口氣刺死了十四個人。還有一對法國人，把義和團、清軍和平民逼進一條死胡同，用槍連續掃射十五分鐘，一個活口沒留下來。美國軍隊埋伏在街口，像訓練打靶一樣，對出現的每一個中國人開槍射擊。俄軍和日軍對女人有種歇斯底里的欲望，強姦和折磨，小女孩都不放過。為了免遭凌辱，數以千百計的女人自殺，通州的一口水井中投進去二十九個姑娘；一個大水塘裡，一個母親寧願把兩個女兒活活溺死在裡面。那些十惡不赦之徒也要在暗處才敢犯下的姦汙和殘殺的彌天之罪，光天化日之下比比皆是。向以文明自居的歐美人，怎麼就突然失掉了廉恥、良善和尊嚴，殘暴如禽獸？親愛的迪馬克先生和夫人，我真希望能夠否認這一切，但我不得不承認，這都是事實。
聯軍進北京後，公開准許士兵搶劫三天。其實，直至撤離北京，搶劫也未曾停止。我們以捕拿義和團、搜查軍械為名，走街串巷，見門就踹，踹了就搶。臥房密室，灶臺馬桶，但凡有一點晃眼的東西，都劫掠一空。我從沒見過人驚惶至此。北京城裡的平民為求自保，匆忙做出各種國旗和白旗插在自家門上，或者請人寫個字條，表示家裡也被洗劫，或者家產已經被某個歐美人占有，希望自己能夠倖免於難。有個德國士兵搞了個惡作劇，給一戶人家寫了張紙條：我有萬貫家財，還有漂亮的老婆和兩個鮮嫩的女兒，來我家吧！那個中國人不認識洋文，頗為自得地貼到院門上；一群外國士兵狂笑著衝進他們家，他完全弄不清到底哪個地方出了岔子。

尊敬的迪馬克先生和夫人，給你們講一個至今想來都極為心酸和羞愧的事。那天兩個俄國士兵和一個意大利士兵在街上碰到我，邀我一起去一戶中國人家「看看」。看上去那家過得不錯。戶主是個氣質非常好的中國男人，見到我們，絕望中有淡定。他把箱子打開，值錢的東西都在那裡，隨便拿。我們裝滿口袋。

兩個俄國士兵看見躲在廚房裡的女主人和十五六歲的女兒，突然來了興致，下意識地提了一下褲子。那個中國男人嚇壞了，擋在廚房門口，被俄國士兵揪住領子扔到了一邊。俄國同行開始脫衣服。我和意大利士兵晾在天井裡，不知道該上去把他揪回來，還是轉身就走裝看不見。身後響起了短笛聲。那個中國男人從地上爬起來，回房間裡拿出了短笛，他吹奏的是俄國的國歌。那兩個俄國士兵突然站直了，安靜地聽完了整首曲子。然後他們倆從口袋裡掏出瓜分的珠寶，出門到了街上。我和意大利士兵也物歸原主。

必須承認，這是我在這場浩劫中看見的唯一動人的人性之光。我也是罪惡的參與者。正因為如此，我才更加痛恨自己。我們以文明之名，我們以正義之名，我們以尊嚴之名，我們以救援之名，又做了一回屠殺者和強盜。四十年前，偉大的作家雨果曾批評過劫掠圓明園的英法聯軍：「一天，兩個強盜闖進了圓明園。勝者之一裝滿了腰包，另一個裝滿了他的箱子；他們臂挽著臂歡笑著回到了歐洲……我們歐洲人是文明人，我們認為中國人是野蠻人。而這就是文明對野蠻的所作所為……歷史記下了一次搶掠和兩個盜賊。」現在，歷史又記下了一次搶掠：這一次，盜賊不是少了，而是更多了；不是兩個，而是八個。連仁慈的傳教士和優雅的外交官夫人都搶紅了眼，他們成車成車地搜羅和運送中國的奇珍異寶。

戰爭還在進行，屠殺和搶劫還在進行。我們的目標不僅是北京，還有直隸、陝西，還有整個中國。到處都在死人，到處都是死屍，狐狸在白天出沒，狼群和野狗四處遊蕩，已經不滿足於只吃死人了。親愛的迪馬克先生和夫人，當我念及這累累罪孽，我真替費德爾慶幸；生命並非越長越好，跟雙手沾滿鮮血相比，我更希望我的好兄弟能夠乾淨坦蕩地升入天國。而我永遠做不到了。費德爾以馬可．波羅為人生典範，所以來了中國；我將背負凶手和強盜的恥辱離開這片土地。

遠征軍的隊伍開進了保定，我回到大沽的艦船上。受傷只是藉口，我希望能盡快回到英國，多一天都不想待下去，海風颳來遙遠的血腥味。戰爭永不會停止。

尊敬的迪馬克先生和夫人，祝你們平安健康。親愛的兄弟費德爾，不管你在哪裡，生死有命，願你美好。

大衛．布朗永遠擁抱著你們！

讀完大衛的信，我把它撕成碎片，飄撒到水面上。費德爾已經是一個新的費德爾，大衛也是一個新大衛了。如玉說，他其實是寫給你看的。我點點頭。我把如玉攬進懷裡，是你救了我。

馬可．波羅的父親尼科洛和叔叔馬費奧，在察合臺汗國最好的城市布哈拉城做了三年生意。布哈拉最好的瓷器來自中國，最好的絲綢來自中國，還有一些精美貴重的黃金製品也來自中國。布哈拉人評論女人時，往往會說，她像中國女人一樣美；談到中國的工匠時會說，他們有兩隻眼，而法蘭克人只有一隻眼。

語言是深入一種異質生活和文化的最重要的路徑。

馬可．波羅是忽必烈汗貂皮帳篷裡的常客。他給大汗講巴勒斯坦、帕米爾，講沙漠，在那裡馬匹會陷入沙子裡，還講山中的隱士。馬可．波羅在忽必烈汗身邊時，人們從馬達加斯加給大汗帶來了上好的禮物：象牙和從鯨魚內臟中提取的龍涎香；最貴重的東西是一種鳥的羽毛，這種鳥在阿拉伯傳說中被稱為命運之鳥，羽毛有九十寸長。

兒子小時候經常半夜咳嗽，每一聲都咳得我心顫。我一隻手抓著兒子的小手，另一隻必須抓住如玉的手。

我以為如玉更堅強，如玉說，你不在家，我時刻擔心兒子下一聲就把天咳塌了。

馬可．波羅在中國大地上遊歷了六個月，凡事他都記得，回來全講給忽必烈汗聽。大汗既吃驚又好笑，他稱馬可．波羅為智者，開始派遣他去不同的國家。

馬可．波羅來到匝兒丹丹，那裡的人鑲著滿口金牙。妻子分娩的時候，丈夫也躺到床上，他喊叫的聲音比女人還大。妻子分娩後，他自己還躺在那裡，接受別人的祝賀，他裝出十分疲憊的樣子，以此證明孩子是他自己的。這裡沒有文字，他們的貨幣是金子，零錢是貝殼；這裡用小木棍計數。

兒子十五歲那年，帶他去北京城。鬼使神差就到了臺基廠，洋人把這條胡同叫馬可．波羅路。意大利使館在這裡，旁邊是英國使館。聽說使館主樓前有兩尊銅獅子。不讓進。一個意大利紳士正進使館區，我避開兒子，用意大利語小聲對他說，我們是同胞。那位同胞穿西裝戴白手套，瞥我一眼，用流利的漢語回答我，一個中國人，誰跟你同胞，神經病！轉身進了使館區。一隊巡邏士兵走過來，他叫住他們，用英語叮囑，小心防範，別讓閒雜人等混進了咱們的地盤。他指著我，那個中國人就很危險，竟然會說意大利語，雖然說得不太好。我也聽出來自己說得生硬磕巴，十幾年沒說過意大利語了。我帶兒子離開。兒子問，那人說了啥？我說不知道，聽不懂鳥語。我又問兒子，你看爹像中國人嗎？兒子說，爹，你有點像外國人。我就樂了，老子終於是正兒八經的中國人了。兒子，爹帶你去吃驢打滾，吃完了咱就回家，你娘該等急了。

不知道我這個瘸子，還有沒有希望成為馬克．波羅，或者我就待在這裡，就已經是馬克．波羅了？

3

一月份聽說他們開始在山海關跟中國軍隊打，四月份就在家門口聽到了炮擊聲。他們隔著運河炮轟了通縣縣城。這幫小日本，動作夠快的，他們有備而來。早在「九一八事變」的消息傳來，我就知道會有這一天。大衛說，戰爭永不會停止。大衛說得沒錯。我和如玉生活的這片土地上，戰爭就沒有消停過，別人不打我們，我們就自己打自己；哪一陣子沒看見戰爭，僅僅是因為槍炮在我們身後運行，刺刀正等待磨礪，子彈已悄然上膛。我跟如玉說，沒事別出門，尤其是孩子，把孫子孫女看好。女人對戰爭經常沒概念，她說打打殺殺跟咱們平頭百姓有什麼關係？我說，戰爭中沒有平頭百姓，人只分兩種：活的和死的。

我們都老了。很多年裡我們躲過了無數次戰爭。我們縮在家裡，看著戰爭穿過運河，從鑾子營的村口走，從我們家門口經過——在房東大嫂家租住了五年，我們終於建起了自己的房屋和院落。戰爭我一眼都不想多看。但這次不同，我一點躲掉的信心都沒有。三十三年前我就知道日本兵是怎麼一回事。聯軍裡，沒有哪個國家的軍人敢說自己比日軍更守紀律，比日軍更吃苦耐勞，比日軍更有執行力和戰鬥力；可能也沒有哪個國家的軍人敢說自己比日軍更殘暴、更貪婪、更具有破壞力。他們既然來了，就一定帶著必死和必勝的決心。這民族像一根彈簧，要麼溫文謙恭，要拉就一下子扯到頭，不給你活路也不給自己退路。

到五月份，一大早就有整齊的腳步聲經過東嶽廟。我還賴在床上。年紀大了覺少，天不亮就醒，醒了總要磨蹭一會兒再起，為的是看一看小孫女。小丫頭跟著我們老兩口睡。

兒子娶了媳婦就單住了，其實就是一牆之隔。他們都覺得不必分家，我堅決要分，各過各的輕省。分家時我都沒意識到，這其實是我身體裡的意大利在作祟。這些年我已經充分地把自己中國化了：中國男人留辮子，我也留辮子；中國男人剪辮子，我也剪辮子；中國男人穿大襠褲、紮綁腿、穿布鞋，我也穿大襠褲、紮綁腿、穿布鞋；中國男人抽旱菸袋我也抽旱菸袋；我的筷子用得不比任何一個中國人差，吃魚吐刺的功夫堪稱一流；

早就想不起來香檳、紅酒、威士卡、啤酒是什麼味兒了，我喝燒酒，吱兒一杯，吱兒又一杯。我的話依然少，年齡越大嗓子越啞，別人繼續叫我啞巴，但我會說幾乎所有的中國話，只是寫還有大問題。不過無妨，轡子營裡這個年紀的男人，基本上都不識字。有一天如玉跟我說，老頭子，你的鼻子怎麼矮下去了？我照了鏡子，果然沒有年輕時高。皮膚也成了古銅色，扒開皺紋，褶子裡都是黑的。如玉走到鏡子前，她還是那麼白，比我更像一個白人。

兩個人同時出現在一面鏡子前，上一次可能是在二十多年前，那時候如玉還為我們兩個五官的差異焦慮。現在，我們倆驚奇地發現，鏡子裡的兩個人如同兄妹。我們的差異在無限地縮小，我們的面孔和表情在朝著同一個標準生長。中國人常說，多年的朋友成手足，多年的夫妻成兄妹。我總以為是指夫妻一起生活久了，產生了血緣一般不能分割的關係，原來還別有一層意指，即長相也在趨同，如兄妹對長輩相貌的遺傳。我和如玉抱在一起大笑。我說老婆子，你再也不必擔心我是個洋鬼子了。如玉親了我一下。

如果說這些年我對如玉有所改造，那就是成功地讓一個中國女人習慣了在日常生活中親吻和擁抱。如玉說，中國夫妻除了在床上會有身體接觸，下了床相互碰一下指頭都是新鮮事；就算在床上，也只是在「幹見不得人的事」時肌膚相親，幹完了，蜷進自己的被筒裡，各睡各的；若是老得幹不了「見不得人的事」，後半輩子就成了同性人，再無肢體上的交流。

那天早上我醒了沒起，支著上半身看小孫女。小丫頭一到晚上就跑過來，爬到我們床上，睡在我和如玉中間。一直想要個孫女。前頭有了兩個孫子，兒媳婦又懷上了，一家人都希望是個女孩。想啥來啥，如玉和我開心壞了，恨不得每天把丫頭揣兜裡隨身帶著。丫頭和我們也親。隔代遺傳，丫頭長得像我。人都說駱駝客的血統又回來了，啞巴好人有好報。我兒子長得像如玉。幸虧兒子像娘，要不到時候還真說不清。那天早上我醒了，和如玉一起看著孫女，聽見整齊的腳步聲往東嶽廟方向去。我說壞了，一定是日本人來了。

為什麼就不會是中國人？如玉問。

靴子聲。我說，共產黨沒這麼好的鞋，國民黨沒這麼齊。

我讓如玉把像樣的東西裝進罎子，挖個坑埋好。明天通州城大集，我再去囤點吃的和用的。

第二天早上，我先把急著過河的兩岸人渡過來渡過去，然後回家吃了早飯，趕著借來的毛驢去了城裡。走之前再囑咐如玉，一家人都別亂跑，尤其不能讓兒媳婦和孩子出門。已經有支十幾個日本兵的小分隊在附近駐紮下來了。早上我擺渡時，也渡了三個日本兵和一個翻譯。

船剛到對岸，我想歇歇抽袋菸，從樹後面走過來四個穿軍裝的。走在最前頭的挎著腰刀，褲腿塞在馬靴裡，個兒不高，挺著小肚子，仁丹鬍子像張黑紙片貼在嘴唇上，牽著一條大狼狗，舌頭吐出來有半尺長。他對我嘰里呱啦說了一串。身後跟著的瘦猴是個翻譯，翻譯說：「太君說，呔，那個抽菸的中國人，站起來，大日本皇軍要渡河。」我把菸灰磕掉，站起來去解纜繩。他們也把我看成中國人，這讓我挺高興；要不就衝那個仁丹鬍子和點頭哈腰的麻稈翻譯，我肯定會告訴他們，船是人家的，我弄不了。過河時，翻譯問我，東嶽廟靈不靈？我說，那得看你們求什麼。他們沒說求什麼。

你永遠都不知道什麼時候會出事。我從城裡回來，半道上遇到蕙嫂的孫子二蛋。十五歲的二蛋跑得上氣不接下氣，啞巴爺爺啞巴爺爺，每一個字都噎得伸長脖子，出出事了！我問什麼事。二蛋說，如如如玉奶奶被日本人的狗咬咬咬死了！我頭腦嗡地響起來，右腿被壞掉的左腿絆了一跤，摔到地上。二蛋把我扶起來，終於理順了舌頭，啞巴爺爺，咱們先回家再說。我把毛驢和褡褳扔給二蛋，撒開腿就往家裡跑。

一定沒有人看過一個年邁的瘸子這麼跑過。他的鬍子白了，頭髮也白了，只有人是黑的，他跑步的姿勢像一條骨折的瘦蟲子。他覺得天都塌下來了。是的，我覺得天都塌下來了。三十三年來我從來沒有現在這麼慌張過，我都想不起來在一隻腳落地之前怎樣才能抬起另外一隻腳。我一個六神無主的瘸子奔跑在這輩子最後一段路上。如玉沒了。我從沒想過如玉死了我該怎麼辦，三十三年來一次都沒想過。我怕想，我沒法去想。她是我跟這個世界唯一的聯繫。我一度以為馬可・波羅很重要，運河很重要，後來我發現，跟如玉比，一切都不重要。這個世界可以沒有馬可・波羅，可以沒有運河，甚至可以沒有意大利，但不能沒有如玉。我一邊歪歪扭扭、搖搖晃晃地跑，一邊放聲大哭。我不忌諱一個老男人在大庭廣眾之下失聲痛哭。他不哭，只是沒到哭的時候，就像過去三十三年裡，除了在戰地流動醫院因為十九歲英國水兵的死，我從沒有如此痛哭過。現在到了痛哭的時候。這輩子只有這一次機會，讓我哭個痛快。讓我把餘下的眼淚和聲音都哭出來。

院子裡站滿了街坊鄰居。如玉的屍體停在院子裡的一領草席上，蓋著我們家最白的一塊白布。兒子、兒媳婦、兩個孫子跪在屍體旁邊，小孫女被兒媳婦攬在懷裡，她不知道哥哥和大人們在幹什麼，只是驚恐地看著白布呈現出的奶奶的身形。血滲透白布，變成紫黑色，觸目驚心。鄰居們給我閃開一條路，我兩腿一軟，跌倒在地上。如玉。我沙啞的嗓子裡這輩子都沒喊出過如此結實粗壯的聲音，我把嗓子都喊破了。如玉。

白布我只掀開了一個角，慘不忍睹。如玉臉上和身上已經沒有一塊好皮肉，全被那條狼狗撕爛了。狼狗被放開來去抓小孫女的，如玉攔在中間，狼狗一個躍起撲上來，如玉抓住狼狗兩隻前腿，同時被撞倒在地上，無論狗怎麼咬怎麼抓，她始終都沒鬆手。如玉的兩手像兩把鉗子死死地固定在狗腿上，直到她被狗撕爛、抓破內臟，直到死。因為如玉拖住了狼狗，小孫女才得以逃脫，被八歲的小孫子背著跑回了家。

三個日本兵從東嶽廟回來，還要渡河到對岸。翻譯問村民河工家住哪兒，直接找到我家門上。如玉正帶小孫女玩沙包。隔壁兒子家的門開著半扇，兒媳婦當時在堂屋做刺繡。防止節外生枝的最好辦法，就是盡快把日本人打發走，如玉決定去給他們擺渡。水不凶猛的時候，如玉經常幫我擺渡，她的兩隻手因此骨節粗大，東西抓得牢靠。她把小孫女抱進兒子家的院門，然後關上門，跟著日本人和翻譯去了渡口。快到碼頭，小孫女追過來了，身後跟著小孫子，他被他娘派出來看著妹妹。兒媳婦根本不知道日本人找上門要擺渡。

日本人走得快，已經上了船。仁丹小鬍子拍起了手，說我小孫女長得像西洋娃娃。後邊的日本兵就開始叫喚，翻譯官把他們的要求翻譯給如玉聽，他們想看看生娃娃的女人，肯定是個漂亮的西洋女人。日本兵在說西洋女人時，聲音、表情和動作充滿了色情與猥瑣。如玉說，不是，她媽媽就是個瘦弱矮小的中國女人。翻譯官又把他們的日語翻譯過來，這麼說，這孩子就是個西洋男人的雜種，那更得看看什麼樣的女人才能睡上西洋男人了。如玉讓小孫子趕快帶妹妹回家，她要往船上走；船動了，事就沒了。小孫子背上妹妹往回走，這時候牽狗的日本兵鬆開了狗繩，狼狗迅速跳上岸要去追小孫女。如玉一閃身堵住狼狗的路，狼狗受了刺激，一躍而起向如玉撲來。

鑾子營最靠邊的住家離河邊還有一段距離，鄰居們聽見有人叫了幾聲又沒了聲息，就沒當回事。等兩個孩子回到家詞不達意地叫來我兒子，如玉已經仰面朝天死在荒草裡，衣不蔽體，整個人被狼狗撕得稀爛。為了從狗腿上掰下她的手，如玉十指的骨節被日本人生生折斷。日本人自己把船渡到對岸，纜繩都沒繫，跳上岸就跑。船順水漂流，擱淺在一個弧形的拐彎處。

人固有一死，但你給我一萬個腦袋，我也想不出這世上竟會有如此殘忍、粗暴又無謂的死法。我們堅忍地活過一個又一個亂世，多少淒風苦雨都扛過去了，一個新的亂世如今才剛露出眉目，她都沒來得及挺一挺、熬一熬，就死了。如何活著才算有意義？什麼樣的死才算值得？誰說了都不算。趕上了你逃不掉；趕不上，操那份閒心也沒用。甩開步，照命數走。

我守了如玉兩天，白天黑夜地坐在她身邊。天熱了，不能再不入土。我讓兒子、孫子和二蛋把河灘上所有的野花都採回來，放進如玉的墓穴裡。她的身底下鋪滿了花，她的身上蓋滿了花。我要讓她像我第一次聞見她時那樣香，讓她帶著一身的香味離開這個操蛋的世界。我和兒子在她的身旁又挖了一個坑。兒子問，挖這個幹麼？我說，死了埋我。墳墓在河灘上，兒子和蕙嫂他們都不贊同，發大水了容易被沖掉。我說沖掉了正好順水漂流，回到風起澱。

葬完如玉，我這一生也可以結束了。馬可·波羅說，中國是世界的盡頭。我去日本兵小分隊駐紮的營地附近仔細轉了一圈，回來把如玉埋的罎子從院子裡的銀杏樹下挖出來。左輪手槍還在，三十三年不用還跟新的一樣；子彈也一顆顆精神飽滿，一點鏽跡都沒生。吃過晚飯，我把小孫女抱在懷裡，跟兒子、兒媳婦和兩個孫子說，我去看看你們的娘和你們的奶奶。我讓兒子、兒媳看好三個孩子，讓兩個孫子看好妹妹；天太黑。他們以為我去如玉的墳邊坐坐。

我的確去了如玉的墳邊。我坐在她身旁抽了一袋菸，跟她說了幾句話。到頭來我竟不知道該跟她說什麼了。站起身時我說，如玉，等等我，到那邊我還要對你好。我摸摸腰後和褲兜，槍硬邦邦的，子彈嗶嗶地響。

二〇一四年，在門外等你

出門之前，胡念之給小唐列出一張清單：什麼時候起床、哪個點休息、飯後多久去散步，一日三餐吃什麼、營養如何調配，怎樣防止哮喘、治療心臟的藥如何吃，洗澡水溫多高、每天衣服怎麼換，手機別忘了及時充電，固定電話線幾點拔掉、幾點插上，這樣既不影響母親睡眠，又能保證他的電話打得進來。小唐說，好啦胡老師，奶奶的事我記得比自己生日都清楚，您就放心地出差吧。胡念之又給了小唐三千塊錢，以備不時之需，才拎著行李箱出門。

母親穿著白襯衫坐在院門口，背後是長滿爬山虎的院牆。一白一綠，還有一頭白髮，瘦弱的母親讓胡念之有種她即將羽化登仙的心疼。每次他出門前，母親都會在門口送他；他回來，母親也常在巷子口迎他。但母親從不說她在迎送，不過是碰巧趕上。胡念之也不說破。母親摔斷左邊的股骨頭後，他給母親訂製了一個帶拐杖的馬紮，玻璃鋼的材質，很輕，站起時可做拐杖，坐下了能當馬紮。母親喜歡馬紮，在門外和巷子口迎送他和姐姐都坐在馬紮上。

「幾天就回來。」他對母親說。

「走你的，」母親擺擺手。乾瘦的手面上骨節、青筋和老人斑都很清晰，「不擔心。小唐在。」

母親七十九歲摔第一跤，胡念之做主請了保姆。母親不喜歡麻煩別人，父親去世後一直獨自生活，裡外堅持自理。左股骨頭摔斷後，換了人造的，要靜養、適應、做恢復訓練，身邊沒人不行，母親才答應請個保姆。小唐就是那時候來的。行動如常了，母親又想自己生活。她養了十幾隻雞，去雞圈裡撿雞蛋，雞絆了腳，一屁股坐到雞食盆上。陶瓷的雞食盆沒壞，右股骨硌斷了。

摔過第一跤，胡念之就讓母親減少不必要的活動，比如養雞。但母親堅持，總得有點事幹；自家養的土雞好，小雞蛋營養價值高，孫子在念書，頭腦消耗大，都給孫子備著。第二跤後，又去醫院拍片子，骨質疏鬆極嚴重，根本長不到一塊兒去，還得換。八十一歲又換了塊人造股骨頭。獨立生活無望了，小唐才留了下來。又是靜養、適應、恢復訓練，再到行動障礙不大，一年多過去了。八十三歲的母親心氣才降下來，不提一個人生活了。

父親去世，胡念之就想讓母親住到天橋灣，房子足夠大，社區環境也不錯。母親在運河邊待慣了，沒問題，天橋灣出來就是通惠河，水還在流，站在河邊看燃燈塔更方便。母親不去，就在張家灣的平房裡。平房好啊，有個大院子，牆邊蓬勃地生長她植了幾十年的花。快五十年了，胡念之太了解老太太了，平常低眉順眼，一天說不了幾句話，主張定下來天打雷劈也沒用。母親不變，就得兒子變，好在天橋灣離這裡不遠，一腳油門就到，一週來七次也花不了多少時間。摔過兩次，胡念之不敢掉以輕心，只要不出差，一週差不多真來七次，有時候乾脆住在張家灣。

還睡自己的那間屋。父親去世之前房子翻蓋過。照胡念之和姐姐的經濟實力，原地拔起座樓，不過清一下嗓子的事。姐姐胡靜也，中關村最早一批ＩＴ女將，自立門戶做了公司，現在身家到底多少個億，做考古的弟弟完全沒概念。胡靜也問父親，要多高多大？父親說，聽你媽的。胡靜也咕噥一句，又是聽我媽的，這輩子您就不能聽自己一回？父親呵呵地笑，過日子嘛，又不是打仗，要你死我活。爺兒仨看馬思藝。馬思藝說：

「原地，還是平房。」

母親馬思藝，在這個家裡，發言通常都是結論性的。她不強勢，也不是因為話少，而是因為有主見，且有承擔這一主見的勇氣與無畏。她的無畏也沉默，從不咬牙跺腳喧囂作態，她就那麼低眉垂首地迎接，承擔時也像在妥協和逃避。這姿態如果你看懂了，便有驚心動魄的力量。胡靜也不喜歡母親這一點，更不喜歡母親冒犯日常的決定。比如，父親去世後，母親突然說，當初戶口本上的名字弄錯了，意寫成了藝，她想改過來。胡靜也想，已經錯了這麼多年，將錯就錯隨它去吧，又不耽誤吃喝拉撒。母親堅持要改。胡靜也不能理解，名字就一個代號，犯得著嗎？到中秋節，姐弟倆兩家來跟母親吃團圓飯，老太太又提起來。胡靜也不高興了。年輕人折騰一下，捏著鼻子勉強能理解，古稀之年還來這麼一齣，就不是矯情了，是做作。胡靜也放下碗筷站起來，說：

「媽，我忙得要死，要改讓您兒子去改。」

胡靜也在「您兒子」三個字底下加了著重號。胡念之看見母親的臉色微微一變，瞬間又恢復正常。母親說：「忙你們的，我自己去。」

胡念之說：「媽，週二不上班，我替您去。」

飯桌上只有胡念之和母親能聽懂姐姐的弦外之音。多年來，為父親鳴不平或者發洩對母親的不滿時，胡靜也在弟弟面前都會自動把母親轉換成「你媽」，在母親面前會把弟弟稱作「您兒子」。

「不是你媽嗎？」小時候胡念之還會懟姐姐。

「是啊，」胡靜也說，「可是我還有爸爸呀。」

胡念之就不吭聲了。很多年裡，這都是胡念之的傷疤，他自卑的源頭。他對當下的興趣越來越小，他害怕面對眼前；那就往過去走，那些古老的、遙遠的事物更讓他坦然放鬆。那些人和物跟他沒關係，所以不會傷害他，他不必心虛和自卑。從小到大胡念之都是尖子生，高考成績可以進北大任何一個文科專業，但他選了最冷門的考古學。拿到錄取通知書他長籲一口氣，眼淚湧出來，後半輩子安全了。

從小就有人在他背後指指點點，說他不是他爸的兒子，差不多整個張家灣都知道。反正他覺得只要別人看見他，眼神立馬就不對，閃爍出曖昧的光。包括他的名字。父親文化不高，他和姐姐的名字都是母親取的。念之，一聽就是有所指：念誰呢？肯定是念一個不在身邊的人。據說因為這件事，父母差點離婚。從他斷斷續續得到的消息，拼湊出來大概是：母親三十四歲時，遇到一個水利專家，懷上了他。那個專家也就是悶頭睡了幾覺，完事拍屁股走人，再沒出現過。等他出生了，大家發現他長得既不像馬思藝，又不像胡問魚，眉宇間卻有去年借宿本地的水利專家的影子，傳聞就長了腿。

一九六三年，海河發了大澇，洪水之大前所未見，大半個天津一片汪洋。毛主席發出「一定要根治海河」的號召。二十年後，胡念之讀書時跟同學沿北運河向南考察，一路到海河入海口，還看見過這個標語不下二十次，可見當年此事之重大。根治海河，不僅要對海河下手，還要解決好天津段的南運河和上達通州的北運河，因為南北兩段運河跟海河相交匯，榮辱與共。從那時候起，隔三岔五就有專家來北運河考察。一九六四年五月，天開始熱了，夜晚天上經常出現一閃而過的彗星。衣服在身上穿不住時，來了兩個水利專家。那時候專家不像現在，都挑最好的酒店住，為方便工作，他們一切從簡，臨時寄宿在老鄉家裡。胡家房間多，有一位老先生被安排過來，吃住都由馬思藝操持，付食宿費。另一個年輕的專家，住到前排一戶人家裡。前排人家生活著兩位老人，多年的習慣是一天兩頓飯，年輕專家受不了，過胡家來搭夥，跟老專家一起吃，吃完了繼續討論水利大計。有時候天不好，或者不去野外考察，年輕人也來老先生房間，兩人泡一壺茶，一談就是半天、一天。事情就是這樣。

那段時間胡問魚出差。他在竹器廠做採購，帶著同事去了萍鄉買毛竹。此去江西千里萬里，運輸毛竹更耗時日，前後一個多月不在家。事情就是這樣。胡問魚回來時，專家已經離開，他們留下了可觀的食宿費。第二年胡念之出生，大家突然回過神來，好像哪個地方出了問題。他們想起那個年輕的專家也就三十來歲。事情就是這樣。

街坊鄰居對胡念之長相上了心，原因之一在馬思藝。馬思藝長得不太像漢人，說她是西北人或者外國人，大家也信。原因之二在胡靜也，女兒長得像馬思藝，大家都沒意見，胡問魚肯定也沒問題。胡靜也就成了參照：兒子可以不像爸爸，像媽媽也行，問題是胡念之既不像爸爸，也不像媽媽；私下裡扒拉一下，胡家馬家兩邊親人都不像；如果這也可以不算個事，當然可以，要命的是，當大家深究的時候，在小胡念之的臉上看見了一個似曾相識的表情。今年距離去年實在太短，那個年輕水利專家的長相街坊們還沒來得及忘掉。長相這事往往就這樣，你越說像就越覺得像，怎麼看都是那麼一回事。而馬思藝簡直在明火執仗地提醒大家，念之。我們文化程度確實普遍不高，但這個意思還是懂的，你念著誰呢？

風聲進了胡問魚的耳朵裡，這是個老實人。胡問魚大馬思藝十二歲，在蠻子營時跟馬思藝家是鄰居，看著馬思藝長大的同時自己也在成長，成了一個膀大腰圓的壯漢。老胡性格好，尤其對馬思藝。老胡的大名是馬思藝的爺爺取的，他小名叫二蛋。馬思藝三歲那年，日本鬼子越過山海關進犯通州，放狼狗咬死了馬思藝的奶奶，她爺爺不幹了。馬福德對老婆之好，成了傳奇和佳話，現在還在蠻子營流傳。他要為老婆報仇。孤身一人夜闖日本鬼子小分隊的駐地，一口氣滅了十幾個小日本，那條狼狗更是被他活活撕成兩半。那天夜裡，如果不是有個小日本中國好東西吃得太多，消化不了拉肚子，一個活口都不會留下。那小日本在背後給了馬福德兩槍。蠻子營的老少爺們兒去收屍時，馬福德的兩隻眼還大睜著。那真是個純爺們兒。蠻子營的男丁從那時候起，就被家人教育，做男人要向馬福德學，一定要對老婆好，不惜拿出命來對她好。二蛋就牢記了這個教導，後來二蛋娶了馬福德的孫女。

馬福德端了日本鬼子的窩點，馬家的生活一直不好過。日軍一茬兒一茬兒地換，仇恨延續下來了。離他們戰敗投降還有好多年，他們就隔三岔五來蠻子營騷擾、掃蕩、打秋風，每一次來都會對馬家格外下點狠手。馬福德兒子繼承了父親的擺渡事業，某一天被過渡的小鬼子打死了，理由是河過得太磨嘰。朝不保夕的生活沒法再過了，家裡的頂梁柱又沒了，一次大掃蕩之前，馬福德的兒媳婦決定全家逃難。馬思藝當時正生病，走不了路，暫時寄養到蕙嫂家裡，等他們娘兒仨在外安定下來，再回來接閨女。母親把家裡最值錢的《龍王行雨圖》

雕版和女兒一起送到蕙嫂家，以示他們肯定會回來接馬思藝。蕙嫂沒孫女，把馬思藝當親孫女待。馬家逃亡後再沒了消息。不知道是在外沒安頓好，還是半路出了事故。到處兵荒馬亂，別說路上多有不測，就是老老實實待家裡，也常遭鬼子滅門。反正馬思藝一直留在胡家。為保證馬思藝的安全，胡家後來搬到了張家灣；再後來，等馬思藝也長大成人，嫁給了胡二蛋。胡二蛋可以作證，馬思藝原名的確是馬思意。

兒子長相出了差錯，大家都想看胡問魚的態度。老胡沒吭聲，喝了幾十瓶悶酒，騎自行車上下班途中摔過兩跤，一次鼻青臉腫，一次左胳膊脫了臼，一天在家說話不超過三句，這種狀態持續了一個半月。馬思藝看不下去了，抱著小念之走到他面前，說：

「你要信，他就是你兒子；你要不信，離婚，我帶他走。」

老胡拎起酒瓶對飯桌掄過去，剩下半個瓶子握在手裡。他把犬牙交錯的半個玻璃瓶子對著右邊的大腿紮下去，一臉的淚，說：「我信。」

馬思藝把孩子放進搖籃，替胡問魚包紮好。然後說：「你真信？」

胡問魚又不吭聲了。

馬思藝拿起那帶血的半個瓶子，在胡問魚反應過來之前，紮在了自己的大腿上。她一滴眼淚沒掉。她說：「其實你不信。」

胡問魚抱住馬思藝，哭著喊著說：「我信，我真信了！從現在開始，每一分每一秒我都信！我從心底裡信了！」

「那好，孩兒哭了，你去搖搖。」馬思藝說。她把褲子撕開，撕下來的布給自己包紮傷口。

父母口中當然不會吐露此等細節。小時候胡念之問父母，為什麼大腿上都有一個圓圓的疤，父親說，走路摔倒磕的；母親說，滾熱的煤球爐門燙的。小時候胡念之被人指指點點受不了了，回家問父親，是不是他親生的。胡問魚說，當然是，要不怎麼會姓胡！父親答得堅定自然，胡念之直起了腰；出了家門，有兩個人在背後嘀咕，胡念之又低下頭。

這種事不好問母親。念高二時，他積攢了一週的勇氣，跟母親拐彎抹角談起了京杭大運河和「一定要根治海河」，談到他沒準可以做個水利專家，沿北運河南下，把中國南北給走一遭。母親安靜地聽完，只說：「你的太姥爺、太姥姥，還有你姥爺，都埋在河灘上，大水不知道把他們沖到哪裡去了。你姥姥和兩個舅舅，走運河逃難，也死了。媽媽的命在這運河裡。」胡念之在母親面前再不含沙射影地提及此事。

母親隱忍堅定，在胡念之印象中，從不是個激烈的人。她習慣於「在門外等你」。一家人裡，不管跟誰一起外出，母親總是最先收拾好的那個人。她把所有事情都弄利索了，說一句，我在門外等你，就站到大門外。不管你磨蹭多久，她都從容。高考前，語文老師讓每個學生描述對家人最深刻的印象，胡念之想到母親時，最先蹦進頭腦裡的，就是母親說著「在門外等你」，人已經出了院子。母親在張家灣大商店當售貨員兼會計，胡念之早上去學校，她也該上班了，一起出燈火巷。她對兒子說：

「收拾好書包。我在門外等你。」

老了，母親出門少，說「在門外等你」也少了，但別人出門她送，也總先在門外等。就像現在，他要出差，母親早早就坐在了門口。胡念之把行李放到汽車的後備廂裡，上車後跟母親揮手。在巷子頭要拐彎時，他停下，調整後視鏡。母親坐在鏡子中間，手靠在跟馬紮連在一起的拐杖上，看上去既像搭著，又像還在揮手告別。

胡念之去濟寧。運河故道裡發現一艘清代的沉船。從現有的發掘狀況和清理出的物件看，跟二十年前北運河的一次考古發掘十分相似。那一次沉船發掘，胡念之是參與專家之一，他對發掘範圍的科學推斷、沉船年代的精準判定，以及三件重要瓷器的價值評估，讓團隊裡的前輩專家頗為讚賞，大呼後繼有人，吾道不孤。那時候他不到三十歲，一戰成名。這一次濟寧運河故道的沉船發掘，相關人士自然想到了胡念之，邀他做首席專家。

此次沉船發現純屬偶然。廢棄了上百年的運河故道上，早建起了樓房長滿了草木，與任何一片生機勃勃的大地都沒有兩樣。甚至誰都不知道運河曾經流經過此處，史書上沒有任何記載。因為天災人禍，京杭大運河濟寧段曾多次改道，依照相關資料，大部分故道都可以比較精確地被指認出來，起碼在紙上可以相對科學地一次次復原，但這個地方從沒有被標示出來過。

起因於一個假古董，仿製的宣德爐。考古和收藏圈都明白，世面流通的大明宣德爐沒一件真品，甚至世上還有沒有宣德爐都是個疑問，但在民間，各種款式和材質的宣德爐層出不窮。這一天，濟寧某地，距運河一公里外，一棟六層住宅樓剛打好地基，這是規畫好的天心莊園社區的一號樓。工地對面是另外幾個剛開發沒幾年的社區和一大片平房，住平房的都是附近尚未拆遷的農民。黃昏時，被車撞歪的馬路牙子上坐著一個人，建築工人模樣，兩個褲腿都捲著，一高一低，露出沾著泥水的光腳脖子，腳上穿一雙踩過泥水和混凝土的半舊解放鞋。他面前鋪著一張揉皺的報紙，報紙上擺一個手掌大的銅香爐，三條腿，雙掛耳，銅鏽斑駁，香爐上還留著沒清洗掉的爛泥。一個人好奇，經過時停下來。又一個人停下來。第三個人停下來。正值下班時分，一根菸的工夫，聚了一大圈人。

建築工模樣的人不吭聲。他已經跟第一個人說明過，他在身後的工地上幹活兒，這玩意兒是打地基時挖出來的。是什麼，他不懂，就覺得好看，看能不能換幾包香菸錢。接下來由第一個觀眾、第二個觀眾依次向後來者說明。有人把香爐拿起來翻來覆去琢磨，看見爐底有六個字：大明宣德年製。一個半吊子文化人大喊一聲：

「哎呀，傳說中的宣德爐啊！」

有人知道宣德爐，更多的人聞所未聞，不過不要緊，「傳說中的」和那種有幸目睹國寶的震驚足以讓大家心動過速，恨不能立馬抓到自己手裡。開價一千。賣主咕咕噥噥，反正白撿的，夠抽兩口就行。大家競價，五十一百地往上加。一千六，一個中年男人競拍成功。那個怕老婆的男人剛取的現金，付錢時兩手直哆嗦。

三天後，那個中年男人抱著宣德爐來興師問罪，身後跟著大小舅子做幫手。懂行一點的人給他普及：傳說中的宣德爐除了銅，還加入金、銀等貴重材料一起冶煉，呈暗紫色或黑褐色。一般爐料要經四煉，宣德爐十二煉，因此質地更加純細，跟嬰兒皮膚一樣光滑。宣德爐放在火上燒久了，色彩燦爛多變；你把它扔在爛泥中，擦掉泥汙，也跟從前一樣。中年男人把汙泥洗去，好像只看見銅，摸上去那皮膚起碼一百歲以上，明白上當了。為了找建築工，這個男人頭髮急白了一半。

建築工人竟然連窩都不挪，還在原地賣。這次是一把銅壺，爛泥把壺嘴都堵上了。三個人擠開圍觀者，上來一頓胖揍，踹死你個騙子！建築工被打得結結巴巴直喊救命，求觀眾撥一一〇報警。好不容易三人被拉開，建築工委屈得眼淚汪汪：他真是建築工，這兩件東西也是他挖出來的，宣德爐是個什麼東西他的確不懂。願買願賣，他不承認自己是騙子。中年男人問，既然不是騙子，那你說究竟在哪裡挖出來的。建築工指著不遠的一處窪地，長滿荒草和蘆葦。那地方一直是個大水窪，雨大了水就積多點，雨小了水就積少點，只要不旱得淤泥都乾裂嘴，泥鰍還是有一些的。那建築工好泥鰍這一口，不幹活兒就偷著扛鐵鍬去挖，泥鰍挖了不少，順帶挖出了幾樣東西。先是一個既像碗又像碟子的小東西，沒當回事，洗乾淨了拿工棚裡當菸灰缸。繼續挖，就挖出了那個宣德爐，然後是這把銅壺。他知道的就這些。冤枉啊。

這件事的結果是：建築工被打了一頓，一千六百塊錢原樣退回去；宣德爐轉手被一個小夥子買去，三百塊錢。他不搞收藏，也不管它是不是古董，圖個好看好玩。這件事還有另外一個後果：當天晚上，好幾個附近的農民打著手電筒來窪地裡挖；到第二天，來的人更多；第三天窪地裡的人數已經比荒草和蘆葦還多，住在樓上的城裡人也忍不住了；接著開挖的戰線越來越長，面積越來越大，向下掘進也越來越深。他們抱著堅定不移的信心，萬一挖出來了什麼呢？即便挖不出來寶貝，挖出一身肌肉也值。

零零散散有人挖出了各種稀奇古怪的東西。然後，有人挖出了一艘船。這艘船離那片窪地已經很遠了。船是個大傢伙，一挖出眉目，他們不敢動了，趕緊報告當地政府。當地文廣新局初步勘定之後，繼續請示省文物局，一個考古挖掘團隊成立了。他們在沉船附近挖出了很多瓷器和其他小物件。瓷器大部分碎掉了，儘管如此，清理出的完好瓷器大小也上百件。這不是個小發現。但對沉船地點、年代、身分、原因，以及瓷器品類和燒製年代的判定，出現了疑難和分歧。省文物局的一位專家想到了胡念之。胡念之曾因北運河沉船考古發掘一鳴天下，他們倆又是北大的同班同學。

發掘現場圍了一個大圈，只有一個進出口。兩名特警站崗，四名安檢人員，所有攜帶進現場的設備儀器都要經過安檢。高處還裝了攝像頭。胡念之提著行李箱直奔辦公地點，被這陣勢嚇了一跳。老同學告訴他，已經發現一件乾隆題詩的完好瓷器，疑似汝瓷。胡念之又倒吸一口涼氣，若此物果係真品，那將價值連城，一個加強連過來保衛都不為過。按最新統計，已知汝窯傳世品共八十三件：臺北故宮博物院藏品最多，二十一件；北京故宮博物院次之，十八件；再次為英國大英博物館，十六件；然後是上海博物館，八件；天津博物館和國家博物館各藏兩件，餘則為不同博物館或個人收藏，都是一件。宋以降，汝瓷技藝失傳八百餘年，存世的汝瓷更其珍貴。別說完整的一件器物，就算一塊碎片，都是稀罕的寶貝。所以有此一說：縱有家財萬貫，不如汝瓷一片。胡念之想先欣賞一下御題的汝瓷，老同學說已經放到安全處，回頭一併鑒定，先去現場。

一艘木船，不知待在水裡多久，現在被埋在泥土裡，早就散了架，就其形狀，也比較凌亂。此船體量介於一般的漕船和商船之間，形制上看，也非漕船。各個部件所用木料，計有楠木、杉木、榆木、槐木、松木、樟木等多種。目前的發掘範圍內，找到的部件已經能拼湊出大半艘船體。一號坑邊的土臺上臨時搭起了一個簡易的涼棚，用以遮風擋雨，拼湊出了大模樣的船隻就放在裡面。當年這艘船肯定非同尋常，船幫上的泥土清除掉以後，渾厚堅實的木質現在看都極體面。沒有發現船隻的來路，通常刻畫標識的那塊板材尚未找到。

二號坑裡十幾名考古人員正在作業，用手鏟和刷子一點點清理泥沙。二號坑出土的瓷器最多，所以工作人員十分謹慎，以免動作過大損壞了文物。坑邊的大木盒裡擺放著已經編過號的出土瓷器。儘管沾著泥沙，有幾件哥窯、鈞窯和龍泉的青瓷還是很容易判斷出來。老同學說，本省有位瓷器專家也在，初步鑒定有一些宋瓷，以明清瓷居多。

還有幾處，沒有標明幾號坑，也算不上幾號，只是跟一號、二號稍微隔開那麼一點，發掘時多挖幾鍬也就連一塊兒了。整個發掘現場的分布，呈現為一條寬二十五米左右的狹長地帶，毫無疑問，這地方曾經是河道。但胡念之完全想不起有哪份資料上提及過，運河一度改道至這個位置。老同學陪著他把整個發掘現場轉了三圈，移步換景，更詳細地介紹了整個發掘進程，也解答了他的一些疑問。都轉過了，接他去酒店的車也到了，胡念之提出來再到周邊看看。

兩人出了發掘現場，坐上車，讓司機開著先在附近看一看。沿著古河道的大致方向朝兩邊延伸，隔不遠都有新鮮的泥土被翻掘出來，表層已經被太陽曬得乾白酥散。

「你們幹的？」

「我們哪能幹出這麼糙的活兒。」老同學笑笑，「周圍的老百姓，湊個熱鬧。發掘正式開工前，就明令不得私自挖掘，但那些地方不在我們圈定的範圍內，哪管得了！有的是人家的自留地，有的就是野地。他們白天不挖，晚上出來打著手電筒偷偷挖。挖著玩唄，哪那麼多寶貝。」

第二天胡念之見了乾隆御題的疑似汝瓷，在當地公安局。這地方的確最安全，兩道防盜門，雙重攝像頭，走到保險箱前，輸密碼打開，戴上手套把那件瓷器捧出來。一件粉青三足洗，底周刻有乾隆御題詩一首：趙宋青窯建汝州，傳聞瑪瑙末為釉。而今景德無斯法，亦自出藍寶色浮。題款處刻：乾隆己亥御題。鈐方印二：比德，朗潤。

汝瓷中有粉青色，所謂「止水鏡天之色，蒼穹入水，翠青交映」。洗這種器皿也是汝瓷中多見品種，《清宮造辦處活計清檔》中記述雍正七年四月二十七日，太監劉希文、王太平上交洋漆箱一件、汝窯器皿二十九件（實三十一件），打頭的就是三足圓筆洗一件。乾隆好瓷，也好詩，一輩子勤奮寫作，詩作多達四萬兩千多首，快趕上《全唐詩》了；見到喜歡的瓷器就忍不住要寫詩，然後讓造辦處工匠把詩作刻到瓷器上。單憑先銘先生著《中國古陶瓷文獻集釋》（上）附錄二中，就收錄了乾隆在十六處名窯瓷器上的題詩一百八十三首，其中題在汝瓷上的有十五首。臺北故宮博物院收藏的二十一件汝窯瓷器中，十三件底部刻了乾隆題詩。就汝瓷題詩來說，乾隆的確是個「慣犯」。他對汝瓷格外鍾愛，每賞之尤有會心。這個能理解，即便在宋時，汝瓷都是皇家、士人和賞瓷愛瓷者第一好。汝窯為宋代五大名窯「汝、官、哥、鈞、定」之首，其瓷胎質細潔，造型工整，釉色呈純正的天青色，釉面有開片，細碎繁密，狀如魚鱗或冰裂紋，觀之美不勝收。據說從產瓷的宋代當時開始，汝瓷的失竊率就極高，實在太好看了，誰見了都想順回到自己家裡。皇帝也不例外，看上了就要賦詩題款，刻上名字，表明這已經是老子的了，然後打包往皇宮裡帶。

問題是乾隆的這首詩和兩方印，胡念之覺得眼熟。他從包裡找出資料，果然。大英博物館藏有汝瓷十六件，兩件刻有乾隆題詩。其一灰青洗底周刻的就是這同一首詩，款也是這個款。而粉青三足洗上的兩方印，是該館另一件御題的藏品天青釉碗器內底詩款後的鈐印，比德、朗潤，極為相似的兩方印。胡念之用放大鏡比對紙上印刷的碗底印和三足洗底刻出的兩方印，幾乎看不出區別，至少僅憑肉眼他不敢貿然定論兩者是否出自相同的兩方印。

同一首詩作刻到兩件瓷器上，不是什麼新聞，乾隆幹過。臺北故宮博物院收藏的一件粉青圓洗，底部刻詩就跟這件三足洗上的是同一首，但題款時間不同，前者是「乾隆丙申春御題」，鈐印也稍有不同，只鈐了一方印，「朗潤」。

現在要解決的問題有兩個：一、御題是否屬實；二、該三足洗是否確為汝窯之物。如果御題是真的，那就意味著，乾隆皇帝認定此物就是北宋汝瓷。當然究竟是不是北宋汝瓷，皇帝說了也不算，乾隆本人就經常看走眼。史料載，他曾把一件鈞窯天藍釉紫斑枕和雍正在位時仿燒的汝瓷當成北宋汝窯瓷器，也曾把汝窯瓷器當成鈞窯瓷器題過詩。也存在另外一種可能：瓷是真的，御題是偽造的。不過這無妨，北宋汝瓷已經是至寶了，御題錦上添花而已。還有第三種可能：兩者都是假的。

請示領隊和主管單位之後，胡念之與本省專家開始著手鑒定已出土的瓷器。絕大部分都容易判定，哥窯、定窯、耀州窯、磁州窯、龍泉窯等，一一鑒別區分出來，兩人都能達成共識。只有幾件瓷器尚有疑難。一件疑似南宋灰青釉梅花盞，一件鈞窯天藍釉缽式爐，一件疑似鈞窯天青釉折沿盤。從瓷器的規制、技藝的發展、審美的時代特徵等因素去研判，倒也不那麼費力氣，只是個別因素時有交叉，沒有確鑿的證據，胡念之還是願意再等一下新證據。發掘還在進行，沒準接下來一件文物就可以把所有疑問都妥帖地解釋掉。疑問最大的還是乾隆御題的三足洗。

他們把題刻和印章等掃描出來，放到電腦上與大英博物館和臺北故宮博物院的相似藏品比對，把誤差等因素都考慮進去，最終大資料表明，題刻和印章都是真的。這件文物的確跟乾隆有關。但瓷器本身存疑，胡念之更傾向於是後世的仿汝瓷器。如果這個結論成立，那麼乾隆的走眼史上又添了一樁案例。兩人又分別請教了幾位專家，還是無法達成共識。

胡念之想到了一位現在汝州的老先生，此人既是多年身體力行燒製汝瓷的技藝傳承人，又是一位矢志研製汝官窯天青釉和尋訪古汝窯址的專家。老先生的意見必定一言九鼎。胡念之聯繫上這位老先生，通過互聯網把相關材料和他們的意見詳盡地傳送過去，供老先生參考。

等候老先生結論和其他研究的間隙，胡念之和其他工作人員一樣，堅持每天到現場作業。他喜歡手持鏟子和刷子與泥土和文物接觸的感覺。對他來說，一件發掘中的文物和一件發掘出來之後的文物不是同一件文物，那種在場感對他理解和思考文物非常重要。他需要一個進入歷史的「場」。

文物的發掘越來越多，以瓷器為主。在出土的一塊類似鎮尺的長條形銅塊上，發現了「嘉慶十二年」字樣。清嘉慶十二年，即一八〇七年。這艘船最早可能在一八〇七年沉沒。胡念之查閱了地方誌和有關史料，這一年裡運河中沒有重大沉船事故的記載。僅以現在出土的瓷器價值論，這艘船絕非普通商船，它的沉沒應該是件大事，為什麼史書上一絲痕跡也不留？在濟寧的這些天，胡念之又把運河改道史和運河濟寧段的史志找出來查閱，還是沒有發現那時候運河改道至此處的蛛絲馬跡。該船走的是運河的某條支流？史志顯示，那幾年此地發過幾次大水；大水開闢出了新的河道？如果這個假設成立，這艘船為什麼不走主河道？它究竟是北上還是南下？從沉船位置和挖掘出的船隻部件的擺放位置，應該是北上。但也並非沒有意外，船都要沉了，你還不讓它掉個頭？當然，還有一個重大疑問，就是它為什麼會沉。

從早上起床到晚上入睡，胡念之的頭腦裡都在轉著這些問題。有時候做夢也是它們，在夢裡他自問自答，一個自己在當下，另一個自己生活在沉船時代的大清朝。

午飯後，胡念之正蹲在發掘現場清理一只粗陶碗，工作服捂出了一身汗。手機響了，小唐打來電話，三天前老太太出門，下院門前臺階時拐杖滑了一下，第三次摔倒，右腳踝骨骨裂。前幾天電話裡沒說，是老太太的意思，不想影響胡念之的工作；現在小唐背著老太太打電話，是因為老太太拒絕治療，把腳上的夾板和繃帶都給扯了。她不知該怎麼辦，只好搬救兵。

「我姐呢？」

「姑姑帶奶奶去拍了片子，安排好住院治療後，就走了。」

「你和我媽現在哪裡？」

「醫院啊。」

「讓奶奶躺在床上別動，一定要靜養。我這就回去。」

胡念之找到老同學說明情況，回到酒店簡單收拾了行李，就坐車往高鐵曲阜站跑。兩個半小時到北京南站，換乘地鐵去通州，下了地鐵再打車，到醫院已經晚上九點一刻。

母親閉著眼安靜地躺在病床上。看見胡念之，小唐眼淚啪嗒啪嗒往下掉，醫生和護士輪番來勸，老太太就是不願意固定住右腳。母親聽見兒子的聲音，睜開眼，扭過頭對胡念之笑一笑，說：

「你看，還是影響你工作了。」

「媽，」胡念之坐到床邊，握住母親的手，「咱們得聽大夫的話啊。」

「我也得聽我自己的啊。」母親被胡念之握著的手動了動，「沒事，我就躺著，不動。你看我這都挺好的，明天你就再回去。」

胡念之找到值班醫生，諮詢母親現在的病情。醫生說，沒大問題，固定好靜養就行，只是老年人骨骼的生長癒合慢一些，要有耐心；但如果現在這狀態，堅決不固定，永遠也癒合不上，有時候身體的抽動不是人的意志能百分百決定的，不經意地動一下，就回到了原地。

「實在不願固定呢？」

「不走動？這個年齡的老人臥床不起，兩個月什麼毛病都來了。等於慢性自殺。」

胡念之謝過醫生回到病房，母親已經睡著了。他讓小唐回家，今晚他守夜。這幾天小唐一直守在病床前，滿眼都是血絲。她需要好好睡一覺。

「奶奶一會兒要方便，咋辦？」

小唐想等伺候了老太太小便之後再回去。那就不知道要到什麼時候了。「放心吧，」胡念之對小唐說，「我是你奶奶的親兒子。」實在不方便，還可以請護士幫忙。

小唐離開後，胡念之看著母親消瘦的臉。多年來這張臉堅毅又平靜；現在因為平躺，重力的作用下皮膚繃緊，儘管有幾處老年斑，但除了下眼皮和嘴角，幾乎看不見皺紋。這張臉的確不太像漢人。小時候鄰居們都說母親漂亮，胡念之覺得不好看，眼窩太深，鼻梁太高，在陽光下母親的臉上也有陰影；電視和電影上都說，臉上有陰影的人不是好人。後來他知道，這樣的一張臉上有大美。母親的眼球在眼皮底下偶爾急速轉動兩下，整個面孔又深沉地平靜下來。旅途勞累，睏倦襲來，胡念之伏在母親病床邊，很快睡著了。

第二天，母親早飯只喝了一碗小米粥。早飯後，胡念之還想跟母親談談右腳固定的事，母親在他開口之前就開始擺手。母親說：

「念之，媽想跟你商量個事。」

「您說。」

「我想回家。」

「不行。大夫說，腳不固定已經非常危險了，再不輸液，絕對不行。您的身體弱，吊瓶裡加了營養。」

「你媽什麼危險沒經過。命都丟過。」

她說的是三歲時，她奶奶用一條命替她擋住了日本人的大狼狗。她說的還是四十九歲那年咯血，到縣醫院查，說是肺結核晚期。當時十一月剛過，醫生建議別治了，回去跟家人多團聚一天是一天，過不了春節。那是胡家前所未有的絕望時間。馬思藝倒能沉得住氣，胡問魚扛不住了，背著兩個孩子眼都哭腫了。他不相信這個結果。從朋友那裡借了錢，帶馬思藝去北京市裡一家久負盛名的軍醫院複查。涉及的任何疑點胡問魚都堅持查一遍。各項資料匯總一起，又經多位專家會診，結論不喜不憂：應該不是肺結核晚期，但究竟是什麼病，也沒法定論，所以也不能貿然針對性用藥；先回家常規治療，危機時再來就醫。這一回，三十多年過去了，她覺得四十九歲以來的每一天都是額外賺的。她不怕死。

胡念之不同意。等他去了一趟衛生間回來，母親那裡已經不是怕不怕死的問題了，她把輸液器拔了，現在就要回家。小唐死活攔不住。胡念之讓母親等一下，他給姐姐打個電話。胡靜也正召集公司中層以上在開會，臨時休會，讓司機開車送過來。她擔心自己氣得開車時出岔子，手都哆嗦。進了病房她對母親大吼：

「媽，能不作死嗎？」

老太太坐在病床上撲耷撲耷眼皮，背臺詞似的平穩地說：「不想活了也不行啊？」

這個陰森的回答讓作為老總的女兒無言以對，她做考古的兒子也找不著北。但他們認為這不過是老太太調節氣氛的一種修辭，因為母親說這句話時幾乎面帶著微笑。

「您到底想怎樣？」

「回家。」老太太說，「你們不知道，活著有多累。我不想再被捆在床上了。」

七十九歲她換了左股骨頭，在床上躺了幾個月，像孩子一樣重新開始練習走路，扶著牆，拄著拐杖。八十一歲她換了右股骨頭，在床上又躺了幾個月，再次像孩子一樣重新練習走路，拄著拐杖，扶著牆。她終於讓自己在練習行走中長大成人，又摔了一跤，想到還要臥床靜養，再從頭來過，突然覺得厭倦了，生命如此漫長，真是活夠了，膩歪死了。從四十九歲到今天，她賺得如此之多，連自己都煩了。

「但是媽，傷得治啊。」

「不是所有傷都得治。」母親的思路依然清晰，「不是所有人的傷都得治。」

三百個回合之後，老太太贏了。姐弟倆和小唐把老太太送回家。

「我就躺著，」母親半躺在床上，後背底下支著一床被子。姐弟倆買了一張醫院裡的那種升降床，老太太不用，她就睡自己的老式木板床，「你們都忙吧，有小唐。」

胡靜也回公司了。胡念之又陪了一天，跟老婆孩子打了電話，讓他們一有空就過來，陪老太太說說話。交代完，換了兩件乾淨衣服回了濟寧。

汝州的汝瓷專家在濟寧等著胡念之，老先生親自來了。老先生說，電腦上看心裡總不實在，瓷是手藝活兒，「過手」很重要。老先生說到過手，把手伸出來比畫，胡念之看見那兩隻手蒼老的紋路裡有洗不掉的瓷泥和釉灰。這是一雙工匠的手。老先生也生有一張工匠和農民的臉，常年守在窯邊，奔走在野外和工地上尋找古窯址，雨打日曬，風塵僕僕，混在一圈老農民裡你很難把他挑出來。

「如果是真品，那必是重大的事，」老先生操著濃重的河南口音，「不親眼看一看、摸一摸，我不放心。」

老先生希望能認真研究一下原件底部那一處微小的缺口，那個斷面可以看見胎質和施釉的細節。祕密最容易從內部暴露。老先生特地帶來了他收集到的所有與該粉青三足洗釉色、器型、紋飾、製作工藝及年代可能接近的汝瓷資料，以便逐一比對。他還聯繫了另外的專家朋友，如果目鑒依然不能定論，就請國家博物館做相關科學儀器鑒定，比如中子活化分析、穆斯堡爾分析、加速器質譜分析等。老先生有備而來。

一天半的研究和討論，中間又諮詢和參考了國家博物館、上海博物館以及鄭州大學等處專家的意見，三位專家拿出了一份可靠的鑒定報告。長達六頁的報告條分縷析，充滿了莊嚴的科學精神。繁複的學術詞彙和表達會讓外行人望而卻步，所以我們只需要知道結論就夠了：該三足洗非北宋汝窯瓷器，而是明代成化年間仿燒的汝瓷。題刻亦非乾隆年間的事，有人在造假。

老先生在濟寧又待了一天，順帶也給暫時已有結論的瓷器掌掌眼。瓷器的發掘已告一段落，需要鑒定的基本都在這裡了。三位專家達成共識後，考古團隊簽字，轉交有關部門。胡念之和老同學陪同考古隊領隊，一起送別了研究汝瓷的老先生。

晚上胡念之給母親打電話，固定電話沒人接。打小唐手機，響兩聲就被掐了。五分鐘後小唐打過來。剛才她在餵飯，趁這一陣老太太心情不錯，多餵了幾勺。為不影響老太太休息，固定電話線拔了。也是老太太的意思，有事打給小唐，小唐一概要說情況很好。但這一次，小唐說，真不好了。

「胡老師，很不好，」小唐鼻音出來了，在哭，「奶奶前天還吃點米粒，現在極少願意吃乾的，只喝米湯。剛剛趕上突然願意了，也只吃了兩湯匙大米。」

「精神怎麼樣？」

「一天清醒的時間不超過一個半小時。好像睜眼是件多費力氣的事。」

胡念之給醫生朋友打了電話，對方沉默十秒鐘後回答：「情況若不能扭轉，該做的事就趕緊做吧。」

「什麼意思?」

「一週。」朋友大喘一口氣,「可能都算長的。」

胡念之頭髮都豎起來了。太突然了,後腦勺冷風颼颼地颳。他在猶豫明天還是後天跟考古隊請假,私事影響工作他有些難為情。

第二天午飯吃了一半,小唐來電話。老太太讓他和姐姐回去。

「有事交代?」他想起醫生朋友的判斷。

「奶奶沒說。奶奶就說,跟您和姑姑說說話。」

一定是母親原話。小唐太年輕,恐怕理解不了「說說話」三個字的分量。母親要跟他們告別了。胡念之放下餐盒就去跟領隊請假。少則一兩天,多則,他說不下去了。領隊和老同學分別握他的手,安慰他的表情相當於說節哀順變了。胡念之跟他們大致表達了他對河道和沉船的推測和設想。他擔心在家耽擱了時日,影響考古工作的進度。

沉船河道他判斷是支流。通航能力究竟有多大,還有待於在現有河道沿線上發現更有力的證據。這個難度比較大,據他觀察,這條線上,除去這一段空地,別處都建了樓房,住家連片,考證成本太高。當然該河道也有可能是大水本身形成的,或者彼時當地為了防洪洩洪所做的一項臨時排水工程。至於沉船,他認為疑點甚多。身分就可疑。發掘工程已近尾聲,尚無任何能說明沉船來路的證據,只有鎮尺上「嘉慶十二年」這個時間點,在內陸河的考古發掘中還是比較少見。若非發掘本身的不充分,是否可以推斷,在沉船之際,相關證據就已經被緊急清理過?這個級別和裝備的帆船,在當時可不是隨便什麼人都能有的。最重要的一件瓷器,粉青三足洗在乾隆題刻上作假,動機何在?在運河濟寧段史志上,這一段河道沉船事故概率極小,即使有,史書上記載和考古發現的,也都在真正意義的運河河道或者故道中,偏出如此距離的尚屬首次。是否該船有不可示人的祕密?船行至此,是否遭遇過同樣不可告人的變故?

領隊和老同學讓他放心回京，一切都在變，他們會在接下來的發掘和論證中充分考慮他的意見。祝老人家早日康復！

回到張家灣已是晚上，母親睡著了。小唐想叫醒她，老太太疲憊地搖搖頭。晚飯母親只喝了幾口米湯，有一粒米進嘴，她也會吐出來。胡靜也在隔壁自己的房間裡轉著圈咆哮。這個世界上能讓高冷美人胡總失態的，只有改名為馬思意的母親馬思藝。她對弟弟說：

「腳上打個石膏能比死還難嗎？」

「對咱媽來說，起碼比活著難。」

「你可是親兒子，」胡靜也的言詞和語氣裡習慣性地生出倒刺，「就這麼放心讓媽死？」

「我們怎麼想不重要，咱媽想。她早就想好了。她在心平氣和地絕食。」

胡靜也大吼一聲，一屁股坐到書桌前的椅子上。

姐姐守上半夜，弟弟守下半夜。早上那段時間由小唐照顧。

早飯母親喝了兩口小米湯。她只喝米湯，牛奶、豆漿和各種營養保健品，一概進不了嘴。胡念之吃過半個饅頭，坐在院子裡的葡萄架下迷糊過去，被小唐叫醒了。老太太叫他。胡念之跑掉了一隻拖鞋，光著左腳來到母親床前。胡靜也已經坐在床邊。

母親的眼睛睜開了，有種異樣的光。因為更瘦了，眼睛也顯得比過去大，一副對這個世界充滿驚奇的樣子。但她其實早就厭倦了。好長時間沒開口，嗓子乾啞，胡念之餵了母親幾口白開水。母親兩眼盯著天花板，好像屋頂上有本書，她慢悠悠地對姐弟倆說，說幾個字停頓半天：

「我又夢見你們太姥爺了。我一直想不起他長什麼樣子，他死時我才三歲。剛我看清了。靜也，你長得像你太姥爺。念之，你五官不像太姥爺，臉上那股精氣神像。你甚至比靜也更像你太姥爺。」

這段話說了有三分鐘，力氣跟不上，但每個字都像隕石一樣從天上砸下來。至少在胡靜也聽來震得腦仁疼。母親說到弟弟的長相，弟弟的精氣神其實是從太姥爺那裡來的。母親是要趕在生命畫上句號之前，對他們姐弟倆澄清某個真相嗎？胡靜也突然悲從中來。

「媽，您別說了，我懂了。對不起。」胡靜也抓住母親的手，眼淚直往外湧，「我要找最好的大夫給您治療，我和念之一定要把您治好。」

「來不及了。我這樣很好，讓我順順當當走吧。」母親側了一下頭，臉轉向他們，斷斷續續地說，「你太姥爺叫我呢。你爸也在等著。他好脾氣，容了我一輩子。」母親停下來喘幾口氣，「就是臨了，還給你們添麻煩。」

母親指的是她在意識不是那麼清晰時，不斷地往外排大小便。她很難為情。她知道人死之前常如此。在有些地方，這被稱為「清肚」，自然地清空腸胃裡的東西。大便稀少變白，小便散發出奇怪的酸味。為了讓自己死得乾淨體面一點，她決定米湯也不再喝了。

剛到八十四歲的馬思意就是這麼做的。清醒的時候這麼做，意識不清的時候也這麼做。她只接受白開水，一次兩三湯匙，一天四五次。後來連白開水也不再喝，湯匙到嘴邊，硬是不張嘴。不是在清醒地拒絕，而是本能地排斥，是身體取代意識做出決定——她有更重大的事情要做：加速奔向死亡。人間諸事皆已了斷。不存在財產糾葛，她只留下這個院子和一塊名為「龍王行雨圖」的楊柳青年畫雕版。院子女兒不稀罕，對雕版更沒興趣，一揮手都給了弟弟。她可以放心去死了。

此後馬思意再沒說一句話，也極少睜開眼。她夢見了過去，或者說看見了過去，看見她出生以前的漫長家族史。從意大利一個叫維羅納的城市開始，從天津海河邊的一個叫風起澱的鎮子開始；她看見了尚未瘸腿的年輕英俊的祖父，和堅貞貌美做姑娘時的祖母，她聽見他們互相叫對方的名字；她看見父親、母親、大哥和二哥，看見了他們短暫的生和漫長的死；她看見了胡問魚這麼多年對她的好，他和祖父馬福德一起在那邊等著她呢；她也看見了那個水利專家，喜歡吃她做的麵條，但那個人現在只是一個穿著方方正正的短袖襯衫的背影；她還看見一條大河，陽光下如金如銀，舟楫穿梭，大水湯湯，一直奔流到天上。

馬思意深吸一口氣，天地光明。

守著母親，胡念之和姐姐見證了母親離世的全過程。死亡從來不會倉促降臨，它一寸一寸地來，它把生命一寸一寸地從它選中的身體裡趕出去。

母親的生命存續了三天。胡靜也把公司裡的事全都放下，專心守著母親。姐弟倆在母親對面支了一張行軍床，一個躺下休息時另一個坐在母親床前，他們確保在任何時候都有一雙眼睛睜著，看得清母親的一舉一動。其實母親已經不會有什麼大動作，即使死亡如此殘暴，她也不過是腿動一動，胳膊動一動，頭動一動。開始腿還能動，伸縮蜷曲；接著胳膊，過一會兒就要拿掉蓋在身上的薄被，她熱，將死之人心裡有一團火；然後是頭，腦袋在動，生命已經被死亡驅趕到頭顱，驅趕到頭頂；當驅趕出最後一根頭髮絲後，馬思意死了。

姐弟倆過一會兒摸一下母親的身體。從腳開始往上涼：腳趾，腳踝，小腿，膝蓋，大腿，胯，小腹，腰，手指，手腕，小臂，大臂，胸脯——涼到胸脯心臟就已經不工作了。

天將破曉時，張家灣有一隻雞開始叫。姐弟倆看見母親脖子突然挺起來，嘴大張，連出了兩口氣，然後脖頸落到枕頭上。母親去世了。

胡靜也和胡念之大放悲聲。哭聲驚醒旁邊房間裡熬不動了的兩家親人，胡靜也的老公和女兒，胡念之的老婆和兒子，還有在另一個房間休息的小唐。他們半分鐘內擁進房間。哭聲隨著黎明從張家灣升起來。

胡靜也在母親的眼皮上各放了一枚古錢。胡念之跪在母親床前，揪心之痛尚未平息：眼看著母親一寸寸死去而他無可奈何，他覺得自己就是死神的同謀。

把母親葬在了運河邊的墓園，胡念之臂戴黑紗返回濟寧。

濟寧的發掘工作已告結束，要做的只是掃尾和總結。胡念之是特聘專家，完全可以不必親臨現場，遠端提供意見和結論即可，他又重孝在身，於情於理都沒問題；但半途而廢不是胡念之的習慣。本次發掘雖然最終缺少填補空白式的驚天發現，但對近年的運河考古也算別開了生面。一則留下了關於一條陌生河道的懸疑，二來本次考古發掘的時間意義重大，正值中國大運河申報世界文化遺產評選前夕，來得早不如來得巧，等於是為申遺預熱，是助威和吶喊，所以，有關方面責成考古團隊做一次提振士氣的總結和宣傳。胡念之能回來更好，很多工作免不了要他出馬。

文物整理完畢，做好檔案，送進博物館。發掘中的懸疑最終都沒能充分解決，報告中的描述基本也都採用了胡念之的推斷。

塵埃落定，胡念之腦子裡還轉著這條河道，經常沿著挖掘現場的延長線朝兩個方向走，希望能發現河道走向的蛛絲馬跡。一天傍晚，在路邊遇到一個賣古董的當地人，自家建房子挖出的一尊青白釉的羅漢像，高十五六釐米，應屬清末民初的景德鎮窯，價值不大。兩人聊起最近的考古發掘，那個當地人說，好多人瞎挖挖了不少錢。

「賣給誰？」胡念之問。

「古董販子啊，走鄉串戶來收。還有賣給客棧的。」

「客棧也收古董？」

「就一家客棧收，幾十公里外的。價格挺公道。我賣過一個陶罐給他們，罐子上畫了一隻奇怪的鳥。幾年前遷祖墳挖出來的。」

那只畫了鳥的陶罐讓胡念之有了興趣。他決定抽空去「小博物館」客棧看看，沒準會有意外的收穫。天黑下來，胡念之往回走，習慣性地掏出手機撥了一個號。剛響一聲，手機裡傳來標準的普通話女聲：

「您好，您撥打的電話已停機。」

胡念之一驚，發現自己撥的竟是母親的電話。更吃驚的是，母親去世後，他根本沒有申請停掉這個電話。

第三部

二〇一四年六月：一封信

過了三十五，到哪裡都覺得好。如果每次咬牙切齒要在某處買房置地過歸隱生活的願望都能實現，那麼九百六十萬平方公里的大好河山，我起碼得有三百六十五處大小宅子。宴臨說這是病，年紀一大，想做老地主的不健康念頭就會止不住地往外冒。我認為孫老師的批評非常到位。年輕時我對單門獨戶的前現代閉關鎖國生活完全沒興趣，喜歡住高樓、擠電梯、開厚重的鋼鐵防盜門，一群人風風火火，上班下班，那才叫現代生活，才叫與時俱進；這幾年變了，見到小門小臉的小院兒就口水直流，想著待在這院子裡喝茶種花、讀書看報，聽聽鳥叫和蟬鳴，豈非人生第一大快事。在孫老師的監督下，我已經在極力壓制這種腐朽欲念，但到了小博物館客棧，還是忍不住想，要有這麼個客棧，我當甩手掌櫃，孫老師做老闆娘，裡裡外外收拾利索，後半輩子守著這小本生意也挺好。

「想得美！」宴臨翻我一個白眼，「小本生意？人家一個月的流水能把你後半輩子的片子都拍了。」

我就不吭聲了。現在拍片子的錢都是孫宴臨贊助的，她賣了一批畫。我說你支持了這麼多錢，我不一定還得起啊。她說現在是免費贊助，但哪天若不要她了，雙倍返還。

「那怎麼可能。還有你這樣的嗎？我還想再要幾個。」

「有啊，你想要多少？」她直接咬住我耳朵，「按人頭算，有一個翻一番；只要能還，你看著要。」

「那還是守著你一個吧。」

這丫頭的確出乎我意料，決定了就全身心地撲過來，下了課就往北京跑。這是她的行事風格，要做就傾全力做到最好。遺憾和不盡力是人生最大的汙點。不知道她這句雞湯是原創還是借來的。她覺得《大河譚》這樣的好項目，要當這輩子最後一部片子來拍，會拍得更好。所以她建議拓寬思路，把片子的周邊內容也處理好，誰說非得為電視臺那檔節目量身定做？爛片子才點頭哈腰、削足適履地遵從欄目要求，好東西要自己立規矩，讓欄目為你變。「不就錢嗎？我把畫全賣了。」她豪邁地說。除了一把抱住她往床上扔，我實在想不出更真誠高雅的感謝方式。

從床上下來，重大的決定就做出來了：到濟寧去。

宴臨幫我聯繫了她住過的小博物館客棧，我們要去實地感受一下濟寧的運河，看看客棧裡收藏的眾多民間老物件。她又聯繫了連鎖客棧老總周海闊，她從店長程諾那裡聽過一些他的運河情緣；還有邵家父子，邵秉義與邵星池，以及他們家的羅盤；希望這次隨行拍攝中都能有他們的故事。

小博物館客棧我很喜歡，腐朽的念頭不能自已。但被孫老師打擊蔫了，我又自卑到覺得當門童都嫌手腳不利索，算了，那還是專心準備《大河譚》吧。我在客棧裡跟整個團隊一起完善腳本，宴臨列席，偶爾提出她的參考意見。

周海闊現在在路上，他本月巡視原定到淮安段的一家客棧就結束，為《大河譚》臨時改了行程，繼續北上來濟寧。邵秉義離這裡不遠，跟老伴兒過捕魚養鴨的生活，等兒子這一趟長途歸來，爺兒倆一起過來；邵星池的船正回程，已到南旺湖。

聚齊的前一天，來了一位考古學家。戴黑框眼鏡，梳分頭，穿白色短袖襯衫，襯衫下襬掖在藏青色西褲裡，亞光的休閒黑皮鞋。程店長不介紹，我也猜得出此人是位考古學家，整個裝束和表情都讓我想起八〇年代的知識分子，清潔，純粹，堅信這個世界會越來越好。考古學家姓胡，我們叫他胡老師。胡老師有種這個年代中年男人早已稀有的乾淨、天真和好奇混雜的眼神；此外還有種說不出的洋氣，沒準兒往上推幾輩子，哪個祖宗被混過血。胡老師謙和，說話之前他會先對你微笑。

他來看各種老物件。我們從運河邊選景回來，在茶吧喝茶時見到他。胡老師剛從樓上下來，趁上面的幾間房子還沒入住客人，程店長帶他參觀了房間裡的收藏。他把茶吧裡的藏品也快速流覽了一下。我們只有一個打招呼的時間。我冒出一個想法，正準備邀他入鏡，胡老師的手機響了，同事找。他抱歉地向我們揮手告別，往門外走。他說明天抽空再來，把剩下的看完。對小博物館客棧的收藏，他評價頗高。他說，有的收藏只是器物，美則美矣，寶貝也寶貝了，但止於物本身；而有的收藏，無關乎精緻絕美，不過平常器物，卻能看見流動的時間和過往的歷史；小博物館客棧是後者，古舊的日常細節呈現出了此地繁複、悠長、寬闊的地方史。

次日午飯時，他們到齊了。

周海闊我們都沒見過。斯文，一表人才，雖然衣著優良，搭配也精心，預示著某種現代化的速度，但配上他極具書卷氣卻又略顯倦怠的表情，速度似乎又慢下來，而且把周圍的環境也帶得變慢了。此人有種談笑間即可掌控全域的氣場。見面握手時他說：

「別客氣，為同一條河。」

邵家父子和宴臨描述的幾乎分毫不差。邵秉義抽完一口菸還是享受地張大嘴，讓煙霧慢慢流淌出來。宴臨還提到老秉義的一口被煙熏黑的牙，區別是，下面的牙缺了一顆後，上面的一顆虎牙在這兩年裡也掉了。邵星池還是那個給河風吹黑了的強壯小夥子，抬起胳膊跟我握手，大臂上的肌肉噌地彈起來，圓領T恤裡的胸大肌也趁機跳了跳。他的普通話裡有濃重的山東味。

「頭髮短了。」宴臨說。

「姐記性真好。」邵星池嘿嘿地說，「那時候年輕，喜歡意氣風發，頭髮長才撩得起來嘛。」

「你也敢在一堆老同志面前說老？」宴臨笑起來。

「也不是老，是覺得不年輕了。河上跑久了，會經常意識不到自己還年輕。」

「這就對了，」邵秉義插了句話，「你跑的是一條千年大河，哪輕狂得起來。」

我在附近的飯店裡請他們吃了頓飯。在飯桌上，邵星池從背包裡取出贖回的羅盤。提前約好帶過來的，在這個片子裡，羅盤跟他們一樣是主角之一。即便盤面的玻璃被摔出了裂璺，依然相當漂亮，一看就是個精心製造出來的好東西。一定要給羅盤一個三百六十度無死角的特寫鏡頭。文物之所以貴重，固然因為它老，更在於它背負了一身的故事。想到這羅盤上重重疊疊擺滿了意大利人和邵家先祖至今的每一代人的手印，我不由得對它肅然起敬。這是一代代人奔走在水上的魂。我端起酒，敬第一輪。我說，這一次不為《大河譚》，為我自己，你們都是媒人，把孫老師送到了我身邊。邵秉義說：

「我們都是小媒人，大媒人是運河。你敬過運河我們才敢喝。」

水上就這規矩，船出港，敬天敬地敬河神。

敬過大河，大家一起喝。邵星池覺得不夠，鼓動我和宴臨喝交杯；門前千古長流水，天下第一見證人。那必須喝。我們胳膊相互環繞，滴酒不沾的孫宴臨也把那一杯五糧液莊嚴地喝了下去。窗外暗下來，隱隱聽見雷聲，風搖晃窗外的竹林，枝葉敲打著窗玻璃，像有一群好奇的人想進來。夏天的雷陣雨轉瞬即至。包間裡的空調往上調高了一攝氏度。邵星池還要鬧，交杯不帶勁兒，讓接吻，在這場愛情裡他自居為小舅子。周海闊的手機解了圍，程店長電話，考古學家胡老師在客棧，如果下午方便，他想見一見我們。

周海闊用眼神問我們。大家都歡迎，好酒好事，當然見者有份。

胡老師推門進來，半個身子都淋濕了。客棧走到飯店也就五分鐘，但風狂雨驟，肥白的大雨點裹在風裡直往身上撲。胡老師進了門，來不及擦掉眼鏡上的雨水就道歉，因為不知道我們什麼時候結束才冒昧打擾。他下午回京，想看完客棧剩下的藏品就去高鐵站，行李箱都帶過來了。本次考古發掘圓滿結束，他的活兒幹完了。剛才他在客棧大堂的多寶格上看到一封信，有一腦門子的疑惑。我們在周海闊旁邊加了一把椅子，請他坐下來。胡老師掏出手機，他把那封信拍了下來。周海闊看一眼，說：

「哦，那封意大利語的信。」

客棧最近收購的一封用意大利語寫的信，落款時間是一九〇〇年七月，沒注明是七月的哪一天。寫信的人名叫 Fedele。這個名字胡老師沒感覺，他不懂信中的意大利文，但他在信中無意中看到了這個名字：Ma Fude。順嘴就拼出來，它的發音嚇了他一跳。馬福德？那可是他太姥爺的名字。

那封信不長，紙張也就A4大小，被裝裱在一個玻璃相框裡，它所在的位置之前放著邵家的羅盤。胡老師問程諾信的內容是什麼，程諾也不認識意大利語，只能把周海闊說過的內容大致轉述一下，個別地方又想當然地加了渲染：

八國聯軍裡的一個意大利水兵 Fedele，跟義和團和清軍打仗，腿中了槍，在醫院裡給家裡寫的這封信。說他可能會變成瘸子，但接下來可能還得上前線，雖然他煩死戰爭了。說一個朋友給他取了個中國名字，叫 Ma Fude，他喜歡這名字。說這場戰爭可能會要了他的命，如果沒有如期回到意大利，那一定是死在中國了，這年頭死一個人太容易了。要是他死了，就當沒他這個人，其實死了也不錯，靈魂可以沿著大運河跑來跑去，跟當年的馬可．波羅似的。說這封信基本可以當成絕命書、訣別信看，讓父母、哥哥別傷心，節哀順變，他愛所有人。云云。

「就這些？」胡老師問周海闊。

「差不多就這些。」

「沒別的了？」

周海闊看看他。

「抱歉，我想知道，信中提到 Ma Fude 是哪三個漢字了嗎？」

周海闊又仔細看了照片，說：「Fedele Di Marco 信裡寫，大衛說Fu和De都是中國人喜歡的字，前一個字中國人過年時要寫了貼在大門上，後一個字是中國人極為看重的做人的好品質。那就應該是『馬福德』三個字。」

胡老師抽了一口冷氣。

我們問他怎麼了，他摸了一把泛青的鬍渣，把手插到了頭髮裡，一個勁兒抓，搖著頭，「奇怪。有點奇怪。」

「怎麼怪了？」

胡老師沒說，反問周海闊一句：「這封信是怎麼收上來的？」

「賣主送上門的。」周海闊突然醒悟過來，「不算非法倒賣文物吧？」

「您先說。」

二十天前，賣主上門時周海闊正在北京開一個關於民宿的學術研討會。程諾給他電話，說有人來賣一封信，不知道哪國洋文寫的，落款倒是看明白了，一百多年前的，但搞不清真假。他把相關情況簡要地跟周海闊做了彙報。賣主挖地基挖出了一根快朽斷的手杖，拎起來拄一下，真就斷了。手杖裡掉出來一根管子，兩頭封著紅蠟。蠟其實也沒那麼紅，都成土灰色了。把蠟封打開，還有一根更細的鐵管，還封著紅蠟；再打開，就是那封信。周海闊問手杖和裝信的兩根管子還在不在，什麼材質的？蠟封還能找到嗎？他想看看是不是偽造的。程諾把電話給了賣主。賣主說，手杖都鏽朽了，被黑泥裹著，斷了以後順手就扔了，早不知道給哪個野孩子撿去玩了。紅蠟確切是沒錯的，外面管子蠟封變色比較嚴重，裡面那根細鐵管的蠟封還是看得很清楚的。大管子的材質他也不認識，灰頭土臉的也長了鏽斑沾了泥，沒用的東西，就扔了。

周海闊讓程諾把那封信拍成照片，用微信發給他。看完照片，周海闊又給程諾電話，讓賣主接，他還有疑問。他覺得手杖裡藏了這樣一封信，肯定有蹊蹺。他對賣主說，只要鑒定這封信是一九〇〇年的原件，他肯定要，價錢好說，但希望賣主能實話實說。賣主是個一急就結巴的漢子，年近半百還沒有學會說謊，讓他說實話，他倒是鬆了一口氣，十分流暢地把隱瞞的細節全說了出來。

手杖不是挖地基挖出來的。假古董仿製的宣德爐事件之後，運河邊的人能動的都動起來了，賣主是其中之一，他混在求財若渴的人群裡也起早貪黑地到處挖。別人怎麼挖，他就怎麼挖。別人說，河道附近的低窪處有戲，因為那種地方很可能是幾十乃至上百年前的河道或者支流；別人的確也在類似的地方挖出了東西，他也在那裡挖。挖到了手杖。手杖的確被他扔了，因為擔心上頭下來查。別人不說他也知道，亂挖文物是犯法的，他不能把罪證留在手裡。但除了蠟封的這封信外，手杖上他還取下了一個東西，把手上的玉。

「玉呢？」周海闊問。

「賣了，」賣主說，「這陣子走鄉串巷的古董販子碰破臉，出高價買了去。」

「多少？」

「兩千。他給一千五，我說不行，必須得加加加五百，我就贏贏贏了。」一激動又結巴了。

周海闊笑了，真是個淳樸的大哥，「信為什麼不賣給他？」

「狗日的不要。一張破紙，他說非讓買，看在玉的面子上，一張老人頭。」

「一百？」

「狗日的說這都多給了我九十。我沒賣。沒文化嘛。人家說，你們是文化人，我我就來來了。」

「要多少？」

「五五百。」

周海闊都能聽到他咬牙切齒的聲音，「好，電話給我同事。」周海闊聽到程諾的聲音後，說，「拿下。給他八百。」

「周總——」

「來回坐車要花錢，還得讓人家吃頓午飯嘛。」

「我是說，真假問題。」

「放心，那紙張和字跡，要作假，成本比這高得多。找個手藝好的裝裱師傅，放在羅盤空下的那個位置。是個好東西。」

那封裝裱好的信我還溜了一眼。因為不認識意大利語，也就溜了一眼而已，連 Ma Fude 都沒注意。「胡老師，您知道馬福德？」

「我太姥爺就叫馬福德。聽我父親說，也是個瘸子。而且，不是漢人的長相。但我父親說，大家都說我太姥爺是西北來的駱駝客，胡人。」胡老師把手機裡的相冊打開，找出母親和姐姐的照片讓周海闊看，「我母親說，她和我姐長得都像我太姥爺。」

周海闊仔細看過照片，又把手機放遠處再看，「胡老師，我在意大利只待了一年，眼光未必準。遠看，憑感覺啊，您要不告訴我這是令堂和姐姐，我真以為是意大利人。仔細推敲，又沒那麼像，漢人的特徵越來越明顯了。再聽聽其他幾位老師的意見。」他把手機傳給我。

我跟周海闊的感覺大致差不離，娘兒倆像中西混血。宴臨和邵秉義也這麼看。邵星池說：「哎呀胡老師，您肯定有海外關係。」

胡老師沉默不語。足足一分半鐘，他對周海闊說：「周先生，能否麻煩您幫我翻譯一下這封信，一個字都別落下。」

可翻譯得再具體生動也沒有意義，有效資訊之於胡老師，不比我們多半個。「意大利。意大利。意大利。」他把這三個字像怪味糖一樣在舌頭上顛動，突然停下來，右手拍一下腦門。我們聽見響亮的一聲。一桌子人都伸長脖子。即便掌握的資訊極其有限，我們也知道，如此詭異的聯繫必有一篇大文章可作。

「我母親原名馬思意。」胡老師幽幽地說，眼睛盯著窗外在風雨裡舞動的竹林，「思念的思，意大利的意。到晚年，她堅持改回來。在此之前，我只知道母親叫馬思藝。」我們的脖子伸得更長了。伸累了，正打算縮回來，胡老師又說，「明白了。胡念之。胡念之。我叫胡念之。」他的表情開始悲傷，越來越悲傷，再悲傷下去很可能流出淚來。

我們才知道胡老師叫胡念之。我們好像也跟著明白了：思之，念之，之是誰？義大利？義大利人馬福德？我們的脖子越伸越長。反正我的智商有點跟不上。

「令堂沒跟您說過意大利的事？」

「從來沒有。」

「也許令堂也跟您一樣，直覺到某種聯繫，只是難以坐實？」

胡老師摘下眼鏡用餐巾布一遍遍擦。

「可是，」宴臨說，「要從一個預設的結果牽強附會地往回找，上帝就坐在我們身邊這件事，也一定能夠論證出來。這相當於有罪推定。」

胡老師的表情收回來，恢復了一張上世紀八〇年代知識分子的臉。「孫老師提醒得及時，」他戴上眼鏡，尷尬地笑笑，「剛才我太入戲了。抱歉，這問題困擾了我太長時間。」

但我們也不能因為孫老師和胡老師的突然清醒，就徹底推翻這種可能性。「假定——我是說假定啊。」邵星池說，「假定這位寫信的馬福德就是胡老師的太姥爺馬福德，那這個手杖是怎麼一回事呢？誰的手杖？這封信寫完後，應該早就寄走了啊。如果在意大利，那地方叫啥？對，維羅納。這封信要是在維羅納運河邊挖出來，倒更容易理解。」

「像喝了酒要頭暈一樣好理解，還需要大傢伙兒在這裡操閒心？胡老師早就弄明白了。」我說，「不過胡老師，我倒是覺得，不妨大膽設想一下，反正弄錯了也不收稅。比如說，這封信和您的太姥爺，意大利人；比如邵大叔家傳的意大利羅盤；比如周總，祖上傳下來的規矩，必須會一口流利的意大利語；比如我們家，據說我高祖謝平遙是個翻譯，陪洋人一路北上到京城，那人為什麼就不能是個意大利人呢，聽說我高祖後來也一口像樣的意大利語；還有，宴臨，你們家祖上孫過程老大人，沒準當年護衛的，就是一個意大利紳士呢。」

「那至少需要兩個意大利人，」周海闊說，「一個寫信的，一個持信的。」

「人不是問題，那時候的運河，」邵秉義說，「十萬、二十萬個意大利人也走得下。」

「寫信的是馬福德，持信的呢？」

胡老師陷入了一個歷史學家的沉思。在我的攛掇下，他抽了一根菸。我只是有點心疼他，一個人有著亂雲飛渡的渺茫家世，夠難為他的。他不參與我們的吃喝，因為吃過了午飯；一桌子人忙著端酒倒茶夾菜，他找不到事做，所以我幫他點上根菸。胡老師業務不熟練，三口之後就嗆著了。

「我這職業算是選對了。」胡老師掐滅菸頭時說，「想弄明白自己從哪裡來，也得去考古發掘。周總，不情之請，那封信能送我一份影本嗎？」

「沒問題。如果證實這位馬福德先生就是您太姥爺，原件也奉上。」周海闊給程諾打電話，讓他準備一份影本，「想想人類也真是可悲，不過百年，我們就不知道自己是誰了。回去我也得把祖宗給弄明白。」

我看看宴臨，她攤開手，「一筆糊塗帳。不過糊塗點也好，所有帳都一五一十地擺在那裡，一眼看過去幾百年洞若觀火，那人類活著可能意思也不太大。」

邵星池看他爹，老秉義低眉耷眼地說：「咱們邵家，清楚不清楚的，都在了這條河上。」

「謝導，您呢？」

我？這一節的《大河譚》，雪球已經越滾越大——那好，老子就衝著最大的來。我要把所有人的故事都串起來。紀實的是這條大河，虛構的也是這條大河；為什麼就不能大撒把來幹他一場呢？老秉義說得好，「都在了這條河上」。在飯桌上，我再次向各位發出邀請，包括胡念之。我以為一位考古業的學者，虛構必是他過不去的坎兒，沒想到胡老師極為支持。「強勁的虛構可以催生出真實，」他說，「這是我考古多年的經驗之一。」他還有另一條關於虛構的心得：虛構往往是進入歷史最有效的路徑；既然我們的歷史通常源於虛構，那麼只有虛構本身才能解開虛構的密碼。我放心了。

雨歇風住，雷聲遠去。邵家父子和周海闊回客棧休息，胡老師去取意大利信件的影本，我和宴臨沿河邊棧道向北走。天上掛出一道彩虹，七色彩虹正橫跨在運河上。我們倆越說越激動。一個個孤立的故事片段，拼接到一起，竟成了一部完整的敘事長卷。仿如親見，一條大河自錢塘開始洶湧，逆流而動，上行、下行，又上行、下行，如此反覆，歲月浩蕩，大水湯湯，終於貫穿了一個古老的帝國。只是這樣一來，《大河譚》的投入又要加碼了。宴臨牽著我的手，在我手心挖了挖，「有我呢。」我停下來。已經賣掉她的一部分畫了。她又挖挖我手心，「幹正事還是要堅定不移地支持的。這點覺悟你家孫老師還有。」

我盯著她臉左右看。

「怎麼了？」

我也說不出更多的，「孫老師跟運河一樣美。」

她在我手心裡掐了一把，「別臭美，跟你沒關係！我就不能為了運河嗎？」

手機響了，我摁接聽鍵，是斷了我資助的前領導。他在電話那頭說：「兄弟，在哪兒？」

「在外。」我沒給他好氣。

「好了，別氣了，資助回來了。不僅原來的一分不少，臺裡決定翻倍追加，老弟只管甩開膀子幹。」

我有點糊塗。領導這是哪根筋搭錯了？

「沒看新聞？」

「忙著呢。」

「大運河申遺成功啦！剛剛在杜哈宣布的。」

「通過了？」

「我不是說了嘛，申遺成功！」他把嗓門兒弄得很大，好像都是他的功勞。我的手機沒開揚聲器，宴臨也聽得一清二楚，「錢不是問題，分分鐘到位，但上頭催得急，讓這兩天就開播。趕快把剪好的片子送來過審。快，一定要快！」

宴臨湊到我耳邊，壞兮兮地拉長音調，小聲說：「別──理──他。」

我回她一個壞笑，轉過來對付前領導。「什麼？喂？喂？」我說，「你說什麼？」

「我說你他娘的快把片子送來過審！越快越好！」

「什麼？你說什麼？聽不見。信號不好。聽不見，什麼都聽不見──」

我把電話摁掉，不自覺就甩動胳膊踢踏起腳。

宴臨笑起來，「激動了？」

「激動了。」我說，「我這算瞬間脫貧嗎？」

《大河譚》肯定沒問題了。當然，還有更重要的。我突然意識到，對眼前這條大河，也是攸關生死的契機，一個必須更加切實有效地去審視、反思和真正地喚醒它的契機。一條河活起來，一段歷史就有了逆流而上的可能，穿梭在水上的那些我們的先祖，面目也便有了愈加清晰的希望。我拉著宴臨往客棧跑。我要趕在胡念之、邵家父子和周海闊離開之前，約他們一起到水邊合張影。這個紀念要有。如果這一天的確堪稱千古運河之大喜，那也當是所有運河之子的節日。

二〇一八年七月二十三日，安和園，稿畢
二〇一八年八月二十一日，安和園，改畢

九歌文庫　1314

北上

國家圖書館出版品預行編目 (CIP) 資料

北上 / 徐則臣 著 . -- 初版 . -- 臺北市 : 九歌 , 2019.09
面 ;　公分 . -- (九歌文庫 ; 1314)
ISBN　978-986-450-254-7 (平裝)
857.7　　108012753

作　　者——徐則臣
責任編輯——張晶惠
創 辦 人——蔡文甫
發 行 人——蔡澤玉
出　　版——九歌出版社有限公司
台北市 105 八德路 3 段 12 巷 57 弄 40 號
電話／02-25776564・傳真／02-25789205
郵政劃撥／0112295-1

九歌文學網　www.chiuko.com.tw

印　　刷——晨捷印製股份有限公司
法律顧問——龍躍天律師 ・ 蕭雄淋律師 ・ 董安丹律師
初　　版——2019 年 9 月
定　　價——400 元
書　　號——F1314
I S B N——978-986-450-254-7